À MARGEM DE ALICE

À MARGEM DE ALICE

JOANNA HERSHON

Tradução
Mônica Kalil

EDITORA BEST SELLER

CIP-Brasil. Catalogação-na-fonte
Sindicato Nacional dos Editores de Livros, RJ.

Hershon, Joanna
H488a À margem de Alice/Joanna Hershon; tradução de Mônica Kalil.
– Rio de Janeiro: Best Seller, 2005.

Tradução de: The outside of August
ISBN 85-7684-093-6

1. Romance americano. I. Kalil, Mônica. II. Título.

05-2835 CDD – 813
CDU – 821.111 (73)-3

Título original norte-americano
THE OUTSIDE OF AUGUST

Publicado mediante acordo com Ballantine Books,
um selo da Random House Publishing Group, divisão da Random House, Inc.

Capa: Evelyn Grumach
Editoração eletrônica: DFL

Impresso no Brasil

ISBN 85-7684-093-6

PEDIDOS PELO REEMBOLSO POSTAL
Caixa Postal 23.052
Rio de Janeiro, RJ — 20922-970

Agradecimentos

Gostaria de expressar minha gratidão àqueles que colaboraram com este livro: Dan Smetanka, meu incansável e talentoso editor norte-americano; minha inestimável agente, Elizabeth Sheinkman; os generosos amigos que leram tudo entre um capítulo e inúmeros rascunhos — Merrill B. Feitell, Ellen Umansky, Heather Clay, Halle Eaton, Matthew Rooney, Tanya Larkin e Caroline Wallace; e, especialmente, meu marido, Derek Buckner, por ter falado tudo abertamente. Por último, agradeço por todos esses anos de boas histórias e muito mais, a Judy e Stuart Hershon, meus pais.

Para Derek

Parte Um

1
Calor, 1977

A casa era grande demais. Não importava quantas formas de sapatos chineses, tapetes turcos de orações, travesseiros bordados de esquecidos vilarejos irlandeses, bonecas balinesas, cerâmicas de Deruta e esculturas africanas de esterco descansassem nos cantos mais surpreendentes, a casa nunca parecia estar cheia. Alice observava sua mãe reparar nisso cada vez que retornava — a casa e seu vazio lhe pareciam sempre uma total surpresa. Os Green viviam em uma casa grande, uma casa sobre a água, em uma enseada compartilhada com ostras, algas marinhas de um verde cristalino, garrafas quebradas e preservativos usados. Alice morava com os pais e o irmão, em uma construção estragada pela maresia, em constante e deselegante estado de abandono.

Desde o dia em que os Green se mudaram, havia cerca de sete anos, Charlotte não parava de tentar encher a casa com objetos. Ela sempre partia em busca de mais peças, era o que parecia a Alice, que, junto com o pai e o irmão, estava sempre esperando por seu retorno. Era por isso que a casa parecia tão vazia para Charlotte cada vez que voltava. A casa... ela já estava cheia havia muitos anos; eles não precisavam de mais objetos — e Charlotte sabia que a esperavam, é claro que sabia. O que faltava era apenas sua presença. Ela, provavelmente, sempre soube disso.

Entre o fim da tarde e o início da noite, Alice tinha a impressão de que o mundo ia perdendo sua energia. O Sol era como um deus — forçando as pessoas a encerrarem seus assuntos, na melancolia de um dia após o outro. Fazia frio perto da janela, mesmo debaixo de dois agasalhos. Contudo, Alice não conseguia parar de assistir ao dia desaparecendo. O céu de março parecia a pele ao redor dos olhos de sua mãe, a borra do leitoso chá bengalês de sua mãe. Viu-se parada diante da janela do quarto de seus pais, observando sua respiração se condensar no vidro. O céu escoava lentamente enquanto ela esperava pela visão do carro de seu pai voltando do laboratório. O pai de Alice era cientista, professor de neurobiologia, e passava dias e dias em um laboratório onde se impregnava de cheiro de sangue e cera de assoalho, e trabalhava por horas a fio sem nem mesmo uma xícara de café, sem nada para comer. Ela queria dar ao pai uma recepção especialmente calorosa, para distraí-lo do fato de que o aquecimento ainda não estava ligado e de que Charlotte ainda não havia retornado. Alice fez vinte e três marcas na área embaçada da janela, uma para cada dia em que sua mãe estava ausente. Naquele dia — seu pai não gostava de prometer — eram boas as chances de que ela tivesse *empacotado tudo* e de que fosse para casa direto do aeroporto, chegando antes das quatro. O relógio indicava cinco e meia. De qualquer forma, todos estavam prevenidos. Sua mãe estabelecia agendas, mas raramente as cumpria.

Alice saiu de perto da janela e sentou-se na penteadeira de Charlotte. Desviou-se da caixa cunhada em metal repleta de contas de jade e prata, ignorou o pequeno espelho rachado e os anéis da década de 1920. Borrifou Must, de Cartier, no ar e depois correu através dele como se fosse um irrigador no calor do verão. Na terceira gaveta do lado esquerdo da penteadeira, encontrou os brincos de pérola negra. Eles estavam sobre um pedaço de seda cor-de-marfim que tinha uma mancha de tinta roxa, como se não fossem nada mais que duas boas sementes, esperando para serem lançadas na terra. Eles apertavam dolorosamente suas orelhas, e Alice ficou sentada por alguns momentos fingindo ter a força necessária para suportar aquele tipo de dor por qualquer período de tempo. Dessa forma reconheceria se crescera: as pérolas negras apertariam suas orelhas e nenhum pensamento lhe passaria pela cabeça.

Tirou os brincos quando as orelhas começaram a arder e guardou-os de volta, como sempre fazia. O som da babá falando ao telefone flutuou através da porta, como se aquele dia não fosse assim tão sombrio. Ela era animada e imitava sotaques estrangeiros completamente irreconhecíveis. No fim do corredor, a televisão estava ligada e August ria. Ela podia imaginar seu irmão rindo sozinho, forte e alto, sem perceber que o quarto estava escuro e que seus pais não estavam em casa. Talvez não tivesse nem mesmo notado o frio.

Quando ouviu os pneus no cascalho, Alice quase correu para fora do quarto direto para a porta da frente, mas, em vez disso, voltou à janela. Era possível que sua mãe estivesse no carro com ele. Ele poderia tê-la apanhado no aeroporto. Talvez tivesse tido tempo. Tudo parecia desacelerar enquanto olhava pela janela e observava o carro, tão pequeno visto dali, tão frágil em comparação às árvores encorpadas e maciças. As sombras começavam a dominar a paisagem entre o fim da tarde e a noite, e Charlotte não estava entre elas. Seu pai desceu do carro em três movimentos distintos. Olhou em direção ao telhado e Alice acenou, mas ele pareceu não ter notado. Caminhou em direção à porta da casa, e Alice correu escada abaixo assim que o perdeu de vista.

— Oi, papai — disse ela ao pé da escada. Era sempre um pouco estranho chamá-lo de papai; fazia com que se sentisse um bebê, mas achava que soaria carinhoso.

— Olá, querida — disse ele suavemente, pendurando seu grande casaco em um gancho enferrujado. Vestia uma blusa de gola alta, cor-de-terra.

— Como você está?

— Estou congelando — disse Alice. As palavras saíram sem querer, exatamente as últimas que planejara dizer.

Seu pai não se aproximou para esfregar e aquecer seus braços.

— Bem — disse seu pai — vista outra blusa, então. É mais saudável usar uma roupa em cima da outra do que aumentar o aquecimento num lugar fechado. Você sabe disso. — Passou a mão larga sobre o próprio rosto. Tudo o que ele queria, Alice sabia, era tomar um drinque e dormir um pouco.

— Onde está August? — perguntou.

— Gus — gritou Alice.

Seu pai pôs a mão em suas costas. Andaram em direção à cozinha, ele ligando e desligando interruptores, franzindo as sobrancelhas sempre que a luz não se acendia, imaginando quantas lâmpadas precisavam ser trocadas.

A babá, Melanie, ficava até sem ar, de tanta impaciência, uma característica que diversas pessoas adquiriam ao conversar com seu pai. Ele era quase sempre distraído e levava um tempo muito mais longo que o normal para formular explicações.

— Então, tenho que ir, dr. Green. Que bom que o senhor já está em casa — disse ela, entregando um monte de papéis para o pai de Alice.

— Vamos ver, aqui estão alguns recados. Dê uma olhada também nisto aqui; é da companhia elétrica. Algo importante? — Melanie olhou para Alice antes de decidir parar por ali mesmo.

— Sim?

— Tenho de ir — disse ela e, depois de empurrar os papéis nas mãos dele, bateu de leve na cabeça de Alice e saiu pela porta dos fundos.

— Gus — gritou Alice. — *Gus.* — Seu cabelo estava agora cheio de eletricidade estática, graças à mão de Melanie.

— Calma — disse seu pai. Ele leu um recado, deixou os outros de lado e serviu-se de uísque. Depois, bateu no ombro dela enquanto tomava um gole. Todo mundo estava sempre dando tapinhas de leve nela. Era o que as pessoas faziam quando estavam com preguiça, como sua mãe, que deixava moedas espalhadas pelo chão, embora tivessem valor. Alice começou a pôr a mesa para três. Era boa em se lembrar do lugar certo das coisas. Gus sempre acabava colocando garfos de sobremesa e colheres no lugar de facas, e usando as melhores toalhas para um simples sanduíche de queijo. Havia jantar pronto na geladeira e seu pai o enfiou no microondas. Ficaram ali esperando pelo apito do forno, esperando que August aparecesse.

— Você está fazendo algo novo na escola? — seu pai perguntou.

— Sim — disse ela. — Guerra.

Ele riu em uma espécie de careta, como se tivesse se lembrado de uma piada mal contada.

— Você é um amor — disse seu pai distraidamente. Alice ficou se perguntando se ele a havia escutado.

Ela fechou os olhos e desejou que Gus descesse.

— Venha. Já. Aqui — gritou seu pai. — Gus. — Seu grito era como uma mudança no tempo, algo que você não poderia prever nem que tentasse. — E não quero ninguém de casaco na mesa. — Do microondas, veio um cheiro de manteiga queimada e algo verde.

Gus finalmente desceu pela escada de trás. Vestia uma parca fechada até em cima por um zíper forte e prateado.

— ...noite — disse Gus, imitando alguém, mas Alice não soube dizer quem.

— Ele só está com frio — disse ela.

— Você também quer vestir seu casaco? — A voz de seu pai soava tão firme que parecia quase estranha.

— Não — disse Alice, e voltou à mesa. Pela janela da sala de jantar, não havia o mar para se olhar. Estava escuro como breu, sem estrelas.

Sua mãe roubava a luz mais brilhante. Onde quer que ela estivesse, Alice sabia: lá ainda seria dia.

Gus chegou a seu lado e perguntou:

— O que estamos comendo?

Era sua maneira de ser simpático. Ela achou que o irmão cheirava como cidra quente depois que a bebemos, quando respiramos dentro da xícara para nos aquecer.

— Frango — respondeu seu pai.

— Frango — repetiu Alice, e sorriu pela forma com que sua resposta soou, tão comum, tão banal.

Alice foi ao banheiro lavar as mãos, esperando até que a água ficasse bem quente. Seu pai começou a bater algumas panelas da forma que fazia quando procurava por algo e queria que alguém notasse, e pensou em sua mãe no verão passado, dando a ele toalhas, dando a ele zinco para seu nariz. Ela se deitava na praia, no mesmo lugar todos os dias, espremendo limões nos cabelos. Alugava bicicletas para todo mundo e lembrava exatamente a data da devolução. Não havia livros devolvidos fora do prazo nem contas atrasadas. Às vezes, sua mãe acordava antes das dez.

— Simplesmente não vejo qual é o problema — disse Gus. — Por que você se importa com o que visto?

Seu pai disse algo que ela não conseguiu ouvir, e Gus retrucou, falando da mesma maneira suave, o que deixou Alice nervosa. Ela escancarou a porta e tentou flagrá-los em sua conversa, mas seu pai estava servindo-lhes dois copos de leite e enchendo novamente seu copo de uísque, e Gus estava sentado à mesa, ainda com sua parca, o cabelo negro caindo sobre a testa. Alice notou que suas mãos estavam um pouco ásperas e cobertas de marcas de caneta.

O jantar foi frango e arroz amarelo com amêndoas, passas e brócolis. A sra. Holterbach o havia preparado. Ela era a professora de piano deles e, por alguma razão, sempre trazia comida quando Charlotte não estava. Alice sempre identificava o sabor da comida da sra. Holterbach; a idéia que ela fazia de uma boa sobremesa era maçã assada recheada com pasta de amendoim e passas. Tudo tinha passas. Às vezes, quando seu pai estava bem-humorado, pedia pizza. Muito de vez em quando, fazia filé. Na semana anterior, eles foram ao McDonald's, mas seu pai ficou deprimido enquanto dirigia de volta para casa e começou a falar sobre o *apartheid.*

Alice sentou-se e seu pai também. Ela teve vontade de dizer obrigada.

— Passe-me seu prato — disse seu pai. Alice ficou imaginando o que Gus teria dito para que pudesse continuar com o casaco. Fazia frio de verdade na casa já havia alguns dias. Os dedos de Alice às vezes ficavam roxos e ela não mostrava a ninguém. Às vezes, comia mais apenas para evitar que seus dentes batessem. Queria perguntar a seu pai por que fazia tanto frio na casa, mas não se atrevia, pois havia prometido a si mesma. Quando a situação estava tensa, quando sua mãe estava ausente, prometia que ela, Alice, seria boazinha. As pessoas tinham problemas enormes — eram cegas, surdas, tinham bombas em seus países, não sentiam nada além de dor. Alice seria uma menina tranqüila.

— Tenho saudade de Bo — disse Alice, procurando por algo que soasse bem, mas Gus deu de ombros. — Você acha que podemos ter outro cachorro?

— Nunca se sabe — disse seu pai, parecendo estar em dúvida. — Vamos, coma, Alice. Você não está com fome?

— Ela come muito devagar — disse Gus.

— Não fale de mim na minha frente — disse Alice, sentindo um calor repentino no rosto. — Estou comendo normalmente.

— Eu sei — disse o pai. — Não deixe que ele a aborreça.

— Olhe para o prato dela — disse Gus, rindo.

— O quê? — retrucou ela, de forma bem seca, como se tossisse. Olhou para baixo e lá estavam as passas enfileiradas.

— Ela tem medo de passas, pai. Acha que são besouros.

— Não acho, não — disse Alice, sentindo um soluço quente no estômago. — Por que você está vestindo essa *jaqueta ridícula*? — Fez força para manter o soluço lá dentro, para que não transbordasse.

— Quer saber? — disse seu pai, o garfo pendurado entre os dedos, como um pêndulo. — Estou com uma dor de cabeça violenta que só está piorando a cada segundo.

Fez-se silêncio. Alice tentou pensar se já tivera dor de cabeça. Tudo o que conseguia lembrar era da febre alta, quando sua mãe a alimentava, dava banho e cantava todas as suas canções. Queria que Bo estivesse vivo. Ele lamberia seus dedos. Comeria suas passas e se sentaria a seu lado, olhando para cima com seus olhos redondos. Imaginou toda a sua família formada por cachorros em vez de pessoas; era algo que desejava. Havia algum conforto na idéia de latir a noite toda sem nunca ter de entender uma única palavra.

— Agora, chega — disse seu pai, a voz grave e descuidada. — Tire esse maldito casaco. Imediatamente.

Gus terminou de comer o resto de seu arroz amarelo.

— Isto é uma parca — disse ele.

— Tire essa merda de casaco.

— Pai... — Alice sentia seu rosto manchando-se de vermelho. Sentia vergonha.

— Desculpe, querida — ele disse. — Mas eu não consigo — dirigindo-se a ninguém em particular. — Esta noite, não. Eu mandei tirar.

— O aquecimento — falou Gus. Ela ficou surpresa com o tom lamentoso com que soou. Ele nunca, jamais se lamentava. — Talvez, se o aquecimento estivesse ligado, eu pudesse comer sem casaco.

— Que situação ridícula — disse Alice, tentando ajudar. — Você está parecendo uma espécie de...

— Vou contar até dez — disse seu pai, cortando uma asa do frango — e se você não tiver tirado o casaco...

— O quê? Qual será o meu castigo? — perguntou Gus, como se realmente quisesse receber um.

Alice queria pegar outra blusa, mas tinha medo de que, se saísse da mesa, eles começassem de novo a falar baixo e ela nunca soubesse o que haviam dito. Naquela noite, ela tomou cuidado para que suas roupas não parecessem volumosas; não vestiu blusas demais porque sabia que seu pai pensaria que ela estava sendo dramática ou que o estava insultando. Ela não queria ofender, então não foi buscar outra blusa e comeu os brócolis e o arroz. O frango estava gostoso, mas ela sentia tanto frio que era difícil se deliciar. Seu pai tomou um gole do uísque.

Gus vestiu o capuz.

— O que ele está fazendo? — seu pai perguntou a Alice.

— Por favor — disse Alice olhando para frente, para a noite escura lá fora. Ela imaginou grandes ondas jogando-os de um lado para o outro, para bem longe da enseada. — Parem — disse ela — só isso.

— Minhas orelhas estão geladas — disse Gus. Depois fechou bruscamente o casaco até esconder o queixo, de forma que apenas uma pequena parte de seu rosto ficou visível para os outros.

Os remates dos fechos — devia haver cinco deles — projetavam-se a partir de seu queixo, onde estava o zíper. Ele continuou a comer, caprichosamente empurrando para dentro da boca a comida que se acumulava no tecido sobre o queixo. A parca era uma das mais volumosas que Alice já tinha visto.

— Alice — disse seu pai, e ela sentiu um nó no estômago —, você quer sobremesa, não quer?

Alice assentiu, torcendo o guardanapo, sem ter certeza se deveria ou não ter aceitado. Talvez devesse ter dito que não tinha importância, que ela não precisava de nada.

— Ninguém... — disse seu pai, e depois perdeu as forças.

Olhou fixamente para Gus, que o encarou de volta. Os olhos de seu pai eram chamas baixas e azuladas. Gus tinha olhos de brasa. Alice não sabia para onde olhar, então passou a fitar o lado de fora. Mas dessa vez, além da escuridão, notou seu reflexo no vidro. Imaginou se ele estivera ali o tempo todo.

— Por favor — pediu Alice, mas o som simplesmente dissolveu-se no ar.

A veia de seu pai saltava na testa. Parecia uma pequena minhoca.

— Vocês não entendem — ele disse. — Vocês não têm a menor idéia. — A maneira como disse isso era como a noite alta, quando tudo parecia estar morto.

Gus colocou seu garfo e sua faca sobre a mesa. Cruzou as mãos sobre o peito. Alice pensou que iria pedir desculpas, mas ele ficou apenas olhando fixamente para seu pai, como se fosse a primeira vez que realmente o visse.

Eles não eram nada parecidos.

Ninguém comeu mais. Ninguém falou. Alice queria um cachorro. Queria seu Bo de volta, sua respiração entusiasmada. Queria sobremesa, calor e sua mãe. Estava tudo tão calmo; o vento soprava lá fora, árvores que não se viam chicoteavam seus galhos finos contra o vidro.

Seu pai tomou o último gole do uísque e esmagou um cubo de gelo entre os dentes, o que deve ter doído, pois ele cuspiu um pouco de uísque pela mesa e, de repente, começou a rir. Por um segundo, o ar tinha o cheiro de uma enfermaria, o cheiro da pia da sala de artes da escola. Gus começou a rir como quando assistia à televisão, exaltado e histérico, e se balançava tanto que sua parca chegava a fazer barulho. Alice não ria, apenas respirava. Respirava tão profundamente que a sensação era de riso. Sentiu sua cabeça rodar.

Seu pai balançava a cabeça, rindo por entre as palavras:

— Vocês são crianças tão ingratas — disse, esfregando o rosto. — Tudo bem, o que vocês sabem? Vocês não sabem. O que é que eu posso fazer? Tudo bem.

Seu pai tinha um grande sorriso no rosto e olhava de uma criança para a outra. Os olhos de Gus ainda brilhavam. O rosto de seu pai ficou vermelho como se ele tivesse acabado de voltar de uma longa caminhada, e ele respirou pelo nariz como se estivesse para mergulhar de cima de um trampolim muito alto pela primeira vez. Veio dele um som num estouro curto e alto e, depois de algumas respiradas secas, seu pai começou a chorar. E por causa do capuz que Gus havia evitado até aquela noite, a noite em que sua mãe, Charlotte, deveria ter retornado, Alice pôde ver que ele não estava exatamente desolado, mas surpreso. Talvez já bastasse, talvez já fosse o suficiente para eles, porque seu pai pediu a Alice que tocasse piano e, quando ela disse que não, quando disse que estava com frio e que sabia que sua mãe tinha atrasado a conta do aquecimento, que ela sempre agia desse modo, seu pai perguntou se ninguém iria mesmo tomar sorvete. Gus abriu o zíper abaixo da altura do queixo e puxou o capuz para trás.

— Vou tirar — declarou seu irmão.

2

Água, 1979

Quando Alice voltou da escola (sempre antes de Gus), encontrou Charlotte na mesa da cozinha, absorta em pilhas de papéis e montes de fotos, lendo artigos de páginas arrancadas, e ficou aparentemente chocada com o fato de que já eram três da tarde e sua mãe não havia nem mesmo tirado o roupão. Havia uma concha com algumas pontas de cigarro, uma janela aberta, um vidro quebrado e moscas arrastando-se em colheres cobertas de mel ao lado de xícaras de chá bebidas pela metade.

— Meu Deus, você já está em casa. Não tive nem chance de...

— Você levou o Spin para passear?

— Se eu... Sabe, acho que sim. É claro que sim.

Os pés estreitos de sua mãe estavam descalços, brancos como marfim, com restos de esmalte cor de coral salpicados sobre as unhas. Não havia a menor possibilidade de que ela tivesse saído naquele dia.

Alice entrou correndo pela casa, chamando: — Spin, Spin! — As paredes sem cor revestiam-se de tons de pele à medida que a luz da tarde de primavera deixava tudo quente, mais quente que a temperatura de fato — toda aquela luz do Sol e sua mãe dentro de casa, toda aquela luz do Sol e o mau cheiro que a atingiu ao chegar ao corredor do andar de cima.

Pequenos montes de fezes de Spin pontilhavam a área em que Alice costumava se sentar no estreito corredor, onde gostava de jogar uma bola de tênis laranja-neon contra a parede oposta. Ela se sentava e escutava seu irmão, August, vindo pelo corredor, esperando que ele se sentasse a seu lado, que talvez tentasse lhe roubar a bola. Mas August normalmente passava por ela e escorregava pelo corrimão, desobedecendo à ordem de não fazê-lo e ameaçando toda a estrutura a vergar. Interessava-se por explosões.

— Spin! — chamou Alice. Havia uma poça de urina no banheiro de hóspedes. Uma poça de urina no último patamar do topo da escada de trás. Um riacho amarelo (quase completamente seco) bem ao lado de sua cama.

Seu pai voltaria aquela noite de uma conferência na Califórnia.

Alice parava ao lado de cada mancha e apenas olhava o que Spin fizera. Ela imaginou o quanto ele devia estar apertado e como deve ter ganido com insistência para surdos. Alice berrou por sua mãe. Deve ter gritado durante vários minutos, sem se mexer, antes que Charlotte subisse a escada de trás, cheirando a pó e fumaça.

— Olhe — disse Alice. — Você quer olhar?

— Aquele levado...

— *Não* — disse Alice, com o rosto queimando — não é culpa dele. É culpa sua.

Sua mãe riu e depois tossiu, friamente. Estava quente demais ali no corredor, mas Alice não conseguia se mexer.

— Ai, Jesus — disse Charlotte, com um pequeno bocejo. — Você quer se acalmar, por favor?

— É nojento — disse Alice. — Como você se sentiria se não pudesse sair? Ninguém prende você em casa o dia inteiro, não é mesmo?

Sua mãe não respondeu.

— Por que você não o levou para passear? — perguntou Alice. — É tão fácil. Foi você mesma quem disse. Você disse isso só para convencer o papai.

— Bem, meu amor, você queria um cachorro, não queria?

— E daí?

— Às vezes, é fácil e, às vezes, não. Está bem? Eu perco até a noção do tempo. Vocês dois esgotam minha energia. Depois vão para a escola e eu perco a noção.

— Nós esgotamos sua energia?

Charlotte olhou para a filha, deu um meio sorriso que Alice bem conhecia. O sorriso supostamente faria com que Alice se sentisse incluída no irritante comportamento de sua mãe. Era o gesto mais indolente que Alice conhecia. Era um olhar que dizia: *nunca preciso pedir desculpas, não enquanto você for minha.*

— Isso não é normal — disse Alice de maneira impetuosa.

— Não, imagino que não seja.

— Você poderia apenas levá-lo para passear, só isso. Programe-se.

Sua mãe deu de ombros. Depois, esticou a mão para tocar as pontas do cabelo de sua filha.

— Deixe-me cortá-lo — disse ela.

— Não — respondeu Alice.

Charlotte não o largou. Seu toque deveria ter causado repulsa, mas, ao contrário, trouxe alívio.

— Você não vai nem notar. Vou fazer um corte bonito nele.

— Por que você ainda está de roupão?

— Você não gosta?

— Sim, gosto, mas você não deveria se vestir?

— As pessoas dão importância demais a isso. Às vezes, querida, penso que, se vou me vestir, quero me vestir de verdade. Você me entende?

Alice tinha dez anos e ainda não havia conseguido descobrir o que sua mãe fazia todos os dias. Charlotte não havia ido a lugar algum desde meados de janeiro, quando partiu por um mês enquanto as crianças estavam na escola, despedindo-se apenas de passagem, quando eles estavam de saída. Na mesa da cozinha, Charlotte deixara um folheto a respeito de um programa lançado por uma mulher birmanesa e um homem de Boston, que importava tecidos birmaneses para vendê-los na rua Newbury. Ele fez um sucesso estrondoso e repartiu o dinheiro com os tecelões camponeses. Todos saíram ganhando. O folheto vinha acompanhado de um pequeno bilhete que dizia: *Obrigado por terem lido*, como se fosse uma proposta comercial para um negócio do qual seu marido e seus filhos pudessem ser potenciais investidores. Ela voltou para casa com uma grave parasitose e fumando novamente, expressando planos desarticulados a respeito de uma completa dedicação ao — projeto. Não falava sobre o projeto em detalhes, mas ele envolvia, até onde Alice conseguia imaginar, ficar muito tempo sentada, sem fazer nada.

— O projeto me absorve completamente — explicou sua mãe, enquanto Alice enchia baldes com desinfetante.

— Eu já volto — disse Alice, e desceu as escadas para pegar duas minigarrafas de água mineral gasosa, do tipo que o pai tomava direto no gargalo. Ao subir as escadas, não pôde deixar de se sentir um pouco orgulhosa.

— Você, hein? — disse Charlotte, e Alice vibrou por dentro. — Desde quando você é assim tão sabichona? Pelo amor de Deus, quem ensinou você a tirar *manchas*?

Alice sentia seu rosto queimar enquanto esfregava e se esforçava para não sorrir. Tentou não pensar em como a mãe de sua amiga Eleanor, a sra. Deveau (que a ensinou a usar água com gás), disse a Alice, com um olhar compadecido, que ela poderia ficar à vontade para dizer a ela e ao sr. Deveau qualquer coisa, qualquer coisa mesmo.

Charlotte e Alice trabalhavam juntas em silêncio. Alice olhava para sua mãe, de quatro no chão, e se certificava de que ela estava esfregando. As mãos de Charlotte se pareciam com as suas. Eram mãos de dedos curtos e unhas roídas que não pareciam nada maternais. Seu cabelo era impressionantemente grosso, da cor exata de uma noz, e olhar era tudo o que Alice podia fazer para não tocá-lo do modo como tocaria um cavalo em uma baia — hesitante, com amor e medo, além de uma vergonha incessante pelos bolsos vazios de maçãs e açúcar, pela incapacidade de cavalgar.

Embora não estivesse fazendo nada além de limpar, Alice e sua mãe estavam juntas e Alice não queria que isso acabasse. Mas exatamente quando pensava sobre o que poderia mostrar à mãe em seu quarto ou que pergunta interessante poderia fazer, Charlotte declarou:

— Meu Deus, como preciso de um banho... — Ignorou Spin, que subira as escadas novamente, agora que todos os seus rastros haviam desaparecido, e tocou Alice de leve no ombro. Alice observou sua mãe andar pelo corredor, o cinto de seu roupão arrastando-se atrás dela como um enfeite de festa caído.

Alice ficou olhando o corredor vazio e talvez não tivesse encontrado forças para se mexer se Spin não tivesse começado a ganir. Colocou nele a coleira e saiu para passear. Havia vasos de hortênsias na varanda da frente e o barro dentro deles estava rachado. O céu estava branco e o Sol brilhava como uma pálida mancha de batom na face. Era final de abril — quente o suficiente para se usar apenas uma camiseta, mas não menos que isso. Imaginou até onde Gus teria progredido.

Seu irmão estava na água. Havia decidido nadar mais longe do que jamais fora antes. Ele explicara na noite anterior que havia criado marcadores para si mesmo, antes do ponto em que a enseada se fundia com o braço de mar. Pretendia atingir o último marcador e voltar a tempo para o jantar. Gus disse a Alice que iria cada vez mais longe a cada sexta-feira, já que o que restava de neve havia derretido. Comprou uma roupa de mergulho com o dinheiro que lhe deram para uma viagem a Washington com a escola. Sua capacidade de conhecer o mar, de aprender o que *queria* aprender (em vez do que *deveria* aprender, segundo alguma falsa agenda escolar), era mais importante — *muito* mais importante. Havia um homem que remara em um barco de Long Island até a Califórnia no ano anterior, duas mulheres que foram de windsurfe até Lisboa. Quando Alice perguntou por que ele não esperava até o verão, por que não ficava na escola depois da aula e nadava na piscina coberta, ele riu e disse:

— Só não conte para eles, tudo bem? Não é disso que eu preciso.

De que você precisa?, foi o que ficou imaginando Alice. Por que alguém iria querer ir de windsurfe até Lisboa? E por que, pensou ela, era esse o primeiro pensamento que lhe passava pela cabeça: sua mãe não ficaria preocupada, mas satisfeita. Alice podia imaginar como os olhos dela brilhariam com a idéia de Gus estar em busca de perigo. Alice, então, procurou não se permitir ficar preocupada. Seu irmão, garantiu a si mesma enquanto lançava um olhar para o mar, sempre sabia o que fazia.

Ela passeou com Spin até o fim do longo caminho de entrada e, depois, de volta para casa. A maré estava alta e o pântano, encharcado, de forma que a varanda da face leste contemplava não o junco, os pássaros e o barro moldado, mas apenas água. Seguiu pelo pântano na parte inclinada, onde Spin bebia de uma fonte de água fresca, que se acumulava sobre pedras cobertas de musgo. Um conjunto de bambus altos parecia um mato crescido a proporções improváveis. À esquerda de Alice era o ponto onde, na maré baixa, a praia se revelava, junto com os detritos do oceano. Você nunca sabia o que poderia encontrar. Gus encontrou uma vez uma caixa de ovos cheia de bolas de golfe, fechada com fita adesiva. Alice achou um gato morto. Mas agora a maré estava alta e, no gramado logo acima, o mar verde-acinzentado batia suavemente.

Acomodado bem ali, entre o pântano e o mar, havia um barraco de madeira pintado de um vermelho esmaecido. A pintura havia quase desaparecido, deixando a madeira sem brilho, manchada de sal. O mais estranho ali era que havia uma pequena lareira que, em algum momento, deve ter sido muito usada, já que a chaminé trazia as cicatrizes de uma grossa fumaça preta. Quando se mudaram para a casa, Alice tinha apenas cinco anos, e todos tinham planos para aquele lugar. Gus e Alice poderiam transformá-lo em um clubinho. Seu pai poderia guardar ali sua coleção de ossos, seus potes de substâncias gelatinosas — mas Charlotte o transformaria em uma casa de piscina de gosto discutível, muito embora eles não tivessem piscina. Charlotte fez um desenho de sua fantasia — com pinceladas largas, cheias de tinta — e pregou-o na geladeira, onde permanecia pendurado, as pontas desgastadas enrolando-se para cima, uma relíquia de um tempo passado. No desenho, havia uma cômoda, pilhas de toalhas, um tapete que cobria apenas um pedaço do chão. Havia fogo na lareira, um trasfogueiro e foles. Havia quadros na parede; ela escolhera as molduras. Havia até uma garrafa de água Perrier ociosamente apoiada sobre um aparador e um vaso com uma flor azul — de longe, a cor mais brilhante da página branca, leitosa. Era um desenho lindo, que Alice adorava. Não guardava quase nenhuma semelhança com qualquer lugar que já tivesse visto. Além disso, provava algo que sempre pairava no ar a respeito de qualquer ocupação adulta; sussurrava-se como um rumor, com o mesmo tom com que se mencionava o dinheiro ou a falta dele, ou a aparência de uma mulher. Era uma frase que fazia doer com sarcasmo ou ressentimento, ou ainda como uma espécie de desculpa: *Charlotte é talentosa.*

Mas talentosa em quê? Para Alice, isso nunca ficara exatamente claro. O desenho era adorável, mas também era um esforço raro. Nunca afirmou ser nenhum tipo de artista. Ela nunca afirmou ser nada, mas — quando tomava alguns drinques — admitia ser extraordinariamente fotogênica. Havia sido convidada a participar de um teste para uma produção de *The Seagull*, em Nova York, quando estava no segundo ano do Sarah Lawrence, simplesmente porque alguém a havia fotografado em um trem, olhando pela janela em uma manhã cheia de névoa. O diretor vira essa fotografia impressa na revista *Life* e saiu em busca dela, telefonando para o alojamento à sua procura. A idéia de um diretor (Alice imaginou a cadeira baixa, a voz ressonante) procurando por sua mãe: nada, mas *nada* poderia ser mais glamouroso. Se Charlotte havia ou não se saído bem no teste, de alguma maneira não era nunca essa a questão. As histórias de Charlotte eram sempre interrompidas no limiar do significado. Suas histórias eram menos histórias que imagens — tão nebulosas que sempre mereciam um olhar mais atento, mais demorado.

Mas a casa da piscina, como era chamada, permaneceu tão vazia e malcuidada como no dia em que os Green se mudaram. Alice pensava nos melhores e mais exclusivos usos: um esconderijo para o esconde-esconde (tão óbvio — ninguém pensaria em procurar ali!), uma noite ou outra de verão que Alice e Gus passariam ali em sacos de dormir sobre a madeira fria, úmida — Alice acordada a noite toda tentando ouvir criaturas, à espreita de garras e presas, enquanto Gus roncava. Em uma noite do último mês de julho, ela havia aberto a porta e encontrado um guaxinim preparando-se para uma refeição ainda quente roubada da mesa do pátio. O guaxinim olhou para cima com um osso de galinha nas mãos, como se chamasse a atenção para a falta de educação dela.

Alice deu uma espiada lá dentro. A princípio, não viu nada, mas depois notou uma toalha cuidadosamente dobrada, um achocolatado líquido Yoo-hoo, uma barra de chocolate Snickers e um agasalho. Era ali que Gus desmaiaria depois de nadar naquela tarde. Observando que havia se dado ao trabalho de comprar ele mesmo uma comida especial para a ocasião (Yoo-hoo e Snickers nunca havia entrado na casa dos Green), de planejar com antecedência e até de trazer uma toalha... Era impressionante. Toalha era algo de que Gus, na melhor das hipóteses, só se lembrava tarde demais; para ser usada depois de nadar, só se alguém o tivesse lembrado. Em tardes mais frescas na praia, ele ficava confortavelmente ao lado dos que estivessem enrolados em toalhas, pulando sem parar, sorrindo enquanto seus lábios iam ficando roxos. Alguém sempre se oferecia para dividir a toalha. Normalmente, esse alguém era Alice.

Spin olhou para Alice, e Alice olhou mais cuidadosamente para a água. Spin puxou-a em direção ao cais (inútil sem uma autorização para reconstruí-lo), um cais que permanecia como testemunho de outro tipo de proprietário, de uma vida completamente diferente. Os colegas da escola eram sócios de clubes náuticos e clubes de golfe, e às vezes era fácil imaginar como seria a casa, se os pais de Alice se importassem com ela da mesma forma com que seu pai se importava com pesquisas ou da maneira como sua mãe se importava em procurar divertimento em algum outro lugar.

O cais era agora uma tábua cinza corroída que se estendia adiante e deslizava para dentro da água. Não havia autorização para barcos atracarem, de modo que a madeira suportava uma morte lenta — desgastada pelos elementos, ano após ano. As gaivotas gostavam de se reunir e deixar seus excrementos brancos e brilhantes ao longo da frágil amurada. Para caminhar sobre o cais, era preciso desviar-se de um monte coberto de pedras e ervas daninhas que fazia parte de um antigo cemitério indígena. Disso não se tinha prova, mas era aceito como verdade desde que sua família fora morar ali. Muito de vez em quando, seu pai falava em aplaná-lo, pelo menos aparar o mato, mas nada jamais foi feito. Alice achava bonita a forma com que as pedras criavam desenhos na grama; tinha certeza de que o monte tinha poderes e que era por esse motivo que os antigos proprietários da casa haviam construído ali a pequena cabana.

Para além do cais, havia dois barcos apostando corrida, suas velas brancas cheias de vento. Uma grande barca amarela avançava pelo horizonte. Ela continuou esperando ver Gus, acenar para ele, mesmo que ele não pudesse vê-la. Teria sido bom apenas vê-lo ali, ter a noção do quanto ele estava longe e de quanto demoraria até que retornasse. Mas Alice não conseguia vê-lo em lugar algum. Quando ele lhe contou sobre seu plano, ela o aceitou como aceitava todos os planos de Gus — completamente elaborados e nada de grave a questionar. Se ele partira às duas, pensou Alice, já teria ido há duas horas, mais de duas horas na verdade, já que eram quase quatro e meia. O jantar não seria servido antes das sete, e Gus dissera que estaria de volta a tempo de jantar.

Ocorreu-lhe que o que ele estava fazendo poderia, na verdade, ser bem mais do que apenas um pouco perigoso.

Puxou Spin e saiu correndo pelo gramado de sua família, por entre os cornisos e sobre a grama desnivelada e enlameada. — *Mamãe!* — gritou a plenos pulmões, antes mesmo de saber exatamente de que tinha medo. Alice estava ofegante, e Spin corria veloz; o ar úmido tornou-se mais frio quando o Sol se escondeu atrás de uma nuvem pesada. Ela imaginou Gus azul de tão ensopado e todo mundo a pensar: *Por que você não disse nada?*

Depois, pensou ter ouvido sua mãe gritar de volta, mas deu-se conta imediatamente de que ela gritava com seu pai. Seu pai estava em casa! Seu pai estava em casa; seu pai estava em casa — ela podia ver através da janela sua camisa branca com as mangas dobradas, suas mãos na cabeça, seus cotovelos dobrados, seus dedos agarrando os cabelos. Seu pai estava em casa e também gritava. De alguma forma, ele parecia mais jovem — não havia se barbeado. Seu pai estava bonito e nervoso.

Pelo que Alice podia perceber, ouvindo através do vidro, seu pai já havia chegado ao refrão tão familiar:

— O que estava passando pela sua cabeça?

— O que você acha? — berrou sua mãe.

— Essa é muito boa.

— Alan, isso é muito injusto.

— Injusto é chegar em casa e encontrar cocô de cachorro no meu sapato porque você insistiu em ter um cachorro que você se recusa a levar para passear. Injusto é a nossa filha naquele estado de nervos.

— *Mamãe!* — Alice gritou novamente e, a essa altura, já estava na janela; olhava agora pela porta de vidro, mas não entrava. Estava paralisada e não queria se mover. Estavam falando sobre ela. Estavam gritando. Queria que sua mãe fosse até ela, que fosse em sua direção e a cobrisse de beijos, que a tratasse como um bebê. Queria que seu pai a ouvisse atentamente e ficasse impressionado com seu controle emocional. Mas nem seu pai nem sua mãe fizeram nada disso. Seu pai viu Alice pela janela e transformou o rosto em um sorriso. Sua mãe tirou o cabelo da testa e fez sinal para que Alice entrasse.

— O que, querida, o que foi? — perguntou Charlotte.

Alice correu para seu pai e jogou os braços em volta dele. Ele cheirava a bicho — os pêlos e o forte cheiro de almíscar e, ainda assim, tão limpo.

— Alice?

— Ele está na água, nadando — disse ela, tentando recuperar o fôlego. — Ele estava planejando isso há várias semanas. Ele está no mar com... os barcos de cigarro — ouviu sua própria voz, cujo tom aumentou sua preocupação. Sua voz, fraca e ofegante, passava uma idéia muito mais assustadora.

— O que você quer dizer? Que ele estava planejando isso? — perguntou seu pai, nada suave.

— Alan...

— Charlotte — disse ele, e o nome dela gerou silêncio. — Alice, por que você não nos contou? Você sabe o tanto que a água está fria?

— Ele tem uma roupa de mergulho — respondeu Alice.

Ela contou porque temia pela vida dele, sim, mas também porque tinha medo de que seus pais continuassem a brigar, medo de que a conclusão, no fim, seria de que ninguém, quando era esse o assunto, sabia como manter todos juntos, todos em uma mesma casa, ao mesmo tempo.

De um barco, o barco do vizinho, a grande lancha branca do vizinho mafioso, eles olhavam. Alice estava enrolada em uma toalha, entre as pernas de sua mãe. Charlotte não parava de agradecer ao vizinho e esfregar os braços de Alice, perguntando se ela estava com frio. Alice não estava com frio, mas não se sentia exatamente confortável, já que o casaco de sua mãe era áspero, mas preferia pular ela mesma na água a deixar de ter aqueles braços em volta dela. Sua afeição fez com que Alice se sentisse entusiasmada e culpada, pois sua mãe estava claramente brava com seu pai. E não apenas isso, mas ela sabia que, quando encontrassem Gus, todos teriam mais motivos ainda para sentir raiva. Qualquer sinal de afeição parecia ser absolutamente temporário.

O vizinho mafioso era pequeno e forte, e segurava o leme com as duas mãos. Alice gostava dele. Seu nome era Big John, embora fosse baixo. Sua mulher nunca saía de casa. Seus filhos chamavam-se Anthony e Amy, e dirigiam carros velozes, cada um o seu, para ir e voltar do colégio. Alice sabia que seus pais não eram amigos de Big John e que foi apenas devido a uma terrível emergência que seu pai ligara para a casa deles. Ele olhava para a água sem parar, sem falar muito. A água estava estranhamente azul — nem cinza nem verde, mas de um sinistro azul-cobalto mesclado de branco pelas ondas que cresciam à medida que se afastavam. Charlotte vestia um casaco de pêlo de camelo muito curto sobre o roupão e um par de óculos de tartaruga, embora quase não houvesse Sol. Ela fumava e tinha o cheiro do outono — um vestígio de óleo de baunilha em seus cabelos, Merit Ultra Lights; a pele nua de sua mãe quando o casaco se abriu estava quente, apesar do frio.

— John — chamou sua mãe, e depois falou mais alto: — John? Você se importaria de diminuir a velocidade só um pouco?

Eles deslizavam, sendo balançados intermitentemente por pequenas ondas de rebentação. Olhavam para pequenos respingos na água, para bóias de sinalização; estavam repletos de falsas visões. Não havia muitos outros barcos ao redor, mas os que apareciam disparavam pelo azul cristalino da água — pás como navalhas zunindo em seus grandes motores negros —, incapazes de saber que, na água ainda tão gelada, havia um menino.

— Você não percebeu que ele estava fazendo isso? — perguntou seu pai pela décima oitava vez. A essa altura, nem olhava mais para Charlotte.

Sua mãe não respondeu. Suspirou, de forma quase inaudível. Alice sentiu, em suas costas, o peito magro de sua mãe subir e descer.

E lá estava ele, alguns metros à frente, nadando *crawl*. Ele havia sumido e, de repente, estava ali — como num passe de mágica. Alice reconheceu esse triste entendimento, a maneira como uma pessoa desaparecia e, depois, reaparecia outra vez, injusta e novamente possível, de alguma forma melhor que antes.

Lá estava ele. Lá estava ele — um corpo vestido com uma roupa de mergulho preta e brilhante, uma nuca morena e lampejos pálidos de mãos em forma de concha — perfeito.

— *Gus!* — gritou Alice, pulando do colo de sua mãe. Deu-se conta de que gostava de gritar. Isso havia de repente se tornado parte do que ela era: ela era uma menina que gritava.

Todos gritavam. Todos, menos sua mãe. Sua mãe apenas ficou ali com seu casaco áspero, uma mão pálida protegendo a testa, a outra plantada no osso saltado de seu quadril.

Gus nadava obstinadamente, em uma linha levemente oscilante. Se os ouvia — e Alice tinha certeza que sim — não deixava transparecer. Continuava a nadar, mesmo quando uma onda interrompia seu ritmo. Big John disse:

— Belo nadador — e em seguida: — Que menino doido!

Seu pai tinha o ar aborrecido, mas Big John parecia ter dito isso como um elogio. Big John parecia ter um pouco de inveja. Quando os gritos provaram-se inúteis, sendo que Gus mantinha suas braçadas, fazendo de conta que eles não estavam ali, seu pai disse:

— Chegue mais perto — e Big John chegou o mais perto possível. O que seu pai fez, então, foi se esticar e tentar agarrar Gus, mas a tarefa era aparentemente mais difícil do que havia imaginado. — Droga! — exclamou. A roupa de mergulho era apertada e escorregadia.

Ao contrário de seu marido, Charlotte não parecia estar brava. Não parecia nada aborrecida. Na verdade, Alice notou que, enquanto seu pai tentava furiosamente retirar Gus da água gelada, sua mãe simplesmente inclinava o rosto em direção ao Sol — como se o Sol fosse um tímido pretendente precisando ser encorajado antes do beijo.

— Esse garoto — disse Big John, balançando a cabeça.

E August continuava a nadar, como se fosse fisicamente incapaz de ouvir os gritos ou sentir a frenética presença deles.

— Quem diria que ele precisasse ser levado a sério — disse Charlotte, bem claramente.

Seu pai virou-se para ela, dizendo:

— O quê? — Respirava com dificuldade, ainda sem ter desistido de agarrar Gus.

— Você quer parar com isso? — pediu Charlotte. — Ele vai parar se você parar, pode acreditar.

— O que você quer dizer com "quem diria que ele precisasse ser levado a sério"?

Charlotte fungou e levou aos dentes a descuidada unha do polegar.

— Ele deu a entender que faria isso, esse tipo de coisa. Para mim, ele dá a entender muitas coisas.

— E você já imaginou o porquê? — perguntou o pai de Alice. Ele não gritava mais. Sentou-se na borda com os olhos em Gus, mas de uma maneira diferente. Alice manteve-se afastada de sua mãe. Permanecia enrolada em uma toalha, ouvindo. Ela sabia que seu pai queria dizer que Gus estava tentando impressionar sua mãe. Ele sempre fazia esse tipo de observação; ele tinha diversas teorias nada lisonjeiras sobre o comportamento de Gus em relação a Charlotte, e Alice raramente conseguia concluir se ele estava certo. A maior parte do tempo, ela tinha certeza de que Gus não tentava impressionar ninguém além de si mesmo, e ela sabia mais do que ninguém a platéia difícil que ele próprio podia ser.

— Meu Deus — disse seu pai como que encerrando o assunto.

— Você quer que eu continue perto dele assim? — disse John.

A luz começava a sumir, lançando longas sombras no convés. A água azul já não estava mais tão azul.

— Isso, John; está perfeito — disse Charlotte, mantendo os olhos apenas em seu filho, como se estivesse simplesmente aguardando a resposta de um teste. Seus olhos diziam: *Pra mim chega; vou contar até três.*

Mas, até então, nada.

Charlotte tirou os óculos de Sol e mordeu a ponta de uma das hastes numa aparente contemplação. Respirou fundo e gritou na direção de Gus:

— Estou morrendo de tédio!

Big John riu.

Gus, então, mudou de rumo. Virou-se em direção à escadinha do barco e, quando parou de nadar, não perdeu tempo para sair da água. Subiu no convés sem nenhuma ajuda. Todos sabiam que nem deveriam tentar ajudá-lo.

— O que você estava *pensando*? — seu pai resmungou, passando duas toalhas a Gus. — Gus? Que droga, você está bem?

— O que você fez foi muito estúpido — disse Big John. — Muito estúpido mesmo, se você quer saber.

Gus olhou para Big John e disse:

— Eu estou bem. — Em seguida, olhou para sua mãe e disse:

— Faltava só um pouquinho.

Charlotte não disse nada. Deixou de lado seu filho de lábios roxos e olhos injetados — seu filho, que tinha doze anos de idade — e colocou Alice no colo. Ela podia sentir os nervos de sua mãe — a maneira como sua pele ficou febrilmente quente por um momento e como a agarrava com força. Gus olhou para Alice com olhos frios e molhados, e Alice olhou para baixo, para os pés descalços de sua mãe. Big John ligou o barco novamente. O som do motor parecia muito mais alto que antes. Estava mais frio, agora que o Sol havia se posto. Era difícil acreditar que, afinal, havia sido um dia agradável — um dos mais amenos do ano.

Gus continuava a olhar para Charlotte, que brincou com o cabelo de Alice por alguns instantes, antes de fixar os olhos na água acelerando sob o barco.

Alice esquivou-se de sua mãe.

— Desculpe — disse ela, batendo de leve no ombro de Gus. — Desculpe ter contado.

Ele a ignorou, menosprezando o toque de seus dedos. Ela não conseguia deixar de pensar naquele corredor vazio, depois que sua mãe se afastara.

— Venha, Alice — disse seu pai, chamando-a para perto do leme. — Cuidado, agora.

E ela ficou entre seu pai e Big John, olhando por trás do leme, todos silenciosamente admirados com a distância que ele havia percorrido. Mas Alice também observava sua mãe e seu irmão, e como cada um deles agia de maneira infeliz, mas, de alguma forma, sem deixar transparecer. Ficaram longe um do outro, em lados opostos da pequena proa, mas estavam mais parecidos que nunca. A postura deles expressava como o mundo era facilmente atingível; estavam prontos para recolher sua parte, qualquer que fosse ela.

Mas nenhum deles viu o pássaro.

Foi Alice quem olhou para o céu. Olhou para cima por um momento — nem que fosse apenas para deixar de olhar para sua família — da maneira como quem procura qualquer forma de não ter de admitir, não sem alguma vergonha, que o amor que eles possuem é demais. Eles sabem que esse amor é indizível tanto quanto é inflexível e que, muito provavelmente, os definirá. Alice vislumbrou esse conhecimento sobre si mesma, mas, acima de qualquer coisa, sentiu-se cheia de carências. Sabia apenas que tinha de olhar em outra direção.

Mas o céu.

Mas o pássaro.

Era verde, azul e amarelo, grande como um cachorro pequeno. Seus adornos eram tropicais — um vistoso refugiado de um continente distante — e não era uma ilusão. Mas, quando Alice gritou (como era seu hábito), daquela vez não emitiu som algum. Ela observou o pássaro, que voava lentamente. Sua boca estava aberta, mas aberta de admiração. Quando o som finalmente saiu, o pássaro já tinha ido embora e ninguém, a não ser ela, o vira. O que era triste, pensou, mas triste de uma maneira que depois aprenderia a identificar como algo pessoal, como quando se toca uma antiga cicatriz em um corpo amado e se ouve a história de como exatamente ela foi parar ali.

No meio da noite, Alice não conseguia dormir e acabou saindo da cama. Gus havia se deitado logo depois que todos perambularam pela casa e comeram silenciosamente um frango gelado. Sempre havia frango — o fato tornou-se uma piada da família; costumava fazê-la sorrir. Mas seu irmão recusava-se a olhar para ela, o que fez com que fosse muito difícil comer o frango, o que fez com que fosse muito fácil chorar. Ela não chorou. Pensou no pássaro, e isso, de alguma forma, a ajudou. Ela pediu Coca e lhe deram uma.

Às duas da manhã, a Lua atravessava as janelas altas, lançando o quarto em uma prateada escuridão. Ela podia ouvir o trem apitando ao longe. A casa deles era perto da estação o suficiente para que se ouvisse perfeitamente o apito e longe o suficiente para que o barulho soasse melancólico. Ao deixar seu quarto, Alice andou em silêncio pelo corredor — imaginando viajar num trem noturno —, passando pela porta fechada de seus pais. A porta de Gus mantinha uma fresta aberta, um hábito de quando era muito pequeno, de quando tinha medo de ficar trancado.

Ela não hesitou. O dia acabara, e ela não tinha mais medo de perdê-lo, não tinha mais medo de seus julgamentos. O quarto dele era mais quente que o dela, e ele havia jogado as cobertas para fora da cama, revelando uma velha camiseta do Cosmos. Dormia profundamente. Havia pôsteres de tubarões pregados em todas as paredes. Cada pôster tinha os mesmos olhos negros olhando fixamente para dentro do quarto.

Não foi com nenhum propósito consciente que Alice deitou-se rígida ao lado do irmão, mas, de repente, estava ali, horizontal naquela cama de solteiro, com uma pulsação desenfreada e um zunido nos ouvidos. Era pelo medo dos tubarões e da maneira com que seus olhos eram mais escuros que aquele ambiente sinistramente masculino. Era pela vertigem de estar deslocada e não se sentir cansada no meio da noite. E era também o trem partindo para lugares distantes, dos quais ela nada compreendia. O apito soava como um tipo de lembrete de que o mundo era muito mais que apenas casas e trens e pessoas dormindo neles. *O mundo não tem segurança*, era o que aquele apito dizia; *o mundo não tem fim.*

— August? — chamou, e odiou sua própria voz.

3

Distância, 1981

Susan, amiga de Charlotte, estava organizando um churrasco para comemorar o 4 de julho, mas ninguém, exceto Charlotte, tinha vontade de ir. A festa seria em Connecticut, na casa do novo marido de Susan, a três boas horas de viagem. Seu pai tinha por costume jamais sair de casa em fins de semana prolongados. Ele gostava de explorar a propriedade, cavar buracos — qualquer opção para fugir do trânsito.

— Você sabe o que eu acho do trânsito — disse ele a Charlotte durante o café-da-manhã.

— Eu sei, querido. O trânsito é um inferno.

— Não, inferno são os outros. Esses mesmos outros que vão a churrascos.

Charlotte sorriu com metade da boca e espremeu um saquinho de chá entre os dedos. Ela nunca usava colher.

— Disse a ela que nós iríamos. As crianças vão se divertir.

— Não vamos, não — disse Gus. Sua voz estava especialmente grave porque era de manhã. Às vezes, ele parecia ter literalmente crescido durante o sono. E reclamava que suas juntas doíam por causa do crescimento, mas Alice achava que isso era um pouco de exagero. Ele tinha catorze anos e ela, aos doze, tinha quase a altura dele, mas isso não era nada demais, pois sempre havia sido alta.

— Vai ter criança da idade de vocês — disse Charlotte.

— Uau! — exclamou Gus. — Realmente tentador.

Alice riu.

— A gente gosta de fazer o mesmo todo ano — disse ela.

— Não fale em nome dos outros — disse Gus. — Eu não estou com vontade de ir à casa da Susan. Vai ser um saco!

— August — disse o pai deles.

— Vai ser um pé no saco — disse ele, rindo.

Alice esperou que seu pai se virasse. Havia sempre um momento em que Gus ia longe demais, e ela suspeitava de que havia sido esse o momento. Mas ele apenas olhou para a mãe deles e disse:

— Tudo bem, então, parece que vamos. Tomara que *não seja um saco.* Tudo bem?

Isso não era nada bom. Alice tinha boas lembranças de feriados de 4 de julho em casa. Não sabia explicar exatamente o porquê — eram basicamente dias monótonos, rotineiros. Seu pai grelhava — o que já era algo. Ele grelhava hambúrgueres, cachorros-quentes, pimentões, ameixas — qualquer coisa que se desse a ele, ele grelhava. Certa vez, Alice lhe deu um pedaço de bolo de coco e ele o grelhou também, mantendo o rosto impassível. Gus e Alice podiam convidar qualquer pessoa; podiam fazer o que quisessem, mas tinham de estar com fome — ele grelhava das três em diante. — Sou o homem da grelha — dizia, com um sorriso largo e tímido. Não importava quantas pessoas estivessem berrando no gramado ou, quando chovia, quantas estivessem jogando dentro de casa, seu pai grelhava. Tão grande era a sua concentração que era necessário aproximar-se dele pela frente para não assustá-lo.

A grelha, então, pensou Alice, era um dos motivos. Além disso, sua mãe poderia ter rompantes de ambição de criar qualquer coisa que lembrasse a história norte-americana. Em um dos anos, comprou um kit de crochê e passou o dia aprendendo. Às vezes, fazia bolinhos de morango ou um bolo no formato da bandeira americana de pelo menos três camadas. E sua mãe não era uma pessoa que cozinhava apenas por cozinhar — não, sua mãe sabia comer. Alice adorava observá-la saborear cada mordida cheia de calorias. Além disso, havia os amigos de Gus. No ano anterior, Ezra, um deles, havia lhe dito (depois de uma impressionante rodada cuspindo sementes de melancia) que ela era muito divertida. Era sempre muito gostoso olhar os fogos de artifício explodirem e caírem na água. Eles podiam ver não apenas o céu, mas também o porto apinhado de gente entre os mais diferentes barcos.

— Gosto desta vista muito mais do que se fosse simplesmente o mar — Charlotte nunca se cansava de dizer. — São os barcos que fazem desta vista algo tão maravilhoso. Alan? Você não acha?

Era essa a razão, decidiu Alice finalmente, pela qual gostava do 4 de julho: sua mãe normalmente parecia entender, afinal, o que estava fazendo com uma família e o que a fazia voltar para casa.

A festa de Susan se deu em um pequeno lago nas montanhas. Havia degraus íngremes construídos no gramado que levavam para baixo até um grande deque, onde a maioria dos adultos estava sentada. Enquanto seguia seus pais pelos degraus, Alice viu um garoto mais ou menos de sua idade mergulhar do deque para dentro da água. O mergulho espirrou muita água, e duas mulheres magras ficaram molhadas, fazendo, ainda que rapidamente, uma cara irritada. Já havia vários convidados nadando e colchões de ar flutuando. Uma grelha liberava fumaça, o cinza da fuligem dissolvendo-se no céu branco como giz. O dia estava úmido, e o ar se apresentava suficientemente denso e quente para ser notado. Os Green pararam por um momento, cozinhando no calor, atordoados e examinando a multidão. Charlotte puxava sua camiseta de algodão para longe do corpo e então, depois de um momento, deixava-a cair lentamente. Gus tirou a blusa e enrolou-a na mão.

— Estou exausto — disse Alan — e nós mal chegamos.

— Não seja velho — disse Charlotte calmamente, sua esnobada preferida, enquanto espantava do rosto um enxame de mosquitos. — Vá se molhar.

Mas Alan não foi se molhar. Continuou segurando cuidadosamente uma grande sacola da Bloomingdale's — aquela mesma sacola que havia viajado entre Gus e Alice no caminho até Connecticut, a sacola que continha o presente de Charlotte. Charlotte era famosa por seus presentes, não apenas pela qualidade e pela frivolidade deles, mas também pela forma excêntrica como eram entregues. Charlotte era o tipo de mulher que esqueceria tranqüilamente o aniversário do marido, mas passaria dois dias inteiros confeccionando um selo em cera quente para uma amiga que não encontrava havia anos. Ela enviaria o selo (ou a torta de amêndoas e limão, ou a gargantilha feita à mão) em uma caixa decorada com lantejoulas e, quando fosse devolvida pelo correio algumas semanas depois, a caixa permaneceria — fechada — no hall de entrada durante uns bons seis meses. Ela não se daria ao trabalho de reenviá-la ou de verificar o endereço correto. Poderia surpreender seu marido ao longo de um fim de semana inteiro desculpando-se por ter esquecido o aniversário dele. Prepararia refeições elaboradas com ovos de codorna, ostras, marmelo, carne de veado defumada e óleo de castanha. Ela lhe proporcionaria uma série de momentos privativos e o pai de Alice — um homem de sorriso lento — não conseguiria, nem que tentasse, deixar de sorrir.

Certa vez, em uma viagem para a Índia, Charlotte comprara um corte de seda violeta com o qual surpreendera Alice, transformando a cama de solteiro dela em um inesperado presente coberto por um dossel. Um macio dossel em seda, um aconchegante ninho roxo? Onde algumas horas antes havia somente uma colcha riscada de azul e manchada de água sanitária? Algo assim pode desencadear muitas reações em uma criança, em uma menina.

O presente para Susan aquele ano era uma torta de morango e ruibarbo. Charlotte a preparara no dia anterior — um acontecimento exaustivo que havia durado um dia inteiro —, caprichando na cobertura de amêndoas trituradas e procurando até encontrar, com Alice a reboque, a fruta absolutamente mais fresca. O pai de Alice estendeu a sacola a Charlotte quando viu Susan ao longe.

Susan os avistou enquanto derramava vodca em um grande jarro. Fez uma cara alegre de boas-vindas e acenou para que se aproximassem da mesa. Havia tigelas com batatas fritas, uvas, balas de canela Red Hots, balas Twizzlers, travessas de queijo e pasta de alcachofra, um tira-gosto grego.

— Não acredito que você tenha conseguido trazer este aqui — disse a Charlotte, enquanto apertava o braço de Alan. — Você acaba de ganhar muitos pontos, Alan — disse ela. — Meu Deus, olha só para esse bonitão aqui!

Gus sorriu e disse:

— Tudo bem?

— E você — ela disse a Alice, suspirando. — Olhe só para você.

Alice tinha certeza de que ela se referia a seus seios, que haviam aparecido literalmente na semana anterior e sobre os quais usava uma enorme camiseta que ia até os joelhos.

— O quê? — perguntou Alice, corando.

— Olhe só — repetiu ela, e Susan passou a mão no cabelo de Alice, em seus ombros. Susan não tinha nenhuma filha e sempre fez com que Alice se sentisse um pouco especial.

— Eu sei que você tem aqui comida suficiente para alimentar vários países superpopulosos — Charlotte disse a Susan —, mas trouxe uma coisa que vai levar você à loucura.

Entregou a ela a torta. A cobertura tinha o formato de uma guirlanda de flores, o topo entrelaçado, e Alice ficou triste ao imaginá-la mais tarde, no escuro, sendo despedaçada na mesa do bufê, sem que ninguém compreendesse o carinho que havia sido colocado ali.

— Meu Deus do céu — disse Susan. Gritou baixinho e deu um beijo dos mais puros nos lábios de Charlotte. Ela beijava quase todo mundo na boca. Era, geralmente, muito afetuosa. Alice sabia que Susan era uma advogada poderosa, mas a idéia de que ela levasse uma vida daquele tipo — fazendo negociações, vestindo terninhos — era desconcertante. Seu atual marido, Tom, era um homem bonito, urologista, também extremamente afetuoso. Quando Alice o conheceu no ano anterior, ele segurou-a pelos ombros e beijou-a na testa. O que é que fazia as pessoas se comportarem daquela maneira? Alice brincava com a idéia de crescer e se tornar uma pessoa assim, capaz de grandes gestos físicos. Alguém assim, imaginava Alice, atrairia muitas outras pessoas que lhe revelariam seus segredos e temores mais profundos, todos na ânsia pela busca de algum conforto. Alice suspeitava que era por isso que sua mãe queria passar três horas no trânsito — para ser mimada assim, dessa maneira impensada, quase amorosa, que sugeria uma profunda absolvição ao mesmo tempo em que cruzava os limites da privacidade.

Não havia nada na maneira de Susan ou de seu marido, Tom, que sugerisse que seu antigo marido havia se asfixiado com gás cinco anos antes na garagem da casa de sua amante, nem que Tom havia deixado sua esposa anoréxica pela exuberante e despreocupada Susan, e que sua esposa mal o deixava ver os filhos — fato pelo qual (Alice havia escutado Susan contar a Charlotte) ele chorava diariamente.

— Sua mãe... — Susan disse a Alice e Gus.

Em Connecticut, no 4 de julho, havia beijos, abraços e tapinhas nas costas. Havia crianças por toda parte, mesmo aquelas que Tom mal via. Tanto Susan quanto Tom tinham dois meninos, sendo que Tom havia adotado um outro filho no que fora, *realmente*, seu primeiro casamento, e *esse* filho tinha, por sua vez, alguns filhos, de forma que havia todos os tipos de meios-irmãos e meias-irmãs surgindo por todo lado, acenando ou cumprimentando com a cabeça. Em poucos minutos, Gus estava na água, tendo iniciado o que parecia uma tentativa de cruzar o lago a nado. Alice imaginou que levaria apenas mais alguns momentos até que outros o seguissem. Ela olhou na direção de três meninas que vestiam shorts jeans cortados. Elas não sorriram.

— Susan — disse Alice, batendo de leve em seu ombro — você está precisando de ajuda?

Susan riu:

— Meu Deus, quem educou *você*?

Nenhum de seus pais riu.

Charlotte disse:

— Você não precisa ser assim tão educada, querida — é só a Susan — e ergueu o copo para a sua amiga antes de abrir um sorriso.

— Alice, ela está certa. Saia já daqui! Olhe quantas crianças. Por que não entra no lago? Você trouxe maiô?

Alice balançou a cabeça, mas não havia a menor possibilidade de que fosse tirar a camiseta. Voltou para a parte mais alta e andou para a lateral do terreno, que terminava em um bosque. Era mais fresco na sombra, embora estivesse infestado de insetos, e Alice ficou atônita com a facilidade como podia sair de cena e ficar perto o suficiente para ouvir certas conversas dos adultos, mas longe o suficiente para que ninguém pudesse vê-la e deduzir que ela era do tipo de menina que se senta e fica olhando para as pedras, uma criança solitária, esquisita, mas inofensiva. Mas ela não era desse tipo de criança. Não estava distante, em um mundo próprio, como presumiu que seu pai dizia a um homem que acabara de apontar em direção a Alice. Ela sabia que seu pai gostava de ter essa idéia sobre ela, de uma menina curiosa, mesmo que ligeiramente excêntrica. Mas ela se dava muito bem com grupos de crianças de sua idade; de qualquer modo, suficientemente bem. Naquele momento, não estava a fim. Ela fazia parte demais do mundo dos outros, um simples elo de uma corrente, e queria se afastar e olhar a corrente se balançar e crescer, emaranhando-se em torno dela.

Seus pais estavam juntos, drinques na mão, conhecendo outras pessoas. Quando sua mãe era apresentada a alguém, Alice jogava um silencioso jogo consigo mesma, tentando prever todos os movimentos de Charlotte. Se a pessoa parecesse interessante o suficiente, Charlotte muito provavelmente perguntaria de novo o seu nome, aproximando-se mais um pouco. Seus olhos se fixariam na água, no céu, em uma árvore alta ou em qualquer lugar em que estivessem encontrando o olhar de outra pessoa, de forma quase agressiva. Embora a essa altura já conhecesse os truques de sua mãe, seu pai parecia não conhecê-los, já que, quanto mais distante viajava o olhar de sua mãe, mais míope se tornava o olhar de seu pai. Fixava-se, na maior parte do tempo, em Charlotte. Tinha a vista enevoada, pensou Alice. Era um homem perdido na névoa de sua mãe. Naquele momento, quase invejou a capacidade que ele tinha de circular, mesmo que apenas parte do tempo, com névoa nos olhos, incapaz de enxergar. Mas ela não podia evitar — gostava de olhar seus pais e tinha orgulho deles assim, tão visivelmente juntos. Em meio a todos os suaves gestos de sua mãe, ela sempre segurava a mão de seu pai. Parecia inimaginável que algum dia eles se afastassem, que sua mãe sentisse necessidade de voar para lugares distantes da mesma maneira que outras mães e outras esposas iam ao trabalho ou às compras ou, às vezes, passavam uma semana em um spa. Da perspectiva de Alice, seu pai parecia o que sempre parecera — um pouco desinteressado em relação aos outros, mas um homem bom — e sua mãe parecia mais bonita que a média, mas também uma mãe e esposa comum. Poderia ter sido professora, jornalista, psicoterapeuta. Poderia ter sido confeiteira, professora universitária de antropologia.

O que Charlotte não admitia era que tirar férias era a forma como realmente ocupava seu tempo. Se alguém lhe perguntasse como haviam sido suas férias quando retornava de qualquer um daqueles inúmeros e formidáveis lugares, ela olhava de soslaio antes de explicar precisamente por que havia ido às Filipinas ou ao Peru, ao Chile ou ao Nepal. Era sempre por algum motivo importante ou essencial, a cada vez. O conceito geral era de que ela estava realizando pesquisas para um projeto sempre em mutação. Tinha interesse no artesanato local de várias províncias em diversos países e precisava fazer uma ampla pesquisa antes de decidir o local de onde negociaria as importações. Tinha o projeto de fomentar uma verdadeira parceria com artesãos acometidos pela pobreza. Era, todos concordavam, uma idéia realmente excelente. No entanto, a pesquisa já se estendia por muitos anos e, se seu pai sequer sugerisse que eles de fato não tinham como pagar suas passagens aéreas ou suas hospedagens ou que simplesmente não era um bom momento para se ausentar, apareceria milagrosamente uma fonte de capital (e, portanto, mais uma prova de por que ela *tinha* de ir). Ela teria milhagem em companhias aéreas, amortizações de impostos, uma fundação não-lucrativa que concordaria em fornecer transporte se ela escrevesse um artigo para seu jornal anual.

No entanto, independentemente da freqüência com que essas viagens aconteciam e do quanto Charlotte podia ser obscura a respeito do que fazia e com quem, Alice não achava que seus pais se divorciariam como os pais de alguns de seus amigos. Eles estavam sempre se tocando (o que, conforme insistia sua amiga Eleanor, era um importante sinal de um casal saudável) e gostavam de ficar sozinhos. Não importava a que distância Charlotte viajasse nem o quanto seu pai se ressentisse disso, ele emanava uma espécie de gratidão tácita sempre que ela retornava. Alice forçou-se a considerar a idéia de que seu pai teria uma amante, mas ele simplesmente não era desse tipo, e ela não pensava assim apenas porque era seu pai. Alice se orgulhava de ser objetiva e, além disso, conseguia imaginar *sua mãe* tendo um amante; às vezes, tinha uma certa convicção de que isso já havia acontecido. Ocasionalmente, havia vozes masculinas estranhas na outra ponta do telefone. Eles desligavam rapidamente; nunca deixavam recado.

Alice sentia-se mal ao pensar em uma possível infidelidade de sua mãe, mas esse mal-estar era compensado pela suposta e estranha noção de que o amor de sua mãe por seu pai é que parecia ser o mais irrefutável. Certa vez, Alice ouviu ao acaso duas mulheres em um supermercado, apertando berinjelas, falando sobre a irmã delas. — Ela acha que ele caminha sobre a água — disse uma delas. Só mais tarde é que Alice entendeu que aquelas palavras estavam, no fundo, repletas de sarcasmo. Naquele momento, no entanto, foi tomada pela beleza da frase e pela surpreendente segurança por saber que os sentimentos de sua mãe por seu pai estavam em meio àquelas palavras.

Havia uma reverência peculiar por seu pai, e isso sempre pairava no ar. Variava em graus, assim como a temperatura varia conforme as estações, mas nunca deixava de estar lá. Charlotte não tinha a vista enevoada; era o oposto disso. Sua mãe estava alerta para a grandeza dele; prestava atenção em tudo o que ele era, trazendo isso à luz, se fosse necessário.

Alice sentou-se no chão, deixando que a terra tocasse a parte posterior de suas pernas, ignorando as formigas que faziam campanha para o alto de suas coxas nuas. Acima dela, havia um sombreado de linhas paralelas formado por folhas escuras verde-esmeralda que pesavam em galhos longos e finos. Ela havia desaparecido. Os adultos haviam desejado assim, estando mais do que felizes em acreditar que ela já tinha idade suficiente ou já era inteligente ou esquisita o bastante para andar por aí sozinha. Era evidente que ninguém pensava nela a ponto de imaginar que o que ela realmente estava fazendo era espionar.

Depois de alguns drinques, Charlotte largou a mão de Alan, e cada um se encaminhou para conversas separadas. Seu pai alternava-se entre ouvir Tom listar nomes de homens — Dan Goddard, Dave Stern, você conhece Dave Stern, não é? — e olhar para a água, vigiando Gus.

Charlotte apertava a mão de um homem. Ele estava excepcionalmente bronzeado e tinha uma aparência jovem, embora, olhando de perto, não pudesse ser muito mais novo que Charlotte. Não era bonito nem particularmente alto, mas comportava-se de uma maneira que sugeria ser tanto uma coisa quanto outra.

— Que prazer encontrá-lo — sua mãe estava efusiva. Pela forma com que exultava, Alice soube que ela o conhecia. — Seus conselhos me levaram por quase todo o Sudeste da Ásia.

— Você conhece meus livros?

— Se conheço? Estou em dívida com você. Ah, seu artigo no *Tribune* sobre as reformas comerciais na Birmânia no ano passado foi *particularmente* muito bem escrito. Isso sem falar que, ao viajar para qualquer lugar, especialmente se estiver sozinho, nada como um toque de humor inteligente em um guia de viagens. Não estou querendo dizer que seus livros possam ser vistos como simples guias. Não é tão fácil assim defini-los. Quero dizer, a seção sobre Chiang Mai, só os macarrões... Mas, desculpe, acho que isso deve acontecer com você o tempo todo.

— Não — disse o homem, claramente se divertindo. — O quê?

Charlotte corou — uma visão tão rara que chegava a ser quase perturbadora. Alice sentiu-se corar junto com ela.

— Você sabe, as pessoas imaginando que você viajou com elas. Tenho certeza de que deve ser absurdamente chato para você.

Ele riu uma risada baixa, sem brilho.

— Como! Fico satisfeito. Vejo que você se entusiasma com isso.

— É, você sabe, *qualquer lugar menos aqui* — disse ela, tornando a se servir do que quer que fosse que continha o jarro de vidro. Seu cabelo estava preso em um rabo-de-cavalo alto e frouxo, caindo para um dos lados. *Detesto essa expressão*, pensou Alice ao ouvi-la dizer aquela frase estúpida, ao ver todo aquele cabelo grosso preso com um elástico vermelho-brilhante, um elástico vermelho-brilhante que pertencia a Alice.

— Então, você já esteve na Birmânia?

— Hum... — disse ela, tomando um gole de seu drinque. — Fui pela primeira vez há dois anos. Há um projeto... — Ela esperava que ele fizesse outra pergunta, mas ele era do tipo que, em vez disso, balançava a cabeça atentamente. — Está em estágio inicial, mas...

— É estranho que você tenha conseguido ir.

— Fiz um pedido de visto especial em, deixe-me ver, 1965.

O homem riu.

— Conte-me mais.

— Pensei que, quando tivesse o visto nas mãos, não me importava quando, eu simplesmente iria. — Ela suspirou fortemente. — Valeu a pena esperar. Meu Deus!

Ele parecia refletir sobre algo e, depois, perguntou:

— Você não tem filhos?

Sua mãe ficou levemente tensa, suas sobrancelhas finas se mexeram.

— Por que você está perguntando isso?

— Ah, não sei, essa liberdade para sair assim. Costuma ser difícil — disse ele — na sua idade.

— Tenho filhos, sim — disse Charlotte, e o coração de Alice começou a bater forte. — Tenho dois. Um menino e uma menina.

— Que maravilha — disse ele em um tom que desagradou a Alice. Ela sabia que não deveria estar ouvindo, sabia que não deveria estar espionando e também sabia que nada a faria mover-se daquele lugar.

— Eles são maravilhosos — disse sua mãe, terminando o drinque. — Eles são maravilhosos e eu, não. — Ela sorriu, parecendo cansada, e por um momento Alice não tinha a menor idéia do que ela tentava fazer. Imaginou o que sua mãe estaria pensando. — Você sabe como é.

— Na verdade, não sei. Não tive o prazer.

— Ah, mas deveria — disse ela, completando em tom suave — você realmente deveria.

Seus dedos roçaram um cabelo perdido em sua nuca que havia caído do rabo-de-cavalo, e o interesse dele, Alice podia sentir, havia aumentado.

O de Alice, também. Queria ouvir sua mãe falar sobre ela. Era disso que se tratava, *Pergunte*, pensava ela, observando o homem bronzeado: *Pergunte sobre mim.*

Charlotte vira o homem olhar para trás dela, mas quase deu um pulo quando seu marido pôs as mãos em seus ombros.

— Oi — Alice ouviu seu pai dizer. — Não queria assustá-la.

— Oi — disse o homem bronzeado. — Você deve ser...

— Alan Green — adiantou-se, estendendo a mão.

— J. D. Connor. Estava conversando com sua mulher sobre as viagens dela.

Ele hesitou, Alice notou, antes de dizer *mulher*.

— Ah — disse ele. — Bem, nesse caso, não sei se devo escutar. Há muito que provavelmente não sei — falou de forma quase inocente, quase de brincadeira. — Não consigo sair com muita freqüência.

O silêncio que se seguiu foi curto, mas desconfortável o bastante.

— E o que é que o mantém ocupado? — perguntou J. D. Connor. Ele tinha um jeito que fazia Alice pensar na Califórnia. Era ao mesmo tempo despreocupado e ordenado.

— Alan é cientista — disse sua mãe, tentando manter sob seu controle aquela conversa, mesmo que estivesse enveredando para o inevitável caminho das realizações de seu marido. Alice viu sua mãe mudar de abordagem e entrar em contato com sua aparentemente infindável reserva de intensa admiração, que ia além de sua condição de esposa.

— É mesmo? Em que área?

— Neurobiologia — respondeu seu pai, em seu habitual tom apressado. Em ambientes não-científicos, ele estava acostumado a uma de duas reações: a conversa pararia por ali, com um comentário banal como "Nossa" ou ele receberia uma série de indagações de um indivíduo atento que perguntaria o que era *precisamente* neurobiologia e o que *exatamente* ele fazia. Em sua maioria, os amigos de seu pai não eram da área científica; portanto, ele partia do princípio de que ninguém, em festas, teria tanto interesse assim em seu trabalho. Insistia que era melhor assim.

Mas J. D. Connor disse:

— Que maravilha!

Charlotte parecia irritada tanto com o interesse dele quanto com sua dicção.

— Dr. Alan Green? — disse J. D. — Não era você que dava aulas em Cornell?

— Muito tempo atrás, sim.

— Ei, era para ter sido eu, meu amigo. Eu ia por esse caminho. Estava em Cornell quando você havia acabado de sair para um ano sabático, eu acho. Que pena! Talvez você tivesse me feito mudar de idéia. Perdi o passo. Não cheguei a terminar meu mestrado.

— E tenho certeza de que tem perdido muitas noites de sono por causa disso — disse sua mãe, sorrindo. Suas faces ainda estavam ruborizadas.

— Na verdade — disse ele, ponderadamente —, foi a decisão mais difícil que já tive de tomar. Eu sempre tento minimizá-la, você sabe, fazer com que pareça que eu estivesse ocupado demais me divertindo ou sei lá o quê. Ei, mas seu trabalho é extraordinário — disse J. D. Connor, com tristeza. — Você tem aqui simplesmente o melhor — disse ele a Charlotte.

— Tenho plena consciência disso — disse ela tranqüilamente.

— O que você faz agora? — perguntou seu pai.

— Ele é o autor daqueles livros que levo comigo para toda parte — contou-lhe Charlotte. — Ele é fantástico — disse ela com um sorriso pálido. — Alguém quer mais um drinque?

Alice se levantou. Enquanto sua mãe se dirigia à mesa de bebidas, Alice saiu de trás das árvores, deixando seu pai e J. D. Connor conversando sobre ciência. Sentiu-se tonta e, de alguma forma, mais nova, como se tivesse acordado de uma soneca. Podia ver as meninas de shorts jeans indolentemente recostadas em um pedaço de chão onde batia um Sol que se esvanecia, simplesmente conversando. Ela poderia ir até lá e dizer olá. Poderia dizer que gostava do cabelo delas, de como estavam amarrados com fitas de fios bem fininhos. Poderia perguntar aos únicos três garotos que não estavam nadando se não gostariam de participar de um concurso de cuspir caroços. Mas lá estava sua mãe, sentada em uma cadeira no gramado com um drinque em uma das mãos. Charlotte parecia cansada e, enquanto seu marido continuava a conversar com o bronzeado escritor de viagens — com uma das pessoas, Alice acabara de saber, com quem sua mãe mais queria fazer amizade —, Alice observou sua mãe acender, com um enorme isqueiro surrupiado da grelha, um cigarro enrolado à mão.

— Pensei que era para não fumar — observou Alice, depois de se aproximar e se sentar aos pés de sua mãe.

— Sim, quero dizer, também pensei — disse ela. — Como você está, srta. Alice? — E colocou a mão no ombro da filha.

— Estou bem, eu acho.

— Mas com esse tipo, enrolado à mão, eu faço isso menos, fumar. Você não acha?

Alice deu de ombros e recostou-se nas pernas de sua mãe. Podia sentir os pêlos finos que voltavam a nascer depois da depilação. O perfume suave da loção Lubriderm fez com que pensasse em pétalas.

— Veja — disse Alice —, é o Gus. Você está vendo? — Gus ainda estava no lago, apenas uma mancha ao longe, ladeada por duas outras manchas. Ela estava certa sobre seus seguidores.

— Onde? — perguntou Charlotte.

Alice ficou de pé e apontou. Notou que o Sol brilhava através de uma névoa branca, anunciando uma rápida queda de temperatura.

— Você está vendo?

— Estou, querida. Ele está logo ali. Está vindo em nossa direção.

— Posso dar um golinho? — E esticou a mão para o copo suado de sua mãe que continha algo parecido com limonada.

— Não sei se você vai gostar — disse Charlotte. — É bem azedo.

Alice — sem ter exatamente certeza de por que queria tanto experimentar — deu um gole assim mesmo. Tinha gosto de besouro eterizado. Ela começou a tossir sem parar, com os olhos cheios d'água.

— Eu disse a você — disse Charlotte, esfregando suas costas. — Você está bem?

Alice inclinou a cabeça.

— Isso não é azedo. É álcool puro.

— Hum — disse ela, como que rindo —, tem álcool, também. Você quer uma Coca ou alguma outra bebida?

Alice balançou a cabeça. Pegaria uma bebida em um minuto. Estava com fome de *cheeseburger*; era quase hora do jantar. Gus havia se tornado uma mancha maior no lago escuro e verde, aproximando-se.

— Por que você acha que ele gosta de nadar tão longe?

Passado um momento, sua mãe respondeu lentamente.

— Ele precisa saber — disse Charlotte, depois de dar um longo último gole. — Seu irmão precisa saber qual é a sensação de estar longe de tudo que lhe é familiar, para que possa saber como amar essas pessoas. Isto faz sentido para você?

Alice balançou a cabeça. A agudeza do hálito intoxicado de sua mãe elevava sua cuidadosa fala, e Alice alimentou uma expectativa crescente pela explosão dos fogos de artifício. Não conseguia deixar de imaginar como os membros de sua família se encontrariam — eles eram esse tipo de família, o tipo que respeitava esses momentos, como a contagem regressiva para o Ano-Novo, como a World Series do beisebol, como os fogos de artifício do 4 de julho — e eles ficariam de pé, lado a lado, os rostos voltados para cima, como se nunca antes tivessem visto aquele espetáculo. Não conseguia deixar de imaginar como seus pais olhariam encantados e, em seu encantamento, pareceriam jovens — pareceriam um pouco perdidos. Todos voltariam os olhos naquela direção, nem que fosse só um pouco, quando olhassem para o céu. Alice podia ver tudo isso — como rapidamente o céu voltaria para a escuridão de uma concha, como em breve estariam de volta à estrada, deixando Susan e Tom e, quem sabe, quantas crianças para limpar os restos da festa. Alice sabia instintivamente o que era isso, essa visão do futuro como um passado monótono. Isto fazia com que Alice quisesse rastejar para dentro do colo estreito de Charlotte, que já havia ficado pequeno demais para segurá-la.

— Você acha que ele sempre vai se sentir assim?

— Acho que sim — disse Charlotte, balançando a cabeça.

— Que triste — disse Alice. Ficou imaginando se sua mãe ligaria para o sr. J. D. Connor na semana seguinte e lhe perguntaria tudo sobre o Camboja. Ou o Butão. Esses eram lugares que ela andava indicando ultimamente em seu grande atlas mundial na sala de estar. — Você não acha isso triste?

— Sim — disse sua mãe. — Acho.

4

Sono, 1984

O nome dela era Cady DeForrest. Cady, e não Katie nem Kate. Ela não freqüentava a escola deles. Gus conheceu-a em outubro, em uma festa ilegalmente promovida nas quadras de um clube de tênis. As quadras ficavam em um velho hangar de aviões incrustado no bosque. Eles fechavam às nove da noite, mas um profissional que já fora da ativa (e que iria embora no dia seguinte para a Austrália) tinha as chaves e havia decidido fazer uma despedida de arrasar. Gus o conhecia de... ah, quem saberia de onde? Alice havia parado de tentar imaginar situações e começou a aceitar que seu irmão simplesmente conhecia pessoas. Ele conhecia muitas garotas, diversas garotas pelas quais se comportava como um louco, mas que, inevitavelmente, ia deixando para trás. Ela havia parado de se surpreender.

Cady DeForrest, no entanto, era quem dava as cartas.

Alice não tinha ido à festa. Ficara sabendo — Gus não havia escondido dela —, mas teve a sensação de que seu irmão não queria que ela fosse. Como ele realmente era maravilhoso levando-a a todo lugar sem que ela nem mesmo tivesse de pedir e, como nesses lugares, ela era a única segundanista à vista, pensou em lhe dar uma folga. Era noite de sexta-feira. Foi com Eleanor ao cinema e tomou cerveja no estacionamento com dois rapazes que ambas conheciam vagamente da escola — a maior parte do tempo, imaginando por que haviam aceitado o convite improvisado, por que estavam todos ali, olhando os carros. Por puro nervosismo, masturbou o mais alto ali mesmo, entre as árvores e o pátio do estacionamento. Ele era grande e agradecido e cheirava a sabão, à manteiga. Ela gostou de como ele beijava suavemente e de como pareceu surpreso quando ela começou a desabotoar a calça dele. Disse que lhe telefonaria, mas ela, na verdade, não se importava. Uma vez que tivesse feito algo assim, uma vez que tivesse surpreendido alguém e a si mesma, o resto pareceria forçado e impregnado de obrigação, e ela não acreditava em obrigação mais do que na boa e velha negligência.

Na manhã seguinte, de sua janela, Alice viu uma garota loira em um suéter vermelho um pouco surrado sair sorrateiramente pela porta da frente. Havia folhas e pequenos galhinhos presos na lã, e seu cabelo macio estava amarrado com o que parecia um sutiã. Ela vestia uma charmosa saia preta com bainha irregular sob a qual estavam seus pés descalços, na ponta dos quais ela pisava enquanto saía às pressas pela porta. Sentou-se nos degraus da frente e, visivelmente congelando de tanto frio, calçou um par de botas de caubói marrons que segurava como se fossem livros em seus braços. Não olhou para trás em direção à janela de Gus. Desviou-se da entrada de automóveis em cascalho e desapareceu por entre as árvores.

Alice voltou a dormir e sonhou com a masturbação (a estranha combinação de ansiedade e poder, o medo de aparecer alguém e o medo de alguém não aparecer) e acordou com o cheiro de bacon. Era o cheiro de quando sua mãe não estava, já que ela nunca tinha bacon em casa (um traço específico da ambivalente criação judaica de Charlotte — camarão, sim; carne de porco, não; pular o Rosh Hashanah, dificilmente pode; pular o Yom Kippur, simplesmente não). Alice podia apostar que haveria também alguns alimentos assados cheios de conservantes sobre as bancadas, os recipientes de papelão abertos, os invólucros de plástico jogados de lado, mas não no lixo. Podia apostar que Gus acordara cheio de uma energia irrequieta (depois que seu pai havia saído para o laboratório às sete), colocara Spin no carro e se dirigira ao primeiro mercado aberto na cidade, pegando o bacon e os alimentos embalados, conversando com o garoto cheio de espinhas que ficava no balcão e com um velho esquisito. Estaria esperando, então, que sua irmã descesse; estaria com vontade de conversar. Alice fez o possível — enquanto se enrolava no velho roupão de chenile azul de Charlotte e descia silenciosamente a escada de trás — para conter a ansiedade em ouvi-lo.

— Bom-dia para você — disse Gus.

— Você tomou banho — disse Alice, surpresa.

— Esta é — disse Gus, estendendo a Alice uma xícara de café com leite, — uma bela manhã.

— Você vai começar a cantar?

— Eu até poderia. Vou lhe dizer, poderia mesmo.

— Então — disse Alice, sentando-se à mesa, olhando para a água cinzenta lá fora, para aquele que era, de fato, um daqueles dias mais sem graça.

— Então — disse ele. Embora não estivesse olhando, ela podia saber pela sua voz que ele estava sorrindo abertamente.

— Tudo bem, quem é ela? — Alice perguntou com uma voz entediada, esfregando os olhos de sono. — A menina das botas, a que saiu de manhã. — Ela ainda não olhava para ele. Spin cutucou a mão dela com sua cabeça grande e ela o acariciou com vigor. Do lado de fora, um cardeal estava imóvel em um longo galho vergado: um raio de sangue num braço.

— Ai, cara — disse Gus, mordendo um bolinho com geléia, a farinha grudando em seu rosto sem que ele se importasse em limpá-lo. Perguntou a si mesmo, em silêncio, como Alice a tinha visto, como sabia que a garota havia passado a noite na casa. Quando os sentimentos eram tão grandes e descompassados como os dele, Alice admitia que isso significava que nunca se havia questionado a importância ou o impacto deles no mundo. Para Gus, o mundo havia parado. Não apenas para ele, mas também para Alice; e não apenas para Alice, mas para todo mundo. Arrebatamento, ela supôs, era como se chamava o estado em que ele se encontrava. Mas a sensação não era de arrebatamento; a sensação era de inclusão, de elevação. Ela teve vontade de sentir o mesmo que ele. Queria perder-se nesse saber. Desviou o olhar do pássaro vermelho, sabendo perfeitamente bem que, quando olhasse de novo, ele teria partido.

— Vamos começar pelo nome — disse Alice, zombando, como não fazia com mais ninguém, de seu lado explicitamente prático.

Ele lhe disse que Cady DeForrest era a única da festa que realmente queria jogar tênis. Todos os outros ficaram apenas sentados nas quadras tirando fotos, fumando maconha, e ela havia aparecido com uma raquete. Tinha pernas compridas e braços fortes, e um belíssimo traseiro.

— Eu já a tinha visto antes — explicou Gus. — Eu a vi na farmácia comprando loção de calamina um pouco antes do Dia do Trabalho. Ela teve um caso grave com sumagre venenoso.

— Muito sensual — disse Alice.

Gus, rindo, disse:

— Foi exatamente isso que ela disse quando contei para ela!

— É mesmo? Estranho.

— Depois ela disse que tinha de fazer xixi, e eu disse que não queria parar de olhar para ela e a segui pelo bosque, e, quando estávamos sozinhos, disse a ela para ir lá e fazer xixi. E ela fez. Fez xixi bem na minha frente.

— Você ficou olhando?

— Sim, fiquei. Estávamos os dois rindo. Ela estava tão bem. Quero dizer, eu nunca tinha visto uma garota assim tão bem... — Ele amontoou o bacon em um prato, desligou o fogão, colocou o prato na mesa e sentou-se. — Aí, você sabe, dei um beijo nela.

— Enquanto ela fazia xixi?

— Não, pelo amor de Deus, não. Logo em seguida. — Ele tentava não sorrir. — Ela estuda em Portbay — disse ele, subitamente envergonhado. — Está no segundo ano.

— Como é que ela foi para casa hoje de manhã?

— Andando, eu acho. Nem vi a hora que ela saiu.

Alice nunca o entenderia.

— Você não sabia que ela tinha ido? Ela não acordou você para se despedir? — Ele não estava nada incomodado, nem um pouco preocupado que ela talvez tivesse partido em um estado de arrependimento, compondo uma lista dos defeitos dele, um estado que, à própria Alice, era tão familiar. — Bem, você vai ligar para ela?

— Já liguei. Ela vem mais tarde.

Alice deveria tê-la odiado. Com todo o direito, ela era o tipo de garota que contava pontos negativos desde o início: era pequena, mas forte, tinha os cabelos loiros, era realmente do clube de física *e* tocava violão, além de ser incontestavelmente bonita. Cady era rica — mas muito rica — e parecia rica, independentemente de seus suéteres serem surrados (ela usava agora um verde, abotoado na frente, com dois botões faltando) ou de suas calças curtidas estarem manchadas. Sua boa aparência beirava o normal, e era essa normalidade que parecia tão ameaçadora; o rosto dela era daqueles que se viam em tons de sépia nas paredes de clubes de campo reservados, em bem documentadas competições femininas de tênis e iatismo, uma geração após a outra. Era um rosto que escapara por um triz de ter um narizinho empinado. Ela era de uma família que havia doado bibliotecas, que aparecia em diversas biografias de políticos, assim como de artistas. Mas seus pais haviam morrido em seu próprio avião em algum lugar sobre o oceano Índico quando ela tinha apenas seis anos, deixando uma tia solteirona responsável por criá-la, o que, de alguma maneira, fazia com que Cady parecesse mais real (e, infelizmente, mais fascinante) para Alice. Fazia com que descesse para a mesma terra marrom, o mesmo lugar onde vivia Alice, onde uma mãe e um pai definiam a sua existência mesmo não estando ali.

— Minha tia é um pesadelo — ela disse a Alice em tom casual. Elas sentaram-se juntas depois que Gus as deixara ali, naquele frágil cais; as pernas de ambas pendiam em uma competição tácita para ver quem conseguia balançá-las mais baixo sem tocar as botas na água.

— Ela sempre foi assim? — perguntou Alice, com cuidado. — Um pesadelo? — sem querer que Cady deixasse de contar sobre a sua vida. Elas já haviam conversado sobre o desastre que fora para Cady sua passagem pelo colégio interno no ano anterior, tendo sido expulsa por ter roubado uma grande quantidade de Xanax da enfermaria, que, por acaso, era apenas um andar abaixo do dormitório dela. — Minha companheira de quarto era muito triste — ela dissera, como forma de explicar o motivo pelo qual havia pegado todos aqueles comprimidos.

Cady mascava um pálido fio de cabelo de uma maneira que fazia parecer que mascar cabelo era a mais nova maneira de se portar, a nova maneira de sorrir.

— Minha tia — disse ela — é legal. Jantamos juntas todo dia às seis. Tem sido assim desde que me conheço por gente. Eu tenho que usar saia e ser pontual. Se eu me atrasar, ela come sem mim. E ela nem gosta especialmente de comer. Se fosse socialmente aceito, ela provavelmente escolheria viver de bolachas Goldfish e gim. Nunca fomos o que se poderia chamar de uma dupla afinada. — Ela riu como alguém mais velha, como uma pessoa que já tivesse sua própria casa. — As pessoas sempre acham que estou exagerando. Você deveria ir lá em casa qualquer hora para ver.

— Do jeito que você fala, parece que sua casa parou no tempo.

— Mas é isso mesmo — disse ela. — Minha tia tem oitenta e um anos.

— Meu Deus — disse Alice.

— A diferença entre ela e minha mãe era de vinte anos. Minha mãe foi um daqueles bebês milagrosos, na época em que os médicos pensavam que era praticamente impossível para uma mulher de quarenta anos dar à luz, e meus pais esperaram muito tempo para me ter, então...

— Você não tem irmãos nem irmãs?

Ela balançou a cabeça.

— Primos?

— Alguns. Mas são todos mais velhos e horríveis. Vivem na cidade e queimam todo o dinheiro na Ralph Lauren e em cocaína. Venho de uma família terrível, estou lhe dizendo — afirmou ela. — Minha tia fuma, bebe e come carne vermelha pelo menos duas vezes por dia. É uma selvagem de modos impecáveis — disse ela. — Embora ultimamente tenha começado a perder os modos. Sua campanha anticatólica ressurgiu. A maioria dos empregados pediu demissão.

Alice teve a sensação de que ela não exagerava. Não estava tentando fazer graça.

— Qual é o nome dela?

Cady pareceu surpresa.

— Eu nunca a chamo pelo nome. Ninguém usa o nome dela. Os empregados a chamam de sra. DeForrest; suas amigas, no clube, de "querida"; e eu a chamo de tia K. O nome dela é Kippy — disse ela. — Ridículo, não é?

— É — disse Alice —, completamente.

— E vocês? É sempre assim tão tranqüilo por aqui?

— Nossa mãe viaja muito — Alice não falaria sobre sua mãe como se fosse um personagem. Não reduziria seus pais a caricaturas de si mesmos. Pelo menos, não por enquanto. *Eu amo minha mãe,* Alice poderia dizer. *Sinto mais falta dela agora do que quando era pequena. Guardo os horários dos vôos dela debaixo de meu travesseiro. Sei de cor o número de telefone de Gary, o motorista dela — Gary, que a leva para o aeroporto e a pega caso meu pai tenha de trabalhar, caso ele finja que tem de trabalhar simplesmente por estar bravo demais pelo fato de ela ter partido mais uma vez agora, que já crescemos o bastante para ficar sozinhos.* — Nosso pai trabalha o tempo todo.

— Sabe de uma coisa? — disse Cady. — Você é muito bonita. — Ela disse isso de uma maneira que partia do princípio de que Alice não pensava assim, que possivelmente não deveria ter ouvido aquela opinião muitas vezes antes. Cady DeForrest disse isso como se tivesse sido a primeira pessoa a notar, como se tudo de que Alice precisasse fosse a aprovação dessa garota mais velha.

Bem, pensou Alice, *Estou lisonjeada.* E depois pensou: *Vá se foder.*

Cady provavelmente supunha que ela nunca havia levado um chupão, que nunca havia conhecido um rapaz em uma festa, chupado o pau dele em um canto qualquer, sentido o esperma fedido por todo o seu pescoço e feito com que ele limpasse seu rosto com a cueca. Cady supunha que nenhum garoto já houvesse colocado as mãos por dentro da calça dela no vestiário da escola e ficado mordendo seus seios com os dentes e dizendo: — Como você é gostosa. — Ou que ela pudesse ter feito tudo isso há apenas um mês, com os mais diferentes garotos, só porque sentiu vontade. Sem dúvida alguma, Cady achava que Alice não era bonita o suficiente para fazer isso e não se sentir usada.

Vá se foder, pensou ela. Mas não era isso o que sentia. Queria que fosse, mas não era.

— Obrigada — disse Alice. — Muito obrigada.

— Você tem namorado?

— Não — respondeu ela. Respirou fundo. — Você gosta do meu irmão? — Alice perguntou, examinando-a, sentindo uma necessidade insana de proteger Gus. Cady era uma combinação mortal, de um lado não precisando de ninguém e, de outro, querendo tudo — tudo o que ela achava que lhe havia sido negado. Gus era quem estava acostumado a ser egoísta e evasivo. Era ele que aparecia quando tinha vontade, surfava dias seguidos se as ondas estivessem boas, bem no auge do inverno. Era ele quem não telefonava. — Gosta? — disse ela. Mas Cady vira Gus se aproximando antes de Alice e já estava de pé, correndo pelas tábuas para saudá-lo como se ele estivesse voltando de alguma grande guerra suburbana.

Gus havia apenas corrido até a casa para pegar mais casacos, embora Alice tivesse certeza de que ele encontraria qualquer desculpa para deixá-las sozinhas. Seria ainda mais excitante para ele, depois que Cady fosse embora, se ele pudesse ouvir como ela era quando ele não estava por perto. Gus gostava que Alice se mantivesse informada ou, pelo menos, que emitisse opiniões fundamentadas sobre as garotas com quem saía. Ele a estava usando, Alice sabia, mas não se importava em ser usada dessa maneira. Isto significava que, de certa forma, ele precisava dela mais do que antes, quando as garotas ainda não tinham se tornado seu meio de sustentação, antes que ele tivesse passado a precisar delas como precisava da água, talvez até mais que da própria água. Quando havia uma garota em cena (e sempre havia, desde que ele tinha catorze anos), ele era como aqueles viciados dos filmes: o tempo todo em cabines telefônicas, tateando em busca de algumas moedas para fazer uma ligação para o traficante. A diferença é que, com Gus, a cabine telefônica era o armário de seu quarto e ele esticava o fio branco do telefone do hall para dentro de seu armário fedorento. Ligava para as garotas. Conversava sem parar; sabe-se lá como engatava uma conversa. Contava histórias e piadas, e refletia sobre suas preocupações, preocupações que eram sempre a respeito de desastres naturais ou algum empreendimento ameaçador. Ele nunca se preocupava com o fato de não ser, de alguma maneira, suficientemente importante para ser notado, nem de sentir que, às vezes, pudesse simplesmente evaporar se ninguém estivesse olhando — ou, mesmo que alguém estivesse olhando, pudesse apenas desaparecer. Conversava sem parar e baixava a voz para que Alice não pudesse escutá-lo, mesmo que estivesse de modo imperdoável colada do lado de fora da porta do armário.

Elas, então, vinham. Vinham até ele. Ela tentou não imaginá-lo como aquele tipo de cara que implora, que produz sons desesperados, que convence uma garota de que, se ela não for até o fim, ele simplesmente morre. Tentou não imaginar isso, mas fracassou miseravelmente, porque não era como se bastasse realmente tentar — de alguma forma, ela sabia que era assim.

E, então, ela não se importava que ele a usasse para conversar sobre as garotas, para mantê-las em sua mente depois que todas já tivessem ido embora. Seu irmão alegava (de brincadeira, mas nem tanto) que estava cultivando o dom que ela tinha para a intuição. Além disso, ela era absurdamente curiosa.

Com Cady, era diferente. Cady não estava apenas entrando e saindo do quarto dele. Cady perguntou por que a privada do banheiro da frente não funcionava. Trocou uma lâmpada na lavanderia quando achou que ninguém estava olhando. Reabasteceu a tigela de água de Spin, trouxe um saco de maçãs Gala, uma caixa de tangerinas — jogando-as, sem nenhum alvoroço, na fruteira de madeira vazia da cozinha. Cady mal ia para casa.

Um mês depois, todos se sentaram no cais com uma garrafa térmica cheia de chocolate quente adicionado de rum (preparado por Cady, que insistia que eles haviam de ter uma garrafa térmica *em algum lugar*) para assistir ao Sol gelado se pôr. Conversaram sobre a pior dor física que já haviam sentido e descobriram que todos haviam sido muito abençoados; nenhum deles havia quebrado um osso ou se envolvido em um acidente de carro, nenhum deles havia nem mesmo precisado levar pontos. Tinha de ser, certamente, uma dor efetiva, requintada, torturante. Enquanto conversavam, Alice acendia fósforos e jogava as chamas na água. Ela não fumava, mas adorava acender o cigarro de outras pessoas; adorava acender fósforos e brincar com a chama, ver até onde seus dedos agüentavam antes que o fogo tomasse conta.

— Por que você está fazendo isso? — perguntou Cady. Não demonstrava desaprovação, mas mera curiosidade. Ela estava segurando a mão de August.

Alice deu de ombros.

— Não sei — disse ela. — É uma mania, eu acho.

— Isso não é uma mania — disse Cady. — É um desafio.

— Talvez — disse Alice, encolhendo os ombros, sem querer estender-se, deixando Cady pensar que ela talvez fosse um pouco mais misteriosa, um pouco mais perigosa do que a própria Alice acreditava ser.

— Sabe — disse Gus —, mamãe vai voltar para casa hoje à noite.

— Há quanto tempo ela está fora desta vez? — perguntou Cady.

— Bem, pouco mais de um mês, na verdade — disse Alice. — Um pouco antes de você chegar aqui no nosso planeta. Ela estava comprando tapetes em Marrakesh. Vai vendê-los para algum negociante da cidade.

— É o que a gente imagina — acrescentou Gus.

— É melhor eu ir para casa, então — disse Cady, mas não moveu um músculo sequer. — Eu tenho que ir de verdade.

Alice olhou para ela. Ela estava tão bonita naquela luz. Até mesmo o Sol a se esvaecer imprimia em Cady apenas as mais luxuriantes luzes e sombras com que qualquer garota jamais poderia sonhar. Se estivessem vivendo milhares de anos antes, todos do condado de Suffolk passariam a idolatrar Cady DeForrest naquele exato momento, naquele exato lugar, acendendo velas em seu louvor, sacrificando virgens em seu nome, convencidos de que ela era um ser humano concebido em ouro retorcido, uma mulher inimaginavelmente valiosa. Alice queria dizer a ela: *Nem pense em se mexer; nem mesmo você conseguirá ficar assim de novo um dia.* Sua pele era leite quente misturado a um pouco de café forte, e era como se seus olhos estivessem debaixo d'água em um dia perfeito, vendo o céu através da superfície do mar. E, então, ela sorriu.

Gus parecia estar tomando uma decisão.

— Vou levá-la até o carro — disse ele, como se dissesse: *Quero fazer um bebê.* Os dois se levantaram e foram até a casa.

Alguns minutos depois, Alice também foi. O BMW verde-limão decrépito de Cady ainda estava na entrada de automóveis. Ninguém ia a lugar algum. Alice nunca se sentiu tão agradecida por morar em uma casa tão grande. Foi o mais longe possível do quarto de Gus, para uma sala onde havia, misericordiosamente, uma televisão. Durante uma ou duas horas, sentou-se congelada no sofá, como se tivesse sido comandada pelo próprio Deus a aumentar o volume e assistir a velhos programas na televisão. Assistiu até que pudesse ter plena certeza de que não poderia de modo algum ouvi-los, mesmo que subisse a escada. Do lado de fora, a noite estava escura como breu, uma filha da puta sem Lua. O telefone tocou, assustando-a, e era seu pai do aeroporto dizendo que ele e Charlotte estariam em casa dentro de uma hora, o que gostariam de comer? Eles podiam passar no China Express?

— Cady está aqui — disse Alice, baixando totalmente o volume da televisão — e tenho a impressão de que vai ficar para o jantar.

— O que é que aconteceu com aquela garota do cabelo, aquela Sharon ou sei lá que nome tinha?

— Já era, há muito tempo, papai — disse Alice, rindo de seu pai, de como podia ser tão irremediavelmente alheio a tudo. Houve pelo menos mais três garotas desde Shannon, mas seu pai gostava de garotas com cabelo vermelho, garotas como sua mulher e sua filha. — Como está a mamãe? — perguntou e, por algum motivo, achou que poderia começar a chorar. Alice olhou para a televisão — como para se consolar —, onde uma pálida mão de mulher derramava um líquido azul em uma fralda.

— Ela está bronzeada — disse ele, soando alegre. — Ela está bem aqui do meu lado. Quer que eu passe o telefone para ela?

— Tudo bem, não precisa — respondeu Alice, engolindo em seco. — Vou vê-la daqui a pouco.

Ao desligar o telefone, ouviu o que parecia um grito de Gus. Gus gritava com Cady. Havia se passado apenas um mês e eles já haviam brigado mais do que algumas poucas vezes sobre sabe-se lá o quê. Pela primeira vez, Gus não iria teorizar sobre seus problemas com as garotas. Disse que era tudo simplesmente intenso demais e que isso o matava, estar com ela, que era como se fossem dez anos em um único dia. — Parece tão triste — Alice cometeu o erro de dizer, e Gus olhou para ela como se estivesse partindo para uma longa viagem e não faria o menor sentido manter contato. Ouviu-se o som de algo caindo pesadamente no chão, o som de uma porta batendo. E, depois, houve silêncio.

Durante todo o dia, ela havia se sentido bastante bem — até mesmo um pouco empolgada —, tendo sido confortavelmente incluída no desenfreado romance de seu irmão, mas agora parecia claro que ela havia apenas acompanhado de perto, que tudo o que eles queriam era uma oportunidade de ficar a sós. Naquele momento, estavam provavelmente fazendo as pazes e rindo da briga — o tempo todo, eles haviam tentado dar indiretas a Alice, e o tempo todo ela simplesmente ficava. Pensou em sair, em viver sua própria paixão destrutiva, mas lembrou-se da semana anterior no clube de Eleanor, o que parecia ter acontecido há muitos anos, a maneira como o rosto de um garoto magricela se transformava, tornando-se de alguma forma mais adequado a seus traços, quando ela concordou em "dar apenas um passeio". A idéia de paixão pareceu-lhe risível. Era preciso tão pouco para agradá-los. Sempre.

Isso havia começado — como quase tudo que fazia — como uma forma de atingir sua mãe. Ela também sabia disso. Era constrangedor, mas era fato: dois meses antes, em uma festa ao redor de uma fogueira em uma faixa ridiculamente estreita de praia pública, ela havia ficado fora de casa até mais tarde do que teria motivo para ficar, mais tarde que qualquer outra pessoa que conhecesse, porque queria que Charlotte se preocupasse com ela o bastante para cancelar sua viagem. Gus já deveria ter retornado de Montauk, onde estivera trabalhando e surfando durante todo o verão. Deveria ter voltado a tempo de ir à festa, pelo menos a tempo de buscá-la, mas ele não veio e, sem seu irmão ali, Alice ficava, de alguma forma, diferente. Sem seu irmão para entornar aquela cerveja a mais, tirar a roupa e se jogar no mar, incitando pelo menos outros cinco a acompanhá-lo, a pessoa normalmente quieta que Alice era ficava quieta de uma maneira diferente. Iluminada pela luz do fogo e animada por duas cervejas (sua tolerância ao álcool era simplesmente nula), estava dando a um salva-vidas de cabelos escuros razões mais do que suficientes para que acreditasse que ela bem que gostaria de ir com ele "catar alguns galhos".

— Está frio — disse ele. — Sou Devin.

— Você é salva-vidas, não é? Não foi você quem salvou um garotinho este verão?

Devin balançou a cabeça, olhando de lado com um ar heróico em direção às brasas em círculo. O fogo estava — como deveria mesmo estar, a uma hora daquelas — se extinguindo. Ela saiu com ele, as mãos no bolso, com imagens de um lar escandalizado, o retrato arruinado de uma adolescente problemática, cheirando a hálito de outra pessoa, à cerveja de uma outra pessoa. Ela imaginava, imaginava mesmo, que entraria em colapso quando sua mãe gritasse e berrasse com ela, enquanto seu pai estivesse tentando *acalmar Charlotte.*

Alice, então, levou adiante a suposta procura por galhos e eles se deitaram em um pedaço de chão que ficava em algum ponto entre a terra e a areia. A princípio, parecia que Devin, o salva-vidas, queria apenas deitar-se ao lado de alguém e olhar as estrelas, retomar suas lembranças de verão. Ele explicou o salvamento do menino, como tudo se passou tão depressa, como sua namorada ficou com ciúmes de toda a atenção que ele recebeu e terminou tudo com ele, embora, por assim dizer, tudo já estivesse terminado havia muito tempo, de qualquer maneira.

— Amanhã vou dirigindo até o Maine — disse ele. — Devo sair às cinco e meia.

Alice, sentindo que seria naquele momento ou nunca, virou-se de lado e apoiou a cabeça na mão como se estivesse pronta para uma série de exercícios com a perna.

— Você deveria ficar acordado a noite toda — disse ela. — Já passou da metade.

Ele não disse nada, mas manteve o olhar nela. Não sorriu nem se mexeu. E ela sentiu algo descendo lá embaixo, como se tivesse entrado no elevador de um arranha-céu e ido direto ao topo. Lá estavam os olhos dele, mais sérios e trágicos do que havia observado antes. Ele havia salvado um menino. Ele esticou a mão — não para segurar a sua nem para tocar seu rosto, mas para tirar sua blusa. Ela permitiu. Parecia estar, ao mesmo tempo, sendo despida como uma criança e entrando em uma sala vermelha como o pecado, onde começava a entender o que era o desejo. O ar estava suficientemente quente para que sua pele não congelasse, mas fresco o bastante para incomodar. Ela nunca havia ficado antes sem blusa na frente de um garoto e orgulhou-se de não ter se escondido nem fugido com medo para a sombra. Ele a beijou de forma rápida e surpreendentemente desajeitada (ele era salva-vidas, pelo amor de Deus), com lábios pequenos e duros, mas tinha mãos fortes, e, depois de alguns anos tão preocupada em parar as mãos deles — parar mãos errantes, desejosas, movidas a hormônios —, deixou que as dele passeassem por todos os lugares, pensando em quase nada, a não ser que estava arranjando um problema para si mesma em casa. Mas gostou mais do que havia previsto. Gostou da atenção e gostou de como ele realmente cheirava como o finalzinho do verão, todo aquele sal e loção bronzeadora substituídos por calafrios. O suor cobria os dois como espuma do mar, e ela esqueceu-se da hora. Não deixou que isso fosse *tão* longe. Ele deu a ela uma carona para casa. Nada de mau aconteceu realmente.

Mas, quando ela finalmente atravessou a porta de entrada, não foi sua mãe quem a recebeu.

— Papai? — sussurrou Alice, depois de ter visto seu pai curvado em uma cadeira, sentado no escuro.

Ele disse à filha que estava preocupado, que não havia nenhum número para o qual pudesse ligar.

— Estou bem — Alice lhe disse. — Está vendo? Estou perfeitamente bem.

Ele olhou para ela sem dizer nada. Passou a mão sobre a superfície de seu rosto cansado.

— Perdi a noção do tempo — disse Alice. — Desculpe por você ter esperado acordado. — E ficou na mesma hora constrangida, absolutamente envergonhada, uma menina levada pouco convincente. Seu pai era a última pessoa a quem ela queria preocupar. Não havia imaginado seu rosto cansado, atormentado por preocupações. Havia imaginado apenas Charlotte e sua raiva, a raiva pela qual Alice tanto ansiava. Queria tranqüilizá-lo, que ele soubesse que ela havia ficado fora até mais tarde de propósito — como se isso fosse melhorar a situação — e que estava tudo sob controle.

Ele pediu a Alice que, por favor, nunca mais fizesse isso outra vez. Disse-lhe que não era justo.

— Você está certo — disse ela. Balançou a cabeça. — Mamãe está acordada?

Ele sorriu estranhamente e disse-lhe que Charlotte dormia profundamente, tendo se deitado logo após Alice ter saído para a sua aventura noturna.

— Está dormindo como uma criança — disse seu pai. — É engraçado como ela dorme maravilhosamente bem antes de partir.

São aqueles comprimidos franceses para dormir que ela insiste em terminar, como se fossem um rolo de filme, Alice queria dizer a ele. *É só para me contrariar, você não enxerga?*

E os dias foram ficando mais curtos e as noites de Alice, mais longas, seu horário estimado de chegada cada vez mais difícil de prever. E seu pai ficava nervoso, e sua mãe continuava a planejar sua viagem, fazendo excursões até a cidade para visitar embaixadas e contatos pessoais, diversas lojas de especialidades.

Na manhã de seu vôo, Charlotte pôs a mão em concha sob o queixo de Alice, como se Alice fosse uma camponesa tcheca e Charlotte, uma ocupada inspetora patrulhando o gado local.

— Querida — disse ela —, você parece cansada e um pouco inchada; você está menstruada?

Alice balançou a cabeça, e a mão de sua mãe caiu.

— Não — disse ela, exibindo um bocejo. Nas duas últimas noites, ela havia chegado às três da manhã e saído para a escola antes das oito.

— Bem — disse Charlotte, tirando os anéis e colocando-os em uma bolsinha com zíper pronta para ser guardada —, acho que você deveria dormir mais. Todas essas saídas, essas *bebidas* tarde da noite, veja bem, estou supondo, vão causar o maior estrago à sua pele, pode acreditar. É impossível escapar do inchaço, mesmo na sua idade.

Alice olhou para a sua mãe, tentando ao máximo não demonstrar quanto estava chocada.

Sua mãe viu aquele olhar e triplicou-o. *Pare*, era o que diziam os olhos de Charlotte, *pare com esse comportamento patético*. Sua mãe acreditava claramente que, quando se tratava de questões relacionadas à sua filha, bastava a ela *pensar* — pare — que Alice pararia. Charlotte obviamente acreditava que, de todas as complicações da vida, sua filha não poderia ser computada entre elas.

— Gus — gritou Alice, enquanto se levantava do sofá e se dirigia à cozinha. — Ei, Gus? — Ela não iria ficar encolhida em frente à televisão a noite toda. — Eles vão chegar daqui a pouco — disse em voz alta, sem realmente se importar se ele ouvia. Enfiou uma fatia de pão na torradeira e encheu-a de mel. Doía de tão doce, ela adorava isso. Derrubou um pouco na bancada e não limpou.

Quando desceram pela escada de trás, os dois estavam avermelhados e ambos tinham uma aparência estranhamente mais jovem do que ela se lembrava de ter visto algumas horas antes. Aparentemente haviam feito as pazes rápida e eficientemente. Alice se sentiu como o velho guardião de uma rígida escola para moças.

— Há quanto tempo estamos dormindo? — perguntou Gus.

Alice disparou um olhar para ele.

Cady começou a ficar nervosa.

— A gente estava dormindo mesmo, eu juro.

— Tiveram bons sonhos? — perguntou Alice, com uma voz que ela mal reconhecia.

— Ótimos — disse Gus, colocando a mão no ombro de Cady, como que para se equilibrar.

Alice pensou, ao longo de mais de um segundo, em derrubar os dois no chão.

Naquela noite, a primeira vez que Cady encontrava Charlotte, todos comeram comida chinesa e estimularam Charlotte para que ela contasse suas histórias. Era ao mesmo tempo confortante e doentia a forma com que isso havia se tornado ritualístico. O gosto de pato *mu shu* traria sempre para Alice a sensação de que Charlotte acabara de sair de um avião. Não importava se havia emagrecido ou se estava com o rosto cheio, fumando novos cigarros ou não fumando nada, feliz por estar em casa ou desolada (ela nunca escondia seus sentimentos, sua mãe; eles é que tinham de fazer isso por ela), ela quase sempre apanhava comida chinesa no caminho do aeroporto para casa. Gary, o motorista, às vezes levava uns rolinhos de primavera no carro para que ela pudesse satisfazer imediatamente sua ânsia. Era assim, mesmo que ainda não fossem onze da manhã, mesmo que tivesse acabado de comer ou de voltar da China, onde aparentemente, segundo Charlotte, o China Express teria o maior lucro.

Charlotte parecia descansada e havia emagrecido pelo menos dois quilos. Seu cabelo estava preso para trás com uma faixa amarela, suas unhas não estavam roídas, e ela ficava tocando em seu marido — nos ombros, nas costas dele. Foi educada com Cady, sem ser seca nem exageradamente solícita, reações das quais Gus já a havia acusado quando estava perto de suas namoradas. Charlotte havia tentado colocar Alice em seu colo, da maneira que sempre fazia quando ficava carinhosa, mas Alice sentiu seu rosto corar, tanto de raiva quanto de constrangimento, e esquivou-se.

O que Alice esperava de si mesma: não se entusiasmar quando sua mãe a tratasse como um bebê.

Enquanto consumiam a comida chinesa em pratos de verdade, em vez de fazê-lo diretamente das embalagens (em respeito à convidada de Gus), Charlotte falava. Em breve, estaria exausta, sua família já sabia, ficando irritadiça e reclamando de dores de estômago ou desaparecendo escada acima, suas roupas espalhadas em pilhas coloridas pelo corredor dos quartos; pela manhã, estaria ansiosa por mudar de assunto, dando respostas curtas sobre sua viagem, de certa forma deprimida pela idéia de ter de *descrevê-la*. Eles, então, ouviriam suas histórias selecionadas e não a interromperiam, esperando conquistar ao menos algum entendimento a respeito de onde ela havia estado.

Um homem chamado Narouz (um comerciante de tapetes? um dono de hotel? Aparentemente nenhuma descrição mais detalhada estaria disponível) havia dado a ela um chá que cheirava à flor de hibisco, e ela vomitou durante dias. Havia visto aquela modelo francesa, uma enorme, dos anos 60, com um nome só e lábios quadrados (a qual Charlotte jurava que havia sucumbido às drogas havia muito tempo), comprando uma centena de pequenas tigelas azuis. Passaram um dia inteiro à procura de um abrigo sufista, e uma noite tentando desesperadamente ligar para casa, em uma série de telefones quebrados e com péssimas ligações.

— Senti falta dos meus bebês — disse ela, tentando agarrar Gus e Alice de uma maneira piegas, procurando segurar as mãos de ambos.

— Você já tinha ido antes ao Marrocos? — perguntou Cady. Alice notou que Cady havia penteado o cabelo.

Charlotte fez um meneio, engolindo um *wonton.*

— Várias vezes.

— Você tem negócios por lá? — Alice pôde perceber, pela forma com que perguntou, que Cady já fora ao Marrocos, mas que não diria.

A mãe deles levantou os ombros e olhou para Alice.

— Vamos ver o que vai acontecer — disse ela.

— O que você quer dizer com isso? — disse Alice, enquanto passava furtivamente para Spin uma panqueca de cebolinha — uma das comidas preferidas de Charlotte — por baixo da mesa. Sua mãe não podia simplesmente continuar a fazer isso, valsando para dentro e para fora daquela casa, daquela vida, sem nada além de grandes anedotas. Cady fez mais em um mês em termos de manutenção da iluminação, frutas frescas e companhia do que sua própria mãe fizera em anos. Alice viu-se irritada com ambas; com sua mãe, por partir; e, com Cady, por chegar assim tão facilmente, como alguém que sabia mais das coisas. Como é que ela sabia administrar uma casa? Movimentar-se como uma mulher? Foi criada por empregados. Tinha apenas dezessete anos.

— Ela quer dizer que vai ver — disse Gus. — O que você está pensando?

— Bem — disse Alice —, pensei que se tratava de uma viagem superimportante para alguma grande oportunidade, digamos, no *ramo de tapetes.*

— Alice — disse seu pai.

— Sim? — atendeu Alice. — Oh, estou abordando um assunto impróprio? Você se ausenta por mais de um mês e nós temos que sentar aqui e ficar ouvindo histórias sobre modelos comprando tigelas? — Ela se sentia como se estivesse puxando o cabelo de sua mãe debaixo daquela faixa de cabelo ridícula. — Não podemos perguntar o que você esteve *fazendo*?

— Por que a gente não se acalma? — pediu seu pai.

O telefone tocou e Alice pulou para atender, aproveitando a oportunidade para escapar.

— Deixe entrar na secretária — gritaram Gus e Charlotte. Eles agora tinham secretária eletrônica. Seu pai trouxera uma para casa em julho, e tanto Gus quanto Charlotte amavam ouvir o que as pessoas diziam para uma máquina, como algumas ficavam mudas e outras não paravam de falar. O processo todo deixava Alice deprimida.

Alice ignorou-os e atendeu o telefone. Houve silêncio por um momento depois que ela disse alô, e ela percebeu que estava completamente apavorada com quem poderia ser, com a forma como sua mãe deixava tanta desordem cada vez que partia. Podia ser o banco, um hotel, um homem que diria ter encontrado a carteira dela, que gostaria de devolvê-la pessoalmente, que não confiava no correio.

— Alô — atendeu com a voz baixa.

— Por favor, posso falar com a Alice? — disse uma voz.

— Sou eu — disse ela. — Quero dizer, é Alice.

— É o Jeff — disse ele. — Hum, do estacionamento.

— Ah, oi — disse ela, em voz alta.

— Oi — repetiu ele. Ela ouviu o que parecia um pequeno cachorro latindo ao fundo. Ouviu a respiração dele.

Deus, ela odiava isso.

— O que você está fazendo? — disse sem pensar.

— Estava pensando se você queria... — Ela ouviu Gus rir tão alto que até perdera o ar. Ouviu sua mãe: — E, depois, ele disse, retiiiire isso, *s'il vous plaît*!

— Por que você não dá uma passada aqui? — Alice ouviu a si mesma dizer, como se convidasse estranhos para freqüentar sua casa, ah, o tempo todo. Viu sua mãe erguer a sobrancelha, girar seu lenço ridículo na direção de Alice. — Por que você não vem agora?

Seu primeiro ímpeto depois que ele concordara em ir, depois de não ter trocado de telefone para que pudesse ter mais privacidade e depois que sua família e Cady DeForrest a ouviram dizer a ele como chegar ali (um feito nada fácil, com seu péssimo senso de direção), foi ligar para sua amiga Eleanor. Mas nem mesmo Eleanor sabia que ela o havia masturbado, nem que isso havia acontecido várias vezes nos últimos dois meses. Alice disse a Eleanor que eles haviam apenas se beijado. Isso era o que, por algum motivo, ela sempre dizia, mesmo quando Eleanor ouvia alguns boatos — especialmente quando isso acontecia. De modo que ligar para Eleanor estava fora de questão. Ela retornou à mesa.

— Quem era? — disse seu pai.

— Jeff. Um garoto da escola.

— E ele está vindo para cá agora?

— Algum problema? — perguntou Alice, preparada para usar a presença de Cady como uma sensível ferramenta de barganha. Gus brincava com o cabelo de Cady, bem ali na mesa da cozinha. — Ainda são nove horas — disse Alice — e a gente vai ficar por aqui. — O problema era que, para ela, tanto fazia se ele viesse ou não. Gostava dele, tinha um pouco de medo dele, mas seu medo, na verdade, era de si própria.

— Eu só não entendo...

— Alan — disse sua mãe, claramente aborrecida com Alice, mas não o suficiente para tomar uma posição —, deixe-a.

Ela o levaria, Jeff, lá embaixo, na casa da piscina, e o chocaria com seu silêncio. Ele pediria que ela fizesse coisas, e ela faria. Ele não teria nem que pedir. Ela se anteciparia a ele, deixando de lado as pequenas negociações. Ela não era burra; sabia o que ele queria dela. Ele era bonito demais, tinha uma aparência abastada demais para estar ligando para ela de verdade. Ela sabia que tinha um cabelo bonito e belas pernas e era inteligente de uma estranha maneira, mas havia garotas que eram para namorar e outras que não eram, e ela sabia de si mesma — sabia em que categoria se encaixava.

Quando Jeff chegou, seus pais estavam largados no sofá da sala, sem saber ou sem se preocupar com o fato de que Gus e Cady estavam de volta ao quarto dele. Parecia que iriam bater um recorde; simplesmente não tinham a menor vergonha.

Jeff era ainda mais alto do que ela se lembrava. Parecia um completo estranho para Alice, como se tivesse acabado de chegar de uma fazenda dos anos 50. E era sério. Se estivesse usando um chapéu, ao ver seus pais, sem dúvida o teria tirado.

— Tchau — Alice disse a seus pais, depois de uma apresentação rápida.

— Aonde vocês vão? — perguntou seu pai.

Alice deu uma risada rápida, curta.

— Só vamos andar até a água — disse ela. — É bonito.

— Bem, não acho que seja uma boa idéia — disse ele.

— Papai?

— Nesta época do ano, os guaxinins ficam de tocaia lá embaixo. A sra. Craven foi atacada de verdade por um deles outra noite.

Todos riram, até Jeff, que parecia não saber para onde olhar.

— Guaxinins? — perguntou Alice. — Você só pode estar brincando.

O jeito como seu pai a olhava deixou-a maluca. Perguntava a ela com os olhos se ela estava bem. Dizia-lhe que ela estava agindo de forma estranha e que ele mostraria àquele loiro grandão o caminho da porta agora mesmo, que bancaria o idiota especialmente por ela se sua vontade, secretamente, fosse ficar com os pais e assistir a uma porcaria de televisão. Seus olhos estavam dizendo que ele tinha a sensação de que era isso que sua filha queria.

— Vamos levar o Spin — Alice disse, e viu-se forçando uma risada. — Ele vai nos proteger de todos os terríveis guaxinins.

— Eu não estou brincando — disse ele, com a voz se elevando.

— Alan — disse Charlotte, o pé no colo dele —, não seja ridículo. Podem ir — disse ela, sem olhar para a sua filha, mas abrindo um grande sorriso para Jeff. Sua mãe a estava punindo com aquele sorriso, e esse artifício estava surtindo efeito. Deixou a sala arremessada para dentro da galáxia, muito longe de sua família e de seu centro; sua mãe, o Sol. Tentou ser lunar, tentou ser uma criatura hedonista da noite, divertindo-se na condição de forasteira, mas, ao pisar de fato do lado de fora, tudo o que observou foi que fazia mais frio do que ela esperava e que ela se sentia desorientada, em vez de excitada, com aquele estranho andando ao lado dela.

Ele usava uma blusa de lã azul-cobalto, o tipo de roupa que os namorados vestem, o tipo que as garotas gostam de pedir emprestado, e seu cabelo loiro e seus olhos castanhos eram de certo modo exóticos; faziam com que ela pensasse nos estados de Wyoming e Montana, na ciência cristã, nos mórmons.

— Trouxe umas cervejas — disse ele, animado. — Estão no carro.

— Ótimo — disse ela. — Que ótimo!

Talvez fosse só impressão, mas parecia que Jeff estava olhando para ela de uma maneira estranha. Será que ela estava com hálito de comida chinesa? Ela havia chupado uma laranja e bebido Coca, mas talvez ele ainda sentisse o cheiro de delícia de camarão. Talvez ela parecesse diferente do que ele se lembrava. Mas, entre todas essas preocupações, ela conseguiu encontrar seu senso de determinação. Ela iria tocá-lo. Iria tocá-lo e não importava se ela estivesse cheirando a rolinho de primavera. Nada importaria além de sua bravura, sua absoluta disponibilidade. Ela não precisava de amor, como algumas garotas. Agora, ela já sabia disso.

Gus e Cady haviam acabado de se conhecer e, pronto, já eram um casal. Eles berravam, gritavam e atiravam objetos. Faziam as pazes e transavam constantemente. Na última quarta-feira, Alice pensou que Gus havia fumado maconha (o que ele não fazia nunca), mas depois percebeu — para sua surpresa ainda maior — que ele havia chorado. Cady fizera seu irmão chorar. Ele agora pertencia a ela. Alice não tinha de pertencer a ninguém, e isso por escolha própria. Podia ser rebelde, fugindo daquilo que se esperava dela e embarcando em outras vidas. O que sua mãe faria? Ninguém tinha de viver de acordo com expectativa alguma, porque ela não estaria esperando nada.

O cais estava vazio, nenhum guaxinim à espreita afinal. Havia um trecho silencioso, perfeito para se observar a água e se embebedar de cerveja.

— Então, que faculdade você pretende fazer? — Alice finalmente perguntou, soando tão apática quanto era humanamente possível soar. Sua frivolidade vinha do fato de não ter nada investido. Poderia ser tão chata quanto quisesse.

— Talvez Colby — disse ele —, talvez Bates.

— Aquelas escolas B e C — disse ela, e ele assentiu.

— Então, o que você costuma fazer nos fins de semana? — Ele não esfregava as mãos nem se movia de maneira irrequieta, Alice observou. Era calmo e suave como um lago.

— Eu gosto de ir de trem até a cidade e, sei lá, ficar passeando. — Ela ia declarar algo que soaria como uma heroína mal compreendida, uma garota que valeria o foco de pelo menos um filme francês.

Ele balançou a cabeça e deu um belo sorriso, um sorriso que parecia sugerir uma certa compreensão. Mas o que Jeff disse foi:

— Seus pais parecem simpáticos. Seu irmão, ele é mesmo um cara legal.

Alice não respondeu. Em vez disso, andou em direção à casa da piscina, e ele a seguiu. Assim que entraram, começaram a se beijar. Foi um grande alívio. Caíram um sobre o outro com uma força que anulava qualquer tentativa de se manter uma conversa. Ela não tinha a menor idéia do que ele gostava de comer, que música ouvia no carro, se já viajara para fora dos Estados Unidos, se seus pais ainda eram casados. Mas ali estava ela, com a língua em seu ouvido, as mãos agarrando os ossos de seu quadril, não sentindo quase nada além de uma grande urgência de sentir algo mais que a raiva pela mãe, por ela pensar que a filha não era ninguém com quem devesse se preocupar. Ela tirava a blusa dele, desabotoava o jeans dele, forçava-se a ir além. Era uma jogadora desvairada, acometida de uma sorte inesperada, cansada de não se arriscar. Ele cheirava a banho ainda mais que na outra noite, e suspirava e gemia, e soava quase preocupado. Ela tomou isso como um bom sinal e seguiu em frente. *Eu pago os dez e aposto vinte! Você me ouviu? Vinte!*, deixando que suas próprias calças caíssem no chão, deixando-se cair no chão com aquele estranho mexendo-se em cima dela. Ele era tão grande, tão sólido, e era disso que ela precisava, ser pregada na terra, ser amarrada pela necessidade urgente de outra pessoa. Ela ainda era virgem. Bem ou mal, ainda virgem. Dizia isso a si mesma, enquanto sentia a pressão do corpo dele contra suas pernas, procurando por ela da maneira que ela sabia que ele imaginava que ela procurava por ele. Alice viu-se de cima, e lá estava ela, pálida e contorcida — uma visão do desejo encarnado. Se ela fosse Jeff, estaria fazendo exatamente o que ele fazia. Procuraria, desajeitada, uma camisinha no escuro e xingaria a si mesma por não ter trazido uma.

— Tudo bem — ela ouviu a si mesma dizendo. — Você pode.

— Você... está tomando pílula? — ele disse de forma quase ininteligível, e ela não respondeu, apenas beijou-o, trouxe-o para mais perto dela; ela ia, ia, foi. Se fosse Jeff, ela estaria apoiada naqueles grandes braços de nadador e meteria com força — aproveitando-se de uma oportunidade digna de virar uma história. Mas ela não era Jeff e deixou que aquilo acontecesse, deixou que a dor viesse, não deixou que um só som saísse, e repentinamente sentiu vontade de chorar. Quando ele ia sair de cima dela, ela o puxou de volta. Ele era pesado e ela mal conseguia respirar, mas pediu que ele ficasse ali por um momento, caso não se importasse.

A arrebentação engolia o que restava de areia; ela podia ouvir a maré subindo. Era aquela paisagem cambiante que ela sempre mostrava para qualquer pessoa para quem aquela vista fosse novidade. Com as marés, havia antes e depois. *Antes* era a praia irregular, cheia de mato, um caminho para se andar sob as docas dos vizinhos, pela areia, por muitos quilômetros. E *depois* era tudo água e apenas água, até o gramado verde deles. *Você está vendo aquela bóia de sinalização?*, perguntaria ela. *Na maré baixa, há terra até lá, uma extensão limpinha de praia.*

Mas a noite estava tão escura que mesmo Alice mal conseguia dizer onde terminava a água e começava a terra, a diferença entre antes e depois. Então, de fato, o que ela poderia mostrar naquele exato momento para ilustrar a diferença?

Jeff rolou para o lado e Alice sentiu-se nua, paradoxalmente, pela primeira vez durante toda aquela noite.

— Você provavelmente precisa ir, não é? — perguntou Alice, vestindo a blusa.

— Acho que sim — disse Jeff, a voz mais solta e mais alta do que ela se lembrava. — Escute — disse ele, sem vestir a cueca, sem pressa de cobrir seu corpo tão bonito.

— Tudo bem — disse Alice. — Tudo bem.

Ele olhou para ela de maneira estranha, da mesma forma que havia feito antes, mas dessa vez ela não estava preocupada com seu hálito nem com sua aparência. Sabia que era para *ela* que ele olhava estranhamente, vendo além de seu cabelo vermelho e seu queixo pequeno, vendo além de seus olhos cor-de-níquel. Ele estava olhando para dentro de sua distância e observando como ela havia lhe dado total permissão para que a tratasse mal antes que ele desse qualquer indicação de que não iria fazê-lo. Parecia assustado, assustado de uma forma que não tinha volta.

— Amanhã é aniversário da minha mãe, então... — disse ele.

Alice olhou enquanto ele vestia a roupa. Ele não estava exatamente apressado, mas parecia estar adquirindo uma suave urgência. Ela o imaginou como marido, habituado a acordar cedo e se vestir em respeitoso silêncio, a fim de não acordar a mulher.

Eles andaram até o carro dele em um silêncio ligeiramente doloroso. Depois de colocar as garrafas de cerveja em um engradado de leite no banco traseiro, inclinou-se docemente sobre Alice e deu-lhe um beijo.

— A gente se vê — disse ela, e ele partiu.

Depois que foi embora, Alice desceu de novo até a água. A princípio, encontrou dificuldade em respirar. Se ao menos ele não a tivesse beijado daquele jeito — um adeus tão óbvio e escancarado. Ela andou sobre o cais e sentou-se onde conversara com Cady um mês antes. *Você é bonita*, ela havia lhe dito, como se as palavras fossem preciosas; como se realmente importassem. Alice ainda tinha fósforos no bolso e queimou alguns, chamuscando os dedos enquanto os lançava na água. Doíam de verdade, as pequenas queimaduras, e ela pensou em sua mãe jamais vindo e dizendo: *Olhe, estou preocupada com você.* Ela já fazia isso com Gus há anos. Eles tinham conversas reservadas sobre controle de natalidade, autocontrole. Brigavam acaloradamente sobre aquela falta de decoro, a maneira como ele andava pela casa basicamente nu sempre que sentia vontade. Alice pensou, enquanto se levantava e caminhava em direção à casa, que o mais perto que sua mãe já chegara de expressar preocupação ou raiva em relação a ela foi quando dissera a Alice que ficar na rua até tarde estava afetando sua aparência. Como se isso fosse tudo o que Alice precisava aos quinze anos: um pequeno bocado de constrangimento, um pequeno golpe de humilhação.

Não tinha a menor idéia de que horas eram, nem por quanto tempo Jeff estivera ali, nem por quanto tempo ficara sozinha. Na casa, as luzes estavam apagadas; a televisão, desligada. Spin estava no chão da cozinha, choramingando em seus sonhos. Ela não se importava que fosse tarde nem que sua mãe tivesse acabado de voltar do Marrocos. Não se importava que Cady estivesse, sem dúvida, no quarto de Gus e que pudesse ouvir cada palavra gritada. Alice começou a se encher de coragem, preparando-se para confrontá-la. Era a única opção disponível para ela naquela altura, incapaz, como obviamente era, de manter contido esse tipo de raiva.

Ela abriria a porta com cuidado e, se sua mãe estivesse dormindo, a observaria por alguns momentos, reparando exatamente como era o rosto dela antes de ouvir a verdade. Charlotte era bastante exigente sobre como gostava de ser acordada, e Alice quebraria todas as regras. Cutucaria o ombro de sua mãe. Acenderia a luz. Levantaria a voz instantaneamente, acabando com aquela ilusão de paz. Se seu pai dissesse a Alice que isso era algo que poderia esperar até de manhã, ela permaneceria calma com ele e, ao mesmo tempo, discordaria. E, depois, listaria os defeitos de sua mãe. Ela os listaria sem dizer *como* nem *hum. Você é egoísta, você é fútil, você é preguiçosa.* E assim por diante, sem parar. Ela a convidaria até a cozinha e, ali, descreveria em detalhes para sua mãe o que fizera com Jeff e o que havia arriscado, por que havia feito aquilo e qual fora a sensação — qual fora a sensação para ela.

Mas, quando chegou à porta de seus pais, foi engolida pelo silêncio a seu redor. Abriu a porta e foi definitivamente silenciada por isso: a visão de sua mãe deitada, tão imóvel — a cabeça descansando no ombro de seu pai, a mão pálida sobre o peito dele.

Ficou como que atordoada diante dessa visão tão banal e, pela primeira vez na noite, sentiu-se bêbada. Estava bêbada de decepção, por saber que havia se comportado como uma boba com Jeff, e bêbada da certeza de que não contaria nada para a sua mãe naquela noite. Como poderia, quando o sentido de sua família — o pequeno e luminoso centro branco e quente — estava exposto ali, bem diante dela, em um espetáculo privativo? Olhou-os dormindo, sua mãe e seu pai, e o quarto agora girava. A mão de sua mãe era bem mais vigorosa e simples que o resto dela. Estava firmemente pousada no peito de seu pai, uma mão sem nada de especial. Alice estava tonta; desmoronou diante dessa simples possibilidade, de como o mundo de sua mãe poderia ser despido de adornos como qualquer outro. De como, em seus sonhos, sua descuidada mãe — frívola, com lenço no cabelo, revestida de ornamentos — possivelmente era mais parecida com Alice do que esta jamais havia se permitido acreditar. Mas, então, Alice sentiu o cheiro do ar do lado em que ficava sua mãe na cama; viu como as sobrancelhas de Charlotte eram delineadas como as de uma fada sem que ela nunca tivesse tido que arrancá-las.

Queria se enfiar entre eles como fazia às vezes quando era criança. Queria estar dentro de sua mãe, sem nome, ainda não nascida, ou enterrada bem fundo, dentro de seus pais, como mera sombra de células separadas. Alice ficou olhando e querendo e, então, depois de alguns momentos em que eles nem se mexeram, depois que permaneceram fundidos em um terno emaranhado de sono, ela saiu do quarto e recuou pelo estreito corredor cheio de correntes de ar.

5

Promessas, 1985

Durante um ano inteiro, Charlotte não foi a lugar algum, pelo menos não sozinha. Ninguém sequer mencionou sua falta de planos de viagem, por medo de que, se isso fosse levantado, ela pudesse se dar conta de que estava entediada. Durante um ano inteiro, ela fez a maior bagunça, jogando pastas de artigos recortados e fotografias pela mesa da cozinha, largando tigelas de granola com iogurte e maçãs apodrecidas nas estantes do andar de cima, como se tivesse sido chamada inesperadamente enquanto procurava um livro e fazia um lanchinho. Ainda não levava Spin para passear com regularidade. Pisava na roupa de mergulho de Gus no chão do armário da entrada e andava descalça sobre o inevitável rastro deixado pelos lanches de cereal açucarado que ele fazia. Agora, que ficava tanto tempo em casa, recusava-se a empregar uma pessoa para a limpeza, sob a alegação de manter sua privacidade e, quando seu pai parava de gritar e começava a chorar ao ver o estado da cozinha, Charlotte entrava em um frenesi de limpeza e, com o zelo dos convertidos, levava isso ao extremo, pela simples lucidez que isso lhe proporcionava. Acabou levando esse frenesi para o reino da decoração, reformando, no andar de cima, o quarto de hóspedes, que quase nunca havia sido usado.

Alice adorava ficar no meio de um quarto que acabara de ser esvaziado. Havia tanto a se admirar no trabalho dos detalhes originais — o peitoril baixo, profundo, antes obscurecido pelas cortinas, estava agora totalmente pintado da cor das barbas de milho, e cornijas modelavam audaciosamente o quarto, realçando o chão de madeira cor-de-mel. Alice ficou de pé no centro do quarto, apreciando a perfeição do espaço em seu vazio, como um novo pensamento não-verbalizado. Sua mãe pretendia manter uma austeridade elegante, mas Alice sabia que ela não conseguiria se conter. A desordem começou com um travesseiro — um pequeno travesseiro rendado — e, em poucas semanas, havia pilhas de excessos: fotografias emolduradas de uma noite escura, uma antiga coleção de luvas, livros com capa de couro encontrados por uma pechincha em uma feira de uma igreja local. Os colecionadores, Alice tinha certeza, eram solitários ou pessoas que buscavam fugir da solidão por meio da vida de outras pessoas.

Sua mãe colecionava com desespero e, desesperada com a bagunça, passou para outro quarto. Parou de ir dormir tarde e começou a limpar a casa da piscina. Um dia, Alice notou que o desenho que sua mãe havia feito muitos anos antes havia sido tirado da geladeira. Charlotte arrancou o piso mofado da casa da piscina e esfregou as janelas, substituiu a maçaneta quebrada por um acessório roxo de vidro e até lubrificou as dobradiças para que nada rangesse. Decretou que a casa da piscina seria agora seu escritório e declarou o acesso a ele proibido para qualquer pessoa, exceto para ela mesma. Havia cortinas penduradas e elas estavam sempre fechadas. Em geral, ela ia ali para desenhar e pensar; nenhum telefone foi instalado. Quando terminaram seus próprios aposentos, começou a desenhar casas de outras pessoas, almoçando com mulheres que mal haviam previamente sido registradas em seu radar e acolhendo os planos de um country clássico ou dos anos 50, de um estilo provençal ou *hippie-chic*.

— Pela primeira vez na vida, estou realizando alguma coisa — Charlotte disse a Alice, e Alice acreditou nela. Alice tinha de concordar. Durante a semana, ela ia às distribuidoras de tecidos, fazia amizade com negociantes de antigüidades, investigava os métodos mais baratos para importar de Java e da França. Nos fins de semana, enquanto seu pai trabalhava e Gus saía para surfar, Charlotte e Alice ficavam pela cozinha e observavam a chegada dos cisnes; esperavam pela visita dos filhotes. Alice seguia atrás de Charlotte com um saco de pão, e passavam o tempo observando os cisnes levarem algas para seus filhotinhos e a agitação que se seguia depois que elas jogavam, do cais, pedaços de pão. Observavam o deslizar longo e elástico dos pescoços dos cisnes e as pequenas cabeças felpudas balançando e mergulhando debaixo d'água. Depois de mais ou menos uma hora, faziam qualquer coisa para a qual tinham de se vestir. Ambas gostavam de ir até a cidade de trem. Andavam pelo centro sem nenhum destino específico. Visitavam lojas sem nome, lojas com paredes brancas e pisos de madeira, com um sortimento de uma beleza pálida. Charlotte pegava roupas para Alice e, inevitavelmente, colocava-as de volta no lugar. "Com seu tom de pele e cabelo", ela dizia, "você deveria usar branco ou preto. Seu visual já é bastante enfeitado." *O que ela queria dizer com aquilo?* Alice sempre quis perguntar, mas estava ocupada demais observando sua mãe pegar objetos e colocá-los de volta no lugar — brincos, luvas, uma blusa transparente, qualquer detalhe que chamasse a atenção de Charlotte. Alice tentava prever o que sua mãe notaria, mas raramente acertava.

Às vezes, iam ver uma exposição no Whitney, no Met, e acabavam sempre contemplando os retratos de Sargent, perguntando-se o que teria acontecido com todas aquelas roupas e jóias, imaginando como eram as pessoas, como conversavam e se tratavam no dia-a-dia. Alice olhou fixamente para a menina de cabelos negros que tinha ido ser cantora na Itália e que conheceu a morte por intermédio dos nazistas, sendo despojada de todo aquele vestuário extraordinário, despojada da luz em seus olhos.

No segundo sábado de outubro, Charlotte estava estranhamente quieta — mais romântica que agitada, mais atordoada que distraída — e, à medida que esses sábados começaram a incluir paradas em bares de hotel, decidiram-se por uma mesa ao ar livre no Stanhope, onde havia lâmpadas que esquentavam ainda mais que um dia de verão indiano, já agradavelmente quente. Charlotte contou a Alice pequenas coisas sobre seu pai: como ele gostava de uísque mais do que tudo, caprichado, em um bar de hotel; como ele consertara seu bule de chá quebrado no segundo encontro deles; como usara um casaco de *tweed* cor-de-chocolate e como ela havia rido dele, como havia rido dentro daquela lã encharcada quando chegaram atrasados para o teatro depois de correrem pela chuva. Sua mãe, em momentos de confidência, não falava muito sobre o Nepal, a Jordânia, o Tibete ou qualquer outro lugar — mas sempre de Paris, uma Paris impossível, onde havia conhecido seu pai apenas semanas depois de atravessar o mar em 1966. Ela parecia, de certa forma, triste quando falava disso, embora também se sentisse compelida a fazê-lo, apenas com Alice, ao que parecia, e apenas nesses preguiçosos dias tão particulares.

— Você tem tanta sorte — Charlotte disse a Alice no Stanhope. Pegou apenas as amêndoas de um pote onde estavam misturados vários tipos de nozes e castanhas, colocou-as em fila sobre o ensopado guardanapo do coquetel. Elas estavam em frente a um museu, observando as pessoas. O ar estava pesado com a fumaça de cigarro e o aroma salgado de *pretzels.*

— Por que tenho sorte?

— Bem — disse ela —, para começar, para você, tudo ainda está por acontecer.

— Como é que você sabe?

— Bem — disse Charlotte —, eu não sei. Você pode até estar vivendo uma vida totalmente secreta. E isso é totalmente verdade.

Alice riu de uma maneira que, ela esperava, tivesse sido misteriosa. Queria que sua mãe perdesse um pouco de confiança, que vacilasse ao menos um pouco em suas suposições a respeito de sua filha.

— Seu irmão deveria estar fazendo isso também. Ele fica por aí, mas o que precisava mesmo era terminar com aquela garota e ir para algum lugar diferente. Nem precisava ser para a faculdade, pelo menos não por enquanto.

— Você nunca gostou de Cady — disse Alice.

— E você gosta?

— Eu *até* que gosto de Cady, mas gostaria que ela fosse para a casa dela de vez em quando. Gostaria que eles não precisassem ter seus momentos mais barulhentos no meio da noite. — *Gostaria que a gente falasse de mim.*

— Ela é séria demais para ele, exigente demais.

O que sua mãe parecia não notar, Alice achava, era o tanto que Gus era exigente com Cady. Os dois pareciam estar em um concurso para ver quem sentia mais profundamente, quem era o mais obcecado, bravo e ciumento. Precisavam brigar e fazer as pazes, ao que parecia, para conseguir chegar ao fim de cada dia.

A única oportunidade em que Gus parecia estar sem Cady (além da escola, que ele freqüentava esporadicamente nos últimos tempos) era quando saía para surfar. Habituou-se a acordar por volta das cinco da manhã aos sábados e ir até Montauk. Surfava também durante a semana, o que todos sabiam, exceto seu pai. Charlotte não confrontava Gus a esse respeito. Alice sabia que isso dava a ela uma sensação de prazer, cada vez que ele saía sozinho com sua prancha, fosse em um carro emprestado ou de trem; ele parecia bastante insolente e satisfeito consigo mesmo. Cada vez que seu pai o repreendia por causa de seus atrasos, suas notas, suas roupas esfarrapadas e quase sempre ridículas, Charlotte não fazia muito mais que encolher os ombros, porque sabia que ele escapava para fazer o que lhe desse na telha. Suas notas eram boas o suficiente para lhe conseguir uma vaga em uma faculdade razoável, caso se decidisse a isso, e a escola não determinaria sua vida, era o que Charlotte argumentava um tanto evasivamente — como se Gus fosse simplesmente maior do que a escola como conceito. Como se estivesse, por natureza, acima de tudo.

Charlotte se preocupava apenas com o fato de que seu filho, aos dezoito anos, estivesse tão espontaneamente entregue a outra pessoa, a alguém (Alice não podia deixar de imaginar) que não fosse Charlotte.

— O que foi, querida? — Charlotte perguntou à sua filha, enquanto dava um gole no resto aquoso que ficou de sua vodca com limão, enquanto sinalizava para o garçom mais velho, que transpirava no calor, vestido de branco. Mas Alice não se lembrava de ter dito coisa alguma, pelo menos não em voz alta, e ficou com a sensação familiar de perceber que ela estava sempre fazendo uma pergunta — invisível, muda — *Você está me vendo? Você me ama?* —, um refrão como um sussurro ou um repicar exasperante inundando todos os momentos.

— Você gosta de decoração? — Alice perguntou sem pensar. — Você sabe, isso que você anda fazendo. — Ainda não havia conseguido decidir se sua mãe gostava de ter um trabalho de verdade. Alice estava preparada para que Charlotte, a qualquer momento, começasse a abrir mão de seus clientes. Estava pronta, dizia a si mesma, para que tudo mudasse.

— Bem — disse Charlotte, acendendo um cigarro azul-acinzentado comprado na Nat Sherman, com base na teoria de que ela fumaria menos se os cigarros fossem caros e distintos —, nem tanto. — Ela inalou e suas estreitas narinas alargaram-se. — Para ser honesta, é basicamente deprimente.

O coração de Alice começou a bater com força, a bater com a consciência de que estava certa, de que era isso e que Charlotte partiria em breve, que esses sábados juntas eram meros exercícios para passar o tempo. Sua mãe estava prestes a dizer-lhe que, quando Gus saísse de casa, ela também logo sairia.

— O gosto das outras pessoas me deprime, a vida das outras pessoas. Tudo se reduz a salas de bagunça, penteadeiras e escritório-barra-quarto de hóspedes, você sabe, pessoas criando um sentido para a vida, em vez de realmente ter uma vida — declarou Charlotte.

Alice não se deu ao trabalho de responder. Sua mãe, de repente, estava com raiva, e seu cigarro afetado ia queimando e se transformando em nada além de uma cinza comum.

— Não sei — disse Charlotte. — Não sei se tenho o perfil para isso; o que você acha?

— O que eu acho? — perguntou Alice. — Você quer saber o que eu acho? Por quê?

— Porque você é minha filha — disse sua mãe, como se isso pudesse explicar tudo. — Porque você é uma menina inteligente e eu a amo.

Alice sentiu uma bola crescendo em sua garganta, sufocando a cada uma das palavras que ela sempre quis desesperadamente ouvir.

— Eu acho que você deveria fazer o que de fato quisesse — disse ela, sendo que não havia verdade em nenhuma dessas palavras. — Acho que você sempre fez, ao que me parece, tudo que tivesse vontade de fazer, e não vejo motivo para mudar isso agora.

Alice percebeu que sua mãe havia registrado o sarcasmo. Percebeu a mudança nos olhos de Charlotte, aqueles olhos verdes que estavam ficando vermelhos com a fumaça e a poluição da cidade. Percebeu os pés-de-galinha nos cantos dos olhos aprofundarem-se em sua pele delicada.

A viagem de trem de volta para casa foi longa e torturante. Houve um atraso de meia hora no Queens e ambas tiveram de usar o banheiro. Charlotte fez algumas tentativas pouco entusiasmadas de iniciar uma conversa, mas nenhuma funcionou. Cada uma leu seu livro e, quando finalmente chegaram em casa, estavam exaustas de terem ficado em silêncio. Tinham isso em comum. Enquanto Gus e seu pai conseguiam ficar calados por muitos dias, com uma facilidade que parecia quase sinistra, Alice e sua mãe não eram capazes disso. Nenhuma delas tinha nem a vontade nem a resistência necessária.

— Deu uma refrescada — disse Alice. — Fez tanto calor hoje.

— Foi um dia estranho — sua mãe concordou, antes de abrir a porta e subir a escada.

Alice viu seu pai sentado na biblioteca, em sua grande poltrona de couro marrom, no único lugar onde ele parecia pequeno. Ele olhou quando ela entrou, como se a tivesse ouvido se aproximar, depois tirou os óculos e levantou as sobrancelhas como se dissesse: *Eu desisto.*

Alice sentou-se do outro lado da mesa dele, da forma como fazia em um consultório médico quando estava liberada para se vestir e fazer perguntas. Podia lembrar-se de quando era pequena o bastante para se sentar sob a mesa e brincar com clipes de papel, que seu pai lhe dava. Charlotte não se conformava com o fato de ela se sentar quieta e feliz aos pés de seu pai, não precisando de nada além do colo dele uma hora ou outra, não precisando de nada além disso. *Você nunca me deixava sozinha,* ela gostaria de ter dito à filha. *Você ficava falando e me seguia de quarto em quarto.*

— Gus me contou que vai ensiná-la a surfar — disse seu pai.

— É mesmo? — disse Alice. — É a primeira vez que ouço isso.

— Você quer aprender?

— Não sei — disse Alice. — Para falar a verdade, não havia pensado nisso. Não é como se a gente vivesse em um paraíso tropical. Parece trabalho demais para encontrar apenas uma onda e tentar não congelar — disse ela.

Seu pai olhou para ela e sorriu. Ela não estava tentando ser engraçada e ele sabia disso, e foi por isso que teve de rir.

— Como vocês dois são diferentes — disse ele, pegando uma pesada caneta-tinteiro.

— Nem tanto — disse Alice, querendo que fosse assim, mas, ao ver a expressão dele, transformou tudo em uma brincadeira, mantendo um ar solene. — Por que você pensou isso?

Ele sorriu e olhou para sua filha de uma maneira que as crianças raramente notam. Olhou para ela com orgulho, como se dissesse: *Eu fiz você.*

Tirou a tampa da gorda caneta e começou a rabiscar em um bloco amarelo, ligando linhas e pontos.

— Tem algo perturbando — disse ele calmamente.

— O que é? O que está acontecendo?

— Ontem encontrei Isabell Donnelly na loja de ferramentas — disse ele tranqüilamente, parando para ver se Alice estava ouvindo.

— Hum-hum. — Ela balançou a cabeça.

— Casada com Bart Donnelly, aquele que se parece um pouco com Abe Lincoln?

— Sim? — disse ela, lutando para não soar impaciente.

— Você sabe quem é ela?

— É uma das... clientes da mamãe.

— Clientes — disse ele —, exatamente, Alice, querida. Não sei como dizer isso, mas você teve algum tipo de problema ultimamente?

— O que você quer dizer?

— Não sei bem. Algum tipo de problema feminino, um assunto sobre o qual você não quisesse conversar? A sra. Donnelly disse que sua mãe está... ajudando você com algo. Você está precisando de dinheiro? Por algum motivo que deixasse você com vergonha de pedir a mim?

— Não tenho a menor idéia do que você está falando — disse Alice rindo, enquanto seu coração batia em constrangido *staccato*, mordendo a língua enquanto pensava o que é que Isabell Donnelly poderia ter a ver com problemas não-especificados de Alice. Será que alguém havia contado para a sua mãe que ela andava fazendo sexo? Será que sua mãe se importava? Além disso, Alice havia parado com aquele comportamento agressivo há cerca de um ano, com apenas uma honrosa exceção.

Seu pai ainda rabiscava decidido no bloco.

— Alice — disse ele com a voz apertada —, a sra. Donnelly estava achando que sua mãe precisava ajudá-la em algo, recentemente. Parecia que você precisava de dinheiro e que era o dinheiro *dela*, da sra. Donnelly, que seria usado para ajudar você. De qualquer maneira, aparentemente, é o que sua mãe disse a ela.

Ele estava tentando, Alice podia perceber, ainda não comprometer ninguém, para deixar que Alice esclarecesse um possível mal-entendido.

— Papai, não tenho a menor idéia do que você está falando — disse Alice, e dessa vez não conseguiu evitar um tom irritado. — Do que *é* que você está falando?

Ele tossiu uma tosse seca e largou a caneta; depois, entrelaçou os dedos.

— O quê? — perguntou Alice. — Pelo amor de Deus, você pode, por favor, parar de fazer isso?

Ele parecia confuso.

— O que estou fazendo?

— Demorando uma eternidade para me contar uma coisa. Isso é uma tortura.

— Acho que sua mãe não tem sido totalmente honesta com essas pessoas — seu pai finalmente disse. Sua voz afundava. — Penso que ela talvez esteja inventando umas histórias — continuou ele cuidadosamente — e acredito que ela está fazendo algo além de garimpar antigüidades com o dinheiro de todas essas pessoas — Ele parecia realmente desorientado. — Você tem alguma idéia do que sua mãe faz todos os dias?

Alice esperou um momento antes de responder. Tentou ser mais como ele, pesando o que parecia ser o ar ao redor de si mesma antes de dar voz a seus sentimentos. Havia uma parede de livros atrás dele, todos de capa dura. Havia uma fotografia de Gus, uma fotografia de Alice e uma foto em branco e preto do perfil de Charlotte, em algum lugar no deserto.

— É claro que não — ela disse por fim, sentindo o suor brotar repentinamente por todo o seu corpo. Alice olhou direto nos olhos azuis de seu pai e pôde ver que ele também estava com medo. Ela sempre viveu com medo de que algo assim acontecesse. Não havia a menor possibilidade de que sua mãe pudesse simplesmente ir trabalhar e almoçar, buscar a roupa na lavanderia. Desde que sua mãe começou a arrumar a casa da piscina, Alice tinha medo de acreditar.

— Mas... — murmurou ela.

— Mas o quê?

— Não quero que ela vá embora por minha causa.

— Você sempre foi dramática demais — disse ele, sem deixar de ser amoroso. — Ela não vai.

— Ela vai. Ela vai embora. Ela praticamente me disse isso hoje.

— Ela o quê?

— Ela começou a dizer que não gostava mais de seus clientes, que eles eram chatos, que a vida deles era um tédio. O que está acontecendo com ela? Ela mentiu para a sra. Donnelly a meu respeito? O que ela lhe contou?

— Eu não sei, Alice. Ela não disse.

— Bem, pense nas possibilidades. Ela provavelmente disse que eu iria fazer um *aborto* ou alguma outra coisa. Ou talvez cirurgia plástica completa? Com qual desses boatos é melhor viver, o que você acha?

— Alice, escute...

— Não, escute você — disse ela, e na mesma hora caiu em silêncio, envergonhada. — Papai — disse ela delicadamente —, você *quer* saber o que está acontecendo?

— Claro que quero — respondeu ele. Mas ela não acreditou.

— Há quanto tempo você acha que ela vem mentindo para as pessoas? Você tem alguma idéia? — *Sexo*, pensou Alice, *drogas; drogas e sexo juntos*. Ou, talvez, estivesse doente. Talvez estivesse escondendo uma doença terrível, escapando de casa todas aquelas vezes para participar de um tratamento experimental. Talvez sua mãe estivesse morrendo.

Quando seu pai olhou para trás dela em direção à porta, Alice logo entendeu que Charlotte estava ali.

— Alice — disse seu pai, como se um intruso tivesse acabado de entrar no local —, por que você não vai até a cozinha? August queria lhe perguntar algo.

Alice pôde ouvir o liquidificador, prova de que ele estava, de fato, lá. Ela quase se recusou a se mover, mas, quando olhou para o pai, ele a encarava tão fixamente que ela se levantou e passou rente ao roupão de sua mãe, sem nem mesmo lançar um olhar na direção dela.

Na cozinha, Gus descascou uma banana e colocou-a inteira no liquidificador; depois, jogou gelo, um punhado de frutas vermelhas e algumas colheres de proteína em pó. Levantou os olhos quando Alice se sentou na bancada, passando uma pêra de uma mão à outra. Alice deu uma mordida na pêra, e Gus olhou novamente para ela.

— Você está precisando de algo? — perguntou ele.

Ela balançou a cabeça, paralisada, saboreando a pêra madura demais, sugando seu néctar. Podia ouvir o início da discussão de seus pais na biblioteca. A voz de seu pai era como o contrabaixo em um disco — significativa, mas baixa, abrindo espaço para os vocais mais vibrantes, para a guitarra ansiosa e barulhenta. A voz dele era calma, mas a de sua mãe não era. Alice lembrou-se do tempo em que Charlotte atirava um livro qualquer da biblioteca para ilustrar sua raiva, e, em vez de o livro voar até o outro lado da sala como ela havia previsto, ele caía em seus próprios pés descalços, levando-a às lágrimas e aos cuidados de seu pai, minimizando a discussão como uma rápida e desajeitada forma de paz.

Charlotte gritava com seu pai:

— Você tem certeza? Porque é bom que você tenha certeza absoluta para fazer uma acusação assim.

Gus ligou o liquidificador e abafou as vozes deles.

— Pare — Alice gritou. — Desligue isso.

Mas Gus aumentou a potência e ficou batendo mais tempo que o necessário. *Não consigo ouvir você*, disse ele, apenas mexendo os lábios. Ele não a estava prejudicando de propósito, ela, de alguma forma, sabia. Ele apenas não suportava a tensão; tinha uma tolerância surpreendentemente baixa para isso, considerando-se toda a sua fúria com Cady. Mas, antes que ela tivesse tempo de gritar ainda mais alto com ele ou de puxar o plugue da tomada, Charlotte entrou aos pulos na cozinha, seguida por seu pai.

— Você tem idéia do tipo de acusação que está fazendo, Alan? — Os olhos dela voltaram-se para Alice como dois faróis verdes piscantes. *Vamos, vamos, vamos*, eles pareciam dizer, *me dê motivo para ir embora*. Ela estava indiferente à expressão de terror de sua filha ou ao liquidificador desafiador do filho. — Você sabe como é essa tal de Isabell? — E, em seguida: — Você quer desligar essa porcaria?

Gus não desligou, e Charlotte deu-lhe um tapa no rosto. Bateu no filho e desligou o liquidificador, e ele ficou de pé, esboçando um sorriso atônito.

— Você está descontrolada — Gus disse a ela. Alice podia jurar ter reconhecido no rosto dele o traço de admiração que já havia visto tantas vezes em sua mãe quando se tratava dos pequenos desaparecimentos de Gus, de seus trajes inadequados.

O rosto de Alice estava queimando, cheio de um silêncio ruborizado. Não conseguia imaginar nada para dizer. Seu pai foi até geladeira e a abriu, contemplando as prateleiras como se quisesse entrar e permanecer ali por algum tempo.

Charlotte colocou as mãos sobre o rosto por um momento antes de abaixá-las. Respirou fundo e baixou o tom de voz.

— Você — disse ela ao marido —, você sabe o que está sugerindo?

— Sei — disse ele na luz branca da geladeira. — Acho que é muito simples. — Depois, bateu a porta com uma força surpreendente.

— Simples? — Charlotte berrou. — Simples?

— E eu apenas estou sugerindo que, se isso for verdade, e você é a única que sabe o que é verdade — ele olhou para Alice e, depois, para Gus —, se você andou pegando emprestado parte desses fundos e não tem feito o que deveria a tempo, se você anda dizendo a essas... pessoas... que nossa filha está com problemas só para oferecer uma falsa razão para a sua necessidade de dinheiro...

Parou abruptamente, em uma incredulidade extenuante. Ninguém disse uma só palavra. O barulho da geladeira era constante e quase reconfortante.

— Você tem de pedir desculpas — disse ele.

Ele estava sem fôlego. Depois de algumas respiradas bastante sonoras, continuou:

— Apenas devolva a eles o dinheiro, Charlotte. Ou, então, compre o que você lhes disse que compraria e peça desculpas pelo maldito atraso. O que... *não*, escute... o que é tão terrivelmente difícil em relação a isso? Em relação a qualquer dessas coisas?

Sua voz era baixa e clara. A veia em sua têmpora estava visivelmente marcada de roxo.

— E se não for verdade? — perguntou Charlotte, mas algo no rosto de seu marido fez com que parasse de insistir. Algo fez com que ela balançasse a cabeça e dissesse: — Desculpe — de um modo que sugeria que ela sentia qualquer coisa, menos vontade de pedir desculpas. — Querida — ela disse a Alice, mas esta não conseguia olhar para ela; tudo era tão óbvio e exposto como maquiagem demais ou roupa de menos em uma menina que se esforçava além da conta. Sua mãe claramente a havia usado.

Quando Charlotte saiu da sala, Gus perguntou:

— O que é que acabou de acontecer?

Mas nem Alice nem seu pai conseguiram responder. Seu pai olhou para Gus tomando sua vitamina, e para os restos dos ingredientes que ficaram espalhados na bancada. Havia algo no rosto de seu pai — Alice não pôde deixar de notar — que beirava a aversão. Ela queria assegurar ao irmão que seu pai estava apenas aborrecido, que não havia nada de pessoal naquele olhar. Mas, depois, seu pai colocou o braço ao redor dela, firme e em seguida relaxado, e antes mesmo que ela tivesse notado, Gus já não estava mais ali.

Charlotte partiu em uma semana, sem avisar ninguém, para uma viagem de cerca de um mês. E, como depois se revelou, sua partida não foi por impulso. Ela já a vinha planejando e havia comprado a passagem com umas boas seis semanas de antecedência.

Em um fim de tarde antes que Charlotte partisse, Alice viu seus pais juntos, de pé no gramado. Estavam tão próximos quanto era possível duas pessoas estarem sem se tocar. Ela pensou que poderiam ir adiante e se beijar, quando, de repente, seu pai sentou-se na grama, que devia estar úmida e gelada. Recusou-se a se levantar, não importava o quanto sua mãe movimentasse os braços, e ficou sentado na grama muito tempo depois que ela já o havia deixado ali, mesmo depois que o Sol já havia se posto. Ao entrar na casa e trazer consigo o ar frio, Charlotte contou a Alice que estava partindo e que aquela seria a última viagem, a última daquele tipo.

Quando ela já estava no avião, dias depois, Gus não voltou para casa da escola. Quando Charlotte ligou de Oaxaca para avisá-los de que havia chegado (*muitíssimo obrigada, que gentileza sua ter ligado*), Alice podia jurar que sua mãe sentira um ligeiro enaltecimento quando Alice reclamou que Gus ainda não havia chegado em casa. — Tenho certeza de que ele está com Cady — foi a resposta dela. Como se fosse Cady quem o desviasse — Cady, que estava perfeitamente feliz andando por aí, comendo torta na cozinha apenas com a roupa de baixo; Cady, que não tinha vergonha de admitir que queria uma casa em um lugar de clima frio com pelo menos cinco filhos. A influência de Cady era, no máximo, estranhamente doméstica.

— Vou levar para casa chocolate com chili — disse sua mãe, soando bêbada, e Alice, para seu próprio espanto, desligou na cara dela. Isso havia sido não mais que um reflexo involuntário e, quando o telefone bateu no gancho, Alice sentiu uma descarga de orgulho, mas também de arrependimento. Ela estivera bem perto de descobrir o número do hotel para telefonar imediatamente de volta.

Cada momento do dia seguinte — distraída na sala de aula, andando no carro de Eleanor com o rádio no volume máximo ou lendo sob uma luz fraca que feria seus olhos — era mais um passo no caminho no qual não conseguia evitar de andar, levando-a de um lado de Charlotte ao outro. Pisava com pre caução sobre os desfiladeiros, mas nem por um segundo olhava para baixo ou para trás. Precisava se preservar, alcançar o outro lado, onde não doeria tanto e onde ela não viveria ou morreria de acordo com a presença tênue e luminosa de sua mãe.

Pela manhã, Alice esperou que o Sol nascesse. Estava de pé, de banho tomado, vestida e pronta para a escola, seu cabelo na altura do queixo, em um desarranjo cuidadosamente estudado. Tomou suco de grapefruit e comeu um bolinho, antes de pegar o telefone às sete e meia da manhã e ligar para Cady DeForrest. Quando ficou claro que Gus não estava com Cady e que poderia estar em qualquer lugar, Alice admitiu que estava preocupada, dando a Cady a oportunidade de reafirmar (como se isso fosse necessário) sua incontestável tranqüilidade.

— Tenho certeza de que ele está bem — disse ela, bocejando.

— Por quê?

— Como assim?

— Como você pode estar tão certa? Tem certeza de que ele não está aí?

— O que você está pensando de mim, Alice?

— Por que você tem tanta confiança de que ele esteja bem?

Alice podia ouvir o farfalhar dos lençóis de Cady, que deviam (embora Alice nunca os tivesse visto) certamente ser de algodão quase puído, com o monograma de seus pais bordado em letra manuscrita, fazendo-a se lembrar de onde havia vindo, com os sussurros dos impecáveis falecidos. Alice podia ouvir Cady se sentar e se concentrar, sem se apressar.

— Ele está bem porque tem de estar bem — disse ela calmamente.

— Você sabia que nossa mãe viajou de novo?

— Sabia. Gus comentou por alto.

— E ele, você sabe... parecia aborrecido?

— Não — disse Cady.

— Não?

— Não mesmo — afirmou ela. — Não. Por quê? Você não acredita em mim?

— Claro — disse Alice. — Claro que acredito. — Do lado de fora de sua janela, as árvores eram altas e bem firmes, subindo em direção ao céu branco. Sua árvore preferida era uma que parecia cercada por seu próprio visual exuberante, com ornamentos nas cores ocre, vinho e escarlate.

— Você me avisa se tiver notícia dele, avisa?

— Claro que aviso — disse Cady. — Tenho certeza de que hoje ele vai para casa ou para a escola. Ele só precisa fazer isso de vez em quando. Você pode entender? Alice?

— Sim — respondeu ela. Mas ela não entendia. Eleanor chegaria em breve para lhe dar uma carona até a escola. Ela iria para a escola. Ouviria e prestaria atenção. Ela, acima de tudo, não era como Gus. Não tinha isso nela — o que quer que *isso* fosse —, um descaso pela objetividade, uma fé inabalável e amor-próprio.

— Escute — disse Cady —, sua mãe me procurou um dia na semana passada. Ela me perguntou, *asperamente*, se eu estava sendo responsável. Ela queria falar sobre não ficar grávida.

— Ela fez isso? — perguntou Alice, odiando a altura de sua voz, a forma com que as palmas de suas mãos grudaram em suas coxas, a maneira como suas coxas estavam amareladas de tão brancas, parecendo um velho papel de escritório.

— Ela me ameaçou, Alice — disse Cady. — Disse que era bom que eu estivesse tomando pílula. Disse que sabia por experiência própria.

— Ela *o quê*? Que experiência? O que é que isso quer dizer?

— Ela provavelmente só estava tentando me assustar — disse Cady. — Sua mãe gosta de fazer isso. Você já notou?

— Por que você está me contando essas coisas? — Alice quase sussurrou, imaginando se ela havia sido um erro e se seus pais ainda pensavam assim. — Você acha que eu precisava saber disso? — August não poderia ter sido nada além de perfeitamente planejado e ansiosamente esperado. Disso ela não tinha dúvida.

— Desculpe — disse Cady. — É só que Gus vai ficar bem. Você vai ficar bem. Mesmo que...

— Mesmo que, o quê?

— Mesmo que ela não volte.

— O que você quer dizer com isso?

— Nada — disse Cady, obviamente acordada agora, sua voz aquosa de sono já drenada. — Meu coração fica partido de ver como vocês dois precisam tanto dela.

— Eu tenho que ir — disse Alice rapidamente, antes de desligar o telefone, antes de abrir todas as janelas e respirar fundo a umidade, o mau cheiro da quente maré baixa.

— Por que é — disse Eleanor, parada na porta de entrada — que sua família se recusa a instalar uma maldita campainha? Estou sempre batendo sem parar com essa porcaria de argola com cabeça de leão. E não são nem oito e meia da manhã. Isso não deve me fazer nada bem.

Alice encolheu os ombros e encostou a mão no braço de Eleanor, brincou com o tecido de sua camisa florida, em vez de tentar explicar.

— Que bonita! — exclamou Alice, sentindo-se como se pudesse vomitar. Não conseguia parar de pensar em sua mãe falando para Cady sobre a necessidade da pílula, uma conversa muito pesada e, ao mesmo tempo, muito fácil de se imaginar. Mais fácil ainda era imaginar Gus no acostamento da via expressa de Long Island estropiado pelo carro de um estranho ou, ainda, com as partes de seu corpo afundando no oceano Atlântico, depois de ter sido destroçado por tubarões. Seu pai ficaria torturado com culpa. Sua mãe desapareceria para sempre. *Onde estava ele?*

— Você parece exausta — disse Eleanor.

— Gus não voltou para casa ontem à noite.

— Bem, estou chocada — disse ela, abrindo a porta do carro. — Alice? Você vai entrar?

Alice afundou no banco de couro cor-de-vinho e observou sua amiga ligar o carro. Eleanor amava dirigir e adorava seu carro — um Cadillac sedã branco, herdado de seu avô, que morava em Kansas City. Ela amava o carro, sem ironia; fazia com que se sentisse segura. Eleanor acendeu um cigarro depois que saiu da entrada sinuosa da casa dos Green, enquanto Alice se encolhia e baixava o vidro. Demorou algum tempo antes que Alice dissesse:

— Ele não está com Cady.

Eleanor soprou a fumaça, rindo.

— Estou chocada duas vezes.

Eleanor sempre gostou demais de Gus para estar agindo daquele jeito. Alice sabia que a amiga jamais entenderia por que ele nunca quis incluí-la entre as muitas garotas com quem gastava seu tempo, energia e (pelo menos antes de Cady) sua famosa promiscuidade. Alice também nunca entendeu isso, e até recentemente passava boa parte de seus dias temendo o quanto sua melhor amiga e seu irmão complicariam ainda mais a sua vida. Mas a única evidência do que ela consideraria um flerte sério entre eles era o tanto que brigavam. Brigavam por qualquer motivo que aparecesse. Se ela acendesse um cigarro, ele viria com estatísticas. E ela o criticava por sua falta de planos de vida, seu gosto afetado por música, sua arrogância.

— Ele não está com outra garota — disse Alice.

— Olhe, eu sei que você acha que a Cady é algum tipo de princesa do gelo, todo-poderosa, ou sei lá o quê, mas acredite em mim, ela não é. Ela é como a gente.

— A gente? — Alice riu. — Não.

— Bem, ela também não é como sua mãe.

— E quem disse que ela era?

— Você.

— Não disse, não.

— Tenho certeza de que você disse e, se você não disse, bem...

Alice sentiu os efeitos do sono, e sua incansável necessidade de se preocupar foi desaparecendo lentamente.

— *Olhe*, eu sei que você entende tudo de Freud, mas será que você poderia parar com isso, por favor?

— Tudo bem, ótimo.

Elas estavam atrasadas. As vinhas verdejantes à esquerda do caminho abriam espaço para um céu maior, o trecho em declive corria suavemente, e ali estavam elas, na estrada perfeita — uma trajetória reta, limpa, sem ninguém na frente, ideal para se ouvir música no volume máximo a mais de cem quilômetros por hora. Nunca conversavam durante esse trecho da viagem. Não importava qual fosse o assunto, as duas simplesmente se calavam. Depois dessa estrada vicinal, estavam de volta ao trânsito da manhã, mas ambas, de alguma forma, sentiam-se melhor.

Eleanor quebrou o silêncio:

— Você e Gus realmente conversam sobre ela?

— *Realmente conversam*? O que você quer dizer com isso?

— Estava só pensando. É difícil.

— Ela é nossa mãe — disse Alice, olhando pela janela casas novas em uma horrível juventude, sem proporção, em expectativa.

— Eu sei disso — disse Eleanor, sugando as próprias bochechas por dentro, as maçãs do rosto altas e proeminentes. — Acredite em mim — disse ela — eu sei.

Alice tentou não pensar no que Charlotte lhe dissera há menos de um mês. Dissera que Eleanor era maçante — uma chata, na realidade, foram as palavras escolhidas por ela. Ela havia bebido vodca para tentar dormir quando Eleanor ligou depois das onze. Charlotte disse isso com uma cruel indiferença, Alice chorou, e sua mãe ficou olhando-a chorar, não fazendo nada além de dar um grande suspiro, como se as lágrimas de sua filha fossem obstáculos adicionais à sua empreitada para conseguir dormir. Alice sabia que ela não pensava assim e, mesmo aos dezesseis anos, tinha consciência de que sua mãe, de algum modo, tinha inveja de Eleanor — inveja de sua aparência, de sua alegria, até mesmo de sua amizade tão íntima com Alice, e, finalmente, daquilo a que tudo se resumia: de sua juventude. Charlotte tinha inveja da juventude, das jovens e despreocupadas garotas. E talvez não fosse por coincidência que Alice tomasse tanto cuidado, que sempre tivesse parecido um pouco mais velha. Ela poderia entrar sozinha em um bar perto da Penn Station sem causar a menor impressão de inocência. Poderia pedir uma bebida forte se tivesse vontade, o que sempre parecia melhor na teoria do que na prática, porque ela era, afinal de contas, uma pessoa cautelosa, como gostaria desesperadamente de não ser.

Naquela noite, quando a Lua estava cheia e amarela e o céu tão escuro que parecia que iria se encher de uma estonteante aglomeração de estrelas, Alice esperava. Esperava que Gus entrasse pela porta, esperava que sua mãe telefonasse e que seu pai, exausto, viesse para casa. Ele tinha um jantar do departamento, o que dava a ela algum tempo extra, mas Alice sabia que teria de lhe contar naquela mesma noite que ela não tinha a menor idéia de onde Gus estava. Estava deitada em sua cama, completamente vestida, mal tendo tirado os sapatos, quando acordou de um sono no qual nem havia pretendido cair. Não tinha noção de que horas eram, de quanto tempo havia dormido, mas percebeu, depois de uns instantes, que o que a acordara havia sido o apito de uma chaleira. Em seu sonho, tinha sido seu próprio grito.

Correu escada abaixo e para dentro da cozinha; uma luzinha estava acesa e, nas sombras silenciosas, deu de cara com Gus, descalço em seu jeans, uma camiseta de manga comprida um pouco molhada, um colete verde acolchoado. Ele observava a chaleira apitando e fumegante de vapor, mas estava, por alguma razão, relutante ou incapaz de removê-la do fogo. Era um barulho lamentoso, insuportável. Alice estava agora completamente acordada e quase sem ar; arrancou a chaleira da chama azul antes mesmo de desligar o fogo. O relógio indicava dez da noite.

— O que... — sua voz foi sumindo, dizendo tudo e, ao mesmo tempo, nada.

Ele nem olhou para ela. Os braços dele enrolaram-se em torno dela como se estivessem abraçando um fantasma, ansiosos para agarrar o que quer que estivesse ali, antes que desaparecesse.

— Desculpe — disse ele, finalmente. Alice sentiu desmoronar o estado de espírito levemente estremecido entre eles, sentiu a umidade da camiseta dele, que cheirava a suor. — Eu só saí — ele dizia sem parar, com a voz abafada e confusa, enfiado no pescoço dela.

Onde você estava?, ela não conseguia perguntar. *Conte-me tudo o que você viu, tudo o que você fez. Eu sou você, mas do avesso, você não consegue ver?* Ele tinha cheiro de balsa no meio do inverno — o vento salgado e o odor de batatas fritas do convés de passageiros. Alice balançou a cabeça, sem largá-lo, seu estranho irmão mais velho.

— Desculpe — disse ele novamente. — Nem queira saber como eu fui burro. Nem me pergunte. Combinado?

Arrependimento era algo pelo qual ela não esperava. Ternura, ela não sabia muito bem como lidar com isso, e desculpas pungentes eram desconcertantes. Então, claro, Alice assentiu. É evidente que ela concordou em manter-se na ignorância, o que era, por si só, uma forma de poder e o início de uma compreensão implícita entre eles. Ela não diria nada a Cady ou ao pai deles. Ela seria sua verdadeira guardiã.

— Não vou desaparecer assim de novo, sem que você saiba — disse ele. — Não vou.

Alice sentia-se agradecida, tão insidiosamente agradecida, por uma declaração na qual não podia nem mesmo começar a acreditar.

6

Enigmas, 1985

O telefone tocou no meio da noite. Ao atender, Alice ouviu sua mãe soluçando e seu pai dizendo: — Shh — repetidas vezes, até que os sons dos dois lados da linha ficaram quase sobrepostos, as vozes trabalhando dentro de uma estrutura de ritmo serena e hipnótica. Alice prendeu a respiração e escutou. Seu coração disparou ao imaginar o que poderia acontecer.

— Minha flor — dizia seu pai. Alice nunca tinha ouvido seu pai se referir à sua mãe de alguma outra forma que não pelo nome. — Minha flor, vamos lá — ele quase sussurrava —, conte para mim o que aconteceu

Alice não sabia exatamente o que ela estava esperando, mas certamente não foi o que se seguiu.

— Nada — disse ela, respirando com dificuldade. — Nada exatamente. — Ela tossiu, e sua voz foi se calando até atingir um profundo silêncio.

— Charlotte — disse ele, como se soubesse o que ela escondia.

— Preciso ir para casa imediatamente — disse ela. — Preciso ver meus filhos.

Alice pensou: *Quem poderia ir contra um argumento desses?*

Charlotte retornou do México a tempo do dia de Ação de Graças — em cima da hora, apenas uma noite antes —, com um bronzeado intenso, os olhos fundos e sem um único presente. Parecia uma atriz que não se dera ao trabalho de encarnar o personagem, e Charlotte representava de maneira quase reservada. Seu pai e sua mãe sentaram-se à mesa da cozinha tarde da noite. Sem que percebessem, Alice e Gus deixaram-nos a sós por um instante, ocupando-se em observar a água que fervia para fazer o mais novo chá favorito de Charlotte. Ela tinha na bolsa um pacote de *hierbabuena* que foi jogado na bancada junto com uma caixa de chocolate fundido. Charlotte não fizera a nenhum deles uma única pergunta, e seus olhos estavam vidrados e desfocados.

— Tenho certeza de que é por causa do cansaço — Alice sussurrou para Gus — da viagem...

Gus olhou para sua mãe e, depois, novamente para sua irmã. *Olhe para ela*, ele dizia apenas movendo os lábios. O cabelo de sua mãe estava sujo; ela tinha uma espinha no queixo, manchas de suor na blusa e havia perdido pelo menos quatro quilos de sua já frágil constituição física. Spin a cheirava como um louco, e Charlotte o afagou até que se acalmasse. Ela alternava o olhar entre seu marido e o ambiente, como se a casa praticamente não correspondesse a suas lembranças e como se seu marido e seus filhos é que tivessem desaparecido e reaparecido assim tão alterados.

— Ela estará bem amanhã — disse Alice.

Seu pai segurava a mão de sua mãe em uma confusa tentativa de consolo. Até onde Alice sabia (segundo o parco relato de sua mãe no caminho do aeroporto para casa), o México era fantástico e ela havia retornado pelo mesmo motivo pelo qual sempre retornava: porque tinha saudade deles. E, ainda assim, estavam todos ali, com um cuidado cheio de culpa, com medo de perturbar seu misterioso e claramente tênue equilíbrio. Era como se ela tivesse criado uma atmosfera em casa que — se quebrada por curiosidade ou por honestidade — derrubaria todas as paredes.

— Mãe — disse Alice —, você quer leite ou não?

Charlotte olhou para o teto.

— Preciso dormir.

— Então, você não vai querer o chá?

— Ah — disse ela. — Não.

— Que bom saber — disse Gus, desligando o fogão e colocando as xícaras de lado.

— Você tem certeza de que está se sentindo bem? — perguntou Alice. Charlotte olhava para fora da janela, através de seu próprio reflexo, para o que restava de uma neve que havia chegado cedo esse ano.

Quando a mãe deles assentiu, Gus fez uma cara carregada de incredulidade, uma cara que não era para Charlotte.

Charlotte, tendo visto claramente o rosto dele, aproximou-se do filho.

— Imagino que você nunca tenha se sentido um pouco anti-social? — perguntou ela, com uma certa dose de sua conhecida impertinência. Depois, balançou a cabeça, arrependida, talvez até desgostosa, e tentou alcançar o rosto dele. Tocou na barba por fazer de seu filho, os pêlos novos preguiçosamente cerrados, com sua mão manchada de Sol e com as unhas roídas. — Me desculpe — disse ela. — Não me odeie.

— Você está vomitando tanta besteira — disse Gus, inesperadamente. E depois ele riu; riu alto demais. Mas, Alice sabia, ele na verdade não estava rindo. Afastou-se dela com os ombros encurvados. Ele ria dentro das palmas das mãos.

— Pobrezinhos — disse ela aos dois, tentando alcançar, como sempre fazia, seus filhos, que já não eram mais crianças.

— Do que você está *falando*? — perguntou ele. — Pare com isso. Cale a boca. — Alice olhou para seu pai, cujo rosto nada revelava. Gus continuou: — Não somos pobrezinhos. Alice não é uma pobrezinha, e você realmente acha que *eu* sou? O mês *voou*.

O pai deles observava Charlotte cuidadosamente, como se observasse uma criança, certificando-se, com todo o seu ser, de que ela não cairia.

— Quando você parte — disse Gus deliberadamente —, ficamos livres. Ficamos livres para parar de entretê-la.

— Gus — disse Alice —, não faça isso.

— Cale essa sua boca imunda — seu pai gritou com Gus. — Você...

— O que você está fazendo? — Gus perguntou a ela. — Você simplesmente aparece assim, toda suja e desorientada... é patético. É sempre um drama, toda vez. E nós... nós temos apenas que tentar imaginar o que você *faz* cada vez que vai embora. O *que é* que você faz para voltar para casa com essa aparência? Por que simplesmente não conta para a gente?

Seu pai rosnou:

— Maldito seja, Gus...

— Shh — disse Charlotte, com a voz fraca — não, é claro.

Ela olhou no rosto de cada um de seus filhos. Encolheu as mãos e afastou-se.

— Me desculpem — disse ela, mordendo o lábio inferior, que estava rachado e estranhamente pálido. — Vocês não são pobrezinhos de maneira alguma.

— O que ele disse não é verdade — Alice gaguejou. Apesar do que lhe passava pela cabeça ao presenciar esse tipo brutal e sincero de discurso, tudo o que podia ver era o medo de sua mãe, sua fraqueza. — *Não* é não. Mãe, você *está* bem?

— Você não pára de perguntar isso — Charlotte retrucou asperamente. — Alan — ela começou, mas depois perdeu o raciocínio de que precisava para terminar seu pensamento. Dirigiu-se à escada sem olhar para trás. Seus pés estavam sujos e fragilmente protegidos por um par de sandálias desconhecidas. Alice imaginou sua mãe pegando as sandálias, falando espanhol em um mercado lotado ou em uma loja afetada, regateando o preço. Seus outros sapatos haviam provavelmente lhe causado bolhas depois de quilômetros e quilômetros de caminhada. Ela não era fã de transporte público e, quando chamava um táxi, dava sempre gordas gorjetas. Ela usava batom. Ela não usava batom. Fumava e bebia tequila. Bebia uma garrafa de água mineral atrás da outra. Sentava-se sozinha em um café duvidoso, esperando alguém com quem conversar. Estava solitária. Homens estranhos e sombrios a rodeavam. Ela não era mãe de ninguém.

— Você não nos contou nada — disse Gus.

— Você não tem idéia — ela murmurou — do quanto senti saudade de vocês.

Alice acordou quando o céu estava suavemente cor-de-rosa, quando a única palavra que lhe vinha à cabeça era *madrugada*. Era madrugada do dia de Ação de Graças, e a neve já havia caído e derretido, deixando o mundo um pouco mais claro. Ainda havia pedaços congelados no beiral, pequenos cantinhos onde a água tinha se tornado gelo e a neve tinha sido surpreendida na sombra. Não havia barcos no estreito nem trens apitando nos trilhos, nada além de uma doce névoa que desapareceria em poucos momentos, um céu despropositadamente inocente. Alice estava esperançosa em relação ao dia que teria pela frente. Sentia um incontestável alívio, que vinha do fato de saber que sua mãe estava em casa e, em menor grau, daquela sensação de conforto e ansiedade que um feriado pode acarretar, sabendo que milhões de pessoas por todo o país estavam prestes a embarcar exatamente nas mesmas questionáveis tradições.

Alice queria cozinhar. Não fizeram compras no dia anterior, e ela sabia que provavelmente iriam comer fora — talvez no laboratório de seu pai, em cujo refeitório servia-se comida nos feriados para estudantes e cientistas estrangeiros, para aqueles que não tinham outro lugar aonde ir. A idéia de ir a um desses jantares era tão completamente deprimente que Alice levantou-se da cama e enfrentou o chão frio, buscando nos armários qualquer coisa que lembrasse recheio ou batata-doce, qualquer gênero de primeira necessidade que pudesse usar.

Eis o que ela recolheu: uma lata de batata-doce, dois pacotes congelados de *marshmallows* para acompanhar chocolate quente, pão amanhecido, uma cebola, duas cenouras, cinco ovos, dois frangos congelados, uma lata de caldo de galinha orgânico, além de farinha, açúcar e manteiga em abundância. Poderia ser patético ou perfeito, dependendo do estado de espírito, e ela pensou na mulher que aspirava a ser, uma mulher que conseguiria transformar um miserável quase nada em algo espetacular. Por acaso era a beleza realmente bela quando apresentada já pronta? *Não!*, pensou Alice — enquanto retirava livros de receitas do fundo das gavetas, enquanto encontrava uma pequena lata de gordas passas brancas, um pacote de amêndoas partidas e, veja só, um vidro perfeitamente fechado de pasta de alcachofra e alho. Ela, Alice, criaria a beleza. Faria com que isso acontecesse. E, naquele buraco onde as reservas dos desejos não-cumpridos de sua família supuravam, onde existia uma mancha estéril e dispersa de nada, brotaria uma minúscula e possivelmente gloriosa flor de refeição. Ela assaria lentamente o frango com ervas e vapor de chá, aqueceria as batatas-doces e as enfeitaria com pequenos pedaços de *marshmallow*, usaria o pão e a cebola, cenouras e amêndoas, manteiga e ovos para fazer um recheio irresistível, e tentaria tostar o restante do pão amanhecido e cobri-lo com pasta de alcachofra. Haveria biscoitos doces, ela se encarregaria disso, e talvez até uma porção de mingau de aveia com passas, se conseguisse arranjar um pouco de aveia. Havia o suficiente para um banquete, para uma surpresa. Ela serviria tudo na porcelana de borboletas lilases que nunca era usada, mas só depois de espalhar cascalho de conchas pela mesa da sala de jantar, como se fosse uma festa de casamento no verão. Ainda não eram sete da manhã. Ela tinha tempo. Tinha dezesseis anos e todo o poder do mundo; quem, senão ela, possuiria a força necessária para realizar alguma mudança?

Ela começaria aos pouquinhos. Primeiro, cortaria tudo, prepararia os ingredientes, deixando-os descansar em tigelas. Havia algo de perfeito nas tigelas (eram verdes, de um verde não encontrado na natureza), no modo de enfileirá-las por ordem de tamanho sobre uma limpa bancada de madeira. Depois de consultar uma receita, ela começou. Havia algo também de profundamente satisfatório em ficar cortando com uma grande lâmina afiada, até que as cenouras grandes e as cebolas douradas se tornassem adoráveis e delicadas pilhas oscilantes, não menos festivas que confete. A perfeição que Alice sentia era uma perfeição frágil, descompensada pela lembrança recente de uma mãe sem banho, dos membros esqueléticos de Charlotte, gritando para serem alimentados. Alice não era esquelética nem estava sem banho. Alice não era nada, era? Como sua mãe dissera do lado de fora do Stanhope, ela não tinha nenhuma história para contar. Era oca como as tigelas vazias, e a inesperada mistura de raiva e prazer que acompanhava essa lembrança a perturbou.

Enquanto partia o pão amanhecido, pensou nos cisnes e lançou um olhar para o lado de fora, embora soubesse que eles já haviam partido há muito tempo. Fazia cerca de um mês que Alice e Charlotte os tinham visto, e Alice sabia que, muito provavelmente, todos os filhotes já teriam morrido. Os frangos de pele enrugada suavam através da embalagem plástica sobre a bancada, e, de repente, Alice sentiu-se desgostosa e exausta. Suas ambições pareceram exageradas; seu talento na cozinha, inexistente. Ela nunca havia nem mesmo limpado um frango.

Sua mãe dissera a estranhos que Alice estava com problemas. Sua mãe pegara dinheiro de algumas das senhoras locais para fazer o quê? *Minha flor*, seu pai havia sussurrado ao telefone, *conte para mim o que aconteceu.*

Havia um mundo à parte. Cheirava e soava diferente, e atravessava o mundo deles, o mundo dos Green; emaranhava-se pela casa, e Charlotte o trouxera de países e de pessoas distantes.

A porta de trás se abriu.

Quando Alice enxergou uma mecha de cabelo claro escapando de um belo gorro vermelho, quando viu o brilho de um elegante anel de diamantes em um dedo indicador abrindo a porta, sentiu um pânico inesperado, como se estivesse prestes a ser pega em algo muito mais ilícito do que a tentativa de fazer um almoço de Ação de Graças. Alice segurava uma faca e pensava nas possibilidades. Podia ignorar Cady e esta podia ignorá-la. Podia apagar a luz e se esconder. Alice colocou a faca sobre a tábua, fazendo um barulho maior do que esperava. Enxugou as mãos na ponta do pijama e respirou fundo.

— Oi, Cady — disse ela.

— Ai! Merda, Alice, você me assustou — disse ela tremendo, com um sorriso nervoso. Ela sussurrou: — O que você está fazendo?

— Cozinhando — respondeu Alice. — Desculpe atrapalhar o seu caminho. Verdade — disse ela, gesticulando na direção da escada de trás.

— Não, não, por favor — disse Cady, como se estivesse entrando sorrateiramente pela porta de trás, de madrugada, apenas para dizer oi para quem quer que estivesse acordado. — O que você está cozinhando? — perguntou ela e, ainda sussurrando, entrou pela cozinha, tirando o casaco enquanto caminhava.

— Frango — respondeu Alice, sorrindo. — Um pouco de recheio, eu acho.

— Alice, você é tão engraçada.

— O que você quer dizer com isso?

Ela balançou a cabeça enquanto pegava o pacote de *marshmallows*.

— Você é demais — disse ela, claramente querendo dizer outra coisa. — Acho que vocês vão acabar comendo fora — completou ela —, sem querer ofender.

— Eu não me ofendo assim tão facilmente.

— Então, é só aparência?

— É.

Cady não queria insultá-la, e Alice sabia disso; Cady era o tipo de pessoa que preferia tudo da maneira mais fácil — digamos, por exemplo, que Alice pudesse ser uma amiga tímida e que, possivelmente, a idolatrasse. Alice desejava, de certa maneira, poder ser essa amiga e acomodar-se graciosamente em um claro papel de coadjuvante. Teria menos participações, menos pressão; daria algumas boas risadas. Mas não conseguia. Em vez disso, era varrida por uma onda de raiva quando sentia que não estava em pé de igualdade.

— Quer café? — perguntou Alice. Ela era uma pessoa com autoconfiança, uma garota que fazia café em uma máquina francesa, que não acrescentava leite nem açúcar.

— Claro — respondeu Cady, sentando-se em um banco.

Alice acendeu o fogão e examinou a cozinha: os insignificantes ingredientes, a faca sobre a tábua. Um pequeno sorriso de Cady.

— O que foi? — indagou Alice.

— Que bonitinho — disse ela. Alice acompanhou seu olhar. — Você enfileirou as tigelas em ordem de tamanho.

Alice acendeu o fogo e a chama de gás subiu.

— Cuidado — disse Cady, e Alice lutou para não responder, para não criar uma questão onde realmente não havia uma. Ela havia, *sim*, enfileirado as tigelas em ordem de tamanho. Cady não dissera nenhuma mentira.

— Então — disse Alice —, você vai para a Brown no ano que vem

— Bem, primeiro eu tenho de ser aceita.

— Ah, você vai ser aceita — disse Alice, expressando o que realmente pensava. — Você vai ser aceita e vai para lá.

— Nunca se sabe — disse ela, franzindo as sobrancelhas.

— O que você quer dizer?

— Você deve estar mesmo com vontade de se livrar de mim — disse Cady, rindo.

— Isso não é verdade.

E não era mesmo, não exatamente. Ela sabia que sentiria saudade de Cady, mesmo que Gus ficasse mais disponível para ela, mesmo que a desenvoltura de Cady não estivesse mais sempre por perto, como um exemplo de tudo o que escapava a Alice e que, de alguma forma, sempre escaparia.

— No verão passado, quando fui visitar minha tia na Suíça, sua mãe me enviou um cartão-postal que dizia apenas "Bon voyage". Não pude deixar de rir. O que mais eu poderia fazer? Não sei o que acontece comigo. Por que é que ninguém gosta de verdade de me ter por aqui? Quero dizer, eu sei que vocês não desgostam de mim abertamente. Mas...

Alice queria se sentar, mas estava surpresa demais.

— O que é que há de errado, Cady?

— Nada. Estou sendo boba. É que fico pensando em como tudo terá de mudar no ano que vem. Esqueça o que eu disse.

— Bem, você sabe... mudar é bom. Certo?

— Não tenho tanta certeza. Estou bem feliz aqui. Em sua casa — disse ela, sorrindo —, mesmo que eu não seja totalmente bem-vinda.

— É que você ama entrar e sair escondido — disse Alice.

— Vai ver que é isso.

— Nem sei por que você se preocupa em se esconder.

— E você? — perguntou Cady, de repente.

— O que tem *eu*?

— O que você quer fazer, aonde quer ir...

— Tenho ainda um ano inteiro. Ainda estou no segundo ano.

— Bem, sim, eu sei, mas o que você quer fazer no futuro?

A água começou a ferver e Alice a despejou e mexeu, esperou e apertou o botão.

— Não faço a menor idéia.

— Não?

— Não, na verdade, não. Eu nunca fui muito boa em, sei lá, imaginar o que está por vir.

— Talvez isso seja positivo.

— Talvez não. — O céu já não estava mais cor-de-rosa. Quase já não havia um tom avermelhado no cinza frio. Em algum lugar, não muito longe dali, um cachorro latia sem parar.

— Sabe — disse Cady —, você se dispersa muito facilmente.

— Eu?

— Sim, você.

— É mesmo? — perguntou Alice, estranhamente lisonjeada pelo aborrecimento não-dissimulado de Cady. — Desculpe. Você quer me ajudar a fazer os biscoitos?

— Talvez mais tarde — respondeu Cady. Ela levantou as sobrancelhas para o teto acima delas.

— Claro — disse Alice, tentando parecer indiferente enquanto servia duas xícaras de café. — Quer levar café para ele?

— Não há café suficiente.

— Leve estas duas — disse Alice. — Ele pode ficar com a minha.

O recheio estava pronto e foi guardado, envolvido em um plástico, na geladeira. Os frangos continuavam a descongelar desastrosamente. Alice fez biscoitos doces e comeu dois deles enquanto tomava leite com um toque de *brandy*, pelo simples prazer de fazê-lo. Depois de colocar uma nova leva no forno, Alice descobriu que estava andando sem direção. Dirigiu-se ao maior e mais impressionante ambiente da casa, a sala de estar que ninguém nunca usava. Uma grande janela com lugar para se sentar ocupava quase toda uma parede. A parede oposta abrigava uma lareira, com um aconchegante conjunto composto por um sofá bem estofado e duas poltronas. Havia um pequeno piano de cauda e um carrinho de chá, duas prateleiras que abrigavam álbuns de fotos e livros de recortes, caixas e pesos de papel e peças em mármore. A sala era um pastiche de delicada luz, em tons de branco que eram, na verdade, azuis, marrons, verde-claros. Havia padrões infinitesimais em todos os tecidos. Era uma sala que acalmava, sua paz interrompida apenas pelas coleções: máscaras de guerreiros em cores claras nas prateleiras e nos cantos, antigos jogos entalhados, vindos do Egito e da África, que ninguém sabia jogar.

Alice ficou parada olhando pela janela a maré baixa, o Sol quente obscurecido por nuvens. Não viu a figura na cadeira mais próxima a ela, enrolada como uma bola. Não viu Charlotte, nem Charlotte a viu, e por um momento mãe e filha ficaram extremamente parecidas. Tiveram a necessidade do mesmo lugar ao mesmo tempo. Faziam parte de um silêncio formal maior. Mas, quando Alice se sentou no sofá, quase gritou de susto.

— Mãe? — ela mal tinha o ar necessário para falar. Sua mãe não estava vestindo nada. — Mamãe?

Charlotte não estava dormindo — seus olhos estavam abertos —, mas também não parecia estar muito acordada. Sua pele estava salpicada de sardas e — se não fosse imaginação de Alice — havia se descolado um pouco dos ossos. Seus braços estavam cruzados sobre os pequenos seios e ela parecia, ao mesmo tempo, uma menina e uma senhora.

— O que... oi, querida — foi o que ela disse. Sua voz dava a impressão de que ela havia ficado acordada a noite toda — o centro das atenções em uma festa — e a hora de ser levada para a cama simplesmente havia chegado.

— Você não está com frio? — perguntou Alice.

— Nem tanto.

— Você está com febre, talvez?

Charlotte balançou a cabeça e perguntou com voz gutural:

— Você não está conseguindo dormir?

— Já é, hum, de manhã — Alice respondeu.

O cabelo de sua mãe ainda não havia sido lavado. Era evidente que ela ainda não havia tomado banho. Cheirava a almíscar, mas mais forte; era como inalar profundamente o travesseiro da pobreza, o inexorável cheiro que sobe de um quarto subterrâneo sem janelas. Alice não conseguia deixar de pensar em como Charlotte, em outra circunstância, se ressentiria da maneira com que a imundície crescente de sua própria pele tocava um tecido tão elegante.

— Eu sei que já é de manhã — disse ela. — Não estou assim *tão* fora de mim, pelo amor de Deus. — Os olhos dela já não estavam mais cor-de-jade, mas verde-oliva; sua pele não estava nem macia nem corada. — Apenas pensei que seria bom para você dormir até mais tarde. Tenho inveja de qualquer pessoa que consiga dormir. Fico acordada por causa de bobagens. Outro dia me contaram um enigma perfeito, mas não consigo me lembrar da resposta nem desvendar o enigma sozinha. E isso tem me mantido acordada.

— Você, às vezes, não toma comprimidos para isso, para dormir?

— Tomo, sim.

— E...?

— *E*, às vezes, eles não fazem efeito.

— Talvez você devesse voltar para a cama.

Charlotte estendeu a mão à Alice, para que ela a ajudasse a se levantar. Ela não havia depilado as axilas e havia uma equimose amarelada em sua coxa.

— Talvez você devesse tomar um banho — Alice deixou escapar, tendo sentido um cheiro específico de lixo sob o sol, e Charlotte sorriu, com os dentes à mostra, como se tivesse apanhado sua filha em um raro momento de verdade. — O quê? — disse Alice. — Ajudaria você a relaxar.

Ajudou sua mãe a ficar de pé e percebeu como Charlotte era pequena, como Alice poderia derrubá-la sem quase nenhum esforço.

— Além disso, você não está cheirando assim tão bem.

— Eu lembro que você costumava dizer que amava meu cheiro... você se lembra?

Alice assentiu, caminhando com sua mãe até as escadas, e quando a beleza da sala de estar já não mais existia, Alice sentiu-se um pouco bruta caminhando com a mão no braço magro de sua mãe, um pouco convencida de que, quando tirasse a mão, um hematoma estaria impresso ali.

— Mas você sabe, não era meu o cheiro que você amava, era o meu perfume. *Este aqui* é o meu.

— Não, mãe, não, *este* são todos os lugares onde você esteve; todas as pessoas com quem você passou algum tempo conversando, bebendo; todo o tempo que se somou entre uma visita à sua casa e outra.

Alice não estava totalmente certa de que Charlotte estivesse acordada e disse a si mesma para não se surpreender caso sua mãe, em algum momento daquele dia, negasse todo esse episódio. Não havia resposta para o que Alice havia dito, nenhum tipo de explicação.

— Eu vou sozinha daqui em diante — Charlotte disse quando chegaram ao topo da escada e, na pálida luz da manhã, Alice observou o corpo esquelético de sua mãe lutar para se manter ereto.

— Mamãe? — disse Alice, baixando a guarda. — Escute...

Charlotte pousou ambas as mãos no corrimão e olhou para a filha.

— Por que você pegou dinheiro daquelas mulheres? — perguntou Alice, cujos braços estavam cruzados sobre o peito.

— Do que você está falando? — Charlotte perguntou tranqüilamente.

— As mulheres, aquelas senhoras, as que você estava ajudando, trabalhando para elas.

— Aquelas mulheres me deram dinheiro para comprar móveis.

— E você comprou?

— Não, querida, não comprei.

— E por que você não fez o que elas precisavam?

— Eu vou fazer — disse ela. — Aqueles móveis não vão a lugar algum.

Alice simplesmente aguardava.

Charlotte olhou para Alice, para a sua filha que estava sempre fazendo perguntas tão difíceis, e disse:

— Está bem?

Por que é que, quando chamada à responsabilidade, uma aparentemente entorpecida Charlotte conseguia sempre dar uma resposta precisa para seu comportamento egoísta? A pele de Charlotte estava bronzeada e não havia, Alice notou, nenhuma marca de biquíni ou maiô. Onde é que sua mãe teria se bronzeado nua? O que era essa vida nua independente, uma vida que Alice podia sentir deslizando pela casa, fazendo julgamentos e cantarolando canções desconhecidas, mesmo quando Alice tentava fazer a pergunta adequada?

— Do que é que você precisava? — ela finalmente perguntou.

Charlotte deu de ombros, como se não houvesse, de fato, uma escolha quanto ao que se deve ou não compartilhar.

— Um dia... — disse ela, e, como suas idéias não se aclaravam, convenientemente começou a chorar.

Alice esperou que ela chorasse, como se talvez isso pudesse clarear sua mente. Mas Charlotte simplesmente vertia grossas lágrimas sem emitir um som, sem apresentar nada mais que desculpas minguadas, finalmente se afastando. Ela tinha 38 anos, sua mãe. Era basicamente, Alice tinha consciência disso, uma mulher ainda jovem. A mãe de Eleanor tinha 51. Mas, a menos que Alice estivesse observando com olhos dramáticos demais, esse mês que sua mãe passara no México realmente a envelhecera. As linhas finas próximas a seus olhos e sua boca estavam mais profundamente marcadas, e sua pele... havia algo de esvaziado em sua pele. O bronzeado não lhe conferiu brilho algum. Em vez disso, era como se o adorável colorido de sua mãe tivesse sido queimado e substituído por uma cobertura externa, um verdadeiro desastre na textura de sua pele. Ao mesmo tempo em que parecia mais dura e áspera, sua pele havia ficado mais fraca e flácida em lugares nos quais isso nunca acontecera antes — suas coxas, por exemplo, seus joelhos.

Quando Charlotte alcançou a porta do quarto e Alice pôde ter certeza de que seu pai assumiria a partir dali, desceu de volta a escada. As maneiras de sua mãe, a forma com que Alice começara a pensar sobre elas — o modo particular de balançar seus estreitos quadris, a inclinação de seu admirável rosto para cima em busca de divertimento —, passaram a mudar notoriamente quando confrontadas por seu marido. Quando a mão dele envolvia seu pulso, sua cintura, ela quase sempre se opunha às asserções dele. Charlotte era inflexível quanto a viajar sozinha; podia brigar perversamente e era, segundo quase todo mundo, para lá de independente, mas a forma com que respondia a seu marido parecia, muitas vezes, quase infantil. Alice começou a notar como era bem-vinda para sua mãe a oportunidade de tornar-se indefesa.

E então, Alice pensou, *deixe que ele assuma. Deixe que diga a ela para tomar um banho, para lavar seu cabelo imundo. Deixe que ele tente entender o que ela fala e faz.*

O cheiro de açúcar queimado estava por todo lado. Os biscoitos estavam torrados e pareciam sinistros em sua forma repetitiva, chamando a atenção para o reiterado fracasso em fileiras de círculos pretos. Alice colocou um deles na boca e se obrigou a dar uma mordida. Sabia que queimaria a língua, mas tinha necessidade de experimentá-lo de qualquer jeito. O amargor era puro, permanecia por inteiro. Depois de tomar água, depois de tomar suco, ela ainda podia senti-lo. Ao longo de todo o dia, esse gosto não a abandonaria.

Por volta do meio-dia, houve um desentendimento a respeito da comida. Gus e Cady estavam morrendo de fome e queriam comer, mas Alice queria esperar que sua mãe acordasse para que todos pudessem fazer juntos uma verdadeira refeição. Para seu pai, tanto fazia. Não tinha uma opinião formada a respeito de nenhuma das opções. Decidiu embarcar no projeto de isolar as janelas da sala de jantar, cobrindo-as com filme de polietileno e, depois, usando nelas um secador de cabelos, o que afastaria a friagem que vinha da baía. Ele fazia isso todo ano, desde que Alice podia se lembrar, e insistia em dizer que achava todo o processo muito relaxante. O secador estava agora ligado, e ele estava profundamente concentrado.

Gus e Cady queriam beliscar algo. Fuçavam uma nova fornada de biscoitos por baixo do papel-alumínio. Ficavam beliscando o recheio que Alice havia conseguido fazer com tanta dificuldade, como se ninguém tivesse trabalhado para fazê-lo, como se a comida, qualquer comida, fosse um direito inalienável de todos os adolescentes em estado de pós-coito.

— Pode parar — Alice disse bruscamente a Gus, que, de pé em frente à geladeira aberta, havia roubado ainda outro pedaço do recheio que estava na tigela. — Quantas vezes terei de pedir com gentileza?

— Desculpe — disse ele, mas já era tarde demais. Ele repetiu bem alto, como se tentasse se fazer ouvir por cima do barulho absurdo do secador de cabelos, e os dois começaram a rir, Gus e Cady. Seus rostos estavam livres de qualquer constrangimento. Dois dias antes, eles não estavam nem se falando. Alice tinha ouvido Gus lhe dizer pelo telefone que ela era a pessoa mais fria que ele já havia conhecido. Depois de alguns segundos, presumivelmente em reação à resposta dela, ele desligou o telefone. Agora, seu irmão parecia entorpecido de tanto carinho; sua mão estava pousada no cós do jeans de Cady, como se ele pudesse se decidir a baixá-lo a qualquer momento.

— Vocês acham que podem ficar rindo assim de mim? — Alice surpreendeu-se dizendo a eles.

— O quê? — perguntou Cady, o rosto incapaz de ficar completamente sem um sorriso.

— Como se vocês não estivessem me ouvindo... — Alice disse.

— Alice, tem um maldito secador de cabelos ligado — disse seu irmão. — O barulho está muito alto aqui. Você não poderia relaxar um pouco?

— Relaxar?

— É.

— Você viu a mamãe, por acaso?

Gus fechou a geladeira e lançou um olhar duro a Alice.

— O que você quer que eu faça? Que eu me encolha todo, cheio de depressão, como você? Que comece a fazer reformas na casa? — Ele estava basicamente gritando, mas, com o barulho do secador de cabelos, conseguia escapar impune. — Não vou ficar esperando para me sentir incluído de acordo com os humores dela. E você também não deveria. Se ela vai desaparecer e reaparecer quando lhe der na telha, se vai ignorar essa depressão ou... ou qualquer problema mental que ela tenha ou não... não podemos ficar simplesmente acompanhando os impulsos dela. Ela não pode ter tudo.

— Mas o que ela fez dessa vez? Você não quer saber? — Nesse momento, o secador de cabelos foi desligado e as perguntas de Alice ficaram pairando no ar, impotentes. — Você já terminou as janelas? — Alice falou em direção à sala de jantar. — Você não quer saber? — perguntou novamente em voz baixa.

— Quase — disse seu pai. — Acho que agora vou fazer o mesmo na cozinha, quero dizer, se vocês não se importarem.

— Pode enlouquecer, se quiser — disse Gus. — Eu e Cady vamos dar um passeio. Suponho que a mamãe ainda vá dormir mais um pouco.

— Não tenho a menor idéia — disse seu pai, olhando meio de lado, como era seu jeito, para Gus. — Alice, você se importaria de me ajudar com o filme plástico? — E, em seguida: — Acho até que ela talvez durma direto até amanhã de manhã.

— Até mais tarde — disse Cady, e Gus prestou continência de uma forma relaxada enquanto saíam pela porta.

Quando o relógio bateu quatro horas, e Gus e Cady ainda não haviam retornado, Charlotte surgiu limpa em um roupão de algodão azul com listras brancas, o cabelo molhado penteado para trás. Sentou-se com sua filha à mesa da cozinha enquanto seu marido levava Spin para passear.

— Você está muito melhor agora — disse Alice, observando a testa sardenta de sua mãe, os dedos curtos recém-escovados que tremiam enquanto ela acendia um cigarro.

— Obrigada, meu amor. Sempre me esqueço de como é boa a sensação de um banho quente. Especialmente um banho quente em casa.

Alice passou para sua mãe a concha gigante bem a tempo da primeira batida das cinzas.

— Como foi seu vôo? — perguntou Alice, sem motivo algum.

Charlotte balançou a cabeça em resposta, reconhecendo que, a essa altura, não havia realmente nenhuma resposta apropriada para uma conversa fiada desse tipo.

— Eu, hã, queria pedir desculpas por... — ela olhou em volta na cozinha, como para se lembrar de onde estava — hum, ontem à noite? Foi ontem à noite, não foi? Quando você me encontrou na sala?

— Mais ou menos — disse Alice. — Foi esta manhã. Era de manhã. Você estava meio fora do ar — disse ela, tentando sorrir, como se não fossem mais que duas amigas de escola relembrando uma animada noite de libertinagem. — Você estava confusa — disse Alice, esperando que isso fosse verdade.

Novamente Charlotte balançou a cabeça, e de uma forma que Alice reconheceu não apenas como uma resposta, mas, muito mais, como um novo tique nervoso.

— Talvez você estivesse sonhando?

— Não — Charlotte disse com a voz muito baixa, e olhou sua filha bem nos olhos. — Não, eu me lembro. Sinto muito.

— Eu cozinhei — disse Alice. — Fiz para nós um almoço de Ação de Graças. Os frangos estão no forno, a gente não tinha exatamente um peru à disposição...

Charlotte balançou a cabeça e tirou dos lábios um resto imaginário de tabaco.

— Que maravilha — disse ela. E depois, como ocorrera antes no grande espaço da sala de estar, seus olhos encheram-se até a borda com pesadas lágrimas, sem nem um aviso sequer. Seu choro parecia ser puramente físico, como se não estivesse conectado aos processos internos do coração mais do que quando suava ou se bronzeava. Suas lágrimas rolaram e Charlotte olhou para baixo, para sua mão tensa segurando o cigarro. Quando olhou para cima, Alice pôde ver que ela sofria.

— Não chore — disse ela para sua mãe. Colocou a mão desajeitadamente no ombro dela, como se fosse um nó grosso em um galho fino e comprido. — Pode me contar o que está acontecendo. Você vai se sentir melhor, de verdade.

— Você está com raiva de mim?

Alice balançou a cabeça vigorosamente.

— Eu não posso dizer... quer dizer, não consigo me lembrar de todas as coisas horríveis que tenho feito com você e com seu irmão. Eu... — Ela estava com dificuldade para respirar.

— Não, mamãe, shh...

— Cometi erros terríveis. — Seus olhos estavam abertos e assustadores, sua voz aumentava, com uma sensação de pânico. — Não cometi? Mas eu nunca, você sabe, nunca *abusei* de vocês ou algo parecido, abusei? Ah, por favor, não, meu Deus, abusei?

— Mãe, não, tudo bem, escute, o que aconteceu em sua viagem? O que a deixou tão perturbada? Porque, assim, você está me assustando.

Charlotte apagou o cigarro com força e assoou o nariz em um guardanapo de pano que estava ao alcance de sua mão.

— Não — disse ela —, escute, isso não é nada bom. É errado. Não quero ser assim. Vamos servir a mesa. Vamos comer.

— A mesa já está posta. Na sala de jantar. Eu a arrumei algumas horas atrás.

— Maravilhoso — disse ela, e tossiu. — Muito bem. Vamos comemorar o dia de Ação de Graças. Você acredita que eu tinha esquecido que hoje era Ação de Graças?

— Não posso dizer que isso seja uma grande surpresa.

— Os imigrantes puritanos ingleses desembarcaram em Plymouth Rock determinados a ficar e, então, com pedras, arados e machados, limparam a terra. Você sabe o que é isso?

Alice balançou a cabeça, esperando para ver se essa transformação permaneceria, se sua mãe não teria um colapso no minuto seguinte, chorando novamente sem parar.

— Sua peça sobre o dia de Ação de Graças na primeira série. Ajudei a decorar suas falas. Ajudei você a fazer uma fantasia de peru com um monte de sacolas de papel.

— É mesmo?

— Sim, é *mesmo.*

— Ah, espere, não foi quando você acabou brigando com a professora?

— Isso também. Eu era um pouco impertinente. Acrescentei algumas falas por conta própria sobre o brutal massacre dos nativos e a devastação da terra. Sua professora, a srta. Jeanie, não ficou muito entusiasmada com isso.

Alice riu pouco à vontade, lembrando da volta de carro para casa em um silêncio desconfortável, sua mãe parecendo irritada com ela mais do que com qualquer outra pessoa, irritada por ter tido de participar de um dia daqueles.

— Mas foi divertido — Charlotte insistiu. — Você estava maravilhosa, muito mais madura do que qualquer uma das outras crianças, tão séria... — Levantou-se da mesa em um movimento muito rápido e seu roupão se abriu. Ela o enrolou em torno de si mesma, encolhendo-se dentro dele, em um súbito acesso de pudor. — Só vou me recompor um pouco. Vou subir só um instante de novo. Depois, vamos comer. Comeremos seu maravilhoso almoço. Que sorte a nossa você ter feito isso.

Alice sabia que ela não desceria por um bom tempo e sentou-se, esperando por Gus e Cady, esperando por qualquer acontecimento que ocupasse o tempo e a distância que crescia entre sua mãe e aquela casa. Era como se Charlotte estivesse em um balão de ar quente se afastando cada vez mais. Não tinha âncora nem era capaz de pousar, mesmo que quisesse. Em relação a seu pai, Alice não tinha nenhuma idéia do que ele estava fazendo, do que sabia ou do que gostaria de saber. E, à medida que o dia escurecia, ela não encontrava forças para se mover, para chamar sua mãe e pedir que ela descesse novamente, nem mesmo para assistir à televisão ou dar um telefonema para a sua única e boa amiga. Olhou as janelas revestidas de filme plástico e maravilhou-se com a paciência e o carinho que haviam sido colocados ali. E seu pai, tão preciso, finalmente a encontrou.

— O que você está fazendo, sentada no escuro? — perguntou ele, enquanto acendia as luzes.

Alice o olhou de esguelha e disse:

— Estou esperando.

— Sua mãe dormiu de novo.

— *De novo?* — disse Alice, registrando em sua mente que, no dia seguinte, daria uma busca nas bolsas de sua mãe. Os armários não revelariam nada. A verdadeira história estaria nos bolsos laterais e em meio aos sutiãs, os forros destacáveis fechados a zíper. De repente, parecia claro que sua mãe havia ido ao México, que havia encontrado algumas pessoas de caráter duvidoso ao lado de quem freqüentou clubes secretos e acabou desenvolvendo vícios. Se fosse isso, seria possível ajudá-la. Os viciados freqüentavam o AA, o NA — na escola, havia reuniões obrigatórias. Um cara chamado Karl, que parecia bastante normal, contou para uma classe lotada de adolescentes como ele, apenas três anos antes, que se oferecia a estranhos na zona portuária, roubava seus filhos, fazia de tudo por uma dose de entorpecente. Alice encontraria as provas para confrontá-la. Sentiu-se como se tivesse se preparado o tempo todo para essa investigação, adquirindo a paciência e a inteligência necessárias para ajudar sua mãe a lidar com o problema.

— Você deve estar brincando — disse Alice.

— Não, infelizmente, não — respondeu ele, cansado, abrindo a geladeira e pegando uma maçã vermelha. Como ela previa, seu pai pegou a mais cega das facas e cortou um pedaço da maçã, colocando depois o resto de volta na geladeira. Havia pelo menos três maçãs já cortadas dentro da geladeira, todas apodrecendo. Ficariam ali, inacabadas, até que alguém finalmente as jogasse fora. Esse, até onde Alice sabia, era o único vício de seu pai.

— Como é que você agüenta isso? — Alice disse finalmente, sentando-se na cabeceira da mesa. Depois de anos pensando em dizer isso, ela finalmente acabara de fazê-lo. Por um momento, Alice teve medo de irritá-lo por insultar sua mãe. Ele ficou em silêncio por um bom tempo, mas ela sabia que não precisaria repetir, porque tinha certeza de que o pai a havia escutado.

— Porque eu amo sua mãe mais do que todas as loucuras dela juntas — ele finalmente disse. — Não importa o quanto seu comportamento seja irritante e, eu tenho de admitir a você, minha adorável filha, que ele ultrapassa as raias da irritação, ainda sei o que ela tem que me convenceu de que eu precisava me casar com ela. *Precisava.* Eu não conseguiria nunca colocar essa necessidade em palavras ou... ou mesmo dimensionar seu valor, mas ela ainda existe, tão grande e tão forte quanto o trabalho ao qual tenho dedicado toda a minha carreira. Mesmo que minha pesquisa não cure a doença de Alzheimer enquanto eu ainda estiver vivo, nunca verei meu trabalho se realizar, isso não significa que não estarei lutando pela memória de alguém todos os dias.

Alice prestava atenção enquanto seu pai dava uma mordida no pedaço de maçã gelada, doce, estremecendo levemente ao sentir o frio batendo em seus dentes.

— Você é tão paciente — Alice disse carinhosamente. Mas o que ela não disse é que suspeitava que ele também estivesse com medo. Ela começou a suspeitar que o pai estava desiludido, que usava esse amor, tão além de qualquer reprovação, como uma forma de evitar uma intensa decepção consigo mesmo, com seu fracasso como um marido que não conseguia, por qualquer razão, motivar sua mulher a manter-se por perto de uma maneira um pouco mais consistente.

Seu pai deu de ombros.

— Nunca achei que me casaria com ninguém. Você sabia disso?

Alice balançou a cabeça.

— Não, nunca poderia conceber algo assim. Eu já tinha 39 anos quando conheci sua mãe. Mas isso você já sabia... você sabe... veja, ela me deu você. E seu irmão, é claro. Eu nunca teria me casado nem tido filhos com ninguém mais. Disso, eu tenho certeza.

— Mas como você sabe? Como é que você pode pensar isso?

— Por que eu sou tão... *racional*? — Ele riu, descobrindo nessa percepção o que Alice considerou ser uma estranha parcela de humor. — Olhe, como você já deve imaginar, nunca acreditei na idéia de destino. Sempre me pareceu uma noção absurda, um... um tipo de lógica infantil. Mas com sua mãe, bem... cheguei quase a acreditar nisso de alguma forma. E agora... — Ele olhou em torno para o terreno do lado de fora da janela, para a colisão entre o mar e um céu de novembro, para a sua filha sentada diante dele, basicamente infeliz. — Agora ainda estou a ponto de acreditar que aqui é exatamente o lugar ao qual pertenço. Mesmo do jeito que está. Será que isso é loucura? Diga para mim. Você é uma menina inteligente.

— Você acredita que sejamos algo do tipo peças em um jogo de xadrez, que não há nada que possamos fazer?

— Não, Alice, ao contrário, e há muita coisa que venho tentando fazer por ela, muitos momentos em que tenho sido muito mais insistente do que você e Gus jamais poderiam imaginar. Você viu; você sabe que nada melhorou, e a verdade é que ela está mais inconstante do que nunca. Mas eu nunca, *nunca,* deixaria sua mãe. Nunca nem cogitei isso. É algo além da fascinação, além do dever e até mesmo do amor, o que sinto por ela. É apenas... — Alice esperou, mas ele não terminou. Havia alguns momentos de uma ambigüidade ao mesmo tempo confusa e encantadora. Finalmente, ele ficou de pé e disse: — E é assim que eu agüento, como você mesma colocou.

— Tudo bem. — Alice assentiu e começou a ver como a tristeza de seu pai, de certa forma, era o que lhe permitia se revelar como um homem sensível. Sem essa aparente tristeza, seu jeito reservado certamente dominaria e ele não pareceria tão diferente do homem em que se teria tornado se não tivesse conhecido sua mãe: um homem que tomaria o trabalho como o único item de grande valor em sua vida e cuja devoção estaria claramente investida em qualquer coisa, menos em pessoas.

— Muito bem. Agora, acho que eu e você devemos comer um pouco desse almoço que você trabalhou tanto para preparar.

— Mas e o Gus, a Cady e a mamãe?

— Não tenho muita fé que eles se juntarão a nós.

— E por que não?

— Liguei para a casa da Cady e Gus estava lá. Ele disse que não suportava ver sua mãe desse jeito e que só voltaria amanhã. Mandou pedir desculpas a você.

Alice engoliu em seco, pensando nos frangos, nos legumes tão cuidadosamente cortados.

— Não estou acreditando nisso — foi tudo o que conseguiu murmurar.

Enquanto Alice permanecia sentada com as mãos no colo, seu pai começou a retirar da geladeira as tigelas cobertas.

— Não consigo deixar de pensar que você saiu perdendo. Você sempre deu mais do que qualquer pessoa soube receber. Você é o que sua mãe tem de melhor, sabia disso?

— Não, não, não sou. Não chego nem perto. É o Gus que...

— Não faça isso, por favor — disse ele, de maneira quase áspera.

— O quê?

— Não coloque seu irmão acima de você. Você sempre faz isso, e eu sei que ele é seu irmão mais velho e até imagino que seja natural, mas não é justo. — Enfiou a batata-doce e o recheio no microondas, da maneira como fazia para eles quando eram pequenos. — Não é justo — repetiu.

Alice prometeu a si mesma manter-se firme, não se desintegrar como uma massa disforme pelo chão da cozinha. Jantaria com seu pai como alguém que sabe lidar com as decepções. E, em silêncio, tirou do forno os frangos queimados, colocou-os em travessas coloridas e, enquanto seu pai abria uma garrafa de vinho, serviu tudo aquilo que era sua primeira tentativa de preparar uma refeição sozinha. Por um instante, imaginou que ela e seu pai eram casados e que ela era a esposa equilibrada, bem-comportada, de sua vida paralela — a possibilidade de vida na qual ele não acreditava. Ela era a mulher que não o deixava sozinho em seu bem-educado silêncio.

— Quer um pouco de vinho? — perguntou seu pai, sentado na cabeceira da mesa. Alice olhou para o lugar onde estaria sua mãe.

— Sim. Sim, por favor.

O *cabernet* derramava-se em uma taça funda e delicada, e ela teve ímpetos de derrubar, de engolir, de ficar tão bêbada que faria qualquer coisa, falaria qualquer coisa. Tinha ânsia de saber o que diria se estivesse alterada, hipnotizada, e se a revelação de seu lado mais oculto faria a menor diferença que fosse na vida de qualquer pessoa.

— Vou morar na cidade — Alice falou num impulso, antes mesmo que pudesse saber por quê. — Não suporto este sossego. Realmente, não agüento. Este silêncio daqui está me deixando maluca.

Mas seu pai apenas disse:

— Posso imaginar você morando em muitos lugares. Você terá tempo para isso. — Levantou a taça e disse: — À sua ótima saúde.

— À sua — ela respondeu. — À da mamãe — disse suavemente, como se fosse meramente um pensamento adicional, e não aquele que ocupava o primeiro plano de sua mente. E assim o jantar ocorreu, uma refeição comum, insignificante, e a noite caiu mais uma vez. A noite caiu e Alice tomou um copo atrás do outro de um bom vinho tinto, que ela sabia ser bom apenas porque assim haviam lhe dito, e tudo estava como antes, apenas mais escuro, mais silencioso, seu pai deixando-a beber mais do que jamais havia bebido antes; bebeu mais do que ele, e ele não fez nada para contê-la. A sala de estar estava vazia sem sua mãe, o quarto de Gus estava vazio sem Gus, e Alice telefonou para a casa de Cady e desligou quando uma voz disse: — Residência dos DeForrest — com uma cerimoniosa cadência irlandesa. Os pratos nadavam na água com sabão, e três lugares vazios permaneciam aguardando seus convidados.

Ficariam daquele jeito — guardanapos azuis de pano enrolados em pinturas de animais, garfos, facas e colheres com cabo de marfim, e aquela preciosa porcelana do casamento, todo aquele brilho, aquele otimismo fora de época, permaneceria por muito mais tempo do que Alice poderia prever. Permaneceria aguardando naquela mesa de madeira, de certa forma, para sempre. Se *sempre* fosse uma palavra em que se pudesse confiar.

Não havia sido o cheiro, como a maioria das pessoas imaginou, o que acordou Alice Green às quatro da madrugada. Não havia sido o vinho tinto, que no futuro a faria acordar sobressaltada muitas horas depois de quase desmaiar de exaustão. Não havia sido um pesadelo nem alguma premonição desagradável. Alice acordou bem relaxada, com a sensação de ter tido uma excelente noite de sono. Sente-se tão acordada que se surpreende ao ver que ainda está escuro, e levanta da cama de camiseta e calcinha, e caminha até as grandes janelas para olhar lá fora, que é o que ela sempre faz ao acordar, independentemente da hora. Sente-se desorientada e tem sempre uma leve sensação de pânico quando não pode ver nada além de seu quarto, como se o mundo lá fora pudesse lhe pregar uma peça e, de alguma forma, desaparecer. E eis que Alice está de pé e sabe que não pode estar sonhando quando vê a casa da piscina soltando fumaça, o telhado como uma coroa de chamas. Sabe que não está sonhando quando ouve monstruosas sirenes invadindo o silêncio — o silêncio indistinto e ameaçador da casa — estelar, lunar, uma ausência de som que ela antes desprezava e que nunca, não importando o quanto um campo fosse distante ou um oceano, profundo, seria capaz de ouvir novamente. Ela percebe que Spin está latindo no quarto da bagunça e que esse latido pode ter sido o que a acordou. E vê seu pai correndo tão rápido que parece uma mancha em roupão de banho azul, um lunático descalço correndo em direção ao desastre.

Alice não está sonhando, mas ainda está bêbada — só pode estar — quando se vê no armário do andar de baixo, somente com a roupa de baixo, puxando o velho casaco de coiote que sua mãe usava para passear com Spin, quando se dignava a fazê-lo no frio. Seus pés encontram um par de chinelos de dedo no armário e, em questão de segundos, Alice está do lado de fora, realizando o que parecia um vôo gelado em direção a seu pai e à casa da piscina, que vocifera, que queima. Ela mal consegue sentir seus pés. Carros de bombeiros ocupam o caminho de entrada. Homens enormes correm com escadas pelo gramado. Estão carregando macas e arrastando mangueiras. Estão gritando e usando megafones, e Alice não consegue imaginar como sua mãe, no quarto, pode continuar dormindo com tudo isso, embora Charlotte já tivesse dormido durante a passagem de um furacão e um pequeno terremoto. A maré está alta e, em questão de algumas horas, parecerá uma respeitável tentativa de extinguir as chamas que avançam. Ela pensa em toda a papelada de sua mãe, os pertences secretos fechados em caixas que Alice havia recentemente começado a suspeitar não serem nada mais além de canhotos de ingressos de filmes antigos e recordações aleatórias. Sua mãe, tão nostálgica, certamente sentirá falta de tudo isso que está queimando e, não importa o quanto seja pequeno e possa parecer insignificante, seu valor aumentará quando olhado em retrospecto e abastecerá futuros dias cinzentos com o drama de como suas memórias foram destruídas.

Sua mãe, a boca de seu pai diz, mas Alice não consegue ouvir com o barulho das chamas, o barulho do vento, o barulho da água, o barulho das sirenes, dos homens e das mangueiras — ela não consegue ouvir nada.

— Eu sei — Alice grita de volta —, todas as coisas dela.

Charlotte, ele grita, mas um homem com capa de chuva o segura e o conduz em direção a Alice, que recua e sufoca com a fumaça. A fumaça está por toda parte, mesmo quando não se mostra visível em grandes ondas leitosas, como quando vista de longe. Dois homens seguram uma grossa mangueira que espirra água para cima com um jato forte, alcançando a chaminé. Quando seu pai se liberta do homem, quando dá nele um soco com uma força e um desmazelo que não lhe são característicos, Alice recebe esse soco em seu próprio estômago e — ao sentir a ausência de seu irmão e de sua mãe

— imediatamente vomita sobre a grama agora cinza.

Charlotte, seu pai continua a gritar, e dessa vez Alice entende.

Eles nunca chegaram a ver o corpo dela. Alice lembrava-se da manta preta cobrindo o lugar onde ela estava, mas Gus chegou em uma casa apenas de fumaça e ausência, a extensão de terra carbonizada e um pai murmurante, propenso a estranhas articulações sobre, digamos, o céu. Eles seguiriam, em caminhos separados, ao longo da tortura dos anos sem ela. Passariam dias inteiros sem atender o telefone e noites inteiras sem dormir direito.

Como?

Por quê?, Alice perguntou a Gus.

Gus não respondeu porque havia partido. Colocara tudo no carro e a abraçara com o mais ausente de todos os olhos negros. De repente, e terrivelmente, era junho.

Já faz anos, Alice sussurraria em sua cama, falando para as janelas. *Foi há muito tempo*, ela insistiria, buscando a escuridão. *É verdade*, ela diria a ninguém além das sombras, *venha aqui, está tudo bem*.

Parte Dois

7

Observe uma mulher, em pleno inverno, arrumando a mala em um apartamento que ocupa todo um pavimento de um prédio do Brooklyn. Há uma mochila precariamente apoiada sobre o emaranhado de uma cama desarrumada. O varão da cortina ao lado da cama quebrou e, no lugar de cortinas, há um lençol com estampa de folhas preso com tachinhas. Há roupas jogadas sobre o abajur e por todo o chão empoeirado, mas é logo evidente, e talvez surpreendente, que se trata de alguém bastante eficiente na arrumação de malas. Ela enfia as meias dentro dos sapatos, dobra as camisetas e as roupas de baixo com a precisão de uma vendedora e até separa as roupas por cor. Observe como você imagina já tê-la visto antes — pálida, essa mancha de mulher arrumando a mala —, você acha que já deve tê-la visto antes. Ela é alta e não muito magra. É suave e pálida, com o cabelo vermelho-escuro tendendo a crespo; usa botas pretas, uma saia preta, e tem o sorriso triste de seu pai, pérolas herdadas e prata herdada; é a imagem da herança. Escreveu sua dissertação em inglês sobre Anton Tchekhov, ou pelo menos deveria tê-lo feito. É o tipo de mulher que outras mulheres sentem-se à vontade em dizer que é bonita e seus traços assimétricos — muitos com freqüência chamados de "diferentes" ou "dramáticos" — são, na verdade, desorientadores. Quando fecha os olhos, é pequena e tem ar inocente; é comum, beirando o invisível, mas, quando se olha no espelho, vê uma figura cheia de curvas que atrai homens que tenham uma mínima sensibilidade para o gótico, homens cujo charme — tanto o compensatório quanto o excessivo — tende a fazê-la correr.

O nome dela é Alice Green. Não permanecera em seu apartamento por mais de vinte e quatro horas nos últimos oito meses. O apartamento está repleto de correspondências e listas e — como Alice — tem uma nítida aura de negligência. Seu cabelo (que tende a crescer mais para os lados do que para baixo) não vê uma tesoura há meses; sua pele está seca, suas cutículas, irregulares, e ela engordou exatos quatro quilos e meio. Enquanto faz a mala, Alice pensa em sua mãe, a quem ela nunca viu arrumar malas, mesmo depois que começou a identificar todos os sinais de uma partida iminente. É impossível para Alice simplesmente enfiar roupas em uma mala sem invocar o espírito daquelas benditas partidas e chegadas, sem que elas venham à tona sem cessar, como o bater de uma porta perfurando os sonhos ao longo de toda uma noite tumultuada e insone. Charlotte Green já está morta há quinze anos e a sensação de arrumar as malas é algo que ainda pertence a ela, ao esconderijo de ações banais que adquiriram significado por terem sido realizadas longe de Alice. Aqui está uma filha que não conseguiu deixar de querer mais de sua mãe, mesmo que — ou especialmente por isso — sua mãe não esteja mais viva.

Ela está arrumando a mala para ver August.

Eis o começo de uma história, um começo que até mesmo ela consegue reconhecer: agora é Alice quem faz as malas e apenas Alice, e ela vai ver seu irmão sem um claro entendimento do porquê. Eis o meio de uma história — o começo, o meio e o fim —, um movimento feito tanto por medo quanto por liberdade. E Alice — ela pode sentir isso, embora seu estado ainda seja bastante letárgico — pode sentir que avança cambaleante e se lança através da tarde cinza e lamacenta. Ela sempre teve a natureza vagamente mórbida de quem consegue reconhecer o desastre e até identificá-lo, mas que, de alguma forma, não consegue evitá-lo.

A casa era grande demais. Em qualquer cômodo em que Alice se encontrasse, em qualquer tarefa que empreendesse na longa e arrepiante trajetória entre a cozinha ou a sala de leitura e o quarto de seu pai, não conseguia evitar, ao menos uma vez, observar a natureza absolutamente vazia da casa. As coleções ainda mantinham certa autoridade; ninguém havia tirado do lugar as formas de sapatos chineses nem os tapetes turcos de oração, os travesseiros bordados de esquecidos vilarejos irlandeses, as bonecas balinesas, as cerâmicas de Deruta ou as esculturas africanas de esterco. No entanto, sem os regressos de Charlotte ao lar, os exóticos objetos fracassavam em ganhar vida. Ficavam nos cantos e nas prateleiras como as mudas de pele das serpentes — agora, meras evidências coloridas de uma vida que um dia existiu. Esses objetos tão cuidadosamente escolhidos — tendo sido uma vez arrumados com delicadeza entre camadas de roupas íntimas de Charlotte ou carregados junto com objetos pessoais em vôos que duravam um dia inteiro — eram meras cascas do que já haviam sido.

Sua família nunca ocupara todos os cômodos e seu pai, podendo fazer o que quisesse, parou de tentar transformar aquele espaço em algo diferente do que já era — um ventilado celeiro reformado com quartos e ampliações (de forma bastante coerente, em estilo colonial) realizadas até os anos 40. Ele parecia ter abraçado a sombria natureza de sua solidão, nunca (pelo menos até onde Alice sabia) recebendo convidado algum além de uma ocasional e excepcional jovem mente científica, ao lado do fantasma de Charlotte. Ele era um solitário e velho gênio com uma linda esposa falecida. O piso estava vergando, a maresia havia corroído as molduras das janelas e o teto estava cedendo. Em outras palavras: não faltava gente batendo à porta a cada Halloween.

Enquanto levava uma foto do gabinete para o quarto de seu pai, Alice parou diante da mesa do hall de entrada, onde ainda havia uma tigela cheia de minichocolates que ela havia trazido apenas algumas semanas antes para as ansiosas e mórbidas crianças da vizinhança. Ela havia, de fato, começado a vir para casa no Dia das Bruxas havia alguns anos, quando ainda vivia na cidade lecionando e pesquisando, quando estava seguindo um rumo, e — o mais importante — esse rumo parecia realmente existir e ter certa importância. Fazer a viagem no meio da semana para passar apenas uma noite parecia, então, um suplício, mas não gostava da idéia de seu pai ter de abrir a porta durante toda a noite, respondendo às perguntas dos pequenos bruxos suburbanos a respeito de boatos que diziam que a casa era assombrada.

Esse ano, morando na casa como estava, ela quase havia esquecido o feriado e, embora tivesse conseguido juntar alguns doces, depois das oito parou de atender à porta. Havia um programa sobre Goebbels na tevê a cabo a que ela gostaria de assistir com seu pai no conforto da cama dele, em um silêncio pontuado apenas pelos sons apagados de uma argola de porta em bronze batendo longe, sem parar.

Era especialmente difícil cuidar do pai nessa casa tão enorme e ventilada. A casa tinha 187 anos. O pai de Alice a havia comprado por menos de um quarto de seu valor, no início dos anos 70, de seu orientador na faculdade — um aleijado rico e malcomportado de nome dr. Norton Flowers. Dr. Flowers era quem estava morrendo então, mas ele não tinha nenhuma filha dedicada, não tinha filho algum. Ele amava o pai de Alice quase tanto quanto amava sua casa decrépita e não estava interessado em levar mais dinheiro para a cova. Tudo isso era praticamente desconhecido e bastante excitante, exceto pelo fato de que seus pais sentiram que, de fato, não tinham escolha quanto a permanecer ou não. A casa era formidável demais para se vender (mesmo que *não* tivessem prometido ao dr. Flowers que viveriam muito bem ali), havia custado uma fortuna para aquecê-la e sempre se referiam a ela como se falassem de um parente mais velho; era como se o dr. Flowers estivesse morando no terceiro andar, um fardo orgulhoso e necessário, observando o desenrolar da vida deles.

A casa havia, para usar o termo correto, caído no abandono. O Patrimônio Histórico (ou Patrimônio Histérico, como seu pai o chamava) já o multava havia anos e pressionava a prefeitura para que aplicasse sua regulamentação a propósito do telhado malconservado. Normalmente, havia alguém que ficava com pena de sua família, que mencionava a pobre Charlotte em uma reunião ou que relacionava as brilhantes realizações da carreira do dr. Alan Green. Era um membro respeitado, mesmo que enigmático, da comunidade local e um viúvo bonito e, como tal, normalmente passava ao largo dos acontecimentos sem ser alvo de uma total aversão, ano após ano. Mesmo quando a região foi supervalorizada no mercado imobiliário, seu pai permaneceu inabalável. Citava seu antigo orientador, que lhe vendera a casa, seu exemplo favorito de "homem de caráter", e se tornou uma espécie de mascote do pequeno grupo de proprietários que, à medida que a região se transformava cada vez menos em uma cidade portuária e cada vez mais em um subúrbio de classe, compartilhava uma sensibilidade renegada. Ele era a velha e singular exceção a quase toda regra. *Mas morrer, não,* Alice lhe disse. *Você vai morrer se não se cuidar. E você tem de admitir que é muito mais fácil se cuidar em um ambiente pequeno e tranqüilo.*

E, como seu pai insistia em ficar e como o quarto dele era longe da cozinha (ele se recusava a mudar para um quarto no andar térreo), quando ficou confinado na cama, o que havia sido apenas uma questão de tempo, comer tornou-se impossível sem que houvesse alguém ali para alimentá-lo. Era um câncer de cólon que vinha se infiltrando e que — após anos de pressão alta, baixa contagem de leucócitos e, mais tarde, uma diabetes que se instalava — havia, afinal, se agravado. Sua saúde não andava boa praticamente desde a morte de Charlotte e ele sofreu uma transformação chocante, passando de um homem extraordinariamente jovial aos 58 anos para um ancião de 73. Em algum momento durante os últimos cinco anos, ele começara a evitar a cidade e seus moradores, insistindo, com uma intensidade escandalosa, em como que ele sempre achara, o tempo todo, que os vizinhos — os mesmos vizinhos que lhe traziam comida e uma boa conversa por muitos anos depois que Charlotte morreu — eram anti-semitas.

Por algum tempo, Alice tentou contratar alguém para cuidar dele, de forma que ela pudesse morar em seu apartamento pelo menos parte do tempo, mas havia tantas idas e vindas entre o quarto e a cozinha, a cozinha e o porão (para ajustar o aquecedor de água, para dar uma batida no tanque de gás), que era difícil pedir isso a qualquer pessoa, mesmo por um salário decente. Os corretores ligavam todas as semanas, faziam promessas, promessas que descambavam para ameaças quando seu pai se recusava categoricamente a vender a casa. *Acredite em mim,* disse ele certa vez a Alice, quando ela implorou para que ele aceitasse uma oferta, *sei melhor que todo mundo como é pequeno o controle que posso ter sobre qualquer coisa, mas farei o que estiver ao meu alcance; eu apenas quero morrer aqui.*

E assim, depois que ele se recusou a passar pela última rodada de quimioterapia, Alice — tendo acabado de se arrastar lentamente pela casa dos vinte anos — deixou de dormir com um rapaz oito anos mais jovem, deu um tempo em sua dissertação e voltou para casa. Começou a dar um banho em seu pai, a atravessar o submundo de lençóis lavados e fronhas e tapetes manchados, a misturar comprimidos em sorvete de chocolate e a ouvir as instruções dos médicos. Decidia se deveria ou não dar a ele todo o uísque que lhe pedia, e sua decisão parecia ser sempre pelo sim. Eles assistiam à CNN, à CNBC e a reprises na tevê a cabo. Ela o ouvia contar sobre seus anos de pós-doutorado, uma rosa inglesa chamada Polly que gostava de andar pelo bairro de Chilterns, as formidáveis aventuras do velho dr. Flowers, que, antes de lhe vender a casa, o havia encorajado aos anos que passou em Paris.

E agora era novembro.

O último sopro de calor fora eliminado da paisagem e, apesar de toda a falta de moderação de Alice com o aquecedor, uma friagem estava sempre presente. Parecia que seu pai perseverava durante sua estação favorita, quando as folhas caíam alaranjadas na água azul e os veranistas voltavam para as suas casas.

Recentemente, ele havia desenvolvido um interesse por objetos. Dois dias antes, ela passara uma tarde inteira em busca de alguns itens que faltavam — uma raquete de tênis, um quadro — e que ele havia decidido, com uma insistência comovente, que era preciso que ela os tivesse. E sua mais recente missão, Alice a segurava em sua mão seca e pálida: uma fotografia dos proprietários originais da casa, uma fotografia que estava em seu gabinete e que ele havia decidido, em pânico, que precisava ver imediatamente. A fotografia ficava sempre naquela mesma prateleira mais alta de seu gabinete, onde recebia pouca luz, sendo raramente retirada dali para ser vista mais de perto. Essa foto havia sido dada ao dr. Flowers por um vizinho mais velho quando *ele havia* se mudado para lá. Esse vizinho mais velho fizera seu noivado naquela casa durante uma festa de Natal no início dos anos 20 e, de algum jeito, acabou ficando com o retrato, que mostrava uma família de cinco pessoas com vestimentas que faziam pensar em *proprietários de terra*: a mãe e a jovem filha vestiam saias brancas engomadas; o pai e os meninos usavam suspensórios. Um cachorro preto, com uma papada, estava sentado, obedientemente olhando para a câmera. As palavras *Sr. e Sra. Frank Storrs e família* estavam cuidadosamente impressas no verso da fotografia (agora oculto pela moldura), *1825*. Alice ficou surpresa que fosse esse retrato, e não uma foto obscura de Charlotte, que seu pai quisesse ver. Seu criado-mudo estava repleto de Charlotte: na praia, em um perfil melancólico; com Alice nos braços; com Gus, indo apanhar mariscos na baía. Ele gostava de analisar as fotografias, comentando sobre o que as tornava particularmente boas.

Alice subiu de dois em dois os últimos degraus da escada (ela estava sempre apressada toda vez que se aproximava do quarto dele) e, então, para não perder o hábito, encostou-se na bola de madeira em cima do corrimão que, como a madeira havia começado seriamente a apodrecer, saiu em sua mão. Ela a recolocou precariamente, como já vinha fazendo há algumas semanas, e juntou-se ao pai na cama dele mais uma vez.

— Você encontrou — ele conseguiu dizer, a voz rouca e baixa.

— É claro — disse Alice, entregando a ele seus óculos de leitura. — Ninguém mexeu nela — disse ela, forçando um sorriso. — Estava exatamente onde você a deixou em seu gabinete. Por que quer tanto vê-la? — perguntou ela, afastando da testa do pai o cabelo ainda grosso que não fora lavado recentemente.

Ele não respondeu; apenas olhou os rostos na foto, como se, a qualquer momento, pudessem lhe comunicar alguma sabedoria secreta.

— É impressionante pensar que eles todos viveram aqui — disse Alice, tentando estimulá-lo a falar. Ultimamente, ele caía em silêncio por muitas horas seguidas. Até seus pedidos por morfina haviam emudecido.

— Eu sempre detestei fotos antigas — disse ele.

— Por quê?

— Você conhece aquelas antigas fotografias bem formais de banquetes que você vê de vez em quando? Aquelas, com uma espécie de lente olho de peixe, em que todo mundo na sala está olhando para a câmera?

Alice assentiu.

— Eu costumava detestar especialmente essas. Só conseguia pensar como todas aquelas pessoas, tão... sérias em seus smokings e vestidos de festa, tão graves e até pretensiosas com a câmera, *estão todas mortas.* Era isso que sempre costumava pensar sobre este retrato também. Estão todos mortos. Nunca pensei muito mais além disso.

— E o que você pensa agora?

— Ah — ele sorriu —, ah, bem, agora eu penso: eles *viveram.*

E, depois de dar uma pequena risada, começou a tossir. Alice ajeitou-o mais confortavelmente nos travesseiros.

— Sua mãe sempre pensou assim. Essas pessoas na fotografia, elas estavam mais vivas para ela do que metade de nossos vizinhos. Ela imaginava histórias para cada uma delas baseada em como pareciam na foto. Ah, como era mesmo? — Ele olhou para a foto mais detidamente, apontando para cada pessoa. — Acho que esse irmão tinha inveja desse outro irmão porque ele era melhor nos esportes ou algo do tipo, enquanto o mais atlético sempre chegava às vias de fato com o pai. Não consigo lembrar o que ela fez da mãe e da filha. Elas eram, sem dúvida, as mais interessantes.

— A mãe, com certeza — disse Alice.

Seu pai rejeitou o comentário com uma leve careta e um movimento de cabeça.

— Sua mãe via todos como se estivessem vivos, mas em diferentes estágios. Eu, na verdade, nunca entendi isso.

— Sim, bem, ela era uma criadora de mitos — disse Alice.

Fora uma semana de chuvas — dias inteiros como esse, em que manhã, tarde e noite se fundiam sem distinção. Ocorreu a Alice que ela não podia dizer ao certo que dia era. Eleanor a visitara na terça-feira, ela sabia, vestindo um suéter gola canoa rosa-claro e carregando um grande buquê de gérberas que agora descansavam no que restava do lado da cama que era ocupado por Charlotte, já com algumas pétalas caindo. Eleanor ainda era sua melhor amiga; agora, com um visual moleca sapeca, era uma bem-sucedida produtora de programas infantis para a televisão. Quando estava com aquela gente de Nova York que adorava esnobar falando de suas amizades com gente famosa, ela gostava de fazer menção, com a maior cara-de-pau, ao relacionamento pessoal bastante íntimo que tinha com o Garibaldo. Então, na terça, havia sido Eleanor. Será que era quinta? Sábado? Com seus longos dedos magros segurando a fotografia da família Storr, seu pai virou-se para Alice como se tivesse acabado de lembrar algo importante, mas, quando ela encontrou seus olhos, ele apenas voltou a contemplar os estranhos na foto sentados em sua varanda.

— Preciso que você me prometa uma coisa — disse ele calmamente.

Alice engoliu em seco.

— Nenhuma recepção aqui. Aqui, não.

— O que você quer dizer?

— Depois — disse ele. E quando Alice recusou-se a entender: — Do velório e do enterro.

— Tudo bem.

— Ótimo. Agora preciso que você pegue algo para mim.

— Claro — disse Alice, com uma voz rouca e pouco familiar. — Pode pedir o que quiser.

— O sótão — disse ele. Seus dedos tremiam. Sua pele estava verde-amarelada. — Duas caixas... há duas caixas no patamar da escada. Uma para você e a outra para seu irmão.

Alice subiu aquela escada tão conhecida, observando como a temperatura havia caído significativamente e como se podia ouvir o vento soprando através das copas das árvores, sacudindo as velhas janelas extras que eram colocadas no exterior para proteção durante o inverno. Ela vinha fazendo viagens ali para cima com freqüência cada vez maior e ficou surpresa, quando seus olhos se depararam com elas, de não ter notado as caixas antes. Dois caixotes embrulhados em papel pardo estavam lado a lado: *Alice*, dizia um deles, com a letra decidida de seu pai; *August*, dizia o outro. Estavam ambos forrados de jornal e, quando Alice levantou o seu, pôde ver dentro pequenas caixas — lata gravada, veludo, pau-de-balsa entalhado — contendo, ela sabia, os brincos de pressão de pérola de sua mãe e contas de fantasia — tesouros pessoais de Charlotte que haviam se tornado tristes demais para serem considerados. *As coisas boas*, como Charlotte as chamava, estavam guardadas em um cofre no banco e haviam sido formalmente passadas para Alice, mas as bugigangas diárias — o espelho colorido de Charlotte, seus braceletes Lucite — eram por *demais* um pedaço dela e, ao longo de todos aqueles anos, haviam permanecido nas pequenas caixas que Alice tanto amara. Havia mais, mas ela ainda não conseguia se permitir olhar. Pegou a caixa de Gus e, colocando-a sobre a sua, desceu a escada. A caixa dele não pesava muito e, quando ela examinou-a por dentro, ficou surpresa ao não ver nada mais além de uma foto emoldurada de Charlotte e Gus visivelmente tirada pouco antes de sua morte e um envelope em papel-manilha onde estava escrito *Para August* com a letra de seu pai.

— Voltei — disse Alice, e forçou um sorriso, tentando não permitir que seu rosto traísse o tanto que, ao entrar no quarto, a aparência tão fraca dele ainda a chocava.

Ele, então, suspirou, quando ela apoiou as caixas, um suspiro ofegante, afetado.

— Obrigado.

Alice assentiu, observando a forma tão cuidadosa com que ele havia montado essas duas caixas, a maneira como as etiquetas haviam sido pregadas com fita adesiva com tamanho capricho.

— Quando você fez isso?

Ele balançou a cabeça e resmungou.

Ela percebeu que ambos olhavam para a caixa de Gus. Alice mexia nas pontas do jornal enquanto olhava de relance aquela desconhecida foto de Charlotte e Gus. Charlotte estava rindo, mas Gus, não; o braço dele estava firmemente colocado sobre os ombros dela. Seu pai deve ter encontrado essa foto — talvez até em um rolo de filme não-revelado — e emoldurou-a especialmente para ele. Esse presente partia o coração de Alice. A simples natureza de tamanha consideração era dolorosa diante da longa ausência de seu irmão.

— Gus vem no domingo — disse ela de repente.

Após um silêncio tão longo que ela imaginou que ele tivesse adormecido, seu pai murmurou:

— É mesmo? — como se soubesse que ela estava mentindo.

— É.

— Querida — disse ele com cuidado —, já passei da fase de me enganar.

Ah, não passou, não, pensou Alice, olhando para a fotografia de uma Charlotte sorridente, feliz, uma Charlotte maternal, amorosa e divertida, uma Charlotte posando como uma bela esposa. Mas, em vez disso, o que ela disse foi:

— Ele ligou hoje cedo quando você ainda estava dormindo. Não quis acordá-lo. Ele disse que vinha amanhã.

Não havia a menor necessidade, ela pensou, de começar a se ater à verdade agora.

Ele deu de ombros.

— Ele deve ter suas razões, tenho certeza — disse ele, como já dissera tantas vezes antes a respeito da distância de Gus dessa casa e de suas vidas.

— Você e suas razões — disse Alice, mas falou baixinho demais para que ele pudesse ter ouvido. Seu pai, apesar de ter ficado nervoso e atormentado com a ausência de Gus, parecia quase cooperar para a manutenção dessa distância. Era ele quem sempre arrumava desculpas para Gus não ter levado a cabo seus planos de voltar para casa. Quando os próprios planos deixaram de existir, Alice havia finalmente chegado à conclusão de que a forma como seu pai reagia era, na verdade, oposta àquela aura de compreensão. Na verdade, ele parecia ambivalente.

É como se você não pudesse suportar mais uma ausência, Alice dissera a seu pai no ano anterior. Mas ele a fitou com um olhar cheio de significado, um olhar que dizia, *não iremos mais a lugar algum.* Agora, as discussões sobre

August eram sempre tão curtas quanto a que acabara de ocorrer. Diante de tão dramática inatividade (ou *atividade*, dependendo de como ela escolhia avaliar o comportamento de Gus em um dia qualquer), o que havia realmente a dizer?

E aconteceu que Gus não viera mais para casa desde que conseguira, a duras penas, graduar-se no ensino médio, tendo ido para Providence atrás de Cady DeForrest. Eles moravam juntos em uma casa bacana e impecável, azul, no estilo vitoriano, que dividiam com outras três pessoas, com uma pequena torre onde dormiam em um colchão king-size que ocupava todo o espaço. Quando Alice os visitou, surpreendeu-se com a quantidade de gente que estava sempre passando por ali. Gus não estava matriculado em nenhuma faculdade e isso não parecia incomodá-lo. Ao contrário, ele era elevado (perigosamente alto, pensou Alice) à condição de exemplo de exaltação à liberdade de espírito — surfando nas ondas geladas das praias de Rhode Island, aprendendo a cozinhar como assistente de *chef*, lendo *Dom Quixote* e Tolstoi, uma miscelânea de textos sociais e históricos, além de algum material científico, só para completar. Seus amigos e Cady liam basicamente os mesmos títulos e pagavam (ou faziam com que seus pais pagassem) milhares de dólares para obter um diploma de designer: era esse o argumento dele em um estado de humor nada agradável. Quando Cady rompeu com ele, e o inevitável finalmente aconteceu, ele partiu para a Indonésia, *naturalmente*, onde, pelo que Alice pôde constatar, surfou em ondas enormes, tornou-se perigosamente promíscuo e chegou a acreditar em animismo antes de finalmente se mudar de novo. Muitas viagens — o privilégio e a maldição de um mundo cada vez menor — se seguiram antes que Gus assinasse um contrato de aluguel em Santa Cruz. Quando Cady, aos 23 anos, foi para Stanford estudar arquitetura, eles imediatamente voltaram a se encontrar, um aparecendo no apartamento do outro nos finais das noites de sexta-feira, excitados e até mesmo comovidos com a crescente impossibilidade de seu futuro como um casal. Desde então, pelos últimos dez anos, Alice ouvia falar de Cady apenas de maneira intermitente. Houve uma outra namorada — de verdade — chamada Liz, uma assistente social de Berkeley que, menos de vinte minutos depois de conhecer Alice em um café, perguntou-lhe (no momento em que Alice dava uma mordida em seu pão) se comer sanduíche de peru não fazia com que ela se sentisse toda intoxicada. Ele teve empregos em restaurantes, empregos na construção civil e, mais recentemente, um pequeno trabalho como cultivador de maconha em uma grande operação em Humboldt County que chegou ao fim quando os pacíficos hippies proprietários das terras apresentaram artilharia pesada e disseram a Gus que era melhor que ele aprendesse a operá-la, porque não havia como saber quando *a merda afundaria*.

August tinha 33 anos e não ia para casa desde que terminara o ensino médio. Havia escrito cartas para seu pai — cartas longas, ponderadas, em sua sempre surpreendentemente bela caligrafia, e a princípio havia feito uma promessa após outra de visitá-lo, mas nunca as cumprira. Foi bem fácil nos primeiros dois anos, quando Alice e seu pai visitaram Providence, a Califórnia e até Bali — ele lhes dava bons motivos para viajar e todos faziam de conta que não havia motivo algum em particular pelo qual Gus devesse ir visitá-los. Mas, desde que seu pai ficara seriamente doente, era patente e constrangedor o fato de que Gus não percorria o mesmo chão de madeira empenada que Alice. Ele insistia, com sua ausência, em chamar ainda mais atenção para o passado — e, Alice não podia deixar de pensar que era como se ele estivesse afirmando seu direito à dor, mantendo distância para provar a que ponto estava atormentado. Mas ele *era* atormentado. Alice sabia que ele estava bravo consigo mesmo por não ter vindo antes para casa, mas, quanto mais esperava para voltar, maior seu medo se tornava. Ele nunca dissera isso abertamente, mas Alice sabia que era esse medo tão complexo que o mantinha afastado e que ele já havia esperado *tanto* tempo que seu retorno havia se transformado, pelo menos em sua cabeça, em uma dificuldade mítica.

Ela fizera justamente o contrário.

Alice cursara a faculdade em Manhattan, apenas a uma viagem de trem de casa. Fizera sua pós-graduação também ali. Ela poderia ter partido, pelo menos por um tempo. Seu pai a havia encorajado, de fato, a tentar ser aceita em escolas distantes, como na Escócia. Ela permanecera perto com o mesmo fervor com que Gus se mantivera longe.

Alice agora tentava ser condescendente com Gus e seus medos, tentava se lembrar de como ele havia se jogado nos braços dela quando chegou em casa naquela manhã para encontrar Charlotte morta, de como ele não conseguia respirar enquanto tentava dizer: *Posso sentir o cheiro do cabelo dela.* Tentou ser condescendente, tentou perdoar, mas, em vez disso, nem cinco minutos depois de ter certeza de que seu pai havia cochilado em cima daquela velha fotografia ainda em suas mãos, viu-se afastando-se alguns quartos e discando para o número de seu irmão.

No início do ano, quando prometia regularmente que iria verificar os detalhes de sua vinda, Gus monopolizava a maior parte das conversas noturnas, colocando Alice a par do que deve ter sido a mais infrutífera procura por emprego da história da humanidade. Alice não entrara em detalhes com Gus a respeito da transferência de bens de seu pai, já que estava verdadeiramente preocupada com a magnitude de suas dívidas e com a sua eterna falta de emprego.

Mas, depois dessa última semana de pedidos noturnos cada vez mais inflexíveis e depois que ele não aparecera, Alice pôs fim a qualquer noção de amenidades. — Você vai para Fiji, para Bali, para a Costa Rica, a qualquer merda de momento, sem nem avisar — ela ouviu-se dizendo, lágrimas nublando sua visão e muco obstruindo seu nariz —, mas não consegue se organizar, não consegue se *motivar* a pegar um avião para casa e lidar com a situação de seu pai? — Ela gritava e isso lhe parecia perfeitamente acertado. Não gritava assim com ninguém havia muito tempo. Ela gritava apenas com a sua família; era invariavelmente educada com médicos, enfermeiras e acompanhantes, com todo o tipo de estranhos e profissionais, não importando o quanto eles pudessem ser grosseiros. Depois de desligar, deu a Gus vinte minutos e, quando ligou novamente, ele havia feito o que ela lhe pedira. Viria no vôo noturno. Naquela noite, ela dormiu no quarto de seu pai.

Às quatro da madrugada, seu pai chamou pelo nome de sua mãe quando Alice já estava acordada, olhando para o teto, esperando que o Sol nascesse.

— Ai — ele gritou, com uma voz que ela nunca tinha ouvido. O rosto dele tinha manchas do luar que brilhava através das janelas, gerando um efeito sombrio e melancólico. — Ai, meu Deus — ele lamentou, e chorou, chorou —, você, você...

— Shh, papai, eu estou aqui.

Ele olhou para ela tristemente, com os olhos de alguém que sabia o significado de *fim*, que podia sentir o veludo das cortinas fechando-se sobre o seu rosto.

— Você está sonhando — ela lhe disse, como se isso pudesse lhe dar algum conforto, como se os sonhos fossem menos importantes ou tivessem menos significado do que a estagnação em que sua vida havia se transformado.

— Por favor, pare — ele disse com uma voz tão baixa e fraca que ela quase pediu que ele repetisse. — Por favor...

— O que foi? — disse ela, sem que isso fizesse nenhum sentido. — O que eu posso fazer?

— Charlotte — ele sussurrou, o tom de sua voz de repente severo —, aonde você está indo?

Alice não tinha certeza do que dizer. O câncer falava; todo mundo sabia disso. O câncer tinha uma realidade e uma linguagem próprias. E, então, o rosto da consciência emergiu, o olhar simultaneamente de pânico e alívio, quando sua consciência retornou ao quarto com sua alma perturbada a reboque, aceitando seu corpo fraco e imperfeito esticado na cama.

— Eu a amava — disse ele. — Eu a amava.

— É claro que sim.

E seu pai fixou em Alice os olhos que denunciavam seu rosto entorpecido, flácido. Eram olhos habituados a todo tipo de meias-verdades e justificativas, e a todas as formas de decepção.

— Ela precisava de mim — disse ele.

Antes das oito da manhã, já estava tudo terminado; sua entrega havia sido fácil e tranqüila. Spin, o labrador bege, lutara muito mais, e ele tinha 112 anos. Alice assistiu aos últimos movimentos da respiração de seu pai e lembrou-se de como ele havia segurado Spin nos braços e gentilmente lhe dado uma injeção na pata, libertando-o de tamanho sofrimento. O veterinário não pôde ser encontrado durante o feriado e seu pai dirigiu até o laboratório para buscar o veneno necessário, deixando Alice sozinha por pouco tempo para observar Spin inspirar e expirar, exatamente como seu pai respirava havia pouco. Alice observara o pijama azul de seu pai subir e descer, a pele flácida de seu pescoço amarelado. Enquanto o mundo de seu pai se erguia e despencava, ela não via mais nada; não havia tempo, não havia luz. Não poderia dizer se o céu estava inundado de Sol ou de chuva quando ele parou de respirar. Não poderia dizer se sentia calor ou frio quando puxou as cobertas sobre ela e seu pai, encasulando-os juntos. Sentou-se na cama ao lado do corpo dele, no espaço que permanecia vazio mesmo depois de quase quinze anos. Ela passava o olhar do pai para o dia que insistia em nascer do lado de fora e tentou perdoar Gus por não ter vindo antes, por ter ficado preso no tráfego mundano de Long Island, não muito longe do aeroporto de LaGuardia, no momento em que seu pai os deixava.

Enquanto ela permanecia a seu lado, quase tão silenciosa e congelada quanto ele, um carro imaginário passava pela estrada de acesso à casa diversas vezes, de forma que, quando Gus e seu táxi finalmente chegaram, Alice não se surpreendeu. Levantou-se pela primeira vez e foi até a janela. Estava preparada para Gus, para seu comportamento rabugento e potencialmente defensivo. Estava preparada para que ele ficasse completamente desorientado, até mesmo para que descontasse nela. Mas o fato de ele ter *trazido* alguém era algo para o qual ela não estava preparada.

Olhando pela janela, Alice viu Cady DeForrest. Lá estava Cady, parecendo ofensivamente adequada depois de todos esses anos, o cabelo puxado para trás — um desleixo quase austero, cuidadosamente estudado. Eles entraram e chamaram por ela andando pela casa. Alice não encontrava voz para responder e pareceu ter sido questão de minutos antes que eles, por fim, subissem a escada.

— Como é que você pôde trazer alguém? — Alice gritou sem pensar. Não percebeu que esteve chorando até o momento em que tentou falar. — Ele já se foi — disse ela; e, depois, mais suavemente: — Ele morreu.

— Alice... — disse Cady, andando em direção a ela.

Ela não queria o abraço gélido de Cady, sua fala ensaiada de condolências. Ela não os havia exatamente visitado muito ultimamente.

— Este é um momento de família — apelou para Gus.

Mas Gus estava ajoelhado ao lado da cama com os olhos bem abertos. Parecia mais curioso que transtornado, como se não acreditasse.

— August — Alice quase gritou, nervosa que estava, alheia a qualquer apelo racional, pelo fato de Cady estar presente naquele momento.

Mas ele apenas olhou para a sua irmã, oferecendo a ela não uma resposta, mas perplexidade.

— Você está me ouvindo? — Em vez de perder força, Alice ganhou impulso.

— Alice, escute — Cady disse...

— Meu pai está morto ali — ela quase gritou. — Você se importaria de sair do quarto?

— Você ligou para alguém? — perguntou Cady.

Alice balançou a cabeça.

— Eu vou fazer isso — disse ela, e Alice não discutiu enquanto observava Cady se dirigir para a porta.

Mas, quando Alice olhou para Gus, que estava ajoelhado ao lado da cama, agora com os olhos fechados, quase perdeu o ar. Gus parecia estar implorando perdão, pedindo algo muito maior do que ele jamais poderia dizer.

— Vou deixá-lo sozinho com ele — ela sussurrou, antes de sair pela porta. Mal havia saído no corredor escuro, e respirou fundo, sentindo o cheiro de cedro e um intrigante traço do que ela imaginava ser sabonete de amora, o preferido de Cady, o mesmo depois de quase uma década. Alice passou repetidas vezes o dedo na cornija lascada da parede, até que seu dedo estivesse em carne viva. Aquela lacuna cada vez mais palpável entre Gus e seu pai, ela sempre havia dito a si mesma que não havia nada de tão extraordinário nisso; pais e filhos, filhos e pais, muitos desses pares vinham reinventando esse tenso distanciamento por anos a fio.

Quando Alice entrou no quarto novamente, August permanecia ajoelhado, parecendo não ter registrado a sua presença. Mas, em um dado momento, levantou-se, enxugou as lágrimas com a barra do suéter e disse:

— Cady e eu nos casamos.

— Desculpe?

— Nós nos casamos — disse ele e, ainda conseguindo não sorrir, não entregar o que certamente deveria ter sido uma péssima desculpa para uma brincadeira fora de hora, confirmou que sim, era verdade.

— Ela se casou com você?

— O que você quer dizer com isso? Nós nos casamos um com o outro. Semana passada, em Las Vegas — disse ele, e finalmente rendeu-se a um largo sorriso. — E foi maravilhoso.

Cady bateu antes de abrir a porta.

— Eles estão vindo agora — disse ela. — Chegarão a qualquer momento.

Ele foi enterrado ao lado de Charlotte em um lindo dia, um dia lindo demais para Alice. Ela queria nuvens carregadas, rajadas de vento, água encharcando seus sapatos. Um rabino falou longamente, talvez encorajado pelo céu sem nuvens. Depois da lista de honras científicas, depois dos elogios mais do que merecidos, o rabino falou sobre o questionamento a Deus, sobre o direito que cada ser tinha de se enfurecer. Sua paixão era admirável, mas deixou Alice cansada. O Sol estava tão forte que ela mal conseguia manter os olhos abertos.

Era grata a seu pai pelo pedido nada ortodoxo de que os acompanhantes do enterro não fossem à sua casa, e Alice começava a imaginar que ele fizera esse pedido para o bem dela. Ela sabia que a tradição existia para levar à família enlutada um pouco de conforto, mas, em primeiro lugar, não havia assim tantas pessoas, e boa parte delas parecia não sair de dentro do laboratório havia anos. Ela não queria estranhos. Sabia o que fazer. Depois que todos já haviam jogado um punhado de terra sobre o terrível caixão e se encaminhado para os seus carros, Alice agradeceu ao rabino, deixando que suas belas palavras penetrassem nela. Agradeceu a um homem velho, um homem que era velho demais para ainda estar andando. Deixou que três mulheres a abraçassem e beijassem; sentiu-se agradecida pela suavidade delas, pela pele maleável, cheia de pó. Depois, permaneceu ali — com seus sapatos desconfortáveis, na terra dura do outono — e perdeu a noção do tempo. Percebeu que o ar estava completamente parado e que ela estava simplesmente cansada demais para ficar de pé.

Com as pernas desajeitadamente cruzadas sob o delicado vestido de crepe e o casaco aberto esparramando-se por cada um dos lados, ela estava sentada no chão, sentindo cada vez mais frio, mas também se sentindo mais próxima de seu pai, daquela ferida recente na terra. Quando sentiu uma mão em seu ombro, ela sabia que ele estivera ali o tempo todo, que ele também não se movera.

— August — disse ela, sem olhar. Ela registrou latidos, balas de hortelã, a selvagem cor escura do cabelo dele. Quando finalmente olhou para cima, ele foi tudo o que viu; Gus bloqueava perfeitamente o Sol.

— É tão estranho — disse ele, sentando-se ao lado dela.

Alice assentiu e notou que Cady estava encostada em uma árvore — a uma distância de onde nada podia ouvir, em seu elegante conjunto preto, pacientemente esperando. Alice sentiu-se por um instante tocada por essa adorável mostra de educação. Cady saberia o que dizer aos colegas inteligentes, aos vizinhos assustados — essa variada reunião de gente bem-intencionada.

— Tudo parece igual — disse Alice. Depois, começou a chorar.

Ele aproximou-se ainda mais dela.

— Tudo bem.

— Tenho a sensação de que tudo acabou. — A lápide de sua mãe parecia quase irônica em sua austeridade. Eles haviam trazido lírios brancos para o túmulo dela e os outros presentes também haviam trazido flores para Charlotte — rosas, peônias e uma pequena quantidade de cravos, para os quais, Alice não conseguia deixar de imaginar, Charlotte teria revirado os olhos. — Será que tudo está... acabado para nós?

Ele balançou a cabeça calmamente. Não perguntou o que ela queria dizer com isso.

— Não está?

— Não — disse ele. — Não está tudo acabado. Nada está acabado, eu prometo.

O céu estava azul demais, o chão, frio demais, e parecia que nada jamais estaria certo de novo. Ouviam-se sinos ao longe — o casamento de outra pessoa, as preces de outra pessoa — um cheiro de couro no ar.

— Vamos lá, Alice. Eu estou aqui.

Ela olhou para ele então e, pelo menos por um momento, seus olhos estavam duros como a lápide de sua mãe, frios como o túmulo de seu pai.

— Finalmente — disse ela —, você está aqui.

Cady não ficou por muito tempo depois do enterro. Sua tia morrera há alguns anos; ela não tinha ninguém para visitar e tinha de voltar para o trabalho, então foram três dias em que ela telefonava do gabinete e garantia uma espécie de estrutura controladora — ainda que comovente. Ela fazia ovos. Fazia waffles. Preparava drinques fortes depois das cinco, servidos com algum acompanhamento, nem que fosse apenas um pedaço de queijo cheddar com uma pequena faca de prata. Ela não fazia alarde a respeito dessas pequenas gentilezas, e Alice não podia deixar de, mais uma vez, admirar seu esforço.

— Obrigada — Alice dizia a ela pela décima vez naquela tarde, enquanto Cady lhe estendia um martíni depois de ter colocado uma tigela com azeitonas no centro da mesa arranhada e bamba em frente à grande janela da sala.

— Isso não foi nada — disse Cady, tomando um gole de seu uísque. — Eu sou louca pela hora do drinque, e por todo o ritual; acho que está no sangue. — Gus estava debaixo da mesa, enfiando um pedaço de papel dobrado sob a perna da mesa bamba. Cady olhou para ele com um sorriso lívido e difícil antes de se dirigir novamente a Alice. — Então, seu pai realmente levou o *hippie-chic* às últimas conseqüências, hein?

Alice já estava tão acostumada com o papel de parede descolado pela metade bem ali, ao lado do telefone da cozinha, com o piso de madeira, que desde o início já era inclinado e que agora estava cedendo de verdade. Estava acostumada à poeira dos tapetes orientais, ao cheiro mofado de água salgada do ar da tarde emanando dos móveis estofados. Alice estava tão acostumada aos ganchos vazios e aos arcos de cores desbotadas deixados por quadros que haviam caído de paredes vergadas que assistir a tudo isso através dos olhos de Cady deixou-a chocada. Era preciso olhar mais detidamente para ver o que havia sido incorporado, mas estava tudo ali. No guarda-louça, havia xícaras com canudos, próprias para crianças e doentes, e não havia criança alguma ali. Nos banheiros, havia barras de segurança instaladas em ambos os lados do vaso — o único item de construção que seu pai havia, afinal, aprovado.

Era difícil lembrar como estava tudo na última vez em que os três se sentaram juntos ali.

— Então, você vai voltar para o trabalho? — Alice disse, mais como uma afirmação do que como uma pergunta.

— Alguém tem de trabalhar, não é?

— Pobre Cady — disse Gus, agora de pé diante da geladeira, olhando lá dentro, como se esperasse que o desejo de comer algo se manifestasse. — Eu fico dizendo para ela tirar umas férias, ir comigo...

Alice cutucou:

— Ela não pode exatamente tirar férias cada vez que tiver vontade. Cady tem responsabilidades de verdade.

Por que Alice, de repente, defendia Cady era algo que estava além de seu entendimento, já que Cady nunca retornara sequer um telefonema de Alice, nunca enviara nem mesmo um cartão-postal depois que ela e Gus terminaram pela primeira vez.

— Estou certa? Cady?

Cady apenas riu.

— Olhe, eu gosto do meu trabalho — disse ela, em um tom que sugeria que Gus já havia insinuado o contrário muitas vezes antes.

— Você está sempre reclamando das pessoas.

— Sim, bem, é que meus colegas de trabalho acabam levando tão a sério uma simples escolha entre um par de óculos mais pesado e outro de hastes finas que a questão do design começa a parecer fanatismo religioso, mas eu gosto.

— Você gosta é de comer de graça — provocou Gus, indo se sentar ao lado de Cady com um pacote de minicenouras na mão. — No escritório dela — explicou ele —, eles pedem almoço e quem paga é a empresa. Se você for lá por volta da uma, vai ver sushi para todo o lado.

— Isso definitivamente eleva o espírito — disse Cady, abrindo a boca.

Gus deixou que ela esperasse por alguns segundos antes de lhe dar uma cenoura.

— Você tem que pensar em todo aquele peixe fresco — disse ele, a voz mais suave, os lábios na orelha dela.

— Exatamente — disse ela, antes de começar a mastigar com força.

Após a partida de Cady, eram as reuniões que davam a medida do dia. Havia reuniões com o advogado e o contador de seu pai, e todos colaboravam para que fossem rápidas. O vocabulário era simples e ordenado, e não guardava nenhuma semelhança com a bagunça que lhes coube organizar. O corretor de imóveis telefonou, ofereceu suas condolências e, no mesmo fôlego, deixou Alice a par das partes interessadas que aguardavam. Durante três dias, ainda chegavam pessoas em carros com tração nas quatro rodas que não se preocupavam em disfarçar sua surpresa ao ver as telhas que se soltavam e o chão afundado, frio e úmido. Alice odiava todas elas, mas se comportava de maneira curiosamente charmosa.

Todas as noites, depois que todos iam embora, Alice e Gus comiam pizza e bebiam cerveja, e Gus jurou que realmente havia se casado.

— Tivemos um dia delicioso — era a explicação sobre como acontecera. — A gente não se via há cerca de seis meses. Ela estava saindo com um babaca chamado *Albert*. Francês. Então, ela aparece na minha casa em uma manhã de sábado, com o rosto todo corado e cheia de planos, você sabe como ela fica, e o dia foi tão gostoso que não vou nem tentar descrevê-lo, e na manhã seguinte estava me sentindo do mesmo jeito que antes. Não me senti deprimido como das outras vezes que havia passado um dia legal com ela, então perguntei se ela não gostaria de ir comigo para Las Vegas. Muita gente fala desse tipo de espontaneidade, mas a gente realmente foi. Não posso deixar de ter orgulho do que aconteceu.

— Você se arrepende?

Ele não pareceu surpreso com a pergunta.

— Cady é arquiteta. Trabalha em um dos melhores escritórios da cidade. Ela provavelmente está entediada com a minha vida, minha rotina, com o fato de que tudo gira em torno do tempo e das ondas, de que continuo andando por aí como se tivesse dezesseis anos. De qualquer maneira, nem acho que ela algum dia tenha se impressionado com as porcarias dos meus arrebatamentos. Não era isso que a atraía. Então... é visível que eu não sei nada e que não tenho o menor interesse nas questões de desenho arquitetônico e, ainda, assim me considero como que um especialista na arte de me interessar por Cady. Para ser sincero, não consigo me imaginar acabando com nenhuma outra pessoa.

— Me surpreende o fato de que você consiga se ver *acabando.*

— Você sabe o que eu quis dizer.

— Onde é que você vai, sei lá, morar? Você vai se mudar para a cidade?

— Eu a amo, Alice — disse ele, ponderadamente.

— Que ótimo — respondeu Alice. — Porque você prometeu passar o resto de sua vida com ela.

— É, prometi.

— Sem nem me contar.

— Simplesmente aconteceu. Será que você teria dito: "Claro, podem ir para Las Vegas; que idéia fantástica?" Claro que não. Você nem gosta dela.

— De Cady? Pare com isso, eu gosto de Cady. Ser querida é algo inerente a ela. Mas a questão não é se eu gosto ou não de Cady. Você se casou com alguém que... Você não podia nem vir para casa todo esse tempo, para esta casa, para nós. Ela...

— Eu sei. Vamos mudar de assunto, está bem? Vamos mudar de assunto mesmo...

— Esqueça. Que vocês tenham muitos anos felizes juntos.

— Será que você poderia dar uma aliviada no sarcasmo, por favor?

— Não estou sendo sarcástica; apenas não consigo superar isso. Tem certeza de que ela não está grávida?

— Eu já disse a você, tenho certeza. É uma questão entre nós dois.

— Então, onde você vai morar?

— Não sei direito. Isso é um dos muitos assuntos que ainda não resolvemos de verdade.

— Sei. — Alice assentiu. — Então, agora você vai me dizer que realmente tem de voltar. Você precisa organizar a vida com Cady, começar essa nova vida juntos etc.

— Vou embora e deixarei você lidando com tudo isso aqui. E você sabia que seria assim. Você sabia. Tudo isso que ela trouxe sabe-se lá de que merda de lugar. Todas as fotografias, tudo. E eu sinto muito.

— E eu sinto muito que você não tenha vindo para casa antes.

Ele assentiu.

— Eu não podia — disse ele, a voz falhando. — É idiota — um puta desgosto, eu sei.

— Não queria.

— O quê?

— Você não queria.

Gus terminou de tomar o resto de sua cerveja, mantendo a boca da garrafa para baixo por um bom tempo.

— Assim foi, é e sempre será — disse ele —, uma linha bem tênue.

— Entre não podia e não queria? Não do meu ponto de vista. Estou lhe dizendo...

— Alice, será que a gente precisa ter essa conversa de novo?

— Só acho que você vai se arrepender de partir tão cedo. Você deveria ficar.

— Eu sei que você acha isso — disse ele. — E entendo, de verdade. Parte de mim quer ficar, com certeza. Mas, Alice, você não faz idéia da sensação de estar aqui depois de tanto tempo.

— É verdade — disse ela —, não faço idéia.

Com os olhos cravados na direção dele, Alice deixou uma pergunta escapar:

— Você se lembra daquela noite em que... em que ela se trancou no banheiro?

Ele balançou a cabeça.

— Vamos lá — disse Alice calmamente —, foi no ano anterior à viagem a Oaxaca, quando o papai estava dando uma palestra em algum lugar. Ela estava no banheiro e... bem, estava chorando. Ela quebrou alguma coisa. Eu ouvi o barulho e fui até a porta... mas ela não me deixou entrar. Fiquei implorando para entrar, mas ela não deixou. Ela me ignorou e gritou para que eu a deixasse em paz. No fim, eu desisti, ou não, não desisti, mas fui buscar algo para beber. Quando voltei, percebi que você estava dentro do banheiro com ela. Eu ouvi vocês — disse ela. — Ela deixou você entrar.

— Sinto muito — disse Gus.

— Não quero que você se desculpe. Eu não me importo. Só quero saber.

— Saber o quê?

Alice empurrou a ponta da mesa de forma que a cadeira se afastasse e ficasse balançando, equilibrada nos pés de trás.

— Cuidado — disse ele. — O que você quer saber?

— Quero saber como era — disse ela, exasperada. — Como ela era.

— Você sabe...

— Não — disse Alice. — Não faço a menor idéia.

Ele suspirou e, abrindo outra cerveja, disse:

— Jogamos cartas. Levei um baralho e nos sentamos no chão. Alice, por favor, pare. Não sei por que ela não deixou você entrar. Jogamos cartas e era... não era nada. Ela fumou como uma louca e não falou quase nada sobre coisa alguma, e eu também não falei.

Ela se lembrava da fumaça de cigarro no corredor, de como ficou ouvindo atrás da porta, de como contou de um a cem diversas vezes. Lembrou-se de como tudo estava quieto como o ápice de um grito, aquele ponto que não se escuta.

— Estou cansado, Alice — disse ele. E ele parecia cansado. Seus olhos estavam vermelhos e pesados; suas narinas se abriram com um bocejo. — Vamos terminar isso de manhã, tudo bem?

Todas as noites depois do enterro, ela o ouvira. Ela ouvira August na cozinha, na sala de televisão, nos corredores. Ela o ouvira no banheiro de seus pais, abrindo o armário de remédios, fechando-o, deixando a água correr. Ela o ouvira fritando alguma comida no fogão, discando números no telefone de disco. Ela já o rastreava, como fazia com Charlotte, como não fazia havia anos — visualizando sua mãe de quarto em quarto, alerta ao menor ruído. Tinha o hábito de adivinhar as atividades de Charlotte durante as suas andanças tarde da noite; e, enquanto escutava para uma diferenciação precisa entre insônia e agitação, Alice tentava discernir o que cada andança significava no contexto das partidas de sua mãe. E, agora, era seu irmão que ela estava se acostumando a ouvir tarde da noite. Sem querer, ela escutava.

Mas, naquela noite, ela não ouviu nada.

Naquela noite, ele abriu uma carta. Naquela noite, ele contemplou a caligrafia forte de seu pai do lado de fora do envelope. Abriu a ponta de cima do envelope com uma paciência e uma precisão que não lhe eram características. Estava sentado em sua cama. Desdobrou a carta. Ficou de pé no meio de seu quarto de criança — os tubarões ainda pregados nas paredes. Naquela noite, ele estava lendo.

Pela manhã, já teria partido.

8

Ela começou a jogar tudo fora. Havia pouco espaço para guardar as coisas em Nova York. Na casa, em um silêncio quebrado apenas pelo som do vento sibilante, igual ao do interior de uma concha, Alice começou a organizar tudo. Havia sacos grandes e sacos maiores, e todos estavam cheios. Fazia viagens até a loja de ferragens para buscar mais sacos, mas o lixo parecia não ter fim. Eram sacos azuis, brancos, enormes sacos pretos e monstros alaranjados que pareciam lanternas de abóbora no Dia das Bruxas. Alice chegou ao ponto de alternar as cores por pura diversão. Havia lixo potencial por toda parte e ela queria rasgá-lo e queimá-lo, mas queria também ficar com tudo, reservar sempre um ou dois quartos para essa sua vida passada, um quarto onde pudesse entrar quando lhe desse na telha — por desespero ou não — e exibi-lo a algum desconhecido; ela o trancaria ali dentro e observaria se ele ficava entediado, assustado ou simplesmente interessado no que tudo aquilo significava.

Um vaso feito por Alice na aula de cerâmica. Um par de antigos sapatos para andar na neve. Um pote para conservas caseiras cheio de pedras. Ridículos livros de mistério dos anos 70. Cremes de beleza que nunca haviam sido usados. Ela nunca mais guardaria nada em toda a sua vida.

Ela era senhora de outro mundo, uma gruta de lembranças onde tinha de tomar o cuidado de não estender sua permanência, sob o risco de ficar desorientada e esquecer o caminho da saída. Dormia pesado, um sono profundo — não uma correnteza fácil, mas um mergulho. Às vezes, dormia por doze, treze horas. Comia pratos e pratos de macarrão sentada na pia. Quando um intervalo se fazia necessário, ela vestia um dos casacos de seu pai e corria o mais rápido que podia sob o vento do inverno até a salobra água gelada. O cais era agora não mais do que uma tábua de madeira caída no mar, não mais resistente o bastante para suportar o peso de uma pessoa.

Certa manhã, ela se viu pegando um pedaço de vidro azul, lavrado pela ação da areia e da água do mar, e estava guardando-o no bolso do casaco de seu pai quando pensou que precisava de uma justificativa para mantê-lo. O casaco acabaria sendo enviado para um bazar de caridade e, então, o que seria do vidro da praia? Não seria apenas mais uma excentricidade atrativa inutilmente colocada no bolso, mas um item a mais em uma pilha que aguardava para ser espalhada e dividida entre estranhos. Ela carregou o vidro da praia até o lugar onde ficava a casa da piscina, onde ocasionalmente uma flor-do-campo roxa ou amarela até poderia brotar, mas que normalmente não tinha nada além de um emaranhado de ervas daninhas. Além disso, havia um pedaço de madeira escura do tamanho de uma pegada que, de alguma forma, reivindicava sua propriedade. Alice tinha deixado há muito tempo de sugerir a seu pai que fizesse ali um jardim, plantasse uma árvore ou colocasse um banco em homenagem a ela, *alguma coisa*; depois de passada a escavadora, nivelando os últimos restos carbonizados, ele nunca quis que o local fosse tocado. Quando atirou o vidro da praia no emaranhado de verdes e marrons, uma frase passou por sua cabeça: *Se uma chaminé não é limpa durante o verão, as faíscas do fogo podem incendiar o creosoto que se forma dentro do fumeiro.* Esta frase se insinuara em seus pensamentos ao longo de sua vida, mas ela nunca se lembrava de já tê-la ouvido nem de onde a pudesse ter ouvido nem de quem teria pensado em dizê-la.

Tentou se lembrar das exatas dimensões da pequena casa inflamável. Pequenas faíscas — ou até mesmo uma única faísca — haviam provavelmente subido pela chaminé. Aquelas brasas diabólicas haviam se erguido em negra escuridão e estourado em chamas como bombas, não parecendo ser mais ameaçadoras do que os invólucros de biscoitos italianos que eram queimados para dar sorte e que flutuavam em direção ao céu.

Abriram um café até mesmo nessa cidade esquisita, e Alice foi até lá uma noite, dirigindo ao longo da enseada, observando as luzes das ruas entrando no foco. Parou na velha livraria, onde olhou todos os livros que não estava lendo. Não conseguia folhear os livros, percorrer as páginas a esmo. Só conseguia se imaginar colocando livros em caixas e fechando as caixas com fita adesiva. No café, reconheceu algumas pessoas, mas elas pareciam, de alguma forma, ressentidas.

Um ano antes, ela estaria em um apartamento minúsculo no Lower East Side, sendo entretida plenamente, como era de se esperar, por um de seus alunos — um rapaz de 22 anos chamado Scotty, com quem ela literalmente trombou tarde da noite em um dos bares próximos ao *campus*. Ele era alto e deslumbrantemente desengonçado; era da cidade de Corpus Christi, tinha a cabeça raspada e uma coleção de música que estava sempre aumentando. Independentemente do horário ou do lugar em que se encontravam, era certo que ele teria novos CDs ou fitas mixadas espalhadas pelo fundo de sua enorme e espetacular bolsa Mylar. Um ano antes, ela teria passado o dia pesquisando e escrevendo, possivelmente lecionando, trabalhando duro de verdade e, à noite, estaria se permitindo admirar os tímidos atrativos dele, em sua maioria, físicos. Alice supôs, olhando para trás, que fora bastante feliz. No entanto, havia sido uma felicidade inextricavelmente associada à temporaneidade; uma felicidade definida pela aceitação da idéia de que ela trabalhava em direção a um futuro diferente, mais sofisticado. E ela vinha trabalhando. Era uma jovem obstinada que percebera que, àquela altura, sua dissertação já deveria estar concluída e que ela estaria concorrendo a cargos acadêmicos por todo o país, tentando se convencer de que uma vida em Indiana, Wyoming ou Illinois poderia ser, enfim, uma existência satisfatória. Ela havia imaginado que, àquela altura, estaria finalmente pronta para dar um passo importante.

Em vez disso, estava ali, consumida por uma inércia que parecia retroceder levemente apenas quando dirigia. Ainda sem vontade de voltar para casa, Alice desviou o carro para o acostamento e ficou olhando para a água, que estava escura como carvão. Havia pequenos pedaços de luz captados na água, luzes das casas do outro lado da estrada e luzes de alguns barcos que ainda navegavam àquela hora, apesar do frio que fazia. Mas estava quase tudo escuro e, de uma maneira bem particular, isso a acalmava. Ela imaginava entrar com o carro na água e deixar que ele afundasse, observando todas as plantas e pequenos cardumes de peixes subindo enquanto ela descia. Era por isso que as pessoas gostavam de fumar, pensou Alice, sentada no carro, imóvel, com o aquecimento ligado e a janela totalmente aberta. Esse silêncio não pareceria tão solitário — de fato, poderia apenas ser um tanto furtivo — se houvesse uma pontinha de vício em seu hálito, no ar. Ela quase ansiou por um vício, pela capacidade de descuidar da casa, de ser multada e deixar as contas acumularem, deixar que os corretores ligassem, que os advogados ligassem, e dizer: *Desculpe, não estou conseguindo lidar com tudo isso.*

Havia acordado às sete da manhã naquele final de novembro, fizera café e esperara que Gus descesse. Iria sugerir que saíssem para tomar café-da-manhã. Ela havia esperado durante quarenta minutos até ver o bilhete:

Venda a casa, coloque-a abaixo, fique rica, eu não ligo. Só não agüento ficar aqui. Eu amo você, August.

Ela ainda podia sentir o silêncio da noite em que ele partira, quando tentava escutar, mas não ouvia nada. Sabia que ele pensava em partir em breve, mas não havia lhe ocorrido que ele partiria assim, sem se despedir. Definitivamente não lhe ocorrera que ele não telefonaria. Ela, então, telefonou. Telefonou alguns dias depois e não disse uma palavra sequer após ouvir a voz dele. Gus sabia onde encontrá-la; não era essa a questão. Ele até havia lhe enviado um maldito cartão-postal da ponte Golden Gate. Ele não queria conversar? Então, não conversariam, já bastava de tentar. Havia um ponto em que até Alice sabia dizer que era hora de parar.

Ela continuou a dirigir, mas, em vez de ir para casa, fez o retorno em uma estrada particular e voltou para a cidade. Alice não tinha destino certo, mas estava bem acordada e a casa, não, a casa extenuada e seu fatigante transbordamento sugavam sua tão batalhada independência. Ela fora uma mulher de quase trinta anos que trabalhava em busca de seu doutorado, o tipo de pessoa que tinha um apartamento, que ia a festas, que participava da vida. Havia publicado um artigo, havia concorrido a bolsas, tinha suas aspirações. A casa estava matando seu desejo de ser mais do que era, mas ainda havia tanto a fazer e eram tantos assuntos particulares — linhas, contas e listas — que ela não poderia suportar que um estranho — nem mesmo um amigo — visse. Ela estava dirigindo um pouco rápido demais. As lojas estavam fechadas; a cobertura de um pequeno prédio comercial abrigava uma luz fluorescente pulsante e, em um lote de igreja normalmente vazio, um carro estava estacionado. Antes que se desse conta, já estava nas vias periféricas da cidade, no atalho da estrada marginal, na rodovia.

A casa a esperava; manteve acesa a luz do hall de entrada. Costumava haver luzes nas frondosas árvores que iluminavam a entrada de automóveis. Costumava haver um balanço na varanda, um irrigador, uma demão de tinta branca na escada. Houve alguns vasos — de terracota vermelha, de pedra cinza esculpida —, vasos que, em tempo de primavera, eram a certeza da presença de cor. Houve, uma vez, uma entrada de automóveis cheia de mato, um atentado à grama tão bem aparada. Ao sair do carro, depois de ter se sentado ali sabe-se lá por quanto tempo, Alice sentiu um arrepio diante da fria e completa escuridão. Observou sua respiração pesada no ar e lembrou-se de como Charlotte escancarava a pesada porta antes que os convidados tivessem a chance de bater. *Bem-vindos*, ela diria. *Não reparem, estamos um pouco largados hoje.* Dizia isso com orgulho e um indício de uma tensa risada. A varanda da frente estava agora coberta de pedaços de tinta descascada. Do lado de dentro, o hall de entrada era uma ausência de tudo. Alice acendeu a luz e imaginou o que compreensivelmente diria se fosse uma corretora de imóveis: *Alguém poderia se surpreender ao saber que, um dia, esta casa — este atual mausoléu — já possuiu uma sutil graça feminina. Ainda hoje* (neste ponto, ela possivelmente baixaria o tom de voz, buscaria um brilho nos olhos), *nos meses mais quentes, se um vento soprar pela casa, é possível sentir traços de perfume — Must, de Cartier — se desprendendo das paredes desbotadas.*

E Alice vê que a casa foi varrida. Ao passar de um quarto para o outro, nota que os tapetes estão enrolados e que os pisos e as superfícies estão livres de qualquer bagunça. Não há bagunça em lugar nenhum. Há apenas caixas, aguardando. Ela já tinha terminado de encaixotar tudo há algum tempo. É fevereiro. Quando exatamente terminara? É fevereiro, é um novo ano, um ano que chegou sem comemorações.

Ela ainda está de casaco, o chapéu na mão, quando o telefone toca. O telefone está tocando; está ecoando alto. O telefone raramente toca por ali. As caixas estão aguardando, o telefone está tocando, é uma da madrugada, fevereiro.

— Alô — diz ela, esperando, de certa forma, que a voz do outro lado fosse a de uma pessoa de respiração forte passando um trote, e ela imagina que, se fosse isso, talvez ela o convidasse para uma visita. Chega até a imaginar a sensação da barba dele entre suas coxas. — Alô — diz ela —, alô?

— Sou eu, Alice.

Que estranho, Alice pensa, que tenha reconhecido tão facilmente a voz de Cady. Ela poderia ter quinze anos naquele exato momento. Se fechar os olhos, ela *tem* quinze anos. Pode até sentir o corpo dela mudando de proporção no silêncio de longa distância.

— Alô?

— Alice, escute...

— Estou escutando. O que aconteceu? — *Gus está morto.*

— Você tem que pegar um avião. — Cady parece estar completamente diferente. Parece estar com medo.

— O que aconteceu?

— O maldito do seu irmão — diz ela, e Alice sente como se tivessem lhe tirado um peso das costas, ele, afinal, não está morto. Morto, vivo, a qualquer minuto essa condição poderia mudar. — Alice, você sabe onde eu estou? Estou no México. Estou em uma estrada de terra, em um telefone público, sozinha no México. Primeiro, estivemos em Oaxaca. Agora, estamos na ponta da península de Baja. Estou dizendo "nós", mas ele nunca está comigo. Ele surfa ou sai sozinho, mas você sabe que eu não posso acreditar muito nisso. Ele mentiu para mim. Quando voltamos de Nova York, ele fez parecer que queria sair em uma espécie de *lua-de-mel.* Ele foi inflexível, dizendo que eu tirasse férias do trabalho e eu, de alguma forma, consegui convencê-los a me dar as férias. Escute, isso aqui não é nenhuma lua-de-mel. E você sabe o tanto que eu o amo. Eu me *casei* com ele...

— Eu sei, Cady.

— Ele está inatingível. Está determinado em não conversar comigo, e eu acho que ele está correndo perigo. Me escute — diz Cady, o tom de sua voz cada vez mais alto —, algo está acontecendo. Alice, você tem que vir.

Ela sente pena de Cady, sente mesmo. Mas Alice está olhando para essa conversa sob uma outra perspectiva. Não há nada que possa fazer.

— Sinto muito — diz ela.

— Você parece não estar entendendo — Cady insiste. Há um traço de perigo escondido em seu tom. — Eu sei como ele pode ficar, você se esquece de como eu o conheço? Não me trate... não trate esse assunto como se eu fosse uma pessoa nova na vida dele, na *sua* vida. Eu o conheço, eu conheço todos vocês, e isso não faz parte da propensão dele a... irresponsabilidades e estranhezas em geral.

— Cady, ele saiu daqui sem dizer uma palavra. Me deixou sozinha para fazer tudo; ele nem me telefonou. Tenho de retomar a minha vida. Eu tenho uma vida.

— Ninguém duvida disso. Você sempre diz esse tipo de coisa para mim. Eu sei que você tem uma vida, Alice. Olhe, você é uma pessoa absolutamente interessante, está bem?

— Eu não preciso disso...

— É sobre sua mãe — diz ela em alto e bom som.

— Como?

— O que quer que seja que ele não está me contando. É sobre ela.

— Do que é que você está falando? — Um calor sobe de seu estômago, passa por sua garganta, e agora sua boca está com gosto de sangue. Ela rapidamente abre a porta mais próxima, inspirando o ar gelado.

Cady toma fôlego. Alice acredita ter ouvido um caminhão ao fundo.

— Acho que está acontecendo algo com ele, Alice. E deve ter algo a ver com sua mãe. Eu o ouvi por acaso conversando com alguém em Oaxaca. Acho que alguém aqui a conhecia.

Alice anota tudo em um bloco de papel branco próximo ao telefone da cozinha. Há instruções; há nomes de cidades das quais ela nunca ouvira falar antes. Não há nenhum número de telefone, apenas uma espécie de agência de correio onde ela deve deixar uma mensagem dizendo quando e aonde chegaria, antes das cinco da tarde. Ela olha para as palavras antes de desligar o telefone. Memoriza as palavras antes de ligar para as companhias aéreas. Não dormirá esta noite. Volta e tranca a porta. Deixará tudo para trás e todos terão de esperar. Desta vez, todos terão de esperar por ela.

Na estrada, ela dirige devagar e observa os diferentes caminhões, os prédios queimados e as churrasqueiras portáteis cheias de esperança em canteiros de projetos de casas. Na escuridão do meio da noite, os armazéns parecem sinistros e ávidos para serem ocupados. É impossível não pensar em uma visão tão comovente como a de seu irmão tendo que fazer isso por ela. Se ele estivesse dirigindo na via expressa de Long Island no meio da noite antes de um vôo de última hora, talvez não estivesse pensando em nada além de seus planos, andando quilômetros e quilômetros sem notar uma coisa sequer, com a sensação de que seu carro era o único na estrada, de que ele era a única pessoa na face da Terra. O que ela sabia, com certeza, era que o anonimato não o assustava da forma que assustava a ela. Ele era como seu pai nesse aspecto — de bem com o universo e, mais ainda, com o futuro incerto e desconhecido, muito mais do que com seu íntimo.

E as ruas preservam a quietude que ela carrega. É ainda antes do nascer do Sol, antes da passagem dos caminhões de lixo e antes do movimento dos carros de um lado da rua para o outro.

Observe uma mulher arrumando sua mala em um apartamento que ocupa todo um pavimento de um prédio do Brooklyn, em pleno inverno. Ela estica calças em sua cama de casal como toalhas em uma mesa de jantar. Eis Alice criando as bases, novamente, para um impossível banquete de família. Em toda família há sempre um, aquele que tem de acreditar. Observe-a arrumando sua mala. Perdoe-a. É uma mulher possuída pela inútil e eterna idéia de que, em algum lugar, precisam dela.

9

Feche a janela, amor.

Preste muita atenção na decolagem.

Olhe o céu.

Bem, se você vai ficar assim, é melhor tomar um Bloody Mary.

Acredite em mim quando digo que você é uma criatura tensa, sempre foi, e eu estou só tentando ajudar.

Alice tentava dormir, mas era invadida pelo improviso de voz matinal de sua mãe. Supersticiosa que era, não conseguia evitar a sensação de que estava sendo observada, assim como ainda não estava completamente convencida de que, ao ir para o México, havia tomado a decisão correta. Mas tratava-se de algo maior que simplesmente seguir alguém — era o que Alice dizia a si mesma desde que desligara o telefone com Cady. Tratava-se do fim de uma espera. Havia tomado a decisão de parar de esperar e, sim, seguir Gus de uma maneira que nunca pôde fazer com Charlotte. Sempre teve uma certa desconfiança, é claro, do senso que ambos tinham de liberdade — desconfiança, preocupação e *inveja*. Agora, ela também podia ser alguém que reserva passagem em um vôo e embarca em um avião sem nenhum planejamento prévio. Podia ver por si mesma como cada um deles fazia isso, como tanto mãe quanto filho conseguiam praticar essa forma do mais puro egoísmo.

Sua cabeça doía pela falta de sono. A Alice, parecia haver muitas pessoas solitárias no avião. Com exceção de um divertido grupo de amigos que pescavam juntos e suas esposas, todos pareciam ser solteiros e bastante infelizes. Onde estavam os adolescentes equipados de *walkman* brigando com seus pais?, pensou Alice. Onde estavam os bebês chorando? Alice era uma das muitas pessoas solitárias rumando a um lugar ensolarado, comendo uma banana ainda verde e contemplando um coquetel. Ela estava, qualquer que viesse a ser o resultado disso tudo, voando alto no céu, sendo egoísta, sentindo-se bem assim.

Sua mãe havia embarcado em um avião muitos anos atrás, ostensivamente sozinha, com idéias e expectativas. Sempre falava em ter o nome de algum lugar na cabeça (Hydra, Bruges, Elat) e não ser capaz de ignorá-lo até que o tivesse visitado. Não alegava ter anseios de conhecer nenhum lugar místico — Oaxaca viera do consultório de seu ginecologista, uma foto emoldurada, que mostrava um mercado ao ar livre, pendurada em uma parede revestida em madeira. Quando Alice lhe perguntou o que a atraía tanto em Oaxaca, por que ela queria tanto ir até lá, Charlotte deu de ombros, mencionou algo sobre os pátios e as pedras arredondadas usadas na pavimentação das ruas e o fato de os astecas terem tido um papel importante nos rituais de sacrifícios humanos. Charlotte fora a Oaxaca (uma palavra sem sentido, um jogo de criança inventado) e voltara para casa. Passara todo o percurso do aeroporto até a casa falando com entusiasmo, até exagerado, dos diversos tipos de chili, tamales embrulhados em folhas de bananeira e pudins de baunilha, mas sua aparência dava a impressão de que havia se sustentado à base de um asqueroso mescal, desafiando o pequeno verme branco a ir em frente e envenená-la. Era evidente que nada de bom havia acontecido por lá, mas a morte havia ofuscado as viagens de Charlotte, já tão longe no tempo, e todos os mistérios que as habitavam. Independentemente do que tanto a transtornara, Charlotte nunca mais voltaria para explicar coisa alguma à sua filha. Nada de muito terrível poderia ter acontecido, Alice lembrava-se de ter pensado, já que ela tivera presença de espírito até para comprar lembranças — alguns tapetes pequenos e caixas de chocolate. Mas os tapetes permaneceram enrolados no hall de entrada e os chocolates haviam sido evidentemente comprados no aeroporto com os pesos que lhe sobraram. Ninguém da família quis tocar neles.

Ao sair do avião em Los Cabos, Alice imaginou que sua mãe não estivesse morta e que estaria descendo na pista do aeroporto logo atrás dela. Colocaria rapidamente um par de enormes óculos escuros de grau, de casco de tartaruga, e suspiraria junto com Alice diante da sensação de um ar ainda quente no início de noite. Ficaria agradecida, assim como sua filha, pelo simples prazer de se sentir aquecida. A terra era marrom e o céu, de azuis profundos, e tudo o que havia em volta eram montanhas cobertas de mata, parecendo enormes pilhas de pedras brotando em um verde disperso. Ao parar para tirar o suéter, Alice observou o Sol. Ele pairava no horizonte distante — uma magnífica senhora obesa contemplando o Pacífico, totalmente consumida pela decisão de estar ou não com vontade de dar um mergulho. Enquanto caminhava para dentro do pequeno aeroporto, sob o zumbido dos ventiladores, Alice não pôde resistir à esperança irracional de que Gus apareceria detrás de uma divisória de plástico Plexiglas, balançando um pequeno cartaz: *Señorita Green*. No entanto, não pôde manter sua fantasia por muito tempo, pois, se ele realmente viesse, já estaria esperando. A pontualidade era, surpreendentemente, uma de suas melhores qualidades. Ele estaria em um lugar frontal e central, com um bronzeado nativo, sem vergonha alguma de acenar.

Ela tinha quase certeza, na verdade, de que Cady jamais contaria a ele a respeito da conversa que tiveram. Sua presença seria uma surpresa para ele e, portanto, mais eficaz. Alice começou a se sentir ainda mais sozinha ao ter sua bagagem escolhida aleatoriamente no posto de segurança por uma moça gorda de olhos claros que passou os dedos em algumas de suas roupas íntimas e falou com sua colega em um espanhol muito rápido antes de cair na risada. Quando Alice finalmente perguntou o que havia de tão engraçado, a moça mudou de postura, parou de sorrir e fechou o zíper da mala. Alice estava livre para ir, livre para pensar sobre como sua mãe, nessa situação, teria feito uma brincadeira, talvez pedindo para ver as calcinhas *delas*. Charlotte viajava tanto que devia já ter adquirido uma experiência indefinível que, de cara, a teria protegido de ser parada. Gus também não teria sido parado ou, na verdade, claro que teria, pois aquelas moças iriam querer ver dele tudo o que pudessem.

A moça de olhos claros continuava a encará-la. E, embora dissesse a si mesma que estava tentando, Alice parecia não conseguir desviar os olhos. Por um momento, pensou que estivesse tendo uma reação negativa ao calor ou, talvez, ao álcool que tomara no avião. A cacofonia do aeroporto — as queimaduras de sol e a pele branca, inchada, as saudações e as despedidas, e o cheiro de dinheiro amarrotado —, tudo ficava lento, silencioso. Os olhos claros da moça brilhavam como o Sol em um espelho, e o único lugar para onde Alice podia olhar era o chão.

Quem saberia dizer por que ela notara o pedaço de papel ou por que decidira pegá-lo, mas Alice tocou, com os dedos, o frio chão de cerâmica. Em uma letra daquelas velhas máquinas de escrever, o papel dizia: *palmas arriba, ojos abiertos, respirando normal.* Traduziu da melhor maneira que pôde, buscando conhecimento lá atrás, nos recessos do ensino médio. *Palmas para cima, olhos abertos, respirando normalmente.* Decidiu que deveria ser algum exercício ou manual de saúde e enfiou-o em seu bolso, seguindo em frente. Mas continuou a pensar no papel, no olhar da moça de olhos claros. Foi preciso ter muita disciplina para não olhar para trás e conferir se aqueles olhos eram mesmo de um verde Pernod.

Deu de cara com verdadeiras paredes de homens. A única forma de sair do aeroporto era através de um mar deles. Tentavam vender traslados, hotéis e excursões, e Alice sentiu-se irracionalmente arrogante enquanto avançava em meio a eles, convencendo-se de que sua finalidade era algo muito mais verdadeiro e mais nobre do que o turismo. Chegou até o balcão de aluguel de carros e concordou em alugar um carro compacto, algo que era menos que um carro e mais do que uma caixa de alumínio com rodas. O calor do dia diminuía levemente e havia uma brisa constante enquanto Alice dirigia. Cartazes das cervejas Sol e Tecate com promessas de paraísos em forma de condomínios eram apresentados atrevidamente em vermelhos, laranjas e amarelo-claros e, mais brilhantes ainda que a pintura, eram as frutas carmesins vicejando descontroladamente. As placas podiam ser estranhas a ela, mas o céu não exibia nenhuma singularidade. Ela poderia estar em Santa Fé, em Miami ou no Peru; poderia estar em Scottsdale, no Arizona. Era impossível imaginar o que havia além das vizinhanças do aeroporto e Alice ficou procurando formas no topo de uma montanha distante. Pensou na força arrogante da Matterhorn, nas denteadas Rochosas e em sua favorita, Teton, com o homem nas montanhas, seu perfil cortante contra o céu. Aqui, em Baja, as alturas não eram impressionantes, mas ela elevou os olhos até onde a terra se erguia; as alturas, por algum motivo, sempre lhe davam coragem.

E coragem era preciso, pois, como acabou acontecendo, ela não fora suficientemente avisada de como a estrada pela península de Baja era irregular e cheia de inclinações, e funcionava como palco do que parecia uma permanente corrida de automóveis. O horror da velocidade estava exposto em seu grau máximo. As pessoas dirigiam rápido. Dirigiam embriagadas e em alta velocidade, em caminhonetes enormes com todo o tipo de gente — crianças, com certeza — pulando nas caçambas. Os carros corriam um em direção ao outro, vindos de lados opostos, em uma única e estreita faixa. Cegos pela potência, os motoristas passavam sem olhar e não havia nada a fazer a não ser rezar. Para Alice, a estrada parecia ser uma explicação suficiente para a grande popularidade do catolicismo no México. A essa velocidade, nessa estrada, a fé em algo maior, algo além, parecia ser absolutamente essencial. Com exceção de Bali — que Alice havia visitado com Gus nos tempos de faculdade e onde não havia faixas nem regras aparentes quanto ao número de carros que podiam andar lado a lado —, esse era o pior exemplo de condução de veículos que ela já havia testemunhado.

Mas era também emocionante. Embora *emocionante* não fosse a palavra correta. *Emocionante* não era específico o suficiente para descrever o quanto a terra era bege de tão seca e, quando ela já estava quase embalada por sua constância, ao fazer uma curva, do nada, o choque de um oceano azul-celeste e das altas palmeiras atordoou seus sentidos. Alice tentou ignorar as pequenas cruzes e as Virgens Marias ladeando a estrada em estacas irregulares, indicando quantas pessoas haviam encontrado a morte bem ali. Não havia rádio no carro e não havia nada para distraí-la do mais puro drama da terra. Estava escurecendo. Diferentes tonalidades de cinza invadiram o céu até que as árvores se tornaram meras sombras e as montanhas se misturaram. Um vôo tão tarde foi o único que ela conseguira de última hora, e ela pensou em arranjar um quarto em uma pousada assim que chegasse à cidade. Dormiria e encontraria Cady no dia seguinte. Estava orgulhosa de sua capacidade de se antecipar, pateticamente orgulhosa de ter partido tão rápido quanto partiu. A estrada continuava e Alice seguia em frente, atenta aos carros. Estava tão sintonizada com o que via ao longe que, a princípio, nem notou o que estava bem à sua frente: um trailer de madeira compensada sendo rebocado pela estrada e contendo o que Alice contou como sendo cinco avestruzes ao vento. Como a madeira lhes chegava apenas até a altura do pescoço, ao serem arremessados para cima e para baixo, pareciam artistas performáticos daqueles antigos números de salão em que alguém fica de pé atrás de um sofá e finge descer uma escada, simplesmente agachando-se para criar essa ilusão. Eles estavam tão próximos que Alice podia ver seus olhos de corista com longos cílios em estado de alerta e os finíssimos pêlos brancos em suas cabeças em miniatura.

— Eu imagino o que... — Alice começou a dizer, mas o caminhão diminuiu a marcha e ela sabia que tinha de ultrapassá-lo, enfiando o carro de aluguel à frente dos avestruzes e atrás de um trailer aberto cujo interior, Alice viu, estava repleto de macacos que se divertiam enquanto viajavam. Balançavam-se no teto — saltando e aterrissando nas costas de estranhos animais com chifres que Alice decidiu serem bodes. Ela os observava com um misto de admiração e medo, até que não teve outra opção a não ser ultrapassá-los também. Essa era uma estrada, de acordo com Cady, que levava a uma cidade cuja ocupação era bastante dispersa e que ficava entre o deserto e o mar, mas, certamente, a lateral daquele caminhão havia sido pintada com lápis pastel para anunciar um circo. Ela estava quase rindo quando voltou a si em uma ultrapassagem rápida e precisa, e viu um rebanho de bovinos, denso e pálido, contra o céu que escurecia. Alice estava em um raro estado de espírito bastante positivo, num momento em que estado de espírito não tinha a menor importância. Não fazia sentido desviar — não havia para onde ir — e Alice simplesmente gritou antes de enfiar o pé no freio. Quando sua cabeça bateu no painel em uma onda de dor, o teto do carro deformou-se, como se algo tivesse caído do céu e, por um momento, ela pensou que algo realmente *havia* caído, algum urubu ou um meteoro. Não sabia exatamente onde sangrava, mas tinha consciência de que era seu próprio sangue e que ele estava por toda parte — em sua camiseta branca, em sua calça jeans, em suas unhas não-pintadas dos pés. Viu clarões brancos diante de seus olhos e estava tomada por sua pulsação, sua respiração rápida e curta. Não ouviu nada por um momento e, em seguida, um ruído pareceu esmagador. Vacas mugiam e gemiam, e o barulho aumentou e tornou-se tão ensurdecedor que ela mal conseguia se concentrar por um tempo suficiente para perceber que deveria sair do carro.

Do lado de fora, o ar era fresco e não havia outros carros passando. Seu carro de aluguel era uma massa achatada de tom vermelho e prata com o teto afundado. *Estou coberta*, pensou, agradecida. *Sou o tipo de pessoa que sempre opta por pagar os mais altos prêmios de seguro. Nesse momento, há algo de bom em ser uma pessoa assim.*

Alice pegou sua única mala e encaminhou-se para uma pedra longe o bastante, e as vacas pareceram segui-la. Apertou um suéter contra a cabeça, reconfortada pela suave pressão, enquanto as vacas permaneciam como uma família de refugiados ao redor dela. As vacas mantinham seu nível de ruído e balançavam os rabos. Alice buscava machucados em seu corpo e, não encontrando nenhum, sentiu lágrimas fluindo com facilidade e se misturando a seu suor. O fôlego era mais difícil de recuperar. Sua cabeça latejava, seu cabelo estava empapado de sangue, mas, enquanto procurava uma aspirina na bolsa, o sangue diminuía. Depois de engolir aspirina e codeína sem água, tocou com os dedos sua testa, temendo por seu próprio rosto. Embora sentisse dor, embora seus olhos estivessem molhados e nublados, e ela não parasse de tossir por ter engolido os comprimidos, percebeu que havia sido poupada. Seus dedos formigavam de alívio e exaltação e, transbordante de sorte, Alice trocou de roupa ali mesmo, entre cactos e vacas, usando as roupas para se limpar e deixando na poeira as peças ensangüentadas.

A vaca em que Alice bateu era da cor de biscoitos de chá, e o animal deitou-se a seu lado, respirando pesado e com grande dificuldade. Era maior e mais pálida que as outras ou talvez só parecesse assim devido a seu importante papel no momento. Alice percebeu que ela era o que havia pousado na capota do carro; essa vaca, deitada pesadamente na estrada, com enormes e redondas tetas, havia sido golpeada no ar e voado para cima. Alice a observava, hipnotizada pelo flanco cintilante e pela barriga revestida de sangue, enquanto a vaca lutava por seus últimos suspiros. Houve um tremor violento e Alice quis se afastar, mas, por algum motivo, não conseguiu se mexer. Embora fosse estranho, ela pensou nos boiadeiros, na bizarra intimidade que deve se desenvolver entre o fazendeiro e a vaca. Imaginou como se comportaria se Gus estivesse ao lado dela. Será que ela estaria lhe falando sobre os boiadeiros e ele estaria rindo enquanto retiravam a vaca da estrada? Será que estaria consolando Gus ou culpando-o, ou será que, ao lado dele, isso nunca teria acontecido?

Estava tudo tão tranqüilo há tanto tempo que ela esqueceu que poderia passar um carro a toda a velocidade a qualquer momento. Por um instante, esqueceu que estava no México. Tudo estava manchado. Alice se flagrou retornando às suas roupas sujas e, com a ilícita sensação de que violava um estranho, esvaziou os bolsos de sua calça e retirou o fragmento de papel sem importância.

Palmas arriba, ojos abiertos, respirando normal.

Nenhum sinal de sangue.

Alice olhou para as estrelas. O ar carregava um cheiro de cabelo queimado e excremento de vaca, que emanava do animal como espíritos fétidos deixando um corpo. A vaca estava morta, mas as outras ainda faziam barulho e tumulto em suas posições à margem da estrada, expressando seu aborrecimento por meio de sonoros gemidos e grandes olhos. Alice percebeu, pela primeira vez, que elas poderiam machucá-la. Tocou a perna da vaca morta, que estava molhada e quente, muito mais áspera que a de um cavalo. Depois, vagarosamente, recuou e começou a se distanciar.

Uma buzina explodiu de repente, com luzes piscando, e Alice descobriu que estava indiscutivelmente sob o efeito da codeína, pois se sentia surpreendentemente calma — a cabeça apenas latejando, mas cada vez menos. Tentou acenar para um caminhão que passava, mas ele apenas desviou da vaca e passou em alta velocidade, a pelo menos 120 por hora. — August — disse inutilmente, examinando a desolação que eram o céu escuro, a vaca morta e as outras ainda mugindo, movimentando-se morro acima. Havia uma Lua considerável, uma profusão de estrelas e, além de um pouco de luz do luar, não havia nada visível por quilômetros e quilômetros. Seu pai havia tentado lhe explicar o deserto quando ela era bastante jovem. Disse que era como estar em alto-mar, cercado apenas por água. Aqui, como havia *tanto* o deserto *quanto* o mar, a terra se misturava ao oceano como uma extensão espacial perfeitamente natural. Nada lhe passava pela cabeça além do fato de estar viva e de que ainda andaria por aquela estrada por um bom tempo. Estava viva e andando. A estrada era tão desoladora quanto a neve.

De repente, um grande movimento de carros. Carros onde antes não havia nenhum — um trânsito repentino e inexplicável. Alice começou a gritar, a pular o melhor que podia, e cinco passaram antes que ela tivesse o tardio bom senso de tentar ligar o carro alugado. Abaixou-se para caber debaixo da capota arriada e, depois de girar a chave algumas vezes por cerca de um minuto para acionar o motor, aquele caco inexplicavelmente andou. Na tentativa de acalmar os nervos, pisou fundo no acelerador e sentiu, com uma velocidade cada vez maior, sua vida voando para longe. Alice teve uma rápida visão da essência de seu ser sendo deixada lá na estrada, um sonolento fantasma bovino de mulher, olhando longamente a seu redor. Uma quimera, talvez, mas havia duas: dois fantasmas, Alice e a vaca, paradas no meio da estrada. Suas auras emanavam pastagens cobertas de grama, copos de leite integral. Seriam dadas por mortas, mas invisivelmente acenariam para sempre para que os carros diminuíssem a marcha, evocando nada além de pequenos pontos na distância através de alguns espelhos retrovisores.

Não havia nada em nenhuma direção. Ela entendeu o exato motivo pelo qual havia permanecido tão próxima a seu zeloso pai e à casa da família todos aqueles anos em que Gus esteve em algum outro lugar. Entregar-se à liberdade era o que ela temia — emborcar e cair de um centro ilusório qualquer. Enquanto dirigia, sentiu necessidade de segurar firme o volante, como se o carro pudesse — caso ela não fosse cuidadosa o bastante — escapar debaixo dela.

Depois de quilômetros e quilômetros de estradas escuras e sinuosas, de segurar a respiração nas descidas, e depois de ficar distraída pelo brilho de formações espumosas no oceano distante, a visão de um posto de gasolina era algo difícil de acreditar. Uma música clamorosa saía de um pequeno rádio; soava como uma polca acelerada. Havia um frentista e um mecânico — dois rapazes com penteados lustrosos e sem uma testa da qual se pudesse realmente falar (irmãos, ela supôs), que abriram, de má vontade, a capota afundada e investigaram seu interior. Foram bastante neutros quando ela tentou empregar seu insignificante conhecimento de espanhol, mas, depois de alguns momentos, começou a pensar se esses estranhos se tornariam ameaçadores, se roubariam seu passaporte e seu dinheiro e, depois, a estuprariam, deixando-a à morte, exatamente como aquela vaca na estrada. Isso acontecia. Acontecia o tempo todo em todos os países do planeta, então por que não poderia acontecer essa noite? As pessoas arrancavam os órgãos umas das outras. As pessoas atiravam no rosto umas das outras.

Alice pensou na vaca e em como, antes do amanhecer, carros e caminhões se chocariam contra seu corpo inanimado, amaldiçoando sua inconveniência. Justamente quando ela considerava a possibilidade de ir embora andando, talvez até pedindo carona, notou, do outro lado do prédio, duas garotas, ali, à toa — garotas cujo batom era tão vermelho e brilhante quanto o verniz daquele carro alugado. O fato de haver mulheres ali tornava o quadro um pouco menos ameaçador, mas não muito. Elas usavam saias coladas ao corpo e blusas que deixavam o colo à mostra e cujo comprimento não descia além da altura do diafragma. A mais alta fumava e a mais baixa observava Alice, esboçando um sorriso detestável. Era óbvio que estavam esperando por seus homens, mas também davam a impressão de que esperar era algo que outras pessoas faziam e elas, em vez disso, posavam como raros pássaros tropicais. A mais alta apontou para Alice com o cigarro enquanto cochichava com a amiga; as duas riram até que Alice olhou em outra direção. A sensação era de que estava em um passeio da sétima série ou em um daqueles dias na casa da melhor amiga de sua mãe. Em certo verão, Susan (sem dúvida, na tentativa de deixar de beber) organizou uma espécie de retiro espiritual com as mulheres e suas filhas, em sua casa de Connecticut, onde duas garotas que Alice já havia visto em outras festas de Susan aparentemente alcançaram toda a transcendência de que eram capazes. De vez em quando, podia se lembrar daquele exato deslumbramento. O mundo secreto das garotas cruéis deve ser universal. Deve ser geneticamente programado — uma técnica de intimidação que nunca falha. Alice sempre achou que, se pudesse apenas penetrar nesse mundo secreto de incontestável comando feminino, tudo seria muito mais simples e claro. A generosidade não significava muito quando esse tipo de poder rondava; esse domínio feminino com um toque de crueldade era mais ardiloso e voluptuoso e mais absolutamente perturbador que o mais perfeito par de seios.

Alice tentou imaginar o que sua mãe faria em uma situação assim. Tentaria se comunicar; faria o que pudesse para seduzir. Alice gostaria que Charlotte estivesse ali, porque Alice... ela não era sedutora. Não tinha absolutamente nada a dizer. Tentou parecer imperceptível enquanto a mulher mais baixa cruzava seu caminho, desviando-se em direção ao mecânico. Alice encontrou algum conforto na intimidade entre eles — um beijo na bochecha, um tapinha no bumbum, a maneira informal com que suas longas unhas pintadas tocavam a fronte suada dele. Diante de uma afeição tão íntima, de alguma forma sentiu-se mais segura.

Depois de adequadamente a depenarem, comunicando claramente quantas centenas de pesos ela teria de entregar em troca da informação de que aquele caco muito provavelmente a levaria até Santa Lúcia, Alice retornou ao banco do motorista e — suas pálidas mãos agarradas ao volante — disparou pela estrada.

O carro dava solavancos e pulava ao longo de uma estrada de terra cheia de pedras. Sua cabeça martelava e tudo o que sabia é que não podia dirigir nem mais um minuto. Estacionou entre os arbustos, deixando cair os sapatos na areia fria, e pôde ouvir o mar muito antes de tê-lo visto. Soava como um grito, como uma multidão enlouquecendo. E parecia o fim da terra. As ondas eram pretas e prateadas e retumbavam com a maré. Diferentemente de sua casa, onde o mar era contido e paciente como um velho par de mãos, essa água era esplendorosa e implacável — não permitindo que o impulso natural admirasse nada em volta. Se você entrasse, não haveria resistência; isso parecia perfeitamente claro. As ondas eram um parceiro que você não perderia de vista — a menos que estivesse preparado para deixá-lo partir.

Ninguém lhe traria um cobertor. Ninguém, além de Alice, estaria vendo que ela não perdera tempo, que deixara de conferir o céu como se não pudesse realmente acreditar que era o mesmo céu que conhecera a vida inteira. O céu era uma coisa. O mar era outra — tudo empalidecia diante dessa face selvagem do oceano. As ondas deviam ter três metros de altura e quebravam bem na praia. Alice sabia que, se Gus estivesse ali, acabaria criando um caos ainda maior; ele não seria capaz, nem mesmo por um minuto, de simplesmente observar.

Gus havia dito a ela, certa vez, quando ela lhe perguntou por que ele amava tanto surfar, que, cada vez que estava no alto de uma onda, ele sentia, durante aqueles segundos estranhamente longos, todas as expectativas e decepções da vida desaparecerem. Disse que tudo era um ato de equilíbrio, um ímpeto de se libertar. Se estivesse ali, ele se revelaria a ela e, depois, se voltaria e acenaria antes de mergulhar sob os maciços muros de água.

10

O céu pairava sobre suas pálpebras, abatendo-se sobre a sua cabeça latejante. O mar assumia sua tarefa com vigor, movimentando violentamente água e espuma — era estarrecedor que Alice tivesse conseguido dormir. A areia cobria seus braços e ela podia sentir pequenos grãos sendo triturados entre seus molares. Ela não podia estar em um lugar muito isolado, constatou, pois, apesar de o céu ainda estar em seus trajes de noite, havia rapazes — rapazes enxutos, bronzeados — tirando pranchas cor de baunilha de jipes e caminhonetes, zelosamente aplicando parafina nelas e, em seguida — com correias em forma de tubo —, amarrando-as impacientemente ao tornozelo. O ar, graças à parafina dos surfistas, cheirava levemente à goma de mascar, mas também a bronzeador, conchas, sal e fumaça, sendo que havia fogueiras que queimavam nitidamente já havia algum tempo. Alice não se lembrava de ter visto nenhum fogo quando desmoronara apenas algumas horas antes. Um grupo de mexicanos queimava folhas de bananeira e palmeira em um pequeno rochedo à beira-mar, e os devotos do surfe aguardavam com cuidado perto das chamas menores, aquecendo pequenas latinhas. Uma mulher conduzia cinco cachorros sob a fraca luz da maré baixa.

Engoliu quatro aspirinas e fixou o olhar em um surfista caindo da prancha, seus membros tão magros sucumbindo à força da gravidade. Seria bom pensar que, se seu irmão estivesse ali, ela saberia imediatamente, mas todos pareciam iguais a uma certa distância. Você poderia passar a vida inteira com uma pessoa e, ainda assim, não reconhecê-la entre as ondas do mar. Em Bali, Alice pensou ter presenciado Gus pegar uma onda espetacular e, ao correr para lhe contar quando ele saía da água, percebeu que estava prestes a abraçar um completo estranho. Todos afastavam o cabelo dos olhos da maneira precisa que ela era capaz de reconhecer em Gus; todos apoiavam-se em suas pranchas como crianças, escorregadios e otimistas como focas.

Com o nascer do Sol, as montanhas ao longe ficaram da cor de berinjela, com sombras frescas cor-de-ameixa caindo por entre os cumes.

Você está procurando alguém?, sua mãe perguntou ironicamente.

— Meu irmão — Alice disse suavemente, imaginando como realmente responderia àquela pergunta. — Ele tem mais ou menos a minha altura, e tem os cabelos e os olhos escuros. Não nos parecemos muito.

Ele tem os meus olhos, disse sua mãe, impaciente. *Ele tem os meus braços.*

Alice subiu no carro e vislumbrou seu próprio rosto. Depois da expectativa de ver suas têmporas inchadas ou pelo menos alguns machucados aparentes, a visão de si mesma foi quase decepcionante. Ela parecia bem. Nem parecia especialmente cansada. Era como se as marcas que ela tanto esperava pudessem ser a prova de tudo o que acontecera em um período tão curto de tempo. As histórias carregavam apenas significado. O desastre era filtrado pelo tempo que levava para ser contado e o horror podia ser tomado por algo tão banal quanto um pedido de informação. Uma cicatriz, sangue em um tecido rasgado, um único pé de sapato na estrada — as evidências físicas é que eram definitivas. A morte de seu pai não seria encontrada nos detalhes de suas enfermidades ou em seus gritos de dor, mas em sua tigela azul preferida para tomar sorvete, em como o sorvete havia sido o único prazer que lhe restara e em como permanecera intocado e derretido nos últimos dias de sua vida.

O carro deu guinadas e sacudiu ao sair dos arbustos, e o Sol subia enquanto ela dirigia mais uma vez naqueles morros perigosos. Um ovo se quebrava lentamente sobre o mundo, envolvendo Alice em um choque de claridade, e ela desejou aquilo que não podia deixar de pensar que seria o dia preferido de sua mãe, em que *tudo acontecia com rapidez e facilidade, e você está no centro; você está na luz.*

Se era devido à óbvia e indesejável idéia da luz do fogo ou à maneira com que Charlotte conseguia (como se dissera repetidas e constrangedoras vezes em seu funeral) *iluminar um ambiente*, não importava — sua mãe sempre visitava Alice em forma de luz, cujos detalhes ela havia tentado descrever em um ou dois relatos pessoais inacabados a um homem chamado Josh que ela havia conhecido em um aeroporto, onde ambos tiveram de passar uma noite durante uma tempestade em Denver. *Era uma luz intermitente*, ela lembrava-se de ter dito. *Era impossível evitar a vontade de chegar mais perto. Arrastava-me como a um náufrago em direção à primeira fagulha e, ainda assim, era uma luz fria, um espelho que refletia apenas quando tinha vontade. Mesmo que o resto do mundo estivesse escuro e precisasse de um pouquinho de seu brilho, minha mãe guardava-o quase todo para si mesma.* Alice, é claro, nunca soube se sua mãe compreendia isso. Embora Alice tivesse gradualmente construído a opinião de que sua mãe não tinha um amplo conhecimento de si mesma, acreditava que Charlotte compreendia, *sim*, pelo menos em parte do tempo, como ela afetava as outras pessoas. Era inconsistente quando apresentava a si mesma, e era dessa maneira irresponsável que ela dava e recebia afeto. Como Charlotte era manipuladora e aparentava ter tanta autoconfiança, Alice amava mais sua mãe em seus momentos de insegurança. Havia, na memória de Alice, lembranças ternas de Charlotte arrancando com os dentes uma cutícula, fumando uma desprezível guimba de cigarro, colocando a mão sobre a boca quando havia alguma coisa entre seus dentes. Alice ansiava por esses momentos de Charlotte e tendia a amar as sombras das pessoas, os tênues impulsos e as forças instáveis que se perdiam diante da personalidade. Se alguém era tímido, ela perceberia onde a coragem se escondia — talvez uma habilidade com números, firmeza e determinação em um restaurante, uma tendência a rir alto demais.

As curvas da estrada se intensificavam. Quando Alice começou a ver algumas barracas de taco, um cartaz da Coca-Cola, imaginou o choque de ver Cady encostada em um muro, como se tivesse sido cravada ali por força daquele Sol insuportável. Cady pareceria — com a pele bronzeada e os olhos semicerrados — de alguma maneira mais jovem, como se estivesse esperando alguém vir buscá-la depois de um dia desagradável no acampamento e fosse, de fato, a última garota esperando. Alice teve uma súbita convicção de que Cady, com toda a sua sofisticação, lutara contra essa aparência durante toda a sua vida.

Quando finalmente estacionou o destroço alugado, agradeceu-lhe por tê-la levado até ali. Em seguida, deixou-o em uma nuvem de poeira em uma das ruas não-pavimentadas. A cidade estava estranhamente quieta. Olhou através das janelas com grades o interior de algumas lojas de artesanato, uma loja de material de ferragens com barris cheios de mercadoria apoiados em um chão sujo e diversas barracas de taco cobertas com madeira. Assim que começou a pensar em como esse lugar era parecido com aquela cidade na Grécia ou aquele lugar em Tucson, Alice dobrou uma outra esquina e, como se caísse de um banco de areia no oceano, ficou totalmente perdida em meio à sujeira e à poeira, às casas inacabadas e ao lixo. Presenciou uma discussão entre duas jovens mães ao lado de seus bebês, que mal haviam aprendido a andar. Alice observou com admiração como a mulher mais baixa agarrou o pulso de seu filho antes de fazer uma saída dramática. Além dessas duas mulheres, Alice era a única pessoa à vista e, depois, dobrando mais uma esquina, viu-se diante de um grupo de adolescentes mexicanos em calças largas e camisetas, sem dúvida indo lentamente em direção à escola. Eram quatro e tinham os olhos fixos, em impassível silêncio, enquanto o mais alto deles, o que tinha mais pêlos no rosto, assobiava, colocando os outros em um encantamento de riso cantarolado. Agora, a luz do dia era real; era uma pequena cidade rural com um comércio turístico florescente, e ela sabia estar sendo ridícula por sentir medo, mas, quando o mais baixo aproximou-se dela no meio da rua, sua respiração ficou descompassada e ela manteve as mãos firmemente em sua bolsa.

— *Mami* — disse o mais baixo, esticando o queixo para frente. Quando ela chegou à rua seguinte, suando abundantemente e sem ter sido roubada, deu de cara com um homem enorme sem camisa. Ficou mais do que aliviada ao ver que, quando sorriu para ele nervosamente, ele não fez nada além de devolver o favor. Alice manteve o sorriso colado em seu rosto. Sorria para todos que passavam e achou interessante ver como todos — do velhinho sentado em uma cadeira na sombra à adolescente emburrada — transformavam seu ar mal-humorado ou apenas deixavam de ignorá-la, fazendo com que ela se sentisse mais à vontade.

Algumas casas eram visivelmente muito antigas, em barro ou tijolo; a história emanava de dentro das janelas de ferro batido e das portas de madeira apodrecida. Senhoras com um leve bigode varriam a poeira de suas calçadas, e gritavam para crianças com uniforme de escola católica e para vira-latas magros e sarnentos. Havia cachorros por toda parte — arrastando-se sob o Sol ou deitados sob os carros estacionados, latindo e gemendo.

Quando Alice chegou ao prédio a que Cady instruiu-a a ir, o prédio com o nome de Casa Communication, ele estava cheio de gente falando inglês — mas Cady não estava lá. Alice podia apostar que Gus jamais colocaria os pés em um lugar assim, mas procurou pelo nome dele levando em consideração a possibilidade, ainda que remota, de que ele tivesse recebido alguma mensagem, o que, é claro, não acontecera. Ela explicou sobre o carro e a vaca para a mexicana que trabalhava atrás do balcão e que tinha um inglês admirável, uma atraente irregularidade nos dentes e um grande crucifixo pendurado. A mulher não pareceu estar sendo especialmente solidária com Alice quando encontrou o número e ligou para a Hertz com suas longas unhas vermelhas, lançando-se em um rápido espanhol.

— Green — disse ela, antes de passar a entoar uma seqüência de *sí, sí, sí.*

As pessoas pediam canetas, papéis, nomes de empresas, números de telefonistas, nomes de hotéis no Cabo. As unhas vermelhas desligaram o telefone.

— Eles vêm pegá-lo agora — disse ela.

— Então, está tudo bem?

— Você esperou muito tempo — disse ela, balançando a cabeça.

— Eles vão me dar uma multa?

A mulher bateu os dedos no balcão e encolheu discretamente os ombros.

— O *judiciale*, você tem de fazer um boletim de ocorrência... — Havia pessoas aguardando em fila atrás de Alice, segurando telefones celulares que não funcionavam e inúteis pedaços de papel.

Enquanto Alice observava aquelas compridas unhas vermelhas discarem para ela outro número e, depois, estalarem no balcão quando as perguntas vinham tingidas de um tom que soava à paquera, ela viu, bem ali no quadro de avisos, um envelope com seu nome escrito nele.

As unhas vermelhas desligaram o telefone.

— Você deve esperar. O *judiciale* está muito ocupado hoje. Volte amanhã e eu a ajudo.

— Obrigada — disse Alice, pagando de bom grado a quantia acordada e retirando o envelope com ela. — Muito obrigada. Você não tem idéia de como ajudou a... — Mas a mulher já estava fora de sua vista, atendendo o próximo americano ignorante.

Dentro do envelope não havia um bilhete, apenas uma representação da região, inclusive uma pequena seta ao lado da Casa Communication. *Você está aqui*, dizia, em letra de arquiteto. *August*, dizia, ao lado de outra seta apontando para onde eles aparentemente estavam hospedados e que parecia, pelo menos no mapa, ser um hotel. Ela tinha de agradecer a Cady por isso — Cady, que obviamente não sentira nenhuma obrigação de recebê-la pessoalmente.

— Isso aqui é um hotel? — ela perguntou, interrompendo a mulher atrás do balcão, que, depois de olhar o mapa, respondeu com um olhar vazio. — É?

— Não. — Ela balançou a cabeça e, depois, suspirou. — Aqui — disse ela com bastante firmeza, instruindo Alice aonde ir.

La Balena, uma pousada com placa em forma de baleia, ficava encostada a um mercado mal abastecido onde gatos brincavam nos caixotes de batatas. Moscas voavam sobre os únicos produtos disponíveis — bananas maduras demais, abacates, uns poucos e mirrados tomates, cebolas e chilis. Havia um corredor inteiro dedicado a papéis de embrulho, fitas e *piñatas*. Quando Alice abriu uma porta da seção de geladeiras de vidro para pegar uma pequena garrafa de água, viu atrás dos coloridos refrigerantes de uva e laranja o que era, obviamente, o frigorífico de carnes, onde se penduravam carcaças em grandes ganchos e dois homens erguiam cutelos de açougueiro. Ela havia carregado sua mochila no calor crescente do dia, observando manchas de telhados de talapa e cimento cinza. Havia planejado encontrar algo que lembrasse um almoço, mas acabou com um pirulito sabor chili mais quente que qualquer bomba apimentada que ela jamais tentara consumir e, com a boca queimando, os olhos lacrimejando e seriamente fora de si, aventurou-se na primeira porta para ver se havia um quarto. Não estava nem um pouco entusiasmada em gastar seu dinheiro com um hotelzinho sem a menor criatividade, infestado de baratas e a um preço extorsivo, mas estava exausta, desesperada para colocar a mala no chão, e teria ido a qualquer lugar simplesmente para se deitar em uma cama, qualquer tipo de cama, antes de encarar seu irmão e Cady.

Uma matrona mexicana de cara amarrada mostrou um quarto a Alice — piso de linóleo, produtos químicos mascarando o cheiro da sujeira humana, um odor de férias baratas. O quarto dava para um pátio de cimento onde ninguém havia limpado o que claramente restara de uma ou duas noites de farra. Latas de cerveja e guimbas de cigarro cobriam o chão, e algumas cadeiras de plástico estavam de pernas para o ar. — *Gracias* — Alice disse com um sorriso exausto, entregando o valor em pesos correspondente a uma noite. A mulher marchou para fora do quarto, chamando insistentemente um homem que estava no fim do corredor, aparentemente consertando algo.

Com a porta fechada, Alice sentiu falta de ar, como se as paredes — tão finas e frágeis e cobertas com o que ela constatou serem manchas de mosquitos esmagados e cheios de sangue — fossem se fechar e espremê-la caso ela usasse todo o ar disponível no quarto. O banheiro (ela fora olhar, afinal) cheirava a ovo e tinha um ralo no centro do piso e um chuveirinho enferrujado. Quando abriu a torneira, a água estava marrom, e ela ficou a observar por um ou dois minutos antes de fechá-la. Viu-se sentada cuidadosamente na cama, sobre a qual pendia um mosquiteiro de aspecto bastante decente. Alice colocou as mãos no peito e forçou-se a respirar. Havia vozes abafadas vindo da direita, uma vassoura varrendo o chão à esquerda. Uma das vozes começou a gargalhar e ela se sentiu como se, quem quer que fosse do outro lado da parede, esse alguém a estivesse observando através de um pequeno buraco, observando sua imobilidade e sua paranóia, vendo-a desmoronar.

Ela era razoavelmente viajada. Havia visitado toda a Europa, a Grécia e Bali. Podia até ter freqüentado uma faculdade perto de casa, mas fizera viagens maravilhosas. E já havia ficado em lugares piores que esse. Havia viajado sozinha em um trem noturno de Paris a Roma, dormindo em uma cabine com quatro estranhos que, quando não estavam gritando em alemão, roncavam. Menos de 24 horas antes, havia atropelado uma vaca, mas conseguiu segurar as pontas e dormir em uma praia desconhecida. Ela deveria estar bem, simplesmente bem. Não deveria estar pulando ao ver uma barata, ao ouvir a risada de um homem. Mas deixou a mala no quarto e bateu a porta atrás de si. Estava toda suada, seu cabelo estava um horror e, quando parou por um segundo para respirar, para prender o cabelo com um nó, quatro homens musculosos — todos de camiseta regata — caminharam a passos largos e rápidos pelo corredor, carregando pranchas de surfe. Ela procurou pela mulher que havia lhe mostrado o quarto, contando com a possibilidade de que ela desse a Alice um quarto *sem* água enferrujada, mas não havia ninguém lá embaixo. Aquelas massas de músculos empilharam-se dentro de um Montero bem rodado e queimaram pneu rumo às ondas. — *Adios* — o homem que dirigia berrou para ela — era o que havia de pior no sul da Califórnia — e ela ficou ali de pé, sentindo-se alérgica à própria pele. Recuou quando um carro alugado entrou em velocidade na área do estacionamento. O motorista deu um solavanco no carro, jogando-o para dentro de uma vaga, e Alice não pôde deixar de notar que, depois de desligar o motor, ele permaneceu sentado. Para alguém que dirigia com tanta pressa, era estranho — quase alarmante — o tempo que ele permanecia no carro. Ela aproximou-se um pouco para verificar se ele estava bem. Ele era atarracado, com cabelos castanhos arrepiados, e usava uma camisa branca abotoada. Ela o viu tirar os óculos escuros e jogá-los no banco vazio a seu lado. Então, depois de um momento, respirou fundo, e ela se surpreendeu ao vê-lo colocar a cabeça para fora da janela aberta, inclinando o rosto em direção ao Sol. Seu rosto estava queimado, quase bronzeado, e suas têmporas estavam úmidas de suor. O suor escorria lentamente de suas costeletas e de sua testa para o pescoço e, daí, saía do alcance da vista. Tinha sobrancelhas grossas — mais escuras que o cabelo e salpicadas de fios brancos — e precisava se barbear, mas, quando seus olhos se fechavam e seu rosto relaxava, sua aparência passava de estritamente impositiva e grosseira para um pouco vulnerável. Alice flagrou um pensamento que lhe passou pela mente: *É assim que esse homem pareceria se estivesse dormindo.* Exatamente quando ela pensava em como poderia se relacionar com ele, como talvez eles pudessem contar histórias um para o outro para passar o tempo durante um drinque ou uma refeição, ele desceu do carro e olhou para ela, espremendo os olhos sem os óculos escuros.

— Pois não? — disse ele.

— O quê?

— Você quer alguma coisa?

— Eu estava apenas... Você está bem? — ela perguntou, o que era, soube assim que falou, a frase errada a se dizer àquele homem.

— *Você* está bem? — perguntou ele, cheio de sarcasmo.

— Estou — disse ela, incrédula diante de tanta grosseria, mas compelida a continuar a conversar com ele. — Muito bem.

Balançou a mão em um gesto depreciativo (se era ela ou a si mesmo que ele estava depreciando, ela não soube dizer) e suspirou.

— Você não sabe se há um quarto livre nesse buraco, sabe?

— Parece que sim — disse Alice. — Você tem certeza de que está bem? — indagou, agora que sabia como atingi-lo.

— Perfeitamente bem — ele detonou —, obrigado — e foi em direção ao hotel.

Ela o observou enquanto andava e isso a relaxou, o fato de estar tão próxima de alguém possivelmente mais frustrado e incomodado que ela. Alice esperou alguns minutos antes de entrar novamente e dar à cama uma nova oportunidade. Mesmo com toda a falta de consideração demonstrada por ele, o último pensamento de Alice antes de se entregar ao sono foi que, sob estresse, no calor do deserto, a camisa dele estava imaculadamente branca e sem pregas.

Depois de algumas horas de sono, Alice saiu em direção ao prédio onde, aparentemente, Gus e Cady estavam hospedados. Podia sentir o cheiro de lixo queimando no vale logo abaixo, que não era exatamente um vale; era mais como uma rasa tigela marrom. Um fluxo constante de barulhos de construção reverberava através do calor, gritando em um afetado padrão de brocas, serras circulares e vozes. Na luz do pôr-do-sol, ela via paredes pela metade e portas corroídas, cabos de construção apontando para cima ao lado de nada além de isopor e montes irregulares de cimento. Havia lixo depositado aos pés dessas estruturas, como deuses e oferendas retorcidas. A terra não aproveitada era um emaranhado de sujeira, pedras e latas de cerveja e, em meio ao entulho, entrelaçavam-se pequenas flores. Alice podia ver fragmentos prateados a distância e já não havia mais tantas casas. À medida que a estrada ficava mais estreita e a poeira subia em pesadas nuvens, a terra se transformava em áreas produtivas, em fileiras irrigadas do que ela podia apenas tentar adivinhar serem cebolas, talvez chilis. Passou pelas plantações, subiu uma grande duna e, depois, chegou à praia: areia branca, ondas escuras estourando com muito barulho, ninguém à vista. Alice virou-se de costas para o mar. De onde olhava, o caminho que havia atravessado era um vasto mar de palmeiras.

Alice andou sem parar. A praia era boa para caminhadas e, sem que se desse conta, estava diante da superfície da rocha que, antes, parecera tão distante. A areia dava a impressão de não ter fim e o impacto de tamanho vazio começava a se instalar. Qualquer um poderia descer das dunas. Quem saberia que tipo de mexicano depravado ou gringo pervertido estaria à espreita no próximo monte, esperando por um certo tipo de mulher americana, com conhecimentos sobre Joni Mitchell, Joan Didion e, acima de tudo, Charlotte

Green; uma mulher a quem se ensinou que — esqueça o direito de escolha, a discriminação no trabalho e a emenda da igualdade de direitos — *paisagens poéticas demandam exploração.* Decidir-se por *não* andar ao léu, independentemente da pouca roupa, não importando se estava ou não sozinha, seria renunciar ao dom de Deus da liberdade e do encantamento. Cada pedaço de madeira flutuante, cada monte de rochas — tudo era sua mãe, aparecendo sólida contra o céu, aparentemente refrescada por um banho no perigoso mar. *Agora, sim, estamos conversando*, era o que seus olhos diziam. *Nem pense em voltar.*

Acontece sempre que ela diz a si mesma que chegou, que saiu do outro lado. Pode ser em uma festa, em uma rua movimentada, decidindo algo em uma loja; pode ser, ao que parece, em uma praia deserta. Alice está sozinha e, de repente, não está mais, quando Charlotte sai de trás de uma porta encostada, ou de um vestiário, ou do mar. Ela vem como um enxame de abelhas e tudo desaparece com o zumbido.

Alice sentiu um arrepio ao quase pisar em um peixe morto, do tamanho de uma travessa. Seguiu em frente e viu mais peixes em diferentes estados de decomposição. Alguns haviam acabado de sair do mar, o verde e o cinza ainda brilhando e as barbatanas espetadas como pequenos braços, como se tivessem morrido de choque. Havia alguns que começavam a endurecer e adquirir um aspecto fossilizado, e ainda outros que eram meras máscaras, a pele dura, como um couro, como bolas de basquete murchas. Carcaças de pelicanos brilhavam ao Sol, os ossos completamente limpos. As curvaturas dos bicos eram como foices; as rígidas costelas brancas estavam decoradas com faixas azuis de céu.

Por diversas vezes, quase deu meia-volta, mas não conseguia deixar de seguir em frente; as pontas dos dedos inchados de sua mãe empurrando-a pelas costas, entre as omoplatas, enquanto Alice assistia, olhando fixamente as criaturas destituídas de vida e, ao mesmo tempo, temendo os abutres que se precipitavam sobre sua cabeça — pretos, vermelhos, iminentes. Ela temia os abutres não apenas porque não podia acreditar que eles não lhe dariam uma bicada, mas também porque temia ser, na verdade, um deles, caminhando não apenas para ver a praia, a impressionante rebentação e o leito seco de rio atrás das dunas, mas também, afinal, para ver os mortos. Observava por quantos estágios duravam esses seres e se perguntava como é que não desapareciam simplesmente. E o golfinho branco, que ficava molhado e secava, com grandes buracos negros no lugar dos olhos? Alice forçou-se a olhar, forçou a respiração enquanto seu coração disparava. Seus pés estavam plantados na areia, mas sua mente corria em radiantes círculos até a noite anterior e além — para a vaca, para a velocidade e para a visão de tanto sangue, seu próprio sangue que havia parado tão abruptamente como começara. Ela só teve de limpá-lo. Sua mente correu pelos subterrâneos de seus pais, sendo onde, afinal, eles estavam. Não importava quantos detalhes ela retivesse nem quantas vozes ouvisse, não haveria dúvidas quanto ao lugar onde seus corpos descansavam.

Alice escutava. Em torno do golfinho inchado, os insetos faziam a festa; a maré estava puxando e as ondas quebrando — para frente e para trás, para frente e para trás, com a luz refletindo uma dança caleidoscópica como o soprar de vidros venezianos. Ela podia ouvir o próprio ar estalando ao redor de todos os seus elementos, inclusive Alice, nesse pequeno pedaço de vida e o oposto de seu olhar lascivo.

Ela ficara sabendo que essa era a chamada Praia do Fogo, por causa da névoa das imensas ondas, que cresciam ao longe como fumaça, como piras funerárias desafiando qualquer vida que viesse enfrentar sua provocação, enquanto quebravam bem ali, na praia.

No entanto, cinco, dez minutos haviam se passado, e nenhuma outra onda gigantesca se formara. Embora ela soubesse que não deveria fazê-lo em uma arrebentação tão desconhecida e tão rasa, queria sentir o mar. Bem de leve, disse a si mesma, de leve com seu dedão do pé branco — alguns respingos frios e salgados, e depois, obviamente, ela escaparia. Ao mergulhar o pé na água refrescantemente renovadora (de perto, pálida como um diamante), esperava uma força — uma corrente de advertência —, mas nada aconteceu. Apenas o frescor a tragou, e um puxar suave que definia, se é que definia algo, o tanto que ela estava realmente fixada na terra. Enquanto mantinha-se alerta, Alice deu uma olhada na praia ao redor, e um peixe morto a apenas alguns metros dela lhe pareceu especialmente perturbador. Recuando do limite do mar, ela olhou fixamente para o que era o corpo de uma criatura e, depois, ajoelhou-se ao lado dele. O peixe estava estufado — quase uma concha oca, mas não exatamente, já que alguns vestígios de sua pele cinzenta e escorregadia, de alguma forma, ainda mantinham-se intactos. Ao encostar dois dedos nele, Alice percebeu que suas barbatanas não eram assim tão finas quanto imaginava e, como se desafiada pela água, por sua recente dramática exibição, pegou o peixe e colocou-o fora do alcance do mar, jogando-o longe para ser de novo reclamado, apenas para ver o que aconteceria.

Alice recuou. O mar estava longe daquele seu ar briguento de antes. Ela fechou os olhos e imaginou oferendas semelhantes na praia acidentada de sua casa. Havia permanecido durante horas assim ao longo de toda a sua vida, observando fragmentos de rochas, esquadrinhando seus pensamentos, agradecida por poder fazer isso. Havia algo de estranhamente consolador na maneira como, quando a maré estava baixa e na praia estavam espalhados restos do mar, a terra — como anfitriã desses restos quase sempre apodrecidos — parecia expor um componente, ainda que minúsculo, do mistério do mar.

Em um instante, ela estava coberta de respingos de água do mar, os olhos arregalados. Uma onda se formava, acumulando altura, e Alice corria. O peixe já tinha sumido há muito tempo.

O Sol estava agora debaixo d'água, a Lua estava sendo elevada às pressas para o céu e ela, de pé no alto de uma duna, finalmente podia ver o prédio do mapa de Cady. Encontraria Gus e eles se sentariam todos juntos no que pareceria o fim da Terra — ou, pelo menos, na última parada depois da Califórnia. Alice dirigiu-se a um prédio que, conforme ela se aproximava, se revelava bem menos adiantado em termos de construção do que Alice inicialmente supusera. Na verdade, era uma obra em seu estágio inicial. Havia abóbadas rebocadas e pintadas da cor de ferrugem, e a estrutura de suporte era metade tijolo, metade cimento sem pintura, com uma aparência tão lisa quanto pedra-sabão. Era um prédio enorme — feio, com uma tendência velada à magnificência —, ambiciosamente amplo, como um hotel, e era onde (embora ele nunca tivesse dito) Gus sonharia em construir uma aposentadoria de surfista, um palácio de arquiteto para Cady. Alice encostou-se, por um instante, contra o alto muro de cimento que circundava o prédio. Permitiu-se entrar, e não havia nada além de vento. Não se surpreenderia se parte do cimento ainda não estivesse seca. Agora, a noite já havia caído de fato; o céu passara de roxo para um preto vítreo, marcado de forma cortante pelas estrelas.

— August — ela chamou, mas só ouvia ecos. O prédio era como uma concha e, embora abençoado com potencial, deixava as pessoas a imaginar se seria estruturalmente sólido. — Cady? — gritou.

Conseguia distinguir apenas formas e sombras, e uma escada sem balaustrada. Enquanto subia, chamou repetidas vezes e notou que o ar estava misturado com fumaça. No topo da escada, havia garrafas jogadas, um cobertor molhado cheio de areia e o que parecia ser uma roupa de mergulho, que eram, sem dúvida, a fonte da umidade que reinava. Ela deixou de chamar e ficou parada. O mar soava como um acesso de chuva a cada onda que arrebentava. Os pêlos de seu braço ficaram arrepiados; um carro passou em velocidade na estrada mais próxima, estourando pedras sob os pneus.

— Que vergonha — veio uma voz da escuridão. — Você deveria ter telefonado.

11

Uma pequena chama estava protegida por um par de mãos. Alice viu August acender uma vela. O quarto era bem maior do que ela havia inicialmente suposto; estavam apenas em um cantinho dele. Seu irmão sempre fora magro, mas agora estava quase pele e osso. As maçãs de seu rosto estavam saltadas e apareciam mesmo debaixo de uma descuidada barba que não lhe caía nada bem. Embora os músculos de seus braços estivessem bastante definidos, a pele parecia ter encolhido em volta de cada tendão; as veias estavam grossas como cordões.

— Alice — disse ele —, o que você está fazendo aqui?

Suas mãos estavam escuras contra o branco da camiseta em que ele mexia incessantemente antes de envolver os ombros de sua irmã em um abraço rápido e pungente. Em seguida, recuou, não dizendo nada enquanto se sentava encostado em uma parede, dobrando uma perna e mexendo compulsivamente a outra. Ela não conseguia mais distinguir o rosto dele.

— Olhe para cima — ele disse finalmente.

Alice olhou e viu que a abóbada acima tinha um círculo aberto no meio, como se os construtores não tivessem tido a oportunidade de pregar o centro do telhado. Era um olho mágico para o universo, do tamanho de um pequeno guarda-chuva.

— Que legal — disse ela, sem se preocupar em soar convincente. — Onde está Cady?

— Cady foi embora — respondeu.

— O que você quer dizer com "Cady foi embora"?

Ele deu de ombros.

— Ela partiu. Não sei.

— O que aconteceu?

— Ela voltou para o trabalho.

— Mas e o...

— Pode acreditar, Alice, não estou precisando de sua percepção sobre isso. Nada, nada mesmo, pode ser tão claro quanto as coisas em sua cabeça.

— Você não tem... — disse Alice, engolindo o comentário. — Você não tem idéia de como são *as coisas em minha cabeça.* — Ela se sentou no chão de cimento, que estava frio e coberto com uma areia fina e molhada; suas pernas estavam esgotadas. — Gus, o que você está fazendo aqui? — Alice perguntou delicadamente, apontando para aquele imenso espaço oco. — Que lugar é esse? — perguntou ela, um tipo de comentário não totalmente desprovido de humor, mas que deliberadamente provocava reações.

No momento em que Alice mencionou condições de vida, dinheiro ou alguma forma de trabalho, ele foi grosseiro e complicado, e ela, educada e simples. Nesse tipo de situação, que, cedo ou tarde, inevitavelmente acontecia quando ela ficava perto de seu irmão pelo tempo que fosse, Charlotte era silenciosamente invocada. Sua mãe — tendo ela, em última instância, *concordado* ou não com a filha — estava julgando não Gus, mas Alice. Assim que Alice expressou uma opinião negativa sobre Gus, pôde sentir sua mãe, inclusive sua languidez, julgando-a. Alice pensava pequeno; Alice tinha o comportamento sensato, sem imaginação.

Ele respondeu na mesma moeda:

— Eu dormi na rua por um tempo, mas começou a fazer frio e o mar não me deixava dormir. Gosto disso. E daqui — disse ele, enquanto seu rosto era iluminado de forma rápida e dura pela chama de um novo fósforo. — Temos mais velas — ele murmurou, acendendo uma porção de votos. — Faça-se a luz — disse ele, revelando olhos injetados, unhas enegrecidas, um bronzeado de matar.

— Por que você veio para cá?

Ele riu.

— Você quer saber por que eu *estou* aqui? As ondas são chocantes, o clima é perfeito todos os dias e tem uma comida fresquíssima e espetacular quase de graça. Parece-me bastante simples.

— E o seu casamento recente?

Ele a olhou sem expressão alguma e ela correspondeu a esse olhar até que ele, finalmente, prosseguiu.

— Nós forçamos. Talvez eu a tenha forçado a aceitar. Que diferença faz, de verdade? Não deu certo.

— A diferença é que eu não acredito em você. Quero dizer, não acredito que você esteja assim tão indiferente a respeito da partida dela nem acredito que você tenha vindo para cá sozinho apenas por causa dessas ondas tão impressionantes. Vamos lá — disse ela, com a voz se suavizando —, você deve saber que eu falei com ela.

Gus levantou-se de seu lugar do chão, onde ele mal havia mudado de posição. Ficou de pé e olhou para o céu antes de olhar para Alice. Com as calças largas, uma camiseta pequena e o cabelo revolto, ele pareceu, pela primeira vez, perigoso. Seu irmão não era um homem grande — às vezes, podia parecer quase delicado —, mas era moreno e magro, e havia adquirido recentemente uma inflexibilidade que, ela supunha, vinha de uma boa dose de vida dura e do que ela podia tentar identificar — embora vagamente — como resolução íntima. — Ela nunca confiou em mim.

— Você deu motivos a ela?

— Todo mundo sabe que ela é boa demais para mim. — Os olhos dele brilharam de uma maneira que incomodaram Alice. Nos dias que se seguiriam, ela sabia que pensaria nos olhos dele naquele momento preciso e que não conseguiria se libertar exatamente daquilo que a havia perturbado tanto.

— Gus, por que você está aqui?

— Me diga você — disse ele, sentando-se novamente. — Você sempre foi boa nisso, em me dizer o que estou realmente fazendo. Quando não fui para a faculdade, você disse que eu não ia porque me sentia superior. Quando fui para Java e fiquei um tempo sem telefonar, você disse que eu estava desesperado. Então, gostaria que pudesse me dizer o que é que estou fazendo agora. Gostaria mesmo. Estou curioso para ver o que você vai sugerir.

— Você está assim *tão* bravo por eu estar aqui?

— Estou. Mas estou mais bravo com Cady por ter pedido que você viesse.

— Ela não me pediu para vir. Ela apenas me ligou para que eu soubesse onde você estava. Sabia que eu ia começar a me preocupar e quis me contar.

— Mentirosa.

— Por que você acha que estou mentindo?

Eles estavam olhando um para o outro a alguns metros de distância, cada qual sentado de uma maneira igualmente derrotada. A escuridão estava suavemente marcada pela claridade da luz de velas.

— Ela não é assim tão atenciosa — ele disse finalmente. — Por que você veio?

— Acho que você está escondendo algo de mim. — Ela não se surpreendeu por ele não ter respondido. — Tudo bem, vamos começar de modo mais fácil — disse ela. — Como está a casa, Alice?

— Ótimo, basta me dar o roteiro. Realmente é melhor assim. Como está a casa, Alice?

— Na verdade, está uma bagunça, cedendo e abaulando-se nos piores lugares, mas quer saber? Vai sobreviver. Está tudo separado, em caixas. Tudo pronto para ir embora.

— E isso é bom, certo?

Alice não riu.

— Não consigo acreditar que você tenha ido embora daquele jeito.

Ela esperou, mas ele não parecia exatamente ansioso para se explicar.

— E o que era aquele *bilhete*? Se dependesse de você, você teria vendido a casa, porque nós todos sabemos que você precisa de dinheiro, ou então teria pedido para algum dos seus amigos para saqueá-la e receberia o seguro. Todas as nossas fotografias, os prêmios e a coleção de artigos do papai, as coisas lindas da mamãe, você também teria dado um jeito de vê-los roubados ou destruídos.

Ele ficou sem dizer nada por alguns momentos.

— Você provavelmente está certa. Não estou dizendo que tenho orgulho do que fiz, mas simplesmente não consigo me imaginar querendo ou precisando de qualquer item da casa. Eu me lembro das coisas de que me lembro.

— E do que você se lembra...?

Gus sorriu como se tivesse sido pego em uma mentira desnecessária. Ambos sabiam que ela não estava, na verdade, fazendo aquela pergunta — pelo menos não no sentido convencional — com qualquer expectativa de obter uma resposta.

Olhando para cima através do buraco no teto para o céu cada vez mais estrelado, ela se surpreendeu ao perguntar:

— Você conhece alguma constelação?

Ela não reconheceu sua própria voz. Era a voz de uma mulher inteligente amarrada a um estranho potencialmente ameaçador — isso, ou um péssimo primeiro encontro. Era exaustivo — toda essa falação, o quarto encharcado.

Gus, no entanto, parecia aliviado com essa mudança banal no rumo da conversa. Estalou os punhos com força, como se quisesse ficar livre de suas mãos.

— Ainda consigo encontrar Cassiopéia, as Ursas, a Estrela Polar. Eu sabia muito mais, lembra?

Ela assentiu.

— Você não perguntou sobre a minha viagem.

— Como foi a sua viagem? — Ele sorriu.

— Atropelei um rebanho de vacas com meu carro alugado e fiquei sangrando na cabeça. Acabei desmoronando em uma praia.

Ele movimentou-se para a frente, a fim de examiná-la mais de perto e inclinou a cabeça para cima de uma maneira que Alice reconheceu como algo que ele fazia quando eram crianças — ele, às vezes, parecia ter aprendido certas expressões faciais por imitação e não ultrapassado o estágio do exagero. Ela não conseguiu evitar abrir um sorriso.

— Você parece estar bem — disse ele. — Você está bem.

Em seguida, ele se aproximou e sentou-se ao lado dela. Pegou a sua mão. Ficaram sentados assim por um longo tempo. Era como se ambos soubessem que a discussão estava longe de ter terminado e queriam se preparar mutuamente; queriam penetrar em suas reservas de material compartilhado.

— Desde que ele morreu — disse Gus —, desde que voltei para casa, preciso ficar mais sozinho, mas fico tão cheio de mim, sabe? — disse ele, soltando o ar para que isso passasse por uma risada. — A única maneira de sair da minha cabeça é conversando com completos estranhos. Você se sente assim de vez em quando?

Ela assentiu.

— Mas acabo me envolvendo demais — disse ela.

— Você sempre teve muita empatia.

— Quem dera fosse verdade.

— Eu não quis dizer isso como um elogio.

— É, eu sei.

— Olhe, eu queria que a Cady tivesse ficado mais tempo, e eu realmente me sinto mal de tê-la levado a partir, mas, de certa forma, sei que ela não poderia ter ficado, independentemente de eu ter me comportado melhor. Sei qual é a sensação quando alguém não está ali por inteiro.

— Você está falando da mamãe?

Ele levantou os ombros.

— Da mamãe, de mim, de todo mundo menos você — disse ele com sarcasmo, mas Alice sabia, qualquer que fosse o valor disso, que era isso mesmo que ele queria dizer. — Deus sabe que você está sempre ali. Você está bem ali, assim mesmo.

— Cady disse que você encontrou alguém que conhecia a mamãe — ela disse finalmente. E, tendo afinal dito, chegado a seu ponto, queria apenas dizer de novo. — Encontrou?

— Não.

— Simplesmente — não?

— *Não*, Alice.

— Por que ela diria isso? — Alice trocou o lado em que apoiava o peso de seu corpo no chão e esperou. — E então?

— Isso é totalmente ridículo — Ele deu uma fungada. — Ela deve ter dito isso para fazer com que você viesse até aqui e cuidasse de mim.

— Então, você não encontrou ninguém em Oaxaca que a conhecesse.

Ele riu sem mostrar os dentes.

— É claro que não. Ela disse isso a você? Ela é impressionante. Não, Cady colocou você neste barco para que pudesse me deixar e, mesmo assim, ainda se sentir uma pessoa responsável. Se você ainda não notou, ela é ótima em responsabilidade.

— Certo — disse Alice, olhando-o de perto, esperando mais uma vez.

Alice pensou em Cady, em seu apartamento ou em sua casa, ela nem sabia que lugar Cady considerava seu lar ou quem chamaria em uma crise.

— Eu não acredito em ninguém — disse Alice.

— Isso é péssimo — disse ele. — Mas suponho que me dê menos razões para me preocupar com você.

— Você se preocupar comigo?

— Na verdade, não, mas você sabe, posso começar. Olhe só para você — disse ele —, você é uma flor delicada — ele esticou a mão e suavemente puxou um fio no cabelo dela. Um momento se passou e então: — É bom ver você.

Ela detestava aquele contentamento no fundo de sua garganta, os olhos marejando — o alívio enorme, desproporcional e bem-vindo que inevitavelmente ocorria quando a voz dele amolecia.

— Fique aqui comigo esta noite — disse ele. Alice olhou para seu irmão em sua miséria pessoal. Ela queria não estar ali, não mesmo; queria ter dez anos e estar na casa da piscina — sem reforma, sem incêndio. Queria estar segurando a grande e pesada lanterna e olhando as mãos dele fazendo bonecos de sombra. *Faça o coelhinho. De novo. Faça o passarinho.*

— Não — disse ela, ficando de pé. — Vou voltar.

— Para onde? — deu um sorriso largo e forçado, olhando para ela. — Não há muitas opções por aqui. Deixe-me adivinhar: com os mochileiros canadenses em um albergue? Assim você pode jogar gamão na *área comum*?

— Aonde eu vou não tem nenhum simpático mochileiro canadense — disse ela gravemente. — Não tem área comum.

— Não vá. Tenho um saco de dormir que você pode usar. É macio e quentinho. Mas não vá bem agora. Está muito tarde e você não conhece as estradas direito. Por favor, não vá.

— Me dê o saco de dormir — disse ela. — Me dê um gole da sua água.

Ela se enrolou no canto oposto. Soprou as velas enquanto ele cantarolava uma canção inventada. Na cabeça de sua irmã havia letras sobre fosforescência, vaga-lumes, crianças egoístas de pernas e braços compridos. Imaginou se Gus sabia o quanto se sentia grata cada vez que ele ajudava a satisfazer a pequena parte dela que amava verdadeiramente não fazer sentido. Esperou que ele se desculpasse ou se explicasse; havia um espaço físico dentro dela que permanecia aberto e aguardando, mas, enquanto ele continuava a cantarolar aquelas melodias suaves e irritantemente relaxantes, o espaço simplesmente desaparecia.

No barracão que havia se transformado a casa da piscina onde haviam acampado muitos anos antes, Alice permanecera quieta durante horas, e o que Gus fez foi falar. Contou a ela todos os seus segredos, todos os seus muitos planos. Agora, ele estava em silêncio e, pouco depois, ela ouviu, estava dormindo. Ela olhou a Lua: não chegava a uma pequena fatia no céu que desabava. As estrelas lá em cima eram mexeriqueiras: *Faça um pedido*, elas diziam, dando risadinhas, tão arrebatadoras e maldosas, em número tão grande, que Alice não teve a menor chance.

12

Se iria entender exatamente o que havia acontecido com Cady e o que Gus estava claramente inclinado a não dividir com ela, Alice sabia que tinha de aceitar, ao menos por um tempo, o imenso vazio de entendimento que era estar ali. Podia fazer agora o que quisesse de seu tempo, e isso era algo completamente estranho à sua natureza. Nunca estivera particularmente ociosa. Além disso, com certeza não era ali que deveria ter escolhido começar. A própria palavra, *Baja*, invocava um espelho empoeirado de carro, ao dirigir um veículo por um calor interminável, e a visão, como afinal se deu, estava basicamente correta. Sempre haviam sido palavras como *Aix-en-Provence* que, para Alice, inspiravam-na a refestelar-se. Palavras como *Amalfi, Siena.* Mas há muito tempo ela estava longe de tudo que considerava seu, antes de se mudar de novo para a casa com seu pai — tudo daquela outra vida ficara suspenso no tempo. E a casa de seus pais não perderia logo o seu valor; além disso, ela gostava da idéia da casa ali no frio, tão limpa e vazia, esperando.

Ociosidade era algo que não havia existido em sua infância porque ela estava sempre ansiando por sua mãe ou tentando entretê-la. Trabalhara todos os verões durante a adolescência, durante toda a faculdade, entre a faculdade e a pós-graduação em diversos e ingratos cargos administrativos e, enquanto os amigos tiravam uma folga das pesquisas e dissertações, Alice nunca o fazia — embora também nunca tenha terminado sua dissertação, supostamente porque precisavam dela em casa, mas ela mesma não conseguia mais manter a argumentação. Tinha medo de se sentir desocupada ou — indo mais direto ao ponto — desnecessária. E o que poderia ser menos necessário do que mais uma investigação sobre o melancólico, embora perfeito, Anton Tchekhov? *Como é que me deixei enveredar por um caminho tão indulgente e deprimente?*, ela perguntara a seu pai, a Eleanor, e era verdade.

Mas o que ela realmente temia era isso: passar dias sem prestar contas, viver com seu roupão de trapo puído e seda falsa, e desligar o telefone, fazendo com que as pessoas acreditassem que ela estava consumida por idéias e pensamentos quando estava, na verdade, consumida por liberdade — aquilo que todas as pessoas que ela conhecia e amava mais ambicionavam: escolhas, uma abundância de escolhas.

Seu pai ficara mais doente. Ele a salvara.

E, agora, ali estava ela, atrás da trilha de não muito mais do que uma resposta a uma pergunta que ela não conseguia exatamente formular. Precisava de uma resposta, uma resposta definitiva, e Alice sabia que não poderia ir embora daquele lugar antes que Gus cedesse. Havia passado anos reconstruindo as últimas conversas com sua mãe e sentindo-se perfeitamente sã em fazer isso, com o objetivo de possuir o mesmo tipo de entendimento — como se o pensamento profundo fosse tudo o que precisasse para compreender a morte de Charlotte. Alice, talvez injustamente, também não queria nada mais além de seu irmão tomando para si um pouco do ônus da prova e insistindo para que ela parasse. Nos últimos anos, ela havia alcançado um senso de controle e também aliviado a necessidade de saber por que Charlotte tivera um fim tão prematuro, mas essa graça imposta a si mesma havia desmoronado com o telefonema desesperado de Cady. Suas inúmeras tentativas de se libertar de tudo levaram-na, em última instância, a esse lugar — a essa espécie de fim de mundo empoeirado.

Mas tinha de admitir que, sob determinados aspectos, essa cidade era uma sedutora relutante. Não era exatamente Amalfi, mas ainda assim... Havia um número desproporcional de barracas de doces. Duas delas eram coladas uma à outra, ofertando precisamente os mesmos produtos, e ambas estavam precariamente montadas na mesma calçada quase caindo aos pedaços — e tinham corajosas letras pintadas à mão que diziam: *Muy rico!* Alice entregou alguns pesos em cada uma das barracas, recebendo em troca alguns caramelos, que ela acreditou reconhecer como uma espécie de pudim embalado e um pirulito vermelho como cereja em formato de coração que era, de alguma maneira, vagamente obsceno. Alice sabia, como sua mãe antes dela, que comeria todos eles.

Ela parou em frente a um portão trancado, com um caramelo derretendo em sua boca. Atrás do portão, havia uma piscina vazia revestida em um tom azul-pastel. No muro do lado de dentro do portão, havia uma placa alegre pintada à mão — *Club Aqua Baja* — rodeada por palmeiras, mas a piscina estava imunda, com lixo e folhas mortas, que deviam provavelmente ter caído durante a última temporada de furacões. Era uma cena tão triste que a sensação era de que alguém deveria cobri-la como se fosse um corpo, por respeito, protegendo suas mirradas possibilidades.

Deslocando-se para o centro a partir da periferia, os dentes ardendo com o açúcar, Alice passou por homens com chapéus de caubói, homens cujas barrigas pendiam sobre as fivelas de seus cintos enquanto fumavam cigarros Boots. Havia maços de Boots jogados pela rua, em mesas abandonadas ao ar livre, saindo dos bolsos traseiros das calças. A igreja, pintada de mostarda e carmim, avultava-se sobre a cidade, criando um farol para a praça aberta, que Alice imaginou cheia de gente e de música em ocasiões especiais, mas que, agora, estava vazia como o pátio de uma escola durante o verão. Na praça, havia um velho teatro trancado, o prédio de algum órgão municipal e um arco que dizia, em letras pretas, *Café*. No arco havia uma enorme porta de castelo fechada a cadeado, com o horário de funcionamento em uma pequena placa de muito bom gosto. Algumas placas diziam *Galeria*, mas em duas delas a porta estava trancada; na terceira, a porta estava aberta mas claramente fora de operação, já que não havia absolutamente nada no espaço vazio. Era frio e escuro com um piso de linóleo pontilhado — um lugar nem um pouco convidativo.

Enquanto caminhava pelas ruas ladeadas por casas de tijolo grandes e antigas, carrinhos de taco com peixe (*Tres Hermanos!*, *Dos Juans*, *Pescado Bueno*), barracas de manga, cocos gelados e uma clínica pintada de amarelo-claro com uma ilustração de uma enorme seringa cheia de sangue, cada porta (até mesmo, caprichosamente, a clínica) fazia Alice ter vontade de entrar. Quando começou a se instalar uma compulsão para conhecer por dentro as casas das pessoas, Alice passou a alternar seus sentimentos, ora ficando furiosa com Gus, ora sentindo-se ligeiramente agradecida por ter saído daquela grande casa invernal — forçada a se concentrar em objetos com olhos que viam além de suas ligações com a irrefutável história e como tais objetos, ao final, encontrariam seu destino em uma caixa ou no lixo.

Ela sentia saudade de seu pai, da forma como ele colocava tudo em perspectiva, como se lembrava exatamente de tudo o que lia. Se ele estivesse ao lado dela, conseguiria explicar quais os tipos de vida marinha que se desenvolviam no mar daquela região, o que existira ali antes do *art déco* e do adobe. Sentia falta de sua mãe também, não mais do que o habitual, mas de uma forma mais aguda, já que Charlotte ainda reinava sobre todos os lugares estrangeiros.

Ao entrar em um barracão de cimento escuro e desagradavelmente úmido (*Feliz Camaron* — na fachada, havia um desenho de um camarão sorridente dançando), Alice sentiu o cheiro universalmente poderoso de alguma fritura. Havia toucinho no ar, e era intoxicante. Ela viu que o proprietário estava sem camisa e suava, com um cigarro pendurado na boca, mas, em meio ao cheiro de fritura, ela nem se importava. O homem sem camisa balançava a cabeça para uma mulher que falava sem parar, ignorando o comportamento dele, e que poderia até não ter dito nada e, ainda assim, pareceria estar não apenas brigando, mas vencendo. Ela tinha o cabelo preto retinto preso em um lenço cor-de-rosa, brincos compridos prateados, e seus olhos eram escuros com enormes pupilas, que lhe emprestavam um olhar feroz, beligerante. Não parecia ser uma turista, mas, pelo que Alice havia visto, certamente também não parecia ser dali. Sua blusa era larga e possivelmente dos anos 40, um tecido de um rosa empoeirado de mangas curtas que já tivera dias melhores. Ela a usava de uma maneira impressionante, sobre um sutiã preto, um par de jeans desbotados, e não usava nenhuma maquiagem além de kajal preto que Alice nem havia notado no início, de tão pretos que já eram seus olhos. Havia algo em sua postura que dava sinais de raízes urbanas. Seu espanhol parecia perfeito, mas como é que Alice poderia saber? Ela poderia ser de Barcelona, da Cidade do México, de Bogotá — de qualquer lugar, menos dali.

Alice observou quando a mulher mergulhou a mão dentro da caixa de gelo, onde estavam amontoados camarões pretos com vestígios de azul. Havia duas caranhas vermelho-brilhante com olhos chocantemente abertos, além de camadas de peixe fresco de um verde-brilhante, pesando uns contra os outros, até que a mulher alcançou com seus dedos pequenos o que estava no topo e separou-o do resto.

— Não — disse ela, balançando a cabeça uma única vez. Em seguida, franziu os lábios, rejeitando a oferta.

O homem do peixe falou com entusiasmo, jogando o cigarro para trás em um pequeno terreno, onde o que parecia ser uma bagunça de peças de carros velhos, de cabeças de peixe e rabos estava espalhado diante de uma senhora encurvada na sombra, parecendo não ter nem um dia mais além de 110 anos de idade.

— *Sí.* — Ele assentia, contradizendo o balançar da cabeça daquela impressionante mulher. — *Sí, sí...*

— Você tem de insistir até que ele tire os que estão por cima — disse ela com voz suave, aparentemente para Alice, já que não havia mais ninguém em volta. A voz dela era misteriosamente alta e imprecisa, e o efeito era o de uma garota de doze anos que tivesse sido uma fumante inveterada desde a segunda série.

— Os melhores estão no fundo — continuou ela, tirando um cigarro da bolsa e acendendo-o. — Os melhores sempre estão escondidos. — Ela soprou a fumaça na direção do homem, pois estavam em uma espécie de confronto.

Como ela se mantinha irredutível em sua posição, o homem, muito a contragosto, retirou dois peixes do fundo da caixa de gelo e embrulhou-os. Quando a mulher levou a mão aos cabelos, Alice notou que ela usava, curiosamente, a mesma pulseira que envolvia seu próprio pulso — uma espiral fina, em prata, que ela tinha havia muitos anos. O prateado brilhava nas sombras e Alice tentou lembrar onde a havia comprado enquanto ouvia a mulher dizer algo mais a ele, que soava como uma ameaça familiar.

— Disse a ele para não ser um idiota desonesto e dar a você um peixe bem fresquinho.

— Obrigada — disse Alice. — Veja, temos a mesma pulseira. — Ela esticou o braço e a mulher aproximou-se de Alice, estendendo seu próprio braço, mais fino, mais bronzeado.

Uma marca de nascença na forma de meia-lua cobria o antebraço da mulher em um tom acima da cor de sua pele. Ela permaneceu em silêncio, olhando fixamente.

— Por que você acha que ele iria me enganar?

— Você parece um alvo fácil — disse ela sem sorrir. — Tome cuidado — ela a alertou e, com uma sacola de peixes balançando na mão, a mulher saiu pela porta em direção à luz. Alice levou um instante para perceber que aquela mulher curiosa não havia pago por sua comida.

Era de tarde e as horas mais quentes do dia já haviam passado; ela podia apostar que seu irmão estava surfando. Alguns bodes estavam parados do lado de dentro das cercas, como um pálido rebanho. O mar tão próximo, as perfumadas bananeiras e os pés de manga, tudo temperava o cheiro do esterco e, também, o leve cheiro de camarão frito que vinha dela. Havia se empanturrado de cerca de um quilo, despejando molho apimentado sobre ele, espremendo limões e encharcado de gordura *tortillas* amanteigadas. Alice estava agora saboreando a lembrança, divertindo-se com a idéia de ir atrás de um sorvete ou, talvez, de um café gelado e forte. Um trabalhador rural moreno e enrugado assobiava enquanto ela andava cada vez mais rápido, desfrutando — não, amando — o calor seco e o vento em seu rosto já queimado de Sol. Na praia dos surfistas, viam-se caminhonetes ao longe; elas estavam estacionadas perto da beirada da areia, e Alice sabia que Gus estaria por ali. Enquanto caminhava em direção ao mar, o Sol quente revolvia seus pensamentos, que se derramavam ao acaso (sua própria pulseira de prata, de onde tinha vindo? Quantas calorias tinha mesmo o toucinho?); nada poderia ser contido nesse espaço tão aberto, nessa luz ardente do Pacífico. Aqueles olhos claros e brilhantes da moça no aeroporto, o olhar fixo de carvão queimado da mulher na barraca de peixe — eram olhos de mulheres que, de alguma maneira, viam através dela, olhavam direto para o frágil controle que ela tinha sobre onde estava e por quê.

Alice acreditava em Cady. Acreditava em Cady DeForrest, em tudo o que ela dissera, e não no seu irmão.

A tarefa de sondar para obter informações de Gus sobre sua mãe, o tipo de informação que eles haviam concordado em compartilhar *sempre, não importando o que acontecesse*, era não só deprimente, mas também amedrontador. Charlotte havia deixado uma enorme quantidade de pontos em branco em seu tumultuado velório — terrenos vazios onde seu pai nunca desejou se aventurar. A maioria dos adultos tem um ou dois segredos, como seu pai costumava dizer, mas Alice e August sempre haviam concordado que sua mãe tinha mais. Ela tinha de tudo e, ainda assim, parecia sentir-se menosprezada, privada de algo que lhe fosse vital. Estava sempre faminta, literalmente faminta, ansiosa por identificar seus desejos, e ela era cheia de segredos; eles estavam costurados em seu ser, como diamantes pregados aos forros de saias de seda de refugiados abastados.

Seus filhos sabiam disso, e ficava, portanto, implícito que não haveria segredos entre eles; jamais haveria motivo para isso. Alice passou a perceber que tinha de dizer a Gus quando *não* queria ouvir seus segredos — a dimensão de seu envolvimento com jogos de azar em Bangcoc, a maneira como Cady cheirava a leite azedo quando estava resfriada, suas postulações sobre as razões pelas quais isso o excitava — *Chega*, ela costumava dizer, arreganhando os dentes, esticando o fio do telefone e sentando-se na saída de incêndio em épocas de clima mais quente, tirando as folhas mortas de suas plantas.

O que você está fazendo, Alice?

Como você sabe que estou fazendo alguma coisa?

Porque você nunca conversaria tanto sem fazer alguma coisa ao mesmo tempo.

O que você *está fazendo?*

Desde que começamos a falar, já fumei um cigarro de maconha e fiquei deitado, completamente imóvel, mas agora estou cortando as unhas dos pés.

Não havia nenhum detalhe que ele se recusasse a lhe dar se ela pedisse. Isso era algo que ela, então, sabia.

Não havia ninguém em nenhuma das caminhonetes, mas um vira-lata castanho-amarelado estava desmaiado em uma das caçambas, obviamente dormindo. Seu peito subia e descia. Ele emitia uns sons delicados, como se choramingasse, e sua pata se levantava e arranhava o ar. No denso mar cinza, no entanto, nos distantes morros de água, lá havia surfistas. Havia cerca de dez deles, todos em roupas escuras de mergulho. Alice sentou-se na areia perto da caminhonete e ficou assistindo. Um jovem casal, ambos com o mesmo cabelo curto na frente e longo atrás, se sentou a alguns metros dela em cadeiras de praia. Os surfistas mais velhos, com pranchas mais compridas, já estavam paramentados, fazendo alongamento, sem se apressar. Alguns pelicanos voavam baixo pelo céu carregado de nuvens, enquanto gaivotas congregavam-se em bandos velozes. Como pareciam pequenas as ondas vistas dali, como iludiam completamente. Embora parecessem surgir e desaparecer suavemente em forma de espuma — Alice sabia disso por meio de anos e anos de conversas com Gus —, essas ondas em particular quebravam muito rápido, e os elegantes passeios desses sujeitos tinham mais a ver com velocidade do que com altura. Gus sempre gostava de narrar para ela suas sessões de surfe, especialmente quando estava começando a aprender, e, até onde Alice sabia, os postes de telefone haviam sido inventados para que os surfistas pudessem usá-los como uma unidade de medida (*Você está vendo aquele poste?*), quando fossem se vangloriar da última onda.

É claro que ela tentou adivinhar se ele era um dos surfistas, mas, como sempre, isso era impossível. Caminhou sobre o conjunto de rochas até chegar à água surpreendentemente fria, na altura de suas canelas, lutando para equilibrar-se em meio à poderosa ressaca. As ondas eram bastante tentadoras e, mesmo sabendo que nunca conseguiria ir além das pedras sem algum tipo de prancha, Alice viu-se avançando pouco a pouco até que deu uma topada e acabou mancando de volta até a beira da areia. Quase adormeceu, embalada pelo barulho do mar, mas lá estava ele, pisando cuidadosamente nas pedras, a prancha enfiada debaixo do braço. Quando August chegou até o lugar onde ela estava sentada, Alice já havia tomado a insignificante decisão de não chamar por seu nome. Ele estava sem fôlego quando disse oi, como se ela tivesse simplesmente chegado na hora certa para um programa preexistente.

— Você não está com frio? — Alice perguntou soando como uma ofensa.

— Estou — respondeu ele, com firmeza. Tirou a roupa de mergulho, enxugou-se com uma toalha suja e trocou-se ao ar livre. De pé, nu por alguns momentos, desgrenhou o pêlo do cachorro da caminhonete. Gus era uma daquelas raras pessoas neste mundo que são verdadeira e completamente orgulhosas de si mesmas. Berrava de modo por demais complacente, como se tivesse pulado em uma mina gelada. O cachorro deu alguns latidos desanimados.

— Frio, frio, frio — disse ele, imitando o estilo impaciente da pequena Alice, experimentando a água do banho. Que questão mais elaborada era conseguir deixá-la submersa. Gus simplesmente resistia a banhos em geral e tinha de ser subornado, mas Alice — bastante estranhamente para uma criança — adorava tomar banho de banheira, mas eles tinham de ser perfeitos. *Quente, quente, quente. Frio, frio, frio.* Os ajustes podiam demorar até uns bons trinta minutos.

Ela sorriu a essa referência enquanto ele enfiava uma blusa de moletom pela cabeça e olhava para a água, onde os outros estavam empoleirados em suas pranchas.

— Então, hum, você dormiu bem na noite passada? — perguntou ele.

— Sim. Obrigada por ter me deixado ficar — disse ela. — Você estava ótimo lá no mar.

— Obrigado — disse ele, sem paciência —, mas, a essa distância, você não consegue dizer quem é quem.

— Consigo, sim — disse ela. — Consigo dizer de cara se é ou não você.

O silêncio que se seguiu foi diminuto, maçante. Havia muito a dizer. Ela ainda não conseguia acreditar na outra possibilidade, de que eles iriam simplesmente seguir seus próprios caminhos e de que qualquer desejo que ele tivesse para confiar nela não apenas desaparecera, como fora tudo o que os mantivera tão próximos por tanto tempo.

— Por que não vamos buscar uma cerveja ou alguma outra bebida? — ela propôs. — Eu queria conversar.

— Ah, eu... eu não posso agora. Esses caras — disse ele —, prometi ajudar um deles com um negócio de paisagismo. Ele poda palmeiras, planta algumas ervas... é um trabalho legal.

— Certo — disse Alice. — Então...

— Posso me encontrar com você mais tarde. Por volta das seis?

— Tudo bem — disse ela. — Vamos jantar juntos. Acho que vi um ou dois lugares.

— Bem... não ando fazendo muito isso, quando posso evitar.

— O quê? *Comer*?

— Alice, eu estou quebrado.

— Jantar não precisa ser, assim, um problema — ela murmurou. — Vamos comer uns tacos, tudo bem?

— Ei — ele chamou os outros, virando na direção de eles.

— August? — disse ela.

— Ei — ele chamou de novo para os surfistas. — Preston, Javier, minha irmã, Alice.

— E aí? — disse cada um deles, balançando a cabeça, sorrindo. — Não sabia que você tinha uma irmã aqui.

— Eu também não — disse ele. — Ela chegou de surpresa.

— Legal — disse Javier. Preston pareceu mais indeciso. — Venha tomar uma cerveja com a gente — Javier disse a Alice. — Nada de trabalho para a gente até amanhã.

Ela virou-se para o irmão e certificou-se de que ele havia visto seus olhos, vazios de tudo menos de entendimento.

— Tudo bem, obrigada — disse ela com sua voz mais educada. — Gus, vejo você às cinco — completou. — Cinco está bom para você? Na praça? — Ela quis ter certeza de vê-lo balançar a cabeça afirmativamente antes de ir embora.

13

Os fins de tarde sempre pareciam um momento solitário, uma espécie de silencioso esmorecimento. Para as crianças e para os que trabalham, significava ir do mundo público da escola ou do escritório para o mundo privado do lar e, para todos os outros, parecia ser cedo demais para beber e tarde demais para qualquer outra atividade. As sombras das cinco horas ainda não estavam tão compridas, pensou Alice, e o calor ainda estava a pleno vapor, mas não havia erro quanto ao horário. Havia uma resignação à luz, que era basicamente a mesma em qualquer lugar. Se não tivesse o trabalho para distraí-la, Alice, invariavelmente, sentiria uma profunda melancolia.

Depois de uma hora surpreendentemente desprovida de complicações em que preencheu um relatório com o *judiciale*, Alice seguiu para a praça, onde, como constatou, Gus não estava. As três adolescentes que matavam tempo nos degraus da igreja deviam pertencer ao mundo secreto das meninas más. Elas usavam uniforme escolar, um avental azul-claro sobre uma camisa branca engomada, e pareciam — com seus brincos dourados, pele morena e rosto franzido sem nenhuma ruga — representantes locais do Território da Juventude e da Beleza. Vendiam pulseiras trançadas e Alice sentiu-se levada a comprar uma: vermelha e turquesa, com uma conta clara. Parecia algo que Alice fizera no ensino fundamental, mas gostou de trocar a pulseira de prata e sentir o peso dela em seu bolso. Ficou feliz em substituí-la por algo novo.

Seria possível que Gus tivesse realmente pensado que eles haviam combinado o encontro para as seis horas? Eles haviam inicialmente combinado às seis — tudo bem, então; seria até melhor — ela poderia ir até a Casa de Cultura, a imponente estrutura na rua principal. Poderia assimilar um pouco de cultura e, depois, agradecer a ele por isso.

Alice esperava encontrar um porteiro, algo que lembrasse uma organização, dado o escudo oficial da cidade no prédio e o impressionante letreiro carmim estilo *art déco*, mas, tendo passado a enorme porta, entrou direto em um grande pátio, onde as árvores haviam crescido em excesso e o Sol batia nos tijolos como um holofote. *Oz*, Alice pensou vagamente, *esta é a luz da Cidade das Esmeraldas esmorecida, inclusive com a entrada imperial.* Não havia, no entanto, nenhuma procissão de boas-vindas; não havia ninguém por perto. O vento por entre as árvores dava uma leve vontade de dormir. Corredores labirínticos rodeavam o pátio e conduziam a uma confusão de salas, cubículos e classes abandonadas com carteiras enfileiradas. Uma mulher gigante em papel machê representava uma deusa da fertilidade e, atrás dela, havia prateleiras baixas sustentando o que deviam ser artefatos recolhidos dos cantos mais obscuros da cidade. Havia uma velha máquina de escrever em ruínas. Alice imaginou um escritor estrangeiro, no início da década de 1950, fanático por John Steinbeck, sentado em uma *casita* alugada, pronto para transformar seu fervor em palavras. Certamente ele enlouquecera, pensou Alice, movido pelo implacável rebentar das ondas, e pulara no mar tarde da noite, descobrindo realmente como poderiam ser cruéis aquelas ondas. Sua empregada, sem dúvida fascinada pela máquina, a teria levado para o centro cultural depois de vasculhar seu quarto em busca de objetos valiosos.

Havia um pequeno Buda, fósseis botânicos e maxilares, aparentemente de baleias e tubarões. Havia dois sapatos brilhantes (marca Neiman Marcus) e um mapa local datado de 1957.

Havia uma grande variedade de ossos.

Alice tocou em tudo. Nenhum objeto havia sido tratado com destaque na prateleira. Era um amontoado casual do passado, calcificado e resoluto. O que lhe dava náuseas não era o leve cheiro familiar de morte e negligência, mas como era possível que ela, instantaneamente, estivesse retendo não apenas os pertences de sua mãe, mas os de seu pai também — relembrando o papel tão pequeno que tiveram na arrumação da casa. Além da papelada e das roupas dele (ele era um homem que usara o mesmo par de calças e um paletó surrado por décadas, mas que tinha um exuberante sortimento de meias de cashmere), havia apenas uma coleção de fósseis e ninhos cujo destino coube a Alice decidir. Ela não havia lhe perguntado a ele sobre isso quando ele estava morrendo, pois sabia que o entristeceria muito ter de reexaminar cada osso tão estimado. Ela acreditava ter com ele um acordo tácito de que doaria a coleção a uma escola local.

Com uma pena preta nas mãos, ela de repente ouviu música — jazz dos anos 30 — e, a princípio, pensou que fosse sua imaginação, ou talvez, a música viesse de uma casa próxima. Mas caminhou em direção ao som, afastando-se do pátio, e viu-se em uma sala ocre cujas paredes estavam cobertas por fotografias em tom de sépia. Eram imagens daquele mesmo prédio em que ela se encontrava e, também, de agricultores de olhos espremidos nas *huertas*, pescadores em suas *pangas* sendo trazidos pela maré. Havia bebês gordos e jovens beldades, famílias em caravanas, famílias com cavalos. O jazz estava alto e ela podia ouvir os arranhados do vinil.

Gus devia estar em uma barraca em algum lugar, olhando para baixo e rindo. Ela o imaginou atrás de uma cortina, consciente de suas limitações, mas impávido, investido de uma inútil ilusão. Com os olhos fechados, Alice podia sentir as mãos de sua mãe em sua cintura, ensinando-a a dançar. *Finja que você é o luar,* dizia ela, toda amável; *você não está mais limitada por um corpo.* Lembrou-se do que ela dizia para ensiná-los a dançar; que Deus a livrasse de seguir os compassos da música, de dar aos filhos algo sólido como números a que pudessem recorrer. Ela era sempre ótima em fazer as pessoas dançar, em fazê-las se calar a respeito de literatura, política e mercado imobiliário, e simplesmente se esbaldar. Charlotte sempre começava pelas crianças — era uma excelente artista, bastante perspicaz —, levando-as ao tablado de madeira, ao linóleo que ficara escorregadio com cerveja, à grama marrom do verão. Certa vez, ela transpirou até molhar a roupa e os delfínios presos a seu cabelo liso murchavam. Havia um certo aroma, fazia quase quarenta graus, e o ar estava tão agradável que não havia como se recusar a ela, não havia constrangimento algum. Alice rodava como um dervixe e Gus, também; eles rodopiaram até que ela os abraçou contra seu peito magro, todos rindo dessa proximidade, de estar com o corpo quente, de perceber que ninguém pensava em se afastar.

Quando Alice se viu de volta à praça, eram seis em ponto; depois, seis e quinze, e Gus ainda não estava com ela. Inutilmente, ela contava os segundos enquanto um mosquito zumbia em sua orelha e a areia se levantava em seus tornozelos. Quando um cheiro de doces e cigarro invadiu o ar, ela se virou de imediato.

— Oh — disse Alice, ao ver a mulher da peixaria.

— Ficou surpresa? — perguntou ela.

Alice respondeu, sorrindo como se a sorrir de si mesma:

— Pensei que fosse outra pessoa.

— *Claro* — disse ela com sotaque espanhol. — Você está esperando alguém?

Alice assentiu. A mulher parou perto dela, sem fazer muito mais do que olhar fixamente para o espaço. Havia algumas pessoas, Alice observou, que, independentemente do estado de espírito em que ela se encontrasse, nunca fracassavam em fazer dela uma pessoa mais sorridente, alguém em uma cruzada para preencher silêncios. Havia alguma química em andamento, algo no ar que fazia com que Alice se esforçasse mais.

— Obrigada pela ajuda hoje, você sabe, com o camarão.

— Foi um prazer — disse ela, e sentou-se em um banco e começou a enrolar um cigarro. As luzes da praça se acenderam de maneira teatral, iluminando não apenas a praça, mas também os prédios vizinhos. — Você quer?

Alice balançou a cabeça.

— Não, obrigada — disse ela, observando as unhas das mãos da mulher. Estavam roídas a ponto de deixar os dedos inchados e vermelhos. — Sou Alice — disse ela.

Ela não desviou os olhos de sua delicada tarefa.

— Erika — ela respondeu —, *mucho gusto.*

Alice percebeu que Erika era muito mais jovem do que havia inicialmente suposto. Por seu atrevimento estrangeiro e sua autoconfiança, Alice a havia colocado na casa dos trinta e poucos, mas agora, do lado de fora, sob todas as luzes da praça e sem seu espanhol falado tão rápido, ela não se surpreenderia se Erika tivesse vinte e poucos anos, até menos. Ela não estava mais usando o lenço cor-de-rosa, com seu grosso cabelo preso para trás com um elástico de escritório, Alice podia ver pêlos escuros se enrolando em suas têmporas, em seus antebraços, nas laterais de seu rosto. Todo aquele pêlo escuro fazia com que parecesse mais jovem — por mais estranho que isso possa ser —, como uma menina que ainda não tivesse aprendido a cuidar de si mesma, que ainda nem tivesse pensado em descolorir, arrancar ou depilar uma mata virgem. Quando o cigarro já estava perfeitamente enrolado, ela abriu a bolsa e, no processo de procurar um isqueiro, tirou uma pilha de fotos, cartões, um chaveiro, um caderno, uma caneta e dois batons. Havia uma foto no topo da pilha.

— Minha mãe — disse ela, ao ver que Alice olhava.

A mulher da fotografia tinha traços pequenos, estreitos, os lábios e uma linha dura, escura.

— Ela é mexicana? — perguntou Alice.

Erika assentiu.

— Meu pai era americano.

— Ela parece ser durona — disse Alice —, forte.

— Uma vaca — Erika disse e, depois, riu. Acendeu o cigarro e tragou-o. — Um grande talento também, minha mãe, mas que temperamento! E você? — perguntou ela, de maneira quase animada. Alice ouviu mais do que um simples traço do sotaque que, até agora, mal havia notado. Os olhos escuros de Erika brilhavam sob as grossas sobrancelhas, atrás de pálidos fios de fumaça.

— Minha mãe? — perguntou Alice.

— Não, seu temperamento — disse ela. — Você não é muito temperamental, é? — O decote dela era pronunciado, e Alice não pôde deixar de imaginá-la debruçando-se sobre a chama azul de um fogão, sua camiseta fininha balançando, seu cabelo displicentemente solto — sendo descuidada, diariamente, com seu isqueiro.

— Não? — perguntou Alice, surpresa com essa suposição e ligeiramente irritada com sua estranha maneira de falar. — Não sei dizer — disse ela, imaginando se deveria estar ofendida ou lisonjeada.

Erika dirigiu a Alice um sorriso levado.

— Eu tenho um temperamento horrível — disse ela com uma risada. — É por isso que estou sempre sozinha. — Ela pegou a caneta vermelha e começou a rabiscar em seu caderno com uma velocidade inesperada. — Você também fica bastante sozinha, não fica?

— Estou esperando uma pessoa — indagou Alice, olhando de relance o papel de Erika, onde uma espécie de igreja estava sendo freneticamente desenhada. — Lembra?

— Sim — disse ela. — Você já disse.

— Então, qual é o grande talento de sua mãe? — indagou Alice, surpresa ao ouvir um toque de sarcasmo em sua voz.

— Ah, ela é ceramista — disse Erika, ainda rabiscando descontroladamente. A voz dela — lentamente sugestiva — não combinava com suas mãos frenéticas. — Ela faz cerâmicas maravilhosas. É muita sorte, eu acho, ter um talento. Como você está vendo, eu não sei desenhar — disse ela, continuando em seu empenho. — O que sei fazer é vender — continuou ela e, finalmente parando, ofereceu um largo sorriso. — É esse o meu talento. Posso vender qualquer coisa. Nem preciso gostar do que estou vendendo. Sou impiedosa — disse ela, rindo e jogando a caneta de lado. — Vendo calças pequenas demais, sutiãs grandes demais. No ano passado, vendi — tenho certeza — o quadro mais feio que já pintaram. Então, imagine como é fácil para mim vender as cerâmicas de minha mãe. Vou abrir minha própria loja em breve, minha própria galeria. Ela estaria morrendo de fome se não fosse por mim, minha mãe; ela é uma artista e tanto, sabia? — disse ela.

— Hum — disse Alice —, tenho de lhe dizer que duvido que você esteja sempre sozinha. Tenho a sensação de que deve conhecer gente nova o tempo todo.

Erika deu de ombros, fechando o caderno.

— Sou uma pessoa muito ciumenta — disse ela, como se isso fosse algo que a tivessem orientado, muitas vezes, a dizer.

Alice imaginou-a atirando pratos contra uma parede, gritando, com um lençol enrolado nela, em uma profusão de línguas.

— Você também? — perguntou Alice, embora não tivesse certeza se era realmente uma pessoa ciumenta. Tendia mais a se concentrar durante vários dias em comentários que ninguém nem se lembraria de ter feito.

— Uma vez joguei o carro em um homem. Eu tinha encontrado umas cartas — disse Erika, fazendo um gesto com a mão, como se aquilo não tivesse sido nada. — É estúpido, eu sei, mas ele bem que merecia. Quebrei o braço dele — ela disse isso com leveza, como se fosse apenas uma verdade possível. E deixando Alice a imaginar o que exatamente ele havia feito, levantou-se e perguntou: — E você? Tem namorado ou algo do tipo?

— Ou algo do tipo? — Alice levantou as sobrancelhas com um sorriso.

Ocorreu-lhe que estava conversando com um membro do mundo secreto das garotas malvadas e que era essa a sensação de ser incluída por uma delas. A sensação era de segredos, como confissões sussurradas tarde da noite. Fazia com que você tivesse vontade de entrar no jogo, para mentir ou para contar a mais absoluta verdade.

— Sou noiva — repetiu ela, o coração batendo diante de sua recatada opção de palavras.

— Noiva? — disse Erika, rindo, como se isso fosse impossível.

Alice, vagarosamente, assentiu com a cabeça.

— Onde está o anel?

— Meu anel — disse Alice — está em casa.

— Ele é grande?

Mais uma vez, Alice não conseguiu avaliar se ela estava falando sério.

— Aposto que temos o mesmo gosto por anéis — disse Erika. — Afinal, temos a mesma pulseira.

Alice olhou para o pulso de Erika e ficou sem fala por um momento. A pulseira de prata já não estava mais ali. No lugar dela, viu quase a mesma pulseira artesanal que Alice havia comprado apenas uma hora antes — a única diferença era a cor da pedra.

— Onde você conseguiu isso?

— O quê?

— Você estava me observando ou algo assim?

Ela balançou a cabeça, parecendo estar confusa.

— É uma coincidência, não é? Uma dupla coincidência.

— Pode-se dizer que sim.

O Sol, Alice notou, estava quase sumindo e um pedaço de Lua havia aparecido. Erika pegou uma longa mecha escura de cabelo que havia escapado do elástico e enrolou-a bem apertado em torno de seu dedo de unha roída até que a pele ficasse vermelha e, depois, branca. Alice viu-a fazendo isso e pensou na circulação dela sendo interrompida, em como ela deve ter se sentido bastante desconfortável. Erika viu que Alice olhava, mas não disse nada. Alice também não.

— Então, você o ama loucamente ou não? — perguntou Erika de repente, improvisando agora com uma fala claramente retirada de um filme. Ela era teatral, afetada, decidiu Alice — uma frustrada sereia fracassada.

— O quê?

— Seu namorado. Seu noivo.

— É claro que amo.

— Ah — disse ela —, é *claro*. Bem, então, sinto muito por você.

— É mesmo?

— É.

— Eu tenho que ir — disse Alice. Ela teve, de repente, vontade de ficar longe daquela mulher.

— Então, alguém deu o cano em você?

— Parece que sim.

Erika assentiu e suas pequenas narinas se abriram levemente. Ela sorriu.

— Idiota — disse ela.

Ela estava caminhando mais rápido agora que os cachorros saíam às ruas com o pôr-do-sol — latindo e correndo ao lado dela. Os rostos na estrada não eram o de August, e ela procurava ao redor, vendo carros com pneus estourados e pilhas de lixo deteriorando-se em terrenos baldios. Ainda estava perturbada pelo olhar de seu irmão — sua distância cada vez maior, sua periferia superficial e sua impetuosidade subjacente, que pareciam não se importar com nada. Ao se dirigir ao local da construção do hotel e encontrá-lo vazio, Alice retornou à praia de surfe e continuou esperando que o rosto de August passasse, para captar seu raro olhar de surpresa, mas havia apenas estranhos seguindo, cada qual, seu caminho. Quando ela morava na cidade, passava dias e dias sem notar as pessoas, dias e dias em que rostos e vultos se misturavam sem que fosse possível distingui-los de simples folhas. Mas, em alguns dias, os rostos... eles perfuravam as massas como um todo independente — dolorosamente independente — em sua assustadora individualidade. Ali também era assim. Alice perdeu o ar ao ver uma mulher morena, sem pernas, empoleirada do lado de fora de uma pequena casa de cimento; as linhas do rosto dela eram abundantes e lembravam uma teia de aranha, compensadas por olhos castanho-claros. Ela bordava de modo tranqüilo um lençol completamente branco e olhou com um sorriso para a *gringa*, que passava com pressa.

Quando o Sol começou a se pôr e o céu se envolveu em cores lívidas, Gus pareceu estar mais longe do que quando ela estava a quilômetros e quilômetros de distância, quando tudo o que queria era cruzar o país e perguntar a ele o que havia acontecido. Esse pensamento dava a impressão de ser agora dolorosamente ingênuo. Parecia tristemente obsoleto acreditar que o simples ato de perguntar o teria automaticamente induzido a contar tudo para ela, e que esse ato de contar a ela teria feito qualquer diferença na vida de qualquer um dos dois.

Ela sentiu o cheiro de lixo queimando, aquele cheiro estranho e doce, e rezou para que aqueles cachorros fossem inofensivos, para que a estrada a levasse consigo. O que ela queria era encontrar Gus naquela praia, sim, mas também queria encontrar a faca mais afiada de todas. Queria cortar aquela pulseira barata de seu pulso com um só golpe. Ela a jogaria ao mar, mas talvez nem mesmo isso fosse suficiente.

14

Havia na praia um grupo de mulheres — magras e agitadas como aves marinhas — que se reuniu para olhar os surfistas pegarem as últimas ondas do dia. Eles pareciam extremamente pequenos enquanto esperavam pelas ondas, como manchas negras remando em direção a um horizonte cada vez mais escuro. Alice se apresentou às mulheres e, depois de perguntar se elas conheciam seu irmão, August, tornou-se motivo de uma pequena comemoração.

Havia duas Karens: Karen Magrela e Karen Surfista (que, admiravelmente, estava no mar, brigando pelas ondas). Havia também Autumn, uma moça que falava depressa, ex-viciada em anfetaminas, de Orange County, e Christa, a beldade, tranqüila, vestindo nada mais que um biquíni de crochê, embora estivesse realmente bem frio, agora que o Sol já havia se posto.

— Vocês dois são bem próximos? — perguntou Autumn, como se precisasse confirmar as credenciais de Alice.

— Ele é a única pessoa da família que tenho — disse Alice, sem responder à pergunta.

— Legal — disse Autumn, balançando a cabeça e cuidando de uma cutícula com seus dentes brancos e pequenos.

— Como assim "legal"? — perguntou Karen Magrela. — Seus pais... morrer? — indagou, apreensiva, olhando de esguelha na direção de Alice.

— Eu não quis dizer — balbuciou Autumn.

— Tudo bem — disse Alice sorrindo, um pouco zonza por ter caminhado tanto, zonza pelo papo despropositado que teve com Erika. — Eu entendi o que você quis dizer. — Elas eram tão jovens, Alice percebeu; deviam ter pelo menos dez anos menos que ela.

Ocorreu uma leve mudança no ar e, enquanto Karen jogava os cabelos sobre um dos ombros, Autumn cruzava as pernas em uma posição insanamente flexível e Christa não fazia nada além de sorrir, Alice ficou olhando Gus se aproximar, andando sobre as pedras. Via as garotas em parte com simpatia e em parte com desdém, em função do aparente objetivo coletivo delas.

— Ah — disse Gus —, oi, Alice. Olá, senhoritas — disse ele às outras, dirigindo a elas um rápido e preguiçoso sorriso.

Christa ofereceu-lhe uma toalha perfeitamente dobrada e ele a aceitou. Ele não conseguia deixar de flertar. Alice sabia que a paquera o consolava e que isso não tinha particularmente nada a ver com aquelas garotas. Sentiu-se mal por não contar isso a elas.

— O que foi? — perguntou ele, respondendo ao olhar amargurado de Alice.

Apoiou sua prancha contra uma caminhonete com apurado cuidado e, como para destacar o fato de que algo estava sendo imposto a ele, suspirou. Fez um gesto vago como se a praia fosse uma pista de dança e ele, um jovem príncipe mimado que, obedecendo à ordem da rainha-mãe, chamara uma herdeira sem graça para dançar.

— Você não apareceu — disse ela.

— O quê?

— Hum, hoje? Cinco horas?

— Ah, me desculpe — disse ele. — Estava ocupado.

— Estou vendo.

Gus colocou as mãos no cabelo e puxou com força.

— Alice, eu chamei você para vir aqui?

— Isso não importa. Eu estou aqui.

— O que é que você quer? — perguntou Gus. — Apenas... o quê?

— Eu apenas quero saber o que está acontecendo com você — disse Alice, a voz tão suave quanto dissimulada.

— Alice, estou lhe dizendo: vá procurar sua própria confusão.

— Me dê um pouco do seu tempo.

Alice sabia que ele estava prestes a sair andando.

— Você sabe muito bem — disse Alice, adotando o que ela esperava ser um tom ponderado — que eu não vou para casa até que você tenha conversado comigo. Não entendo por que você não pode simplesmente me contar o que aconteceu lá.

— Olhe, Alice, eu prometo.

— O que é que você pode prometer? Tudo é do seu jeito.

— Neste exato momento — disse ele de maneira vaga —, é isso mesmo.

Alice acompanhou o olhar de Gus bem longe, no Pacífico. Na vista oposta, não havia nada além de arbustos, cactos, casas abandonadas e uma língua que ela não entendia.

— É por isso que você está aqui.

Ela o viu balançar a cabeça afirmativamente.

— Bem — disse ela —, talvez seja por isso que eu também esteja aqui.

— Não faça isso — disse ele, finalmente virando-se para ela.

— Não faça o quê? Aposto que você não consegue me imaginar fazendo algo que não seja ir atrás de você.

— Você está certa — disse ele, em um tom estranhamente carinhoso. — Não consigo.

O corredor da pousada era ainda mais encardido do que ela se lembrava. Ela podia apostar que um daqueles surfistas faria uma entrada triunfal a qualquer momento. Alguém estava escutando música em um dos quartos e o baixo pulsava forte. Ela se atrapalhou com a chave, sentindo-se absolutamente preparada para aceitar a constatação de que todos os seus pertences haviam sido roubados. Ao girar a chave, ouviu uma porta se fechar no ângulo do corredor.

— Abaixe isso — ela ouviu uma voz implacável gritar, e era obviamente ele, aquele de conduta irada e camisa branca e limpa, fazendo agora a curva do corredor.

— Você encontrou um quarto — disse ela. — Que sorte a sua!

— É, bem, tenho que dormir em algum lugar e não gosto muito de acampar — já acampei o suficiente na vida; não me interprete mal, mas depois da minha última tentativa, pensei em criar um 0800 — disse ele, sorrindo com amargura, revelando linhas profundas ao redor dos olhos e da boca. — Uma linha telefônica preventiva, assim, quando você tivesse uma vontade incontrolável de acampar, haveria alguém para convencê-lo a não ir.

Alice riu com ele, o tempo todo esperando o momento em que os péssimos modos dele emergiriam.

Ele disse:

— Venho para cá todo ano e, vou lhe dizer, todo ano alguma coisa dá errado. Este ano, o aluguel acabou não dando certo e ninguém se lembrou de me avisar antes que eu já estivesse aqui.

— Mas você vem todo ano?

— Ah — disse ele —, ah, sim, claro. Na verdade, já há dez anos.

E, com essa declaração, ele parecia relaxar pouco a pouco.

— Sei — disse ela.

— O que você sabe?

— Sei que estou diante de uma pessoa que está horrorizada por ter de ficar aqui. — Ela sorriu. — Está com medo de ser confundido com um turista?

Ele devolveu o sorriso; as pontas das orelhas dele estavam vermelhas.

— Qual é o seu nome? — perguntou Alice.

— Stephen — respondeu.

No silêncio que se seguiu, ele tirou as chaves do bolso e, de repente, jogou-as para Alice.

— O primeiro a deixar as chaves caírem paga o jantar —, disse ele.

Ela jogou as chaves de volta e eles ficaram brincando com elas até que, finalmente, Alice disse que estava com fome e ele, então, deixou-as caírem no chão.

O café na praça — o da grande porta de madeira em forma de arco com uma placa pequena e de bom gosto — estava fechado.

— Droga — disse ele, colocando a mão na bonita madeira. — É segunda-feira. Esqueci completamente.

— Pelo que vejo, alguém aqui é cliente da casa — disse Alice, levantando as sobrancelhas.

— Um amigo meu abriu este lugar uns dez anos atrás. Ele e a mulher são os verdadeiros responsáveis por atrair turistas para cá; pode-se dizer que colocaram este lugar no mapa. O cara é um desses italianos fanáticos. Ele come no próprio restaurante todas as noites e, se for viajar, por via das dúvidas, leva em alguns recipientes sua própria massa. Todas as conversas sempre acabam girando em torno do que é o melhor, o mais fresco, o mais puro.

— Um restaurante italiano? Aqui?

— Ele desafia qualquer classificação; é simplesmente espetacular. Eles são totalmente auto-sustentáveis — a horta é deles, os queijos são deles, os funcionários são locais...

— E está fechado.

Havia um pequeno agrupamento de adolescentes na praça, mas, com exceção do barulho de alguém que datilografava vindo de uma janela aberta em um prédio do *judiciale*, as ruas estavam silenciosas.

— Então, que lugar é este? — perguntou Alice.

— Como assim?

— Esta cidade. Não entendo muito bem onde estou. Vim para cá atrás de uma pessoa assim, de última hora. Não fiz exatamente uma boa pesquisa antes de vir.

Ele encolheu os ombros, sorrindo.

— Esta cidade... vejamos. É onde acontecem várias aparições de discos voadores.

— É mesmo?

— Na verdade, sim, embora a maior parte das aparições da região seja mais provavelmente de jatos do cartel de Juarez carregando enormes quantidades de cocaína vinda da Colômbia. Você ouviu falar de um acidente aéreo que aconteceu um tempo atrás?

Alice balançou a cabeça.

— E foi isso que o atraiu para cá? — Alice perguntou. A abundância de colombiana das boas?

Stephen riu de uma maneira um pouco forçada.

— Eu venho para cá desde antes de o comércio de drogas fazer sua celebrada aparição. Sou velho, mesmo. Para a maior parte das pessoas — tirando as pequenas histórias do tráfico —, é uma cidade que vive da agricultura, uma vila pesqueira. As antigas casas de tijolo são do final do século XIX, início do século XX. Havia uma verdadeira burguesia aqui, acredite ou não.

Ao cruzarem uma rua, silenciosamente ele desviou Alice de um monte de estrume.

— O que eu gostaria de saber é quem faria você seguir alguém em qualquer lugar que seja. Você parece bastante, digamos, obstinada.

— Ah, não sei... Acho que você acaba de tocar em meu ponto sensível.

— Então, você veio até aqui e ele não era o que você esperava?

— Mais ou menos isso — disse Alice.

Ele esboçou um sorriso compreensivo.

— Há um certo romantismo quando não dá certo, você não acha?

Ela não soube dizer se ele estava zombando dela ou de si mesmo.

— Não — disse ela —, não acho.

— Talvez você não tenha acertado em seus fracassos românticos — disse ele.

Ela olhou para o homem e notou que não conseguia decifrá-lo muito bem. Ele era rude, mas também, de alguma maneira, refinado — olhou para a sua camisa branca, manchada em alguns lugares, mas com as mangas cuidadosamente arregaçadas, as mãos ásperas e nodosas, mas limpas.

— Talvez, disse ela. — Talvez seja isso.

— Então — vamos jantar ou não?

— Parece que sim, não é? Que dia mais esquisito.

— E o dia nem acabou ainda — disse ele, fazendo um gesto para que ela descesse com ele uma ladeira não-pavimentada.

Ela tinha de admitir que era um alívio simplesmente seguir alguém. Ele se movia com a desenvoltura de quem se sentia perfeitamente à vontade com o fato de não ser particularmente magro. Embora fosse de fato bastante alto, parecia ser ainda mais alto, pois tinha ombros largos e não havia nada de compacto em sua estrutura física. Ele apontava sem entusiasmo para diversas construções, sem terminar direito as frases, e esse gestual descuidado fez com que parecesse expansivo, em vez de indiferente.

A última de outras quatro possibilidades de jantar foi apresentada por uma mulher de aparência exausta que entoou — *solamente* coquetéis — sem se dar ao trabalho de desviar os olhos de um programa de variedades na televisão que exibia mulheres feitas vestidas como crianças observando um caubói que fazia malabarismos. Stephen acenou para que Alice saísse por onde haviam entrado. Atrás da igreja, do outro lado da praça, havia um carrinho com a luz acesa e Stephen apontou para ele, um gesto agora conhecido para Alice. Compraram, então, cachorros-quentes de um velho homem sem dentes que colocou tantos molhos e acompanhamentos que Alice sentiu-se agradecida pela escuridão. Stephen comprou uma caixa de Tecate no mercado ao lado da pousada e eles se sentaram nos degraus de uma casa vazia (ele jurou que estava vazia; garantiu que conhecia o dono). Comeram cachorro-quente e tomaram cerveja, e o misterioso silêncio era perturbado apenas por alguns poucos carros e cães de rua.

Ele contou sobre o casal americano da região sudoeste que havia começado a ouvir um zumbido de baixa intensidade em sua cidade. O ruído era tão insidioso, tão presente e cheio de energia, que os dois arrumaram todos os seus pertences e rumaram para a fronteira com o México, não sem antes ter convencido muitos outros membros de sua comunidade de que o som — esse "zum" como logo ficou conhecido — era algum tipo de conspiração de direita destinada a aniquilar de uma vez por todas os nativos norte-americanos. E agora, explicava Stephen, o casal morava bem ali, em Santa Lúcia, em um enorme palácio em adobe com grades em todas as janelas. Eram famosos na cidade por reclamar dos barulhos.

— Acho que vi um programa na televisão sobre esse zum — disse Alice, lembrando-se de uma fase de programas sobre conspiração em que ela e seu pai ficaram viciados por um curto período de tempo.

Ele a olhou meio de lado.

— Eu, bem, assisti muito à televisão nesse último ano.

— Bem, eles descobriram. Descobriram o Zum.

— E — perguntou Alice — quem é o dono desta casa?

— Minha ex-mulher — disse ele, tomando um gole da cerveja. Ele já havia começado a tomar sua terceira cerveja e ela ainda nem havia terminado a primeira.

— Pois muito bem — disse Alice. — Seria ela um de seus fracassos românticos?

— Não — ele balançou a cabeça. — Infelizmente, não. Você é casada?

Alice tossiu um pouco e deu um gole na cerveja.

— Casada? Não.

— Filhos?

— Não, por Deus, não. E você?

— Por que você fala assim? Você não quer ter filhos?

Tudo o que ele dizia dava a ela a impressão de que estava prestes a fazer uma brincadeira à custa dela, mas essa sensação agravou-se especialmente com essa pergunta, quando ele parecia ser de uma sinceridade absurdamente improvável.

— Não sei — declarou Alice. — Suponho que queira.

— Eu quero muito ter filhos.

— *Você* quer?

— Sim, *eu* quero — disse ele, balançando a cabeça aparentemente para o ceticismo de Alice. — Definitivamente.

Ela olhou para longe; olhou para seus sapatos

— Sua ex-mulher não era do tipo maternal?

— Qual delas? — perguntou ele, rindo.

— Quantas ex-mulheres você tem?

— Bem, seis — respondeu. E, então, balançou a cabeça.

— Ah, ah.

— Gosto de começar com um número alto. Assim, na comparação, o número verdadeiro fica parecendo insignificante. Tenho duas. Fui casado duas vezes.

Ele abriu mais uma cerveja.

— Mas fiquei muito bom em divórcios. Tornei-me um especialista. Nas duas vezes, assinei os papéis, vim para cá, aluguei o mesmo lugar na praia e fiquei observando as baleias. Assim que chego à praia, assim que fico fora de qualquer que seja o problema que sempre parece se apresentar a mim, a sensação é realmente de paz.

O que Alice queria saber era: *Eu sou um problema?* Em vez disso, perguntou:

— Há mesmo baleias aqui?

— Não se preocupe; você vai vê-las.

— Não sei se ficarei tempo suficiente.

— Bem — disse ele —, mas deveria.

Amassou, então, a lata de cerveja vazia e jogou-a dentro do saco de papel.

— Pelas baleias — disse ele.

Na hora em que saíram dali, Stephen havia comido três cachorros-quentes e tomado seis cervejas. Deu um sonoro arroto. Contou-lhe que comprara um pequeno lote de terra do qual não tinha exatamente certeza de ter a propriedade legal.

— Bem — disse Stephen, enquanto se aproximavam de La Balena —, me enganei sobre você. Quando a vi, fiz um julgamento precipitado. Em geral, sou bastante perspicaz.

Ele estava bêbado.

— E o que foi que você pensou?

— Imaginei que você fosse, para ser bem honesto, como a maioria das mulheres americanas que conheci aqui.

— E o que isso quer dizer?

— Ah, você sabe, enxergar auras, gastar a última pensão alimentícia, iniciar uma carreira de ceramista ou fazer um retiro para meditação, com desejos lascivos de entreter um ou dois garotos mexicanos. — Ele estava sorrindo.

— Boa-noite, Stephen — disse ela. — Vou entrar agora.

— Boa-noite, Alice — respondeu. — Eu não vou.

Ela teve de passar por um dos surfistas sentado no corredor com uma garota loira de cabelo rastafari. Quando chegou a seu quarto e fechou a porta, olhou para fora, no pátio, e lá estava Stephen, tentando endireitar uma das cadeiras de plástico. Ela o observou brigando com a cadeira por um momento e sorriu diante da maneira como ele parecia pouco inclinado a deixar sua cerveja de lado. Quando finalmente se sentou na cadeira, não pegou a cerveja de volta. De fato, não fez nada além de olhar fixamente para frente. Quando olhou para a janela dela, ela já o observava havia tanto tempo com as cortinas totalmente abertas que nem tentou disfarçar. Nenhum deles acenou.

15

Uma cafeteira fora instalada no pátio de cimento e, após ter sido acordada por buzinas e vozes no corredor, Alice aproximou-se da mesa vazia e serviu-se de uma xícara. Pensou na perturbada proprietária fazendo café todas as manhãs, contando xícaras e colheres. Quando olhou em volta, com a intenção de tentar agradecer-lhe em espanhol (já podia imaginar a expressão aborrecida da mulher), surgiram três garotas.

— Lembra da gente? — perguntou uma delas. — Da praia?

— Ah, oi — disse Alice, distraída com a cadeira de plástico que ela podia apostar ser aquela em que Stephen havia se sentado na noite anterior por muito tempo ainda, depois que ela já havia ido dormir.

— A gente não sabia que você estava hospedada aqui.

Alice sorriu educadamente. Ela podia escutar, vindo do apartamento da proprietária, os sons de um bebê chorando.

— Como está seu irmão? — perguntou Autumn casualmente.

— Sabe — disse Alice, olhando a superfície de leite em pó que não havia se misturado ao café —, não tenho muita certeza.

Todas olharam para ela com estranhamento.

— Então — disse Alice —, o que vocês podem me contar sobre as pessoas com quem meu irmão tem andado?

— Você não sabe? — perguntou Karen Magrela, desconfiada.

— Na verdade, acabei de chegar aqui — disse Alice, desviando-se da pergunta. — Ainda não tivemos chance de colocar tudo em dia.

— Bem, o que todas queremos saber é se eles estão apenas dormindo juntos ou se é algo mais do que isso. — Karen, Autumn, Christa estavam se misturando em um coro grego de membros magros, bronzeados.

— Loira, bem bonita? — perguntou Alice; até onde sabia, Cady partira havia poucos dias.

Todas balançaram a cabeça, ansiosas por se aprofundarem no assunto.

— Não é essa, não.

Alice esperou.

— Aquela outra — disse Christa, finalmente apontando para fora. — Você sabe, a mulher com o cabelo superpreto, acho que ela é mexicana, talvez? Ela se veste meio... não sei... ela usa, tipo, *amuletos* bacanas e outras porcarias... Ela mora aqui. Sei que ela trabalha na cidade.

— Onde? — perguntou Alice, sem acreditar, embora estivesse acreditando completamente. — Onde ela trabalha?

— Não sei — respondeu Christa, recuando diante da repentina intensidade de Alice. — Então, você sabe de quem estamos falando? — perguntou ela. — Sabe?

Na cidade, havia mais lojas e cafés do que Alice havia inicialmente imaginado. Ela andou impacientemente pelas ruas, entrando e saindo das portas abertas. O café de La Balena não era próprio para consumo e ela estava ficando tonta e bastante frustrada, andando por mais um caminho cheio de sujeira e entrando em mais uma construção de tijolos. Estava escuro lá dentro e surpreendentemente frio, e havia quatro mesas cobertas com um encerado florido; uma rede grosseiramente cortada pendia do teto e balançava próximo a uma geladeira. Havia uma bancada repleta de bolos e tortas nada apetitosos, moscas com seus zumbidos em halos flutuantes. Quatro pessoas de língua francesa estavam sentadas em uma mesa, terminando o café-da-manhã.

—*Hola?*— Alice chamou atrás do balcão, mas ninguém respondeu, e ela se permitiu deitar na rede por um instante, afastando os olhos da luz tão clara que vinha da entrada.

O frio profundo contido entre as paredes verde-amareladas era, no fundo, um cheiro; ele se misturava com o incenso que queimava em um vaso imediatamente notado por Alice; era cinza com veios brancos como giz e tinha a aparência intencionalmente não-vitrificada de algo que tivesse acabado de ser desenterrado.

— *Hola, chica* — ela ouviu, um óbvio cumprimento falsamente amigo e, quando viu Erika passar ao lado da rede com um bule de café, pronta para encher de novo as xícaras de seus clientes, não conseguiu deixar de se sentir aliviada. Havia algo de indiscutivelmente alentador em encontrar alguém, independentemente da circunstância ou do motivo. Alice observou as pessoas tomarem seus últimos goles de café. Observou Erika, antes que lhe deixassem uma gorjeta, exibir seu vistoso sorriso. Enquanto eles caminhavam em direção à porta, Erika enrolou uma mecha de cabelo em volta do dedo e, enquanto desfazia o sorriso, deixou o cacho se soltar em uma espiral preto-azulada.

— Este lugar é seu? — perguntou Alice.

Ela balançou a cabeça, sentando-se em uma cadeira alta de bambu.

— Não, não — disse ela —, apenas trabalho aqui, mas não por muito tempo, só até eu abrir minha própria loja.

Algo dizia a Alice que a loja de Erika tinha tanto fundamento na realidade quanto os muitos projetos de Charlotte. Mas Eleanor sempre dizia que Alice era cética demais e que as pessoas também podiam perceber imediatamente que Alice não levava as ambições delas a sério — todos aqueles diversos e grandiosos planos urbanos divulgados depois de um ou dois drinques. *Você é injusta*, dizia Eleanor, *quando fica questionando esse tipo de papo — é para isso que as pessoas vão às festas. Se as pessoas não pudessem exagerar, Nova York inteirinha ficaria em casa. Vamos lá, Alice, seja condescendente com elas.*

— É uma merda este lugar, mas os turistas gostam do café. Tem uma máquina de café expresso. Então, me conte, o que você está fazendo aqui? Quer um *cappuccino* descafeinado ou o quê?

— Não estou precisando de *cappuccino*. — Mas ela, é claro, queria um desesperadamente.

— Pelo menos tome um café. Seja educada.

— Educada — Alice assentiu —, muito bem. *Café, por favor* — pediu ela com sotaque espanhol. — Então, *chica* — disse, observando Erika atrás do balcão colocando café em uma xícara marrom lascada. — Você gosta de morar aqui?

Ela encolheu os ombros e entregou o café a Alice, arrumando uma pequena bandeja com creme e açúcar em cima da geladeira. Alice podia perceber que Erika detestava servir, que mesmo aquela simples xícara de café a estava matando.

— Eu poderia viver em qualquer lugar.

— É mesmo?

Enquanto Alice mexia com vontade o açúcar, Erika caminhou até a porta e passou os dedos em um sino de vento que Alice ainda não havia notado. Sua mãe odiava sinos de vento com uma enorme paixão. Alice nunca entendera exatamente o motivo, mas os objetos de ódio de sua mãe eram sempre tão definidos que se tornava impossível alguém não ser influenciado por eles. A longa lista de Charlotte incluía sinos de vento, vinho rosé, gim no inverno, homens vestindo suéteres com decote V e despedidas ruidosas em público.

Alice observava Erika olhar ao redor das paredes desse café totalmente despido de cultura — embora a simples existência dele já fosse quase cultural por si só — e, depois, espreguiçar-se em um gesto de exaustão e tédio. Seus braços tão finos pareciam sombras horripilantes, escuridão líquida impressa nas paredes.

Alice endireitou-se na rede e viu uma galáxia de pontos diante de seus olhos. Bebeu rápido o café forte, enquanto Erika se aproximava e se sentava a seu lado. O espaço era bem apertado. Alice sabia que não deveria deixar essa mulher ficar assim tão perto, mas viu-se sentada ali, imóvel. As duas estavam de frente para a entrada e o sino de vento, por onde entrava a claridade que vinha do lado de lá da porta.

— Eu sei quem é você — disse Erika finalmente. — Sei que você é irmã dele. Irmã de August.

Alice tentou não revelar o quanto se sentia desconfortável naquela situação.

— É verdade — disse ela, passando a língua no céu da boca, onde o café havia deixado uma leve queimadura.

— Você está aqui para forçá-lo a voltar para o lugar de onde veio...

— Não — protestou Alice. — Não, você não está entendendo. Como você sabe quem eu sou? Ele lhe contou?

Ela assentiu.

— Quando?

Ela suspirou.

— Ah, antes de a gente se encontrar na peixaria. Ele apontou você, e...

— Você sabia quem eu era, está dormindo com meu irmão e nem pensou em me falar dessa relação?

— Nós não dormimos juntos — disse ela ponderadamente, balançando a cabeça.

Foi então que Alice percebeu que Erika estava usando uma camisa de Cady — a velha camisa azul de botões de Cady, amaciada por inúmeras lavagens.

— Por que você está usando a camisa dela?

Erika olhou para seu próprio peito, como se tivesse esquecido o que estava vestindo.

— Esta camisa é minha.

Alice olhou para ela, seus olhares se encontraram, até que ela se viu forçada a falar.

Erika insistiu calmamente:

— Nós não dormimos juntos; não é assim. E esta camisa é minha. Ele me deu.

— Gus lhe deu a camisa de Cady? Acho isso difícil de acreditar.

Ela deu de ombros, dizendo:

— Ele é mesmo impressionante.

Alice manteve os olhos no pedacinho de luz do dia que entrava pela porta.

— Ele tem... — disse Erika, hesitante — seu irmão tem uma certa idéia a meu respeito.

— Que tipo de idéia?

Erika agitou a mão, querendo mudar de assunto, e encostou-se para trás na rede. Alice inclinou-se para a frente. Pensou em se levantar. Conseguiu se imaginar depositando alguns pesos sobre o balcão, dizendo *obrigada* e se dirigindo até a porta, mas não conseguia se mover. Não estava paralisada; não era bem isso. Sentia-se compelida a ficar.

— Que tipo de idéia?

— Pergunte a ele — disse ela. — Você deveria perguntar.

Alice havia pegado um avião para aquele lugar por causa de um único telefonema. Nada podia fazer menos sentido do que tudo aquilo.

— Vou perguntar a ele, mas ele não vai responder. Ele costumava me contar tudo sobre todas as namoradas dele. Se fosse há alguns anos, eu saberia mais sobre você do que *você* sabe sobre si mesma.

Ela teve de rir. O sentido de ter um propósito, um objetivo, que ela tanto se arrogava acabou reduzido a um pequeno e sórdido caso amoroso. Alice conseguia agora sentir intensamente o cheiro do cigarro de Erika aderindo à camisa de Cady — Cady, que mal conseguia ficar em um mesmo prédio com um fumante.

A própria Alice crescera detestando os cigarros de sua mãe até que, um dia, aos vinte e poucos anos, descobriu — surpresa, surpresa — que havia começado um intenso e aversivo caso com suaves maços de Marlboro Lights, um romance que durou menos de um ano. Já fazia quase cinco anos desde então.

— Você poderia enrolar um desses para mim?

Erika mal concordou com a cabeça, mas deu início aos movimentos diminutos, mergulhada em uma cadência de atuação.

— Você veio para cá de... onde você mora?

— Nova York.

— Nova York, ah! Você veio de lá só para conversar com seu irmão?

Alice fez que sim com a cabeça.

— Mas isso é fantástico.

— O que é que tem de tão *fantástico* nisso?

— A maioria das pessoas simplesmente passa a vida pensando, esperando.

— Você não faz a menor idéia — disse Alice, virando-se para ela com frieza.

Erika assentiu, esticando o lábio inferior.

Alice sabia desde o começo que deveria ir embora, mas, em vez disso, aceitava um cigarro fino e enrolado entregue pelos dedos de unhas roídas de Erika. Ela tragava e sentia aquela boa queimação que a puniria, a sensação exata de se deixar levar. Havia nuvens de fumaça por toda a escuridão. Deu mais uma tragada. Depois, outra.

— Isso não é apenas tabaco — perguntou Alice. — É?

— Ah — disse ela —, não, na verdade, não. Achei que você soubesse.

Alice não havia notado como era pequeno aquele espaço. Não vira outra entrada e imaginou de onde Erika teria surgido. A sala começou a ficar com cheiro de giz queimado e Erika, ao lado dela, era uma anomalia repentinamente bem-vinda — limpa e precisa, como plantas antes de florescer.

— O que você quer com ele? — Alice surpreendeu-se perguntando, sua voz soando como a Alice que ela conhecia, tímida e rígida de uma maneira tensa.

— Nada — disse ela —, nada.

— Eu não acredito em você.

— Você é uma mulher tão bonita, tão adulta — disse Erika, e pegou o cigarro da mão de Alice e levou-o aos lábios. Alice notou mais uma vez a marca de nascença que cobria o fino braço de Erika. Alice tinha certeza de que, em algum lugar, alguém já havia passado os dedos nessa forma de meia-lua ou, pelo menos, teve vontade de fazê-lo. Histórias haviam sido imaginadas, talvez até contadas, conectando aquela forma a algum significado. Erika demorou um pouco a soprar a fumaça. Esticou o braço e tocou as pontas do cabelo de Alice exatamente com o mesmo distanciamento e a mesma velocidade com que Charlotte fizera muito tempo atrás. *Deixe-me cortá-lo. Vou fazer um corte bonito nele.*

Ela não afastou as mãos de Erika; nem mesmo se esquivou. Apenas disse:

— Por que você é tão dura?

As palavras — diretas e estranhamente intermináveis — flutuaram ao sair de sua boca descuidada.

— Por dentro, eu não sou — disse Erika. — Não sou mesmo. — *Você não pode imaginar o quanto eu senti sua falta*, era o que escapava dos recessos de sua mente. Os olhos de Erika eram carvões esmagados, pegando cores como manchas de óleo sobre breu onde Alice podia jurar que lágrimas estavam se empoçando.

Alice sentiu sua respiração ficar mais rápida e sua garganta começar a se fechar. Nunca deveria ter fumado de novo. Fumar agora parecia com o que fariam aquelas ondas: elas a levariam com suas impiedosas marés e a jogariam para o fundo com uma força igual a essa, até que ela pudesse entender que estava se afogando.

A maneira como Erika estava nessa luz, nesse instante, só poderia ser proposital. Ela se inclinava para frente e Alice, para trás, presa no fundo do oceano. A boca de Erika parecia menor, os lábios rachados e, quando ela os lambeu, uma mecha escura de cabelo colou-se ali.

Quando Alice fechou os olhos, viu a pele de sua mãe — flácida, machucada — na manhã anterior à sua morte.

— Sou irmã dele — disse Alice, vindo à tona, a mão no pescoço.

— Eu sei — disse Erika. — Eu disse que sabia.

E o rosto de Erika enrugou-se, uma dália murcha, as pétalas pontudas perdidas.

— O que é isso?

Ela estava claramente a ponto de chorar e depois, em uma recuperação jamais vista por Alice, respirou fundo e endireitou-se, mantendo-se inflexível.

— Hoje — disse ela —, descobri que estou grávida.

A respiração de Erika esquentava o pescoço de Alice, e havia algo novo que Alice sentia pairar no ar, muito próximo, sussurrando incoerências, e era Charlotte. Charlotte estava abrindo caminho através da turba protetora em sua mente.

Você, pensou Alice, *está morta.*

Eu não me deixo levar pela urgência, é só isso. Esta é realmente a única diferença.

Alice deu o nome de Cady mais uma vez à telefonista. Era fim de tarde, e carros e caminhões passavam em alta velocidade por ela em direção a La Paz. A fumaça dos escapamentos a intoxicava e confundia enquanto ela começava a recordar histórias recolhidas sobre desaparecimentos — histórias que Alice reunia em bares e na televisão, horas e horas no metrô escutando a conversa de outras pessoas. Ela colecionava esses contos para equilibrar os momentos em que a lembrança de sua mãe a enchia de uma raiva tão potente que chegava a ser quase eufórica. *Ela devia estar aqui*, era o que Alice não conseguia parar de pensar. *Ela devia estar aqui e devia saber o que fazer.*

Um casal de trinta e poucos anos viaja pela Europa no ano anterior a seu casamento. Acabam de visitar a casa de Anne Frank em Amsterdã e estão atravessando a rua. A mulher atravessa e o homem, não, por causa de um carro que se aproxima. Ela acena para ele e sorri. Bem nesse momento, passa um enorme ônibus de turismo e ninguém o vê correndo. Ele pega suas coisas no hotel e deixa para ela alguns florins. Passam-se anos até que ela volte a ter notícias dele na forma de uma carta, dizendo muito pouco além de — desculpe.

Cady não constava da lista telefônica. Além de San Francisco, Alice tentou todas as cidades vizinhas que conhecia. Atravessou a estrada e foi até uma barraca de doces. De uma mulher imensamente grávida, comprou balas gelatinosas sabor *jicama*, amêndoas açucaradas e limonada. Havia uns meninos pegajosos sob o teto de *palapa*, com uma adolescente correndo atrás deles. Um cego estava sentado com um cachorro branco naquela sombra bastante escura.

Certo dia, o pai de três crianças pequenas volta de carro do trabalho para casa. Ele pára em um posto de gasolina e enche o tanque. Percebe, então, que está dirigindo sem destino. Chega ao aeroporto da cidade, onde embarca em um avião para Jacarta. Aprende a entalhar móveis. Começa a fazer massagem. Seus filhos acham que ele morreu em um acidente de carro. Foi o que a mãe lhes contou.

As balas gelatinosas eram como lichia — uma textura absurdamente firme, mas nada comparado à sua doçura. Amêndoas açucaradas lembravam a Avenida Madison no frio. Limonada, um beco em Roma. Ela comia, consumia; era filha de sua mãe, nunca se sentindo saciada, ébria de distração, pelas infinitas possibilidades de sabores.

A viúva de um milionário é mãe de quatro filhos. Certo dia, muda-se para o Havaí e diz a seus filhos adolescentes que não deseja mais falar com eles. Durante anos, todos tentam entrar em contato com ela, apresentar a ela seus maridos, esposas, os netos dela. Ela se recusa. Tem vinte empregados a quem chama de sua nova família por nenhum motivo aparente.

Atordoada com aquela quantidade de açúcar, Alice avistou a estrada promissora. Ela poderia entrar no próximo carro que passasse e ir para algum outro lugar inteiramente diferente. Adiantando-se a todos os mais genuínos impulsos, poderia pegar um vôo para Los Angeles. Poderia se sentar em um bar de hotel e conhecer estranhos que deixariam abotoaduras em balcões, em casas todas de vidro. Esqueça as algas marinhas e as marés em costas acidentadas; ela nadaria nua em uma piscina de Hockney, uma inofensiva caixa turquesa onde aperfeiçoaria suas braçadas. Melhoraria seu tempo até que desembarcasse em outra vida. Ela não precisava estar ali nem precisava voltar para casa. Poderia deixar seu irmão com a confusão que ele estava alimentando. Poderia acreditar que a confusão pertencia somente a ele, a ninguém mais do que ele.

Se Cady tivesse publicado seu número no catálogo telefônico e se atendesse, Alice não tinha exatamente certeza do que diria. Poderia contar a Cady sobre desaparecer, sobre como ela, Alice, estava começando a entender como as pessoas faziam isso o tempo todo. Esse reinventar-se a si mesma era uma forma de prazer, e até Alice conseguia sentir isso — o início dessa atração.

Ficaria para sempre impressionada com o fato de que sua mãe retornava. Partia, mas retornava, e escolheu morrer em casa.

Ela escolheu.

É claro que isso sempre acontecia no reino das possibilidades, enorme e indistinto como um satélite, uma nuvem ameaçadora. Mas Alice nunca havia decidido. Nunca havia se sentido no direito de decidir. No acostamento da estrada no México, com açúcar correndo nas veias, sob o risco de absolutamente tudo, dos velozes caminhões às conversas lentas, ela sentiu uma decisão sendo tomada.

Novembro estava tão escuro naquele ano — o céu como um vácuo, um espaço canceroso. Charlotte estava deitada na cama, pensando em um artigo em particular que muito lhe agradara alguns anos antes. Estava sob forte efeito de remédios e divagava, mas sua mente ficava voltando a uma única frase, a qual ela se sentiu compelida a ler de novo. Talvez quisesse ficar rodeada, por alguns poucos instantes, somente pelo que lhe pertencia. Ou, talvez, quisesse queimar todas as suas antigas recordações, depois de uma ânsia bastante típica de pessoas de meia-idade de se livrar do acúmulo de anos repletos de sonhos e planos infrutíferos. Qualquer que fosse a situação, ela estava de pé, vestindo um roupão e calçando suas velhas galochas verdes, dirigindo-se para o frio. A Lua, ela notou, não estava mais tão encantadora. Era como um grande dente bruto, e já estava assim havia alguns dias. Ela pensou em voltar porque estar lá fora lhe pareceu sinistro demais, mas decidiu continuar. E talvez, ao entrar na pequena casa, sentisse tanto frio que teve a presença de espírito de acender a lareira, mas estava tão fora do ar que acabou adormecendo no acolchoado oriental vermelho-rubi, alheia ao que acontecia em torno dela. Suas pálpebras tremiam com a consciência e ela viu e sentiu o que estava por acontecer se não agisse logo.

Sentou-se — um cigarro apagado entre seus lábios, em total concentração — e observou enquanto as chamas consumiam o tapete, consumiam as linhas da cadeira estilo Shaker que ficava no canto. Estava tão impressionada com o fogo, pela força absoluta de seu acidente, que foi tragada por ele, seduzida pela maneira como ele acumulava poder e cores mais rápido do que ela poderia ter imaginado. Sabia que seus papéis queimariam — numa erosão veloz —, deteriorando o tempo e transformando-o em rumor, em possibilidade infinita.

Foi então, perguntou-se Alice, que Charlotte tomou consciência de que não queria se mover?

O Sol havia quase se posto e a noite chegava sorrateiramente — uma gargantilha roxo-escura apertada muito forte em um pescoço. Havia uma sensação implícita de correr contra a escuridão, chegar a seu destino antes que o mundo fosse forçado pelo escuro a recuar. Quando Alice chegou à confusão de cúpulas e à construção abortada do incipiente hotel, percebeu seu batimento cardíaco, mas não porque ele estivesse acelerado. Seu coração tinha a cadência de *déjà-vu* ou, talvez, apenas a batida da aceitação. Ela nunca soube o que levara sua mãe a fazer o que fez, o que a levara a recuar de maneira tão compulsiva até simplesmente desaparecer. Alice caminhava como em um sonho — não sonhadora, mas *em um sonho* —, com a consciência de que algo estava para acontecer. Havia o imperceptível timbre da quietude, que zumbia como abelhas fazendo mel ao longe, como lagartas comendo por entre as folhas. A quebrar o silêncio, estavam os gritos de lagartos, semelhantes aos de passarinhos, e os cães que começavam a latir como loucos, incitando um coro canino. O cachorro mais próximo a Alice não latia. Ela foi acariciar a esquelética criatura e viu que seus olhos eram amarelos. Ao recolher a mão, ela recuou para a porta de entrada. Olhou para cima, para as cúpulas contra o escuro verde-lavanda.

As cúpulas, elas eram chamadas de *bóvedas* e haviam sido colocadas ali em cima à mão, tudo em um único dia. Havia artesãos que faziam isso sobre uma escada — dispondo os tijolos em forma de cúpula — e eles trabalhavam rápido como um raio porque tinha de ser assim, rápido de fora para dentro, para que o centro se sustentasse. Stephen havia contado a ela. Ela tentou se lembrar de tudo o que ele havia lhe dito durante a estranha progressão da noite anterior. Como os pescadores cronometravam suas idas e vindas de acordo com as marés. Como as plantações de chili haviam sido plantações de cana-de-açúcar até os anos 50. Como as mangas eram a fruta preferida dele e inundavam os pomares a cada verão.

Havia duas pessoas no topo desse miraculoso telhado de *bóvedas*.

Era fim de tarde e alguns fogos queimavam. Um megafone anunciava, de cima da capota de um carro que se movia lentamente, uma indecifrável seqüência em um espanhol abafado — um animado comercial que se repetia sem cessar, cada vez mais longe —, e os cães espalhados por todo o vale uivavam alto, juntando-se ao alto-falante.

Sentaram-se juntos bem no topo. As pernas de Gus estavam esticadas para a frente, um pouco afastadas uma da outra, enquanto Erika estava sentada sobre suas pernas cruzadas. Seus rostos eram inexpressivos como duas madrugadas. Eles olhavam para o mar e, embora não se tocassem, bem que poderiam já tê-lo feito. Estavam bem próximos, como quem já tivesse abolido todas as formalidades: roupas, língua, nomes.

Ninguém nunca havia chamado a atenção de Alice para o fato de que um choque pode ter o mesmo efeito de uma cega aceitação. Eles estavam juntos — seu irmão e Erika — e, de alguma forma, pareciam ser a mesma pessoa, absolutamente certos, como um animal domesticado que, uma vez libertado, encontra-se com seu duplo selvagem — embora fosse difícil dizer, entre os dois, qual exatamente era o selvagem. Até mesmo Alice conseguia ver como eles se *correspondiam*, como o mais leve movimento da mão dela pelos cabelos parecia responder aos joelhos dele, altos, flexionados. Eles entrariam quando o vento soprasse. Lá dentro estaria mofado e rançoso, um cheiro apenas sutilmente disfarçado pela persistente fumaça de haxixe. Rastejariam sob cobertores ásperos sobre uma pilha arenosa de sacos de dormir que ele certamente chamava de — cama.

Até que ponto o futuro está diretamente ligado ao passado? Parecia impossível acreditar em uma idéia tão inocente — tão feliz — quanto *o presente*. Mas, vendo-os juntos em sua silenciosa dualidade, Alice não conseguia imaginar nada mais. O presente poderia ser meramente um conceito para fazer com que a vida parecesse mais possível, para aliviar, por alguns momentos em uma dada época, a sensação da perpétua espera. Mas, ao mirá-los, foi isso o que Alice sentiu.

Naquela noite, deitada na cama, ela olhou para o mosquiteiro, uma gaiola algodão-doce. Houve, por um instante, um raro e absoluto silêncio na pousada, e ela foi transportada muitos anos ao passado — fitando o tecido indiano que Charlotte pendurara sobre a sua cama. Ao pensar em seu irmão e naquela perigosa mulher grávida sentados tão próximos um do outro, a rede transformou-se em jaula e ela se sentiu momentaneamente confinada ao lugar onde reinavam a dor e o silêncio.

Gus, ela sabia, esbravejava contra essa silenciosa jaula de dor. Entusiasmava-se tanto em se enfurecer com isso que acabou indo longe demais. Alice conhecia muito bem essa jaula de vazio silencioso e se acostumara tanto a viver em sua periferia que havia esquecido como era fácil ficar ali para sempre, confundindo silêncio com dignidade. Era fácil demais desaparecer aos poucos, tornar-se mera espectadora, não aceitar estranhos convites para jantar, não se admirar com as ousadias e excentricidades de outra pessoa, e era *fácil demais*, pensou ela, enquanto seu coração batia desconfortavelmente rápido, apenas ir sumindo aos poucos, como fez seu pai, preso lá dentro, em segurança.

16

Cerca de um quilômetro e meio adiante na Praia do Fogo, havia um antigo criadouro de tartarugas que Stephen alugara; parece que, afinal, as coisas haviam dado certo para ele. As tartarugas eram agora protegidas, não podendo mais ser sistematicamente exploradas, mas, em vez disso, eram aniquiladas com freqüência em massacres ilegais e seus ovos eram roubados diretamente dos ninhos (sem falar das forças maléficas da natureza). Dos ovos que amadureciam, saíam filhotes de tartaruga numa louca investida (ao estilo das tartarugas), em direção à relativa segurança do mar, mas, com gaivotas atacando-os nessa arriscada jornada, apenas alguns poucos filhotes realmente sobreviviam.

Stephen partilhava com ela esses fatos enquanto misturava rum e tônica. Contou a Alice como havia alugado aquele lugar, que mais parecia uma ruína, por quase nada.

— A indústria aqui era de açúcar — explicou ele —, mas, quando os lençóis freáticos secaram, as famílias remanescentes passaram a sobreviver da caça de tubarões e tartarugas. Do açúcar direto para a carne — uma história e tanto.

Alice assentiu, imaginando aqueles ovos de tartaruga em perigo, assim como os ovos de cisne de sua casa, nesse exato instante escondidos no junco, resistindo à ação do frio. Enquanto as tartarugas iam em linha reta até as ondas, os cisnes andavam com seu jeito engraçado em direção ao pântano, as penas marrons em densos tufos, os olhos enevoados de sono. Ela perguntou:

— Você fica aqui todos os anos?

Stephen assentiu, com um olhar que insinuava que, além de o antigo criadouro estar localizado em um lugar de sonhos, próximo ao mar mas um pouco recuado, havia uma razão mais abstrata pela qual ele gostava de ficar ali, uma razão sobre a qual ele não discorreu. Do lado de dentro, não havia nada além de um enorme espaço vazio e um sofá, duas cadeiras e uma mesa, uma cozinha e um banheiro funcional.

— Bem que esse lugar está precisando de uma pintura — disse ele. — Na verdade, está precisando de uma série de coisas.

Ele colocou limão na bebida dela e entregou-lhe o drinque com um sorriso encantador.

— Obrigada — disse ela, sem esperar nem um momento para dar um grande gole.

Depois de pedalar cerca de vinte minutos até a porta dele em uma frágil bicicleta emprestada por Karen Magrela, ficara surpresa ao vê-lo na porta de entrada — a maneira como seu rosto se transformou assim que ela entrou, desfazendo-se pouco a pouco, com um olhar que ela classificaria como sendo de prazer.

Alice observou-o amassar um grosso dente de alho com a superfície plana de uma faca e andou até o meio da sala, onde o chão de cimento estava coberto com uma pintura suja e rachada, e a luz era trêmula e cheia de sombras. O Sol acabara de se pôr. Embora o mar certamente tivesse o som familiar da rebentação, as grossas paredes de tijolo mantinham o barulho bastante afastado. Por causa dessas paredes, quase fazia frio lá dentro, o que fez com que Alice tivesse a sensação de estar de novo em outro lugar completamente diferente, tendo entrado não apenas em uma outra casa, mas também em outro país.

— Ai, merda, o alho — disse ele, passando a mão na cabeça e esfregando os olhos com a manga da camisa.

Jogou o alho picado com rapidez em uma panela com óleo já fervendo e mexeu. A fumaça subiu desenfreadamente. Com os movimentos largos dele, veio um certo calor, inesperado, como tudo o mais. Ao lado dele, Alice se sentiu, por um breve momento, como raramente se sentia: refinada. E não delicada da maneira com que Gus a provocara, não facilmente magoada, mas alguém que valia a pena ser considerada com carinho. Quando Stephen olhou para Alice, ela pôde ver, em uma fração de segundo, o trabalho que ele estava tendo, concentrando-se em cozinhar. Imaginou se ele cozinhava com freqüência, se gostava disso ou se detestava, e estava apenas tentando impressioná-la, sendo esta última opção, obviamente, a fantasia mais excitante, embora a mais mesquinha.

— Você está com fome? — perguntou ele, enquanto arrumava um peixe em uma panela.

Ele não parecia ser um bom cozinheiro, mas, pelo menos, não tentava ostentar dotes culinários.

— Morrendo — respondeu ela, uma mentira.

Ela não sabia o que estava fazendo ali. Embora fosse de um charme bastante interessante, ele não parecia ser uma pessoa particularmente confiável. Poderia estar pensando que o fato de ela ter aceitado seu convite para jantar significava que ela queria sexo. E ele nem era especialmente atraente. Ou, talvez, fosse atraente, mas ela não se sentia atraída por ele. Ele era velho demais. Divorciado demais. Era... demais. E ela, então, não queria nenhuma porção da comida, mas estava faminta por cada momento que a antecedia, como quando se está sob o efeito estimulante do excesso de cafeína. Essa sensação vinha aumentando desde a morte de seu pai e, embora tivesse tentado trocá-la pela dor, por Gus, pelas viagens, até pelo excesso de cafeína, agora ela já não tinha mais tanta certeza de como era precisamente se sentir de outra maneira. Na tentativa de desacelerar seu batimento cardíaco, de deixar livre sua ansiedade, Alice concentrou-se nas camadas de tinta que descascavam do chão, no cheiro do sal e do óleo queimando e na maneira como Stephen colocou o jantar na mesa como um talentoso especialista em frituras.

— Relaxe — Alice disse a ele e, em seguida, esmagou entre os dentes um cubo de gelo, reprimiu uma tossida e riu.

— Estou tentando decidir se consigo — disse ele.

Comeram atum tostado com alho e óleo de gergelim, arroz branco, vagem passada na manteiga, rúcula e abacate, acompanhados de pão trançado quente. Alice ficava tentando lembrar a si mesma de perguntar onde ele havia encontrado todos os ingredientes. O arroz e a vagem estavam cozidos demais, mas o atum estava perfeito e o pão, melhor ainda. Do outro lado da mesa, Stephen fazia sua refeição com grande desenvoltura; na verdade, colocava uma grande quantidade de comida na boca a cada garfada. Ele molhou o pão no óleo e o óleo pingou na mesa, em sua camisa. Falava de boca cheia. Alice mal conseguia fazer algum progresso. Era uma questão — como em todos os encontros com uma nova companhia e boa comida — de poder, de descobrir quem era extrovertido e desenvolto, quem conseguia se sentar e aproveitar mais de uma coisa ao mesmo tempo. Alice comeu um pouco de arroz e uma folha de rúcula com sabor de alho, e ficou instantaneamente satisfeita. Estava perdendo. Colocou o garfo sobre o prato e tomou um longo gole de vinho. Vinho com o qual ela não tinha problema algum. Vinho com que ela conseguia lidar.

— Muito bom — disse ela. — Muito bom mesmo.

Ele tinha o ar de quem estava prestes a rir. Era o mesmo ar que transparecia do rosto dela, ela sabia, e imaginou se ele a estava imitando.

— Então — disse ela, fazendo questão de comer uma ou duas vagens —, o que você, hum, faz?

— Você quer dizer, quando não estou aqui sentado observando as baleias?

Alice assentiu.

— Trabalho com pedras. Ou imagino que possa dizer que tenho um negócio no ramo de pedras para construções. Construo paredes, lareiras, ainda faço um pouco de escultura, às vezes, que era o que eu fazia antes de ficar cansado de ser pobre, mas agora faço todo o tipo de peça personalizada para os ricos metidos a artistas e artesãos da Nova Inglaterra. Vou para o norte da Califórnia, eles gostam de mim por lá, e para Seattle de vez em quando. Minha equipe é um pesadelo, mas nada parada. São doze caras que entram e saem de bandas de rock e, também, da cama das namoradas uns dos outros. Para eles, conseguir as minhas pedras é como um segundo emprego — no meio da noite nos cais de Manhattan, em lotes vagos afastados da via expressa Brooklyn — Queens...

— Você é de Nova York?

Ele fez que sim com a cabeça.

— Estou morando mais para o norte do estado, na fronteira com Massachussets, mas, honestamente, viver por ali está me deixando um pouco deprimido.

— O inverno é bem difícil em qualquer lugar — disse Alice. — Mas aqui, não — disse ela, e ficou surpresa ao ouvir-se dizendo isso, ao ouvir o que isso implicava.

— Minha ex-mulher adorava gatos. Mudou-se da casa há cerca de um ano, levando seus cinco gatos com ela, mas a casa ainda tem o cheiro deles, por mais que se limpe. Vou precisar me mudar, independentemente dos invernos. Odeio gatos.

— Eu também.

Por que ela disse isso? Não era louca por gatos, isso era verdade, mas o que ela queria mesmo saber era por que ele se casara com as duas mulheres, quem havia deixado quem e se ele acreditava ter feito o que deveria fazer em cada um dos casos.

— O que eu não consigo mesmo entender é ter passarinhos e peixes como bichos de estimação — foi como ela prosseguiu. — Meu irmão passou por uma fase de peixes e, depois, teve passarinhos por um tempo... eles sempre pareciam meio aborrecidos e solitários.

Ele colocou o garfo sobre o prato e olhou-a por um segundo antes de dizer, casualmente:

— E você? Você está aborrecida e solitária?

— O que você quer dizer com isso?

— Quero dizer — disse ele, a voz suave e toda errada — que você parece...

— Então? — perguntou ela com firmeza, o rosto queimando.

— Quem... você se importaria se eu perguntasse quem você seguiu até aqui?

Alice olhou para aquele homem, que ela não poderia levar a sério, um homem que muito provavelmente traía suas mulheres, que comprava material para seu negócio na traseira de caminhões. Um homem a quem não era possível contar a verdade.

— Meu irmão — disse ela.

— Seu irmão?

— Sim. Por quê?

— Não, é que eu pensei, você sabe...

— Não, nada desse tipo. Vim pelo meu irmão. Eu o segui até aqui. É uma história muito longa e ele não tem me dado exatamente uma boa acolhida.

— Vocês dois são bem próximos?

— Éramos. Acho que ainda somos. Ele... você sabe, é meu irmão.

— Eu tenho uma irmã — disse ele. — Ela se chama Jill. É acupunturista. Passo alguns anos sem vê-la.

— Você deixa que ela o espete com as agulhas? — perguntou Alice, terminando seu pedaço de pão.

— Na verdade, já deixei — disse ele. — Foi um grande erro.

— Devo supor que vocês não sejam muito chegados.

Ele balançou a cabeça.

— Mas nunca fomos. É estranho que seja assim entre irmãos, você não acha? Algumas pessoas se definem tão claramente como um irmão ou uma irmã e, para outras, é sempre uma reflexão tardia. Quando vocês eram crianças, gostavam de ficar juntos?

Alice assentiu.

— Gostávamos, sim. Nosso pai trabalhava o tempo todo e nossa mãe... ela estava quase sempre em algum lugar distante sem nenhum de nós.

— Ela viajava muito?

— Pode-se dizer que sim. Era uma espécie de artista da fuga e justificava isso com as mais corajosas desculpas. Havia sempre alguma *oportunidade* em um lugar de clima quente durante o frio do inverno e, de alguma maneira, essas oportunidades raramente se mostravam disponíveis durante nossas férias escolares.

Ela não conseguira comer muito, mas, com certeza, conseguia falar; estava no auge. Aquela vez em que Charlotte deu informação errada sobre o vôo e ela, seu pai e seu irmão ficaram acampados no aeroporto a noite toda. A dançarina israelense de flamenco que Charlotte levara para passar duas semanas na casa deles e que chorava toda noite durante o sono. A noite em que seu pai foi homenageado no Hotel Pierre e o orador — o adorado reitor de uma importante universidade — esqueceu todas as suas anotações e tentou fazer uma brincadeira a respeito disso, e como Charlotte gelidamente humilhou o reitor diante da conservadora e estupefata platéia.

— Ela era inacreditável — disse Alice, ainda admirada, contra a sua própria vontade, com o controle que sua mãe teve da multidão, como sua grosseria era lembrada como algo moralmente justificável quando Alice, muitos anos depois, ouviu a história ser contada por um colega de seu pai.

Stephen balançou a cabeça e ela ficou imediatamente constrangida por ter sentido necessidade de explicar. Seu pai gostava de uma determinada expressão: *Nunca reclame, nunca se explique* — sempre dita como uma brincadeira, mas Alice sabia que, de alguma forma, ele queria realmente dizer isso. Ele admirava aquelas pessoas que levavam a vida sem fazer muito alarde. Suas histórias eram de homens mais velhos que ele conhecia nas diversas conferências e quadras de tênis, homens que se levantavam dia após dia, iam para o trabalho, iam para as suas propriedades. Recomendava-se o estoicismo; análise, não. De que outra forma ele poderia ter vivido com sua mãe, uma pessoa que se julgava no direito de não dar explicações de nem um dia sequer de sua vida?

— Seu irmão... ele não a machucou ou algo parecido, não é?

— Como assim? Se ele foi violento? — ela perguntou. E balançou a cabeça com adequada veemência.

— Ele apenas quer que você o deixe em paz?

Ela assentiu, por mais que isso fosse difícil — e era mesmo difícil admitir essa verdade tão banal.

— Bem, talvez você devesse deixá-lo em paz, então — disse Stephen.

— Certo — disse ela —, é claro. Sabe, isso nunca havia passado pela minha cabeça, obrigada.

— Você é muito brava — disse ele. — Sabia disso?

Ela olhou para ele. Era um homem grande que se esgotara preparando uma refeição; tinha mãos calejadas e apáticos olhos azuis que eram da cor do céu às cinco da manhã, não havendo nada de muito dramático a respeito deles.

— Sim — respondeu —, sabia.

— Bem, também tenho meus momentos de braveza — disse ele. — Então, pode ir em frente e ficar brava, sem precisar fingir que não está.

— Parece justo — disse ela, surpresa com sua própria risada.

— Vou lhe dizer uma coisa: a cada minuto que passa, estou ficando menos bravo — disse ele. — Você é uma ótima companhia. Sabia disso? É muito fácil ficar a seu lado.

— Você está fazendo parecer que eu sou um cachorro.

— Um cachorro está bem longe do que eu quis dizer.

— Bem, muito obrigada — disse ela, constrangida. — Obrigada.

— Seus pais já morreram?

Ela assentiu.

Justo quando Alice começou a pensar se ele iria sempre simplesmente reagir, Stephen olhou para a luz e espirrou. Foi um espirro engraçado, alto. Ele lhe pareceu sem artifícios.

— Saúde — disse Alice e, enquanto olhava para Stephen diante da comida havia tempos intocada, diante das duas velas que queimavam em ritmos diferentes, não pôde deixar de pensar em como ele parecia ser um homem que usara barba várias vezes ao longo de sua vida.

Não conseguia impedir que se formasse a imagem de como, sentada na frente dele — com seu cabelo crespo, sua blusa diáfana e seu rosto com sardas de Sol —, os dois poderiam ter sido aquele tipo de casal praieiro que Alice dificilmente pensara um dia poder ser. Pessoas preguiçosas, escandalosamente suaves. Ele plantaria ervas e ela as fumaria. Teriam adoráveis filhos de cabelos claros destinados a não fazer nada além de surfar, pescar e acabar gerenciando restaurantes com nomes como Café Ole!. Mas, se mudar o enfoque, ainda que ligeiramente, elas seriam empolgantes — essas pessoas sentadas em um criadouro de tartarugas abandonado —, seriam estimulantes, reservadas e impossíveis de se aprisionar. O cabelo dela teria mechas douradas dos dias sob o Sol; ela seria uma exótica cozinheira, poeta, uma deusa do sexo doméstico. Ele seria destemido, paciente; para sempre, capaz de se divertir.

Ele se levantou da cadeira e, quando o fez, seu corpo pareceu estar se desemaranhando, como se aqueles braços descuidados e aquele peito largo e arredondado de alguma forma não lhe fossem completamente familiares. Era um homem saudável, de rosto corado, mas algo nele dava a impressão de que já havia sido machucado. Alice estava tão ridiculamente convicta disso que sua certeza beirava a arrogância e era nesse tipo de pensamento abstrato em que ela estava mergulhada, quando seu coração suspendeu a música e a dança e seu rosto começou a arrefecer. Houve uma sensação de aceitação quando ele se dirigiu ao lugar onde ela permanecia sentada. Ele se ajoelhou, como se tivesse algo a lhe dizer, os ossos estalando lenta e deliberadamente. Mas não havia, é claro, absolutamente nada a dizer. Eles iriam se beijar. Ele iria beijá-la. Ela sentiu o cheiro de sal, suor e algodão, o traço amargo de alho nos dedos dele consumido por limões.

— Eu devia levá-la de volta — disse ele.

Alice quase engasgou.

— Ah — disse ela em voz alta. — Me desculpe.

— Desculpar o quê?

— Não parei de falar um segundo e acabei abusando de sua recepção — disse ela, o rosto ardendo de vergonha.

Ele balançou a cabeça.

— Mas você deve estar cansada.

— Você está certo — disse Alice. Sentiu-se quase tão cansada quanto um operador da Bolsa, com café até a alma, desabando no chão do pregão. Levantou-se da cadeira, retirando seu prato, enquanto ele a observava.

— O que foi? — perguntou ela.

— Pode deixar — disse ele, a voz baixando de tom, como se a maneira com que ela pegara o prato e o levara até a pia tivesse, de repente, partido seu coração. Ela sentiu-se desempenhando o papel da versão que seu irmão tinha dela, delicada como uma flor. Ela sempre fora, afinal de contas, o tipo de garota que lia livros de maneira cega, febril, que preferia brincar de hospital a brincar de mulher biônica. Ainda fechava os olhos às vezes, quando corria, para ver quanto tempo agüentava assim. Deixou escorrer um pouco de água em seu copo de vinho vazio, virou-se de costas para a pia, e lá estava ele. Ficaram olhando um para o outro por dois silenciosos segundos, e aqueles dois segundos bastaram.

— Vou levar você — disse ele, e ele parecia... ela não sabia o que ele parecia. O sangue subiu até o topo de sua cabeça e, à medida que Alice sentia correr nas veias o açúcar das balas de todas as barraquinhas do mundo, a sala — com um ar absolutamente sepulcral — derretia; a sala se movia.

Quando ele parou em frente à deplorável pousada, nenhum deles fez menção de sair. Havia algo com eles no carro, uma espécie de seriedade debilitante assim, de repente, e Alice já não podia mais suportar.

— Obrigada — disse ela, abrindo a porta — pelo jantar.

— Ah — disse ele, como se ela tivesse se precipitado. — Ah, tudo bem, então. Espero que você esteja conseguindo sobreviver aqui.

Ele fez aquele gesto solto, amplo, como se não tivesse certeza do que fazer com a mão que gesticulava.

— Estou, sim. — A porta dela estava entreaberta e o carro soava um alarme, tão impaciente quanto Alice.

— Não vá ainda — pediu ele.

Ela fechou a porta. Eles observaram um casal de meia-idade encaminhar-se até a porta e entrar em silêncio, parecendo embriagados. Observaram como, de dentro do apartamento da proprietária sobre o mercado, o brilho da televisão tremia e se alterava.

— O que foi? — perguntou Alice, irritada, mas envolvida.

— Não sei — disse ele, olhando para ela.

— Bem... — disse ela, e mais uma vez sentiu aquela repentina vontade de rir. — Quando souber, não deixe de me contar — completou e, mantendo um meio sorriso, Alice abriu a porta de novo e, depois de deselegantemente retirar a bicicleta do banco traseiro, disse boa-noite.

Ela estava de costas, mas podia ouvir que ele ainda não tinha ido embora. Ao chegar a seu quarto, trocou de roupa, penteou o cabelo exaustivamente e tomou uma garrafa de água, o tempo todo se sobressaltando aos menores ruídos depois que ouvira o carro de Stephen partindo. Tentou dormir, mas não conseguiu e, quando o céu começou a clarear levemente do lado de fora da janela e ela ouviu as caminhonetes saindo em velocidade, quando um exército de cães começou a uivar para os galos, Alice levantou-se da cama e escapou do quarto, escapou da pousada.

As ruas ainda estavam escuras quando ela saiu para caminhar. A escuridão era perturbadora e parecia durar para sempre, mas, quando ela atingiu o alto do morro, chegando cada vez mais perto das cúpulas, já não havia mais o luar azulado, já não era mais noite. O dia se aproximava, acastanhado e seco, mas ela havia fitado o céu a distância por tanto tempo que o alvorecer lhe veio insuportavelmente devagar — como se o horizonte estivesse sendo traçado por um desenhista meticuloso e competitivo. O céu estava suave e quase vazio — o peito de um pombo, sua mãe, uma pomba.

Que respostas você espera que ele lhe dê?

August? — ela perguntou à sua mãe — aquele horizonte emudecido, aquela fonte irascível de luz —, *ou Stephen?*

Sua mãe ainda estava por perto. Permanecia ainda calma nos rostos de estrangeiros, procurando lugares melhores para ficar. Estava, no entanto, sumindo aos poucos.

Alice assistiu ao Sol alisar o roxo forjado no céu, como uma longa noite de contusões. Ela ouviu sua mãe dizer: *Você está sempre do lado de fora.*

Shh, Alice disse à sua mãe. *Apenas fique quieta e me observe. Você é capaz de fazer isso?*

E tirou uma caixa de fósforos do bolso. Percebeu que não se aproximava mais das cúpulas enquanto olhava a ponta do Sol emergir — uma rara mistura de laranja e cor-de-sangue —, o tempo todo acendendo fósforos. Desafiava as chamas a subirem pela madeira clara, deixando-as cair no chão sujo quando o fogo crescia demais. *Isso não é uma mania* — Cady dissera havia um milhão de anos, a pobre e bela Cady, com seu loiro brilho de órfã —, *é um desafio.*

Menos de cinco minutos depois que ela voltara ao quarto úmido da pousada, depois de ter tirado sua roupa empoeirada, a porta tremeu com algumas batidas.

— Alice? — Através da porta, veio uma voz abafada, que ela poderia jurar ser a de Stephen.

— Pois não? — atendeu Alice, colocando de volta a camisa e as calças com pressa. — Sim?

Ela abriu a porta com força demais e cumprimentou-o com a voz muito alta, perguntando se algo havia acontecido. Ele a pegou pelo pulso e puxou-a para fora, fechando a porta atrás dela.

— Você precisa ver isso — disse ele.

Eles ainda não haviam se tocado antes — nem mesmo para um aperto de mão, nem mesmo sem querer.

— O quê? — ela disse, num misto de indagação e indignação.

Estava surpresa demais, desconfortável demais, para tentar adivinhar o que ele estava fazendo. O vento soprava do lado de fora e tudo pareceu mais suave. Era de manhã ainda bem cedo. Ela o seguiu até o carro, reconstituindo em sua cabeça quanto tempo exatamente se passara desde que ele a havia deixado naquele mesmo lugar e, enquanto ele dirigia em silêncio — não com raiva, até onde ela podia saber, nem se sentindo aborrecido —, ela imaginava o que ele estaria armando. Ele passou em velocidade pela *huerta* e pelas dunas e, quando saíram do carro que ele acabara de estacionar, ele apontou em direção às ondas ao longe. Disse algo que se derreteu no vento, mas ela estava por demais maravilhada com as nuvens no céu que pareciam soprar velas, espalhando feixes largos, perolados, através da aurora.

— Você quer olhar? — gritou ele, como se já tivesse dito isso diversas vezes. — Você está vendo? — ele berrou. — Está vendo?

Era tão assombroso quanto belo. Uma baleia estava inteiramente acima do nível da água, lançando-se contra o céu à força do que parecia pura determinação. O céu era uma enxurrada de fotos coloridas a se esvaecer — uma caixa repleta de dias alvejados pelo Sol derramado diante dos olhos deles. Os pigmentos não pulsavam, mas, se espalhavam, penetrando na luz e estendendo todas as etapas de cada possível espectro. Roxo, da cor das vestes de um pontífice, florescia em lilás e queimava até chegar a um rosa-acinzentado. A cauda da baleia chicoteava com força sob seu enorme corpo cinza e caía com um estalo, para trás e para baixo. Simplesmente assim e, depois, ela sumia, deixando uma imensa quantidade de água remexida em seu lugar. O ar parecia tremer como se um míssil tivesse sido lançado em vez de um leviatã, e Stephen parecia um profeta cômico, com o cabelo revirado pelo vento e um caricato espanto nos olhos. Alice desviou seu olhar e mirou o céu, mirou a profunda ausência da baleia. Ali estavam eles — Stephen e Alice —, praticamente estranhos um ao outro e mutuamente orgulhosos, como se ambos tivessem dado à luz a experiência, como se isso realmente lhes pertencesse.

— O que foi isso? — gritou Alice, rindo, sem tirar os olhos do mar.

— Foi a maior baleia que eu já vi. Nunca tinha visto nenhuma pular tão alto.

Eles se dirigiram à praia para se sentar um pouco na areia fria.

— Foi — disse Alice — espetacular.

— O momento exato — ele suspirou. — Sabe, elas também são muito afetuosas — disse ele. — Passam a maior parte do tempo aconchegando-se umas com as outras.

— Tão amistosas — ela apontou para o rastro próximo à praia, onde as costas de outra baleia sacudiam-se em águas rasas, uma vertente de um azul profundo em meio à clamorosa maré, esfregando-se na areia. — Por que ela está fazendo isso?

— Depende da imaginação de cada um — disse ele —, mas provavelmente é por puro prazer.

Alice sentiu, de repente, os efeitos do sono. Seu irmão muito provavelmente havia engravidado uma estranha. Ela ainda não sabia o que acontecera a Cady. Quanto mais permanecia ali, menos sabia.

— Por que você acha que dá essa sensação? — perguntou Alice.

— O quê? Olhar a baleia?

— Estou me sentindo quase deprimida.

— Tudo tende a parecer um pouco pequeno depois, não é?

— Mas não fizemos nada. Eu, pelo menos, não fiz. Você, ao menos, foi me buscar. Eu simplesmente vi uma baleia.

Ele sorriu. Seus dentes estavam um pouco amarelados — evidências que Alice imaginava serem de um ou dois vícios. Mas, vendo o sorriso dele, ela percebeu, foi como se tudo entrasse nos eixos, como se uma engrenagem desconjuntada finalmente se encaixasse.

— A sensação é de ter tido sorte — disse ele.

— Exatamente. Isso e o choque, a surpresa.

— Sabia que você se sentiria assim. Como é que eu sabia?

Alice encolheu os ombros.

— Estou me sentindo meio velho — disse ele, esticando a mão de repente e puxando entre os dedos um fio solto do suéter dela. — A seu lado, obviamente, sou velho mesmo.

— Não, eu é que sempre pareci mais velha — disse Alice e, sob uma onda de acanhamento, apressou-se a falar abertamente. — Estou ficando com manchas de Sol, rugas, é verdade.

— Você? — perguntou ele e, então, seus olhos enxergaram além dela, como se vissem outro lugar. — Não — disse ele, balançando a cabeça —, qualquer pessoa que olhe para você e veja isso... bem, não está vendo nada.

— Tenho trinta e um anos — disse ela num impulso.

Ele afastou-se um pouco, examinando-a com um olhar claramente apreciativo.

— Você terá sempre esse rosto. Tenho certeza — disse ele, e desviou o olhar antes de encolher os ombros. Pegou um pedaço de uma alga marinha verde-amarelada já seca. Segurou-a com cuidado em suas mãos calejadas, revirando-a até que caísse.

Ela mal conseguia respirar.

— Obrigada — disse ela da maneira que sua mãe a ensinara a dizer, sem acompanhar o agradecimento de brincadeiras ou negações de qualquer espécie.

— Seu pai morreu de quê? — perguntou ele, e ela ficou ao mesmo tempo irritada e aliviada com a mudança dos rumos da conversa.

Não vá ficar sentimental agora, ela podia ouvir sua mãe dizer.

— Câncer — disse ela num tom irreverente. — Desgosto.

— Sua mãe morreu primeiro?

Alice ouviu aquela frase tão familiar sair de sua boca: Minha mãe morreu em um incêndio quando eu tinha dezesseis anos.

— Onde? — perguntou ele. As mãos dele protegiam os olhos do Sol, formando uma sombra dura, escura.

— Em casa — disse Alice, olhando-o de perto. — Lá em casa.

Stephen colocou a mão nas costas dela — como uma pedra sobre um papel, nem mais nem menos. As ondas quebravam na praia, o dia esquentava e, a princípio, ela pensou que fosse sua imaginação, que fosse o vento ou simplesmente sua cabeça tão cansada, mas os dedos de Stephen se desenrolaram. Eles desfizeram o punho fechado à maneira de sua resistente predominância física e pressionaram suas costas — a palma da mão forte o suficiente para segurá-la, caso ela decidisse se largar, caso decidisse simplesmente fechar os olhos e cair. Mas ela não caiu. Ela não fez movimento algum. Antes que ela falasse novamente, antes que ele também o fizesse, ela queria prestar atenção. Ela sentou-se de maneira quase formal e agradou-lhe aquela quietude intoxicante, repleta de possibilidade. Alice sabia que sempre havia sido inibida demais, que Gus quase sempre estava certo a esse respeito, mas também sabia que, às vezes, havia um enorme valor em ter consciência de que a vida era composta de momentos que surgiam sem estardalhaço, fluindo tão rápido e suavemente como leite.

Ela se voltou para ele e, ao encarar os olhos de Stephen, percebeu que já não conseguiria olhar para qualquer outro lugar. Aquele mesmo mar se agitava, recuando com a maré, e, Alice sabia, continuaria assim muito tempo depois que ambos já tivessem partido. Mas até mesmo o mar parecia menos autêntico que os olhos dele bem diante dela, olhos que estavam mais cansados do que ela havia notado antes, o azul entrecortado de cinza. Ela estava agarrada à nuca dele, menos para segurá-lo do que para tentar afastá-lo e ver o que conseguia descobrir. Alice baixou a cabeça e, quando voltou a olhar para ele, disse:

— Preciso ir.

Ele assentiu — ao que parecia, mais por consideração ao fato de que ela estava dizendo alguma coisa do que por concordar com ela — e Alice colocou as mãos dele nos dois lados de seu rosto, tampando suas orelhas, como se o simples toque das mãos dele pudesse fazer com que antigos pensamentos desaparecessem e oferecesse o sabor da liberdade de que ela tanto precisava. Ao beijá-lo, foi como névoa se dissipando, o chiado agudo da altitude, o horror de perder a noção de direção e nem mesmo saber se isso realmente ainda importava. Esse não era seu primeiro beijo; não era nem mesmo o ducentésimo. Ela beijava quase qualquer um — em alguns momentos de sua vida, ganhou até certa notoriedade justamente por isso. Ela podia sempre se fiar em um beijo para descolar-se de si mesma. Quando beijou Stephen, algo foi *realmente* colocado em movimento, mas agora ela recuava, varrendo o passado em busca de um futuro suportável — procurando como se deslizasse os dedos através da água encrespada na lateral de um grande barco branco. Ela fechou os olhos e viu um pássaro tropical voando por céus suburbanos. Viu uma mão comum — a mão de Charlotte —, aqueles dedos pálidos, de unhas roídas, pousados com retidão sobre o peito de seu pai. Alice sentiu o corredor cheio de vento e as sombras outrora familiares de uma Lua fria passando pelas altas janelas. Fitou os assentos vazios do almoço de Ação de Graças — as borboletas lilases, as facas com cabo de marfim —, esperando por sua mãe, esperando por seu irmão, esperando por esse beijo, mesmo quando já estava acontecendo.

17

A base das cúpulas — o saguão potencial onde os hóspedes se registrariam e pegariam suas chaves — era uma fundação em concreto com paredes interrompidas na altura dos ombros de Alice. Ter permanecido entre aquelas paredes no fim da manhã deu-lhe a sensação de brincar de esconde-esconde — esperando ansiosa que seu irmão viesse encontrá-la. Ela sempre preferira esconder-se a procurar, porque havia a vibração de ser encontrada. Certa vez, quando ela não devia ter mais de seis ou sete anos, era ela quem procurava e, não conseguindo encontrar Gus, começou a entrar em pânico, imaginando que ele havia desaparecido *Preciso que você apareça agora*, foi o que ela disse, a voz trêmula entre as lágrimas. Isso, de acordo com a história contada por seu irmão — uma história contada e recontada. *Preciso que você apareça.*

Fazia calor e Alice bebeu uma lata de Coca, absorvendo o impacto açucarado que a tornava insensível à poeira que se levantava e se acomodava em sua pele pegajosa. Foi tomada por uma sensação de calma. Lembrava-se de como — se fosse bem honesta consigo mesma — seu pai nunca parecia esperar que Gus voltasse para casa, para eles. Ele dava de ombros e assentia, assentia e dava de ombros. Ela não podia imaginar o que seu pai teria escrito naquela carta. *Você não se importa?*, ela quase gritou quando ele se tornou um homem velho que não recebia a visita do filho, mas ela fazia tudo o que estava a seu alcance para não provocá-lo. E ela era boa nisso, em guardar tudo para si — todos os questionamentos e frustrações, todas aquelas solitárias horas marcadas no relógio. Ela havia conseguido mantê-los de forma contida.

Então, quando ouviu passos no cascalho sujo, não um par, mas dois, não um sussurrar discreto, mas um diálogo entre um homem e uma mulher, Alice manteve a cabeça abaixo da altura das paredes e escutou.

— Mas você não quer entrar em contato com ela? — perguntou Gus.

Silêncio.

— Talvez ela lhe dê algum dinheiro, no mínimo isso.

— Pode ser, mas talvez ela diga que sou uma vagabunda como a *sua* mãe — disse Erika. — Talvez ela diga que sou uma vagabunda imbecil.

Seus pés estavam plantados no cascalho. Carros que passavam, o mar distante — todos os sons não faziam nada além de perturbar. Ela queria ouvir cada palavra. Ela queria ouvi-los *respirar*.

— Tudo bem — disse Gus —, mas, e se você não contar para a sua mãe? Prepare-se para quando ela aparecer daqui a alguns meses. E veja o que ela vai fazer então. Você acha que vai ser melhor assim? Além disso, quero falar com ela de novo.

— Eu não ligo se ela me respeita ou não.

— Liga, sim, Erika — disse ele —, liga, sim.

Alice sentiu seu estômago revirar ao se ver ali, afirmando-se repetidas vezes em sua mente. Ali estavam eles, bem do outro lado daquelas paredes, mas a um mundo de distância. No momento em que Alice saísse e o confrontasse, ela sabia que jamais haveria volta. Ela jamais sentiria novamente essa nostalgia tão persistente, pois a verdade passaria a ser importante demais. Precisava saber por que ele estava se escondendo dela e por que parecia tão perturbado, mas, acima de tudo, precisava saber o que acontecera em Oaxaca e o que o trouxera ali.

Houve silêncio, e Alice pensou que Gus e Erika se beijavam; fixou os olhos no cimento cinza e imaginou a mão dele naquele cabelo escuro e despenteado, os dedos dela puxando a camiseta dele a bajulá-lo — insinuando uma atmosfera ilusoriamente brincalhona que, sem dúvida, fazia com que ele se sentisse livre.

Ela contou até dez e permaneceu sentada. Contou até cinco e apertou a lata de Coca até que seus dedos doessem. Então, levantou-se.

Eles não estavam se beijando. Não estavam nem mesmo se olhando, embora parecessem estranhamente confortáveis dessa forma, tão reservados.

— Alice — disse Erika, tendo-a visto antes de Gus, o que não era, Alice não podia deixar de pensar, um começo muito promissor.

— Você precisa conversar comigo — Alice disse a seu irmão com uma voz tão moderada, tão séria, que Gus simplesmente assentiu, embora, depois de ter assentido, ele tenha olhado para o quente céu azul como se dissesse: *Basta.*

Erika permaneceu onde estava, com as mãos torcendo uma mecha de cabelo em volta de um dedo de unha roída. Ela sorriu para Alice, revelando dentes pequenos e afiados e deixando Alice extremamente desconfortável, como se estivesse em um sonho onde todas as cores desaparecessem e as pessoas que pensava conhecer tivessem nomes completamente diferentes.

Alice olhou para seu irmão, que disse com surpreendente diplomacia:

— Erika, por favor. Podemos continuar isso depois?

— Eu não posso ficar? — ela perguntou a Alice, audaciosa criatura que era.

— Bem, não — disse Alice.

— Não vejo por que não — ela retrucou.

— Mas deveria — disse Alice, e as palavras não eram suas próprias palavras; eram confiantes demais, maldosas demais. Com o pé, ela desenhou um quadrado na poeira e fez uma marca bem no centro. — Eu gostaria de conversar com meu irmão agora.

— Não se preocupe; depois eu encontro você — Gus disse a Erika, que lançou um olhar bastante significativo para Alice.

— O que foi? — perguntou Alice, olhando fundo dentro daqueles olhos delineados de preto.

Mas Erika já se virava para sair, indo em direção à sombra.

— Vamos andar — disse Gus, e assim fizeram. Andaram pela *huerta*, pelos campos irrigados de plantações lindamente simétricas. Passaram por um curral de ovelhas, por uma caminhonete onde alguns homens bebiam cerveja. Havia o som sempre presente de galos — primeiro, um; depois, chamados e respostas animadas, como parentes que se perderam em um desastre — e cães, sabe-se lá quantos, ficando cada vez mais barulhentos antes de desaparecerem aos poucos. Nas dunas, uma mulher sobre um cavalo vinha da praia onde estivera cavalgando. Era clara, meia-idade, e parecia ter aprendido em um sela inglesa na Costa Dourada.

— Você acha que ela é a ovelha negra da família? — perguntou Gus, depois que ela passou por eles com um sorriso. — Acha que ela se casou com o treinador de cavalos no rancho da família e escapou para Baja?

Alice assentiu.

— Acho que ela adora este lugar. Acho que sente falta da família só nos feriados, quando sente um desejo incontrolável de tomar um bom champanhe.

— Uma vez que você se acostuma com o que há de melhor — disse ele —, é impossível voltar atrás

— Estamos andando em direção ao mar, suponho?

Ele assentiu, tossiu e cuspiu no chão.

Pararam em frente a alguns projetos abandonados de construção.

— Você sabia — disse Gus — que, aqui, a menos que você construa algo, qualquer coisa, em sua propriedade em até seis meses após adquiri-la, a terra se torna oficialmente não-reivindicada?

Alice balançou a cabeça quase que imperceptivelmente.

— Mas, quando uma casa é terminada, você tem de pagar impostos. As pessoas correm para construir alguma coisa e garantir a propriedade da terra e, depois, tendem a deixar as casas *tecnicamente* inacabadas para escapar dos impostos.

Essas casas jamais seriam terminadas. Talvez nem voltassem a ser reivindicadas.

— O papai teria amado isso aqui — disse Alice, olhando em volta para aquela bela bagunça.

Gus apontou para algumas ovelhas andando sem direção, entrando e saindo de uma passagem de tijolos sem porta, solta no espaço. Estavam lívidas e débeis e não se podia saber a quem pertenciam. Quando parou de olhar para os esqueletos das casas e para as ovelhas, os olhos dele pousaram nela ironicamente. Ao não obter dela uma resposta, ele sentiu-se vagamente aliviado.

— Quando chegamos aqui, eu e Cady fomos para esse hotel no Cabo Leste, onde a água é calma. Aposto que ela não lhe contou isso, não é?

Alice balançou a cabeça.

— Todos os quartos tinham varanda e uma vista perfeita do mar. Ficávamos deitados na cama, fingindo que havíamos naufragado. A gerência do hotel tocava um sino três vezes por dia para as refeições e, por algum motivo, nós éramos as únicas pessoas ali. Ela adorou a comida leve e os pequenos rolinhos quentes e, é claro, os drinques antes do jantar. Havia um velho barman chamado Juan que jogava um jogo bobo de dardos e que conseguia calcular exatos 28 gramas de qualquer substância — *qualquer coisa mesmo* —, sem precisar pesar.

— Parece ter sido bem divertido.

— Foi, sim.

Eles pisaram em marcas enlameadas de pneus e entraram em um lote que não estava cercado, repleto de blocos de cimento e garrafas vazias. Gus disse:

— Mas, na volta, depois desses dois dias maravilhosos, vimos a placa de uma cidade chamada Santiago que anunciava um zoológico. Tanto eu quanto Cady ficamos horrorizados com a idéia de um zoológico no deserto, mas ficamos também curiosos e pegamos o desvio. Não havia cidade alguma, apenas dois funcionários públicos que se ocupavam das jaulas e ouviam Creedence Clearwater em um enorme som portátil. Havia um tigre, um urso, uma lontra, um leão e dezenas de pássaros tropicais. Estavam todos confinados em jaulas mínimas; fazia um calor absurdo. Era muito triste. Quero dizer, eu me senti insuportavelmente triste.

Quando eles estavam prontos para andar em direção às dunas, a aparência calma de Alice começou a desmoronar. Seus dentes estavam quase rangendo.

— Sabe — disse ela, paralisada ao pé dos degraus que levavam a nada mais que uma fundação em concreto —, você fica me falando de pobres animais no deserto e eu sei que a minha função é ter a sensação de que você é essa pessoa, assim, tão sensível. Mas deixe-me lhe dizer uma coisa: não pense que você está me enganando. Você não pode me enganar. Seu comportamento tem sido — disse ela — uma afronta. Você não foi vê-lo, você não foi nos ver. Você se recusou a me ajudar. E agora... o que aconteceu com Cady?

— O que você quer dizer com "o que aconteceu com Cady"? Ela me deixou, Alice.

— Bem, acho isso um pouco estranho. Ela me ligou, contou onde vocês dois estavam e depois, assim, do nada, foi embora?

Ele não disse nada, apenas chutou um pouco de terra, que assentou como poeira nos calcanhares de Alice.

— Você parou para pensar no que eu estava fazendo enquanto você ia para um hotel na praia? Enquanto você se sentia tão deprimido por causa de pobres animais enjaulados? — ela notou que estava se contendo para não chutar um tanto de terra na direção dele. — Você achou que poderia se casar com Cady DeForrest e depois se meter com a primeira mulher vagamente atraente que encontrasse? Meu Deus, ela está *grávida*.

O vento estava mais forte e eles estavam de pé em uma terra abandonada que pertencia a um estranho qualquer, ambos franzindo os olhos por causa da claridade e do vento.

— É seu, não é? Então, não é?

— Pare de gritar — pediu.

— Eu paro de gritar quando tiver vontade. Você *não me ouve* — disse ela — nunca. — Ela balançou a cabeça e, de dentro de suas vísceras, emergiu uma corrente que afastou todo o seu comedimento. — Você nunca ouve. Você nunca faz nenhuma pergunta importante nem tem perguntas importantes para fazer. Você guardou a mamãe só para você ao não voltar para casa. Você se aproveitou da sua devastação tão completamente que escapou impune do fato de não ter feito *nada* pelo papai. Quando pedi sua ajuda, você me ignorou. E eu pedi várias vezes, sem parar. Depois, quando finalmente *deu as caras*, segurou minha mão no enterro, disse para eu não chorar, que você estava ali, e, então, desapareceu de novo. Foi embora sem nem mesmo se despedir, Gus. Foi embora e pronto! O que você estava tentando fazer comigo? É *humilhante*.

Ela estava sem ar, mas longe de terminar.

— Então é difícil, muito difícil não gritar.

Sentado nos degraus de cimento, Gus se encolheu, fechando-se em si mesmo, como um menino escondido no armário. Olhou para cima, em direção à irmã, que se agigantava acima dele, pergaminho, carmim e cobre sobre uma casa invisível. Ele a olhou daquela maneira exagerada, seu peito subindo e descendo, e enfiou a mão no bolso de suas calças de amarrar. Alice pensou que ele procurava por um lenço embolado, mas ele retirou alguns pedaços de papel dobrado e estendeu-os para ela. As páginas finas ondularam-se ao vento. Ela sabia que seria um erro mostrar-se ávida demais e apossar-se delas. Manteve, então, as mãos ao longo do corpo. Seu esforço para isso fez com que todo o resto de seu corpo relaxasse.

Ele chorava. A princípio, Alice achou que fosse apenas o vento, que havia realmente ficado muito forte.

— Tome — ele disse, como que gritando. — Pegue isso. Isso é o que ela me deixou. Foi por isso que fui embora daquele jeito. Leia.

— Isso é alguma brincadeira?

— Não — disse ele, esgotado —, não, não é.

E ele se levantou e começou a caminhar. Mas Alice nem notou, pois seus olhos estavam fixos na tinta violeta-escuro de sua mãe, as letras maiúsculas estreitas e inclinadas que sempre se pareceram tão pouco com Charlotte. Sua caligrafia era miúda, difícil de ler e econômica — como se as próprias letras tivessem de carregar sozinhas todo o peso do conteúdo criado por elas.

As folhas estavam gordurosas de um manuseio constante. Cores não-identificáveis — talvez vinho, talvez sangue (um corte com o papel?) — haviam deixado suas marcas, assim como ubíquas manchas de água. Havia dois rasgos nas laterais da primeira página, onde os dedos dele devem ter gasto o papel da cor da casca de ovo. Quando? Talvez na sexta vez que a lia, talvez na qüinquagésima primeira, mas era mais provável, pensou Alice, à medida que seus olhos começaram a permitir que aquelas letras se transformassem em palavras e a deixar que aquelas palavras ganhassem significado, que aqueles rasgos tivessem sido feitos por Gus na leitura número um.

No canto superior direito, havia uma data.

Novembro, ela indicava, *1985*.

18

Meu querido August,

Não consigo dormir. Não estou em casa, mas sinto falta de casa. Estou com muito mais saudade de casa do que jamais ousei revelar. Algumas das histórias que contei em que me apresentava saindo, ouvindo música ou conversando em jantares e festas animadas simplesmente não eram verdade. Algumas eram, não me entenda mal, mas também assisti a muita televisão em quartos de hotel. Bebia sozinha e praticava línguas estrangeiras com gravações da Berlitz. Aí está. Eis uma confissão.

Onde está você agora? Faça o favor de dar uma olhada em volta. Que aparência tem o quarto enquanto você lê estas palavras tão inadequadas? Qual o cheiro do ar? Fico imaginando se você continua tão bonito, ainda jovem, e imagino se eu poderia algum dia vê-lo de alguma outra maneira, mesmo que você estivesse velho e decrépito, gordo e imoral, não importa.

Você ainda está apaixonado? Bem, você estava. Aposto que você não sabia que eu realmente tinha consciência disso. Aposto que você não sabia que eu os vi na casa da piscina, vocês dois — sei que nem preciso escrever o nome dela. Não fique zangado — eu não estava espionando e não fiquei olhando por muito tempo —, mas uma noite, algumas semanas atrás, uma noite quente de outubro quando eu e Alan havíamos saído para uma daquelas festas insuportáveis da vizinhança, eu voltei para casa mais cedo. Devo ter ima-

ginado que Alan não se importaria de pegar uma carona depois. Para ser honesta, não me lembro. Disse que não me sentia bem quando, na verdade, estava simplesmente bêbada demais, e dirigi bêbada para casa, atropelando um pobre coelho no caminho. O tempo este ano esteve tão esquisito, desorientador e úmido, e, depois que estacionei na entrada, nem entrei na casa. Desci o gramado e andei diretamente para a água. Quando cheguei à minha adorada casa da piscina, caía uma chuva fina. Não sei por que olhei para dentro da janela. Deus sabe que não sou uma bêbada inexperiente, e me surpreendi por não ter entrado imediatamente, mas suponho que tenha desejado sentir que poderia olhar minha sala, minha pequena criação, e ver como ela parecia, vista do lado de fora. Mas o que encontrei foram vocês. Você e Cady diante de um fogo pequeno, bem-feito. Me dei conta de que nem tinha conhecimento se você sabia ou não acender um fogo — Alan mantém um controle tão rígido sobre nossa lareira na sala de estar — e me lembro de ter pensado: Aposto que foi ela; aposto que ela arrumou a madeira e encontrou o jornal, e aposto que meu filho ficou impressionado. *Cady estava recostada e você estava sentado da maneira que sempre invejei — ajoelhado, com as pernas espalhadas para o lado, do jeito que somente as crianças e as pessoas de articulações muito flexíveis conseguem fazer. Você estava usando a camisa verde de veludo cotelê de seu pai, toda desabotoada. Minha vista estava tão obscurecida que não consegui ver Cady muito bem, mas pude notar que ela não usava nada além de um par de cuecas tipo shorts. Isso me chocou, não pude evitar, e rapidamente fui embora. Tive medo, eu acho — não de ser pega olhando; acho até que queria que vocês me vissem —, mas de ter visto de relance algo que eu não compartilhava, algo que eu jamais saberia, medo de como isso era a sua vida, só sua, e de como você estava inquestionavelmente feliz naquela lareira tão trivial. Eu vi seu rosto, sabe? Foi isso que me levou de volta à casa, de volta ao meu lugar. Seu rosto estava quase irreconhecível. Você pode sequer tentar imaginar qual foi a minha sensação? Eu olhei fixamente para o seu rosto e tive de repetir o seu nome, o nome que eu havia lhe dado; eu disse seu nome em voz alta várias vezes, como nas primeiras semanas após o seu nascimento. Lembro-me de ter me sentido profundamente agradecida por não tê-los pego — você sabe, no ato. Tentei não pensar nisso, mas não conseguia deixar de pensar, e decidi que isso havia acontecido naquela noite e sabe-se lá quantas vezes antes. Você parecia tão tranqüilo. Acreditei, então, que você amava aquela garota, mas nunca deixei que você soubesse disso. Não colaborei com você nem com sua dedicação, e você sabe o que é o mais estranho de tudo? Ainda não tenho certeza se me arrependo ou não. Você era simplesmente jovem demais, e amar quando se é assim tão novo pode ser brutal. Naquele momento em que não reconheci o seu rosto — eu o levei comigo quando subi até o banheiro e quando me deitei sob forte emoção e, antes que caísse no sono, me dei conta de quem eu via em seu rosto. E me perguntei por que demorei tanto tempo para ver isso realmente, verdadeiramente.*

Você sabia que todo aquele tempo, como sua mãe, eu me penitenciava? Todo dia, a cada dia? Você deve estar dizendo — e quem saberia? — com um sarcasmo bastante apropriado; Deus sabe que eu não o condenaria por isso. Estou pedindo desculpas agora. Você acredita em mim? Às vezes, eu me convencia de que você sabia, que você sabia tudo sobre mim e que era esse o nosso segredo; era o que nos fazia ser o que éramos.

Eu peguei aquele dinheiro. Você se lembra? É claro que sim. Peguei o dinheiro daquelas simpáticas senhoras e, em vez de comprar móveis e tecidos para elas, contratei um investigador. Procurei e encontrei um caríssimo investigador particular. Eu tinha algumas informações básicas e paguei a ele honorários nada básicos; ele trabalhou e cumpriu sua missão. Eu fiz uso de um investigador particular. Você está surpreso?

E, depois, fui embora. A investigação dele me levou a Oaxaca, no México, e foi por isso que eu fui. É onde estou neste exato momento. Estou escrevendo de Oaxaca porque acabou. Encontrei quem eu procurava e ele está morto. Partiu há muito tempo. Esperei tempo demais para tentar encontrá-lo. Passei todos esses anos tentando não pensar nisso e fracassando irremediavelmente.

Havia alguém. Havia alguém em minha cabeça todo esse tempo, todos esses anos em que tenho sido sua mãe — sua e de Alice. Havia alguém. Ele era a única pessoa verdadeiramente livre que eu jamais conheci e, se monogamia não lhe interessava, procriação lhe interessava menos ainda. Mas, tanto quanto era tosco e insubordinado, ele também era terno e bastante carinhoso, e eu o amava, sei que amava, e agora descubro que ele foi e fez o que jurou jamais fazer: foi e formou sua própria família. Sei que isso não soa nada estranho e suponho que não seja mesmo; quero dizer, essa é a história mais antiga do mundo. As pessoas mudam de idéia, as pessoas mudam, mas, sabe, você nunca o conheceu. E agora fui eu quem fiz o que havia jurado jamais fazer: procurei por ele.

E, então, ele morreu. Morreu quatro anos atrás em um acidente de carro. Ele e sua mulher já estavam separados antes disso. Conversei com a mulher dele. Conversamos hoje, ao ar livre, sentadas na mesa de um café. Era antes do meio-dia, mas nenhuma de nós hesitou em pedir um drinque. Acredito que pareceríamos amigas para quem olhasse de fora. Ela era um pouco maldosa, como eu. Mas era também franca e divertida, natural, eu acho — não que eu possa realmente afirmar. Não havia muito espaço para que deixasse aflorar sua personalidade.

Voltarei para casa amanhã e encontrarei você exatamente como deixei: no último ano do colégio — tempestuoso, reservado, firme e belo —, mas, antes, tenho de colocar tudo isso no papel para o desconhecido que um dia você será para mim. Não sei quando você lerá isso, mas sei que é um direito seu.

Isso é seu.

Se puder mostrar à sua irmã, ficarei agradecida. É um direito dela também. Mas pertence a você.

Eu me chamava Charlotte Fine e terminei o Colégio Sarah Lawrence na primavera de 1966. Você conhece essa parte. Sabe que embarquei em um navio rumo à França e que meus pais ficaram simplesmente furiosos. Mas você sabia que eu carregava uma grande mala verde oferecida pela minha colega de quarto, Marie? Você sabia que Marie, que tinha família em Paris, amarrou um lenço de seda vermelho em meu pescoço e me deu uma lista de números de telefone para que eu ligasse quando chegasse no exterior? Você sabia que o termo exterior *me fazia rir de nervoso? Você alguma vez soube que eu era assim tão jovem?*

Então, Charlotte Fine ficou no convés inferior, com os hippies, os sonhadores e as famílias comuns, que eram a surpreendente maioria no navio, e observou Nova York desaparecendo até se tornar uma mancha cinza. Era um dia claro e branco. A maioria dos dias no navio era assim. Dias perfeitos para estar em trânsito, armazenar reservas de verdadeira concentração, esperar para ver o que realmente interessava. Mas mesmo as garotas mais independentes sentem-se sozinhas, e Charlotte acabou conhecendo outra jovem, cujo nome e rosto me escapam, que lhe ofereceu laranjas e um suave queijo amarelo, além de uma conversa séria, sincera. Joan Baez estava na primeira classe e usava um suéter vermelho.

É irritante o que a gente acaba lembrando, não é?

A jovem, então, foi ao banheiro feminino, e Charlotte Fine levantou-se para olhar para a água que corria lá embaixo, para olhar o caminho que o casco do navio talhava nas ondas escuras. Ficou atenta para baleias e golfinhos; espremeu os olhos, mas procurou em vão.

— O que você está procurando? — perguntou-me uma voz baixa. Esta é uma frase que sobreviveu como uma entidade completa e perfeita. Essa mesma pergunta poderia até ter sido feita para mim há apenas alguns instantes, tão claras me soam as palavras (banais) e o tom (quase grosseiro). A pergunta está tão viva em minha mente como o carro que, neste exato momento, buzina bem debaixo da minha janela no terceiro andar do hotel.

A noite se aproximava. Ele havia roubado velas brancas e compridas da cozinha do navio e elas tremeluziam corajosamente no espaço mínimo de sua cabine. Ele também havia roubado barras de chocolate. Ele ofereceu a ela quantas ela quisesse — eu lhe digo, eram crianças. Ele deu uma mordida em uma barra de chocolate escuro e disse que ela parecia o diabo. — E como é que o diabo se parece? — perguntou ela. — Planos — disse ele. — Você tem a cara de um plano e eu não quero um. — E ele, então, a beijou.

Aquela frase, O que você está procurando?, pode bem ter gerado a semente, aquela que a atravessou, indo direto ao seu centro tão ávido. Havia uma noite inteira que se estendia diante deles. Havia, na verdade, uma série de noites que se abriam como janelas em casas de verão; noites cheias de Lua. E o mar. Não se esqueça de que eles ainda estavam em pleno mar. Ele falou sobre o irmão que havia morrido, baleado aos 23 anos na região sul de Chicago. Esbravejou contra sua perna ruim, aquela que o impedia de correr a toda a velocidade. Ele simplesmente adorava correr.

A mãe dele era polonesa; o pai, grego. Não era particularmente bonito. As orelhas eram de abano, o queixo era pequeno e seus dedos tinham manchas de tabaco. Mas aquelas mãos eram estreitas — moviam-se com uma graça incongruente, quase feminina — e seu cabelo, que crescia além da linha do colarinho, era grosso e escuro e tinha um cheiro que, mais tarde em sua vida, *ela identificaria (em uma viagem a Gúbio, na Itália, durante um almoço no meio da tarde com seu marido) como sendo de trufas.*

Ela não sabia da semente quando eles atracaram em Le Havre. Era jovem o suficiente para ignorar o quanto era fértil e, além disso, ainda estava hipnotizada pelo movimento do mar, pelas pontadas ásperas da voz sussurrada dele. E ele lhe desejou uma vida cheia de realizações e caminhou em direção à estação de trem próxima ao porto. Sua maneira de andar era ao mesmo tempo premeditada e frívola, e ela não conseguia deixar de pensar no quanto ele lembrava um animal exaurido pelo calor. Ela queria ser também como um animal, mas, em vez disso, chorou por cinco dias seguidos. Ela havia implorado para que ele a deixasse acompanhá-lo. Ela havia implorado a um homem.

De forma que, não, ela não sabia. Não tinha a menor idéia. Quando passeou por Montmartre, como um zumbi sob o efeito de remédios (S'il vous plaît, monsieur, je suis très nerveuse!), *quando ergueu os olhos para a Notre Dame pela primeira vez, ela não sabia sobre a semente. Quando finalmente ligou para o tio de Marie,* Oncle Alan, *e ficou decepcionada ao ouvir seu sotaque americano, ela não tinha absolutamente a menor idéia.*

A semente crescia dentro de Charlotte enquanto ela aprendia francês, enquanto trabalhava para diversos expatriados que se deliciavam em ter uma platéia que validasse o quanto eles haviam se tornado europeus. A semente crescia enquanto ela esperava pelo tio de Marie em Le Croup Chou, em um dia chuvoso, e crescia quando ela apertou sua mão seca e quente e disse que era um prazer conhecê-lo.

Não demorou muito. É preciso que você entenda isso. Alan Green era um cientista, um judeu de Scarsdale, que sabia qual vinho tomar com um prato de cérebro ou pés de porco, que havia de fato comido o que parecia ser toda e qualquer forma de traif *e que estava desenvolvendo uma pesquisa na Sorbonne. Charlotte estava profundamente perplexa com o fato de que a devastação causada naquela passagem pelo mar na verdade não a impossibilitara de ter os sentimentos. Ele falava francês e italiano fluentemente, era dezoito anos mais velho que ela, e esses anos eram tão repletos de antigas amantes, conferências transcontinentais e refeições exóticas que Charlotte acreditou que jamais voltaria a conhecer alguém tão interessante e importante. Alan achava que já era mais do que tempo de se casar, e o belo rosto dela fez com que ele — um pensador rígido, um homem da ciência — acreditasse firmemente na confusa idéia de destino.*

Mas você já sabia disso, não sabia?

Charlotte estava entusiasmada com a viagem e os novos mundos que se abriam para ela todos os dias. Era Alan quem podia manter a vida dela nesse grau de estimulação, repleta das mais puras benesses. Ele a levou à ópera. Embriagado, ele a carregou pelos sete lances de escada até o chambre de bonne *alugado por ela, sob a primeira luz da manhã.*

Mas quanto de seu interesse e concentração em Alan teria sido influenciado pelo fato de que, desde que chegara a Paris — a cidade do romance, a cidade dos escargots e das luzes —, sua saúde andava desconcertantemente fraca? Havia ela conseguido ficar acordada depois da meia-noite, levantar sem enjôo ao despertar de cada dia — não havia ela se flagrado em um decepcionante estado de fraqueza (para não falar da consciência de que havia, de uma forma chorosa e malsucedida, implorado a um homem que a deixasse acompanhá-lo a simplesmente qualquer lugar que ele quisesse; e, ah, claro, que ela havia pago as passagens de ambos), o que teria ela visto de uma maneira diferente? Talvez nada. Talvez absolutamente nada. Mas, certamente, quando foi ao hospital americano e descobriu que não estava, na verdade, com problemas de saúde, que não estava maculada por uma dor de amor, mas sim grávida, dr. Alan Green, com quem ela ainda não havia se deitado, tornou-se ainda mais perfeito.

Tanto quanto nunca lhe ocorrera que poderia talvez ir atrás e realmente encontrar o pai da criança, esse estranho de nome Luke Varengis (ela foi ingênua o suficiente para nem mesmo questionar se esse era, de fato, seu verdadeiro nome), também nunca lhe ocorrera livrar-se do bebê, o que poderia facilmente se arranjar. Também teria sido fácil demais dormir com Alan naquela mesma noite e dizer-lhe que era ele o pai. Mas, mesmo que ela tivesse estômago para levar adiante esse tipo de mentira, não poderia fazer isso com Alan.

Teria sido, no mínimo, confuso demais e, embora às vezes desse outra impressão, Charlotte não lidava muito bem com confusões. Ela não poderia viver com esse tipo de culpa — mentir para um homem que ela acreditava sinceramente poder amar.

Essa parte da história é bastante confusa, não é? Ela, que depois aprendeu a mentir tão bem, não é mesmo? Ela — eu menti. Menti o tempo todo.

Mas, de novo, embora Charlotte não fosse nenhuma inocente, era ainda jovem o suficiente para acreditar na absolvição pela verdade.

Você alguma vez já acreditou em algo assim?

E, então, ela contou a ele, e ele ficou triste, mas não irremediavelmente triste. Ele ficava ainda mais belo na tristeza e Charlotte, sem dúvida, ficou ainda mais atraente para ele em seus estágios iniciais de culpa. Havia sexo, muito sexo, e era... Bem, não tenho de lhe contar exatamente tudo. Ele comprou para ela um diamante com lapidação esmeralda de um antiquário próximo ao Palais Royal e eles se casaram, rapidamente, de volta aos Estados Unidos. A família dela fez a festa de casamento no apartamento de sua avó, na Quinta Avenida. Você viu as fotos. Ela já não era mais uma garota do Sarah Lawrence com uma infinidade de possibilidades boêmias, mas uma pessoa mimada que largou os estudos e que, de alguma maneira, conseguiu agarrar um homem admirável (ainda que um pouco mais velho). Alan estava animado e propôs um brinde, agradecendo a todos. Havia uma certa ferocidade em sua voz. Charlotte se embriagou. Enquanto dançavam um foxtrote tranqüilo ao som de uma música que nenhum deles jamais conseguiu recordar, ela concordou em ter outro bebê imediatamente após aquele primeiro. Era simplesmente justo.

Voaram para a Grécia. Charlotte sentia-se eufórica e amedrontada, zangada com ninguém em particular. Alan alugou um veleiro de madeira escura, e Charlotte usou biquíni todos os dias. O enjôo havia se abrandado, seus pequenos seios não estavam mais tão pequenos, e sua barriga estava ainda macia e lisa, mas agora ela já podia sentir aquela semente, como aumentava dentro dela, lutando por espaço para crescer. Sentia Alan observando sua barriga enquanto ela tomava Sol, enquanto comia, quando eles caminhavam em templos antigos e entravam em tabernas pitorescas. A Grécia era de uma claridade violenta, mas a semente cresceu à luz de velas; adquiriu uma voz grave de homem. Ela idolatrava seu marido, e Alan a flagrou olhando fixamente para ele com nada menos que uma completa gratidão, mas a semente estava crescendo e ela sempre sentiria sua inclinação em direção a outro tempo, inacessível.

Eu rapidamente ficaria sabendo, para minha imensa satisfação, que era um menino — um menino cujo nome foi dado por Alan, que sabia, desde o começo, que você não era biologicamente dele. E ele acreditava, obviamente, em sua adorada biologia, mas também (é verdade, muito mais do que eu) em responsabilidade, em amor incondicional. Mas, com seu estranho cabelo escuro, sua pele cor de oliva e sua natureza geralmente contrária a tudo, você nunca nos deixaria esquecer com que força a inquietação foi reproduzida tanto em seu sangue quanto no meu.

Fiz mal em não lhe contar. E acredito que nunca tenha deixado de pensar naquelas noites tão distantes em um navio por causa da mentira que tem me guiado desde então. A mentira e meu profundo amor por você mantiveram Luke Varengis e seu ardor egoísta sempre como um vulto maior do que a própria vida e, aos poucos, deixei que tomasse conta da minha imaginação. Em um dado momento, passei a acreditar em todo o tipo de noção que jamais admitiria a ninguém. Comecei a acreditar que havia algo errado em não procurá-lo, que, se ao menos ele tivesse entendido o que realmente acontecera, tudo teria sido diferente. Nunca podia vê-lo, com meus olhos, como um jovem rapaz que simplesmente queria se divertir, alguém indolente e inquieto e, talvez, tão impressionável quanto eu mesma. Por mais que eu tenha consciência de que isso não faz muito sentido, não estou certa de que estaria lhe contando a verdade se lhe dissesse que posso até vê-lo assim agora. Minha reação a você, o quanto eu o amei — meu primeiro filho, meu único filho homem —, era como se nunca, na verdade, eu tivesse sido separada dele ou, talvez, de quem eu simplesmente fui pelo espaço tão curto de tempo em que estivemos juntos. Aqueles momentos de pura emoção no meio do oceano, a súplica naquelas malditas ruas — deixei que isso tomasse conta da minha vida.

De forma que isso, agora, é seu. Agora você sabe. Alan foi seu pai, e concordamos que ele fosse seu único pai, mas acho que você tem o direito de saber, quando nós dois já tivermos partido, que faltava uma peça. Talvez você tenha sentido isso todo o tempo e, pela dor que isso possa causar, posso apenas oferecer... bem, posso oferecer a você, sem qualquer restrição, todo o meu amor. E sinto-me bastante segura em oferecer também todo o amor de Alan. Mas isso não é suficiente, não é verdade? Nada nunca será suficiente. Pela minha experiência, desculpas raramente são mais do que simples justificativas.

O que eu teria feito se o tivesse encontrado aqui em Oaxaca, mais velho e ainda vivo? Não sei. Talvez, em vez de escrever esta carta, tivesse ligado agora mesmo para você e lhe dado a opção de conhecê-lo. Mas, bem ou mal, não tive que tomar essa decisão. O nome dele era Luke Varengis (se é que isso tem alguma importância, você não se parece muito com ele) e já se foi. Quando você estiver lendo esta carta, já teremos todos partido. É estranha a facilidade com que posso pensar nisso.

Ser sua mãe é o que tenho de melhor na vida porque, toda vez que olho para você, me encho de certeza, o que é, acredito eu — não importa quem você seja — uma sensação muito rara. Sei que, ao menos, fiz uma escolha muito difícil que foi, sem dúvida, a escolha certa.

Encerrar estas linhas é impossível. Você sabe como detesto despedidas. E sinto muito, sei disso, porque o branco espaço do silêncio é ainda pior.

19

Ali estava algo que Alice agora sabia: ela nascera, falando friamente, para fazer justiça. Ela era o socialismo; era uma engrenagem no equilíbrio doméstico. Ela igualou o placar.

Olhando para a assinatura de sua mãe, sentiu entre os dedos a tinta e o papel desgastado. Podia esfregar as palavras até se tornarem borrões escuros; podia rasgar as folhas, reduzi-las a pequenos fragmentos. Deu-se conta de que estava mordendo as bochechas por dentro já havia algum tempo — roendo a carne rosada onde ninguém podia ver. E justo quando Alice mal podia ouvir a voz de sua mãe, quando as palavras no papel eram quase que simplesmente palavras, ela pôde sentir a mão de Charlotte afagando sua fronte — macia demais, sem firmeza suficiente para ser verdade, talvez, mas era exatamente assim que a mão dela sempre fora.

— Ela é minha irmã — Alice o ouviu dizer de onde estava sentado, bem atrás dela, sobre o concreto. Ela agarrou-se à carta e não se virou.

— O quê?

— Ela é minha irmã — ele repetiu, a voz instável e vagamente ofegante, referindo-se a Alice, por alguma razão inexplicável, na terceira pessoa. Ele avançou e se sentou ao lado dela.

— É claro que sou — disse ela, com um misto de arrogância e desdém. — E ela também.

— Quem?

— Erika.

— Aquela mulher — disse Alice — não é sua irmã. — Mas proferia essas palavras sabendo que era exatamente isso o que Erika era. E também sabia que August não estava envolvido com ela — pelo menos não da maneira que Alice supunha.

— Ela é, sim — disse Gus. — Nasceu oito anos depois de mim. Ela cresceu com ele. Você consegue entender? Aquele homem que levou nossa mãe a mentir, a enganar, a partir, ele *a criou*. Aquele homem era o meu pai.

— Você teve apenas um pai. Ele o criou, ele o amou e *acabou de morrer*. Não consigo nem me convencer de que o conteúdo desta carta seja verdade. Como você sabe que é verdade? Como você sabe que ela não estava escrevendo um romance — um de seus inúmeros projetos inacabados — e que a página com as explicações — a parte em que ela explica que tudo não passa de ficção... — como podemos saber se simplesmente não desapareceu?

— Quando fomos até Oaxaca, conheci a ex-mulher dele, o nome dela é Elena. Ela é da Cidade do México e é oleira ou ceramista ou... sei lá; é meio artista. Ela o conheceu quando ele trabalhava na Cidade do México, para onde havia se mudado aparentemente não muito tempo depois de seu encontro com a mamãe. Tornou-se fluente em espanhol; trabalhou como gerente de um bar da moda. Mas Elena ficou indiferente à carta da mamãe, parece que Luke tinha uma longa fila de casos amorosos. Pude notar que não havia mais muito amor entre ele e Elena na época de sua morte, mas ela foi perfeitamente educada comigo. Não foi calorosa nem nada, mas me deu algo para beber e preparou um filé para mim. Embora estivesse bastante cética em relação à minha história, falou-me sobre ele em linhas gerais, sobre seu histórico médico, nada de extraordinário: meu avô paterno ficou cego, informação desse tipo, e disse-me que tinham uma filha chamada Erika. No início, ela pareceu hesitante em dizer onde sua filha morava, mas, quanto mais conversávamos, mais eu tinha a sensação de que ela estava um pouco preocupada com a filha. Ela acabou me dizendo que, se eu tentasse convencer Erika a voltar para casa, se eu lhe desse a minha palavra, ela me contaria onde estava Erika. Só Deus sabe por que ela pensou que a filha iria me escutar.

— E a Erika?

— Bem, para começar, como você já sabe, ela está grávida.

— De quem?

— De um cara aí — ele encolheu os ombros. — Um cara que ela conheceu em San Jose e a seguiu até aqui; mas ele já foi embora faz tempo. Esquisito, não é?

— Estúpido — disse Alice.

— Bem, nós todos sabemos que você está bem acima de algo assim tão sórdido.

Ela percebeu que ele tinha noções erradas sobre ela, mas deixaria que pensasse assim. Desejava, de certa maneira, que essas noções correspondessem à realidade.

— Você está certa — ele admitiu. — É estúpido e ela é irresponsável, entre outras coisas. Mas ela passou maus bocados. Nosso pai — meu e de Erika — aparentemente não valia todas aquelas décadas de sonho.

— Grande novidade. Então, e agora, o quê? Você vai se juntar a ela? Recuperar o tempo perdido?

— É, algo assim.

— Como você pôde fazer isso com Cady? Por que você simplesmente não contou a ela a verdade? Por que você simplesmente não contou para *mim*?

— Eu simplesmente... não podia. Eu não podia contar a ninguém. Era tudo estranho demais; era como se minha vida tivesse se espatifado contra um muro, e todo dia eu via Erika, e a gente conversava, conversava, e era completamente irresistível. Totalmente empolgante. Não me olhe assim. A gente conversava, só conversava, mas eu perdia a noção do tempo. Ela não era nada tímida nem desconfiada, embora...

— O quê? — perguntou Alice, a língua grossa e pesada dentro de sua boca.

— Às vezes, eu tinha a sensação de que ela nem acreditava ser minha irmã. Era como se ela apenas quisesse conversar. Talvez conversasse daquela maneira com qualquer um, mas acho que não. Eu sabia que Cady estava com ciúme, mas simplesmente não conseguia equilibrar a situação. Ficava pensando que iria compensar Cady, que, quando eu lhe contasse, depois que tivesse desvendado tudo... sei lá; achei que ela entenderia.

— Bem — disse Alice —, você esperou demais dela. Foi um pouco cruel.

— Talvez eu quisesse saber se Cady podia confiar em mim, se alguém de fato confiava em mim. Mas ela foi ficando tão infeliz, zangada e exigente que eu me esqueci totalmente das minhas intenções. Olhe, não estou dizendo que a culpo por ter ficado assim. Não sei o que eu esperava que acontecesse. Eu não conseguia nem raciocinar até ouvir mais uma história de Erika. Era como ouvir partes dispersas de si mesmo, se você parar para pensar, e sentir as partes formando um todo lá dentro, literalmente se encaixando no lugar certo.

— Você era... Ele era como você?

— Sim — disse Gus, com determinação —, ele era. Mas pode ser que tudo seja fruto da minha cabeça. Eu nunca vou saber, certo?

— Quando você olha para ela, para Erika, o que consegue ver? Quero dizer, passada a primeira impressão. Ela é terrível. Eu quero dizer, de verdade, ela é.

— *Você* não ficou fascinada, Alice, nem um pouquinho?

Ela o encarou, recusando-se a colaborar.

— Você quer saber o que eu vejo? — ele perguntou.

Alice assentiu.

Ele hesitou antes de dizer,

— Bem, *a mamãe*, é claro. Alice, ela é igualzinha à mamãe. Ele olhou para Alice e instantaneamente viu que não precisava explicar.

— Eu posso lhe dizer uma coisa — disse Alice, largando uma pedra que havia esquentado em sua mão. — Igualzinha ao pior de todos os pesadelos da mamãe.

Gus riu com amargura.

— Diga-me — disse Alice —, você manteve sua palavra e tentou convencer Erika a voltar para casa?

Ele assentiu.

— Ela não quer ir, então... A impressão que dá é que ela quer que fiquem atrás dela.

— E você achou que poderia se encaixar nesse papel? Não é assim tão fácil, é? Estar do outro lado?

— Você não pode começar a fazer esse tipo de comparação. Você sabia que eu queria ir. Você sabia que sim. É só que... sempre achei que... quando eu partisse... — O rosto dele mudou de repente, passando de dócil a obstinadamente resoluto. — Como é que ele poderia me querer? — E Alice sabia que ele estava se referindo ao pai deles, que estava sempre sentado em uma sala fria, usando algumas blusas a mais, virando lentamente as páginas. — Ele tinha de me aceitar porque a queria. Eu fazia apenas parte do pacote.

— Isso é ridículo — disse ela, mas, ao dizê-lo, não conseguiu deixar de lembrar como a rede invisível que seus pais jogavam sobre seus filhos era, no caso de Gus, sempre maior e mais frouxa. Se alguma vez pensara nisso, na diferença em relação à maneira como os tratavam, deixara completamente de lado, como algo que não valesse o esforço de ser levado seriamente em consideração: uma diferença entre filhos e filhas ou, talvez, uma reação à forma com que Charlotte e Gus sempre pareciam estar alinhados de algum jeito.

— Não estou dizendo que era... — Gus murmurou, interrompendo a si mesmo, enquanto mantinha os olhos nas ondas. — Ele era meu pai; eu sei disso. E — disse ele — sinto saudade dele — pressionando o polegar e o indicador direito contra as têmporas. — Mas, Alice, você leu isso?

— Eu acho que ela se matou — disse Alice.

Gus respondeu imediatamente, de uma maneira que convenceu Alice de que ele também pensava assim ou que, pelo menos, considerava ser essa uma forte possibilidade.

— Nunca diga isso — disse ele. Seu maxilar estava visivelmente travado. — Não. Ela estava fora de si quando voltou para casa aquela vez. Ela estava tendo problema com os sedativos, estava tendo problema com as mentiras, mas ela não queria morrer, está bem? Está bem, Alice?

Gus, afinal, olhava direto para ela. Nos olhos dele, ela podia ver os olhos de Charlotte, felizmente ainda familiares. Ela podia ver como aqueles olhos teriam observado o fogo, não fazendo nada para combater as chamas além de envolvê-las em uma competição para ver quem conseguia fixar o olhar por mais tempo. Charlotte teria até mesmo possuído a mesma veemência para afirmar que tudo o que fazia era matar o tempo enquanto assistia às labaredas, um ato que não era perigoso nem estranho. Como Gus insistisse no contrário, Alice agora acreditava nisso mais do que nunca.

— Tudo bem — disse ela, e o que sentiu foi um surpreendente alívio. Se até então ela não conseguia definir a linha que separava August de sua mãe, agora poderia identificar aquele como sendo o momento em que essa linha se tornara perfeitamente clara. Ela viu que seu irmão tinha necessidade de acreditar — talvez mais do que Alice — na relutância de Charlotte em deixá-los.

— Nunca mais duvide disso — disse ele. Ele parecia aterrorizado e um pouco esgotado. Alice lutou para não perguntar quando ele havia se alimentado pela última vez. — Estou falando sério.

— Tudo bem — ela repetiu, e nunca havia se sentido tão próxima de sua mãe quanto naquele instante, quando, de repente, não precisava de nada além de sua própria e disparatada convicção. Não precisava que ele concordasse com ela. Não precisava nem mesmo que ele a escutasse. — É preciso que você decida quem lhe interessa, com que você se preocupa, Gus.

Ele a olhou desconfiado.

— Por que você teve de ir lá e se casar?

— Eu simplesmente fui — disse ele de maneira tão solene que Alice sentiu-se mal por ele. — Ele estava... morrendo, eu não tinha ido para casa e deixei tudo para você fazer... Era tarde demais para consertar tudo isso. Acho que queria fazer algo importante, verdadeiro. Esses ímpetos são a morte para mim e, olhe, você sabe como eu sou, pareço ter esses ímpetos o tempo todo. Eu normalmente desapareço depois de passar por eles. Com Cady, pensei que tentaria fazer o oposto. Mas estraguei tudo — disse ele. — Não me dei conta. Você... — disse ele. — Você é tão cuidadosa — ele murmurou e, então, balançou a cabeça, como se não fosse exatamente isso que quisesse dizer.

O mar, a alguns metros dali, refletia a luz metálica. A luz do Sol se multiplicava em empoeirados espelhos de carros por muitos quilômetros, em ambas as direções. Ela tinha a sensação de estar se entregando a alguma coisa; seu estômago revirava, virava-se do avesso e ela, finalmente, permitiu que o choro aflorasse.

— O quê? — ela conseguiu dizer, com voz trêmula. — O que é que eu devo fazer?

— Eu sei que você pegou um avião de última hora — disse Gus, a voz se acalmando — e, Alice, sei que você dirigiu naquelas estradas depois que já havia escurecido. Não estou falando de nada disso. Não estou falando do que você faz às escondidas. Sei que você sempre deu suas escapadas e teve seus pequenos segredos. Só imagino que tenha sido assim porque, para ser honesto, nunca conheci um único homem — ou mulher — de quem, mesmo sem entusiasmo, você admitisse gostar ou mesmo, você sabe, *desfrutar*. Sei que sua vida não é tão disciplinada quanto parece. Não pode ser. Não fique com esse ar assim tão surpreso. Detesto isso em você, esse seu jeito de supor que me entende e que eu nem a conheço, que você é uma pessoa que está sempre fora do meu alcance. Você *é* cuidadosa e, se não for cuidadosa, você é, sei lá, fechada. Além de mim, tem só a Eleanor e chega, ou, pelo menos, você sempre pareceu ser assim quando se trata de encarar a situação e seguir em frente.

— Acho que *nenhum* de nós dois tem sido muito competente nesse quesito.

— Você pensa que nunca tentei com ninguém além de Cady? Eu tentei. Pode acreditar, tentei mesmo. Eu amava Cady. Ainda a amo. Mas, se fiz alguma coisa, foi lutar contra a condição de ela ser a única, e eu sei que esse é um dos motivos pelos quais passamos momentos tão difíceis. Com quantas pessoas você conversou sobre a mamãe, e eu digo conversar de verdade, não falar só dos detalhes mais sedutores, em toda a sua vida adulta?

— Você acha que é prova de coragem falar com qualquer um sobre tudo aquilo?

— Não estou falando de qualquer pessoa. Estou falando de deixar que alguém mais a conheça além de sua amiga de infância. Alguém além de mim. — ele pousou a mão no ombro dela de maneira afetada. — Com quantas pessoas você já conversou sobre isso?

— Uma — disse ela.

— E quem foi?

Foi há apenas algumas horas. Não sei nem mesmo o sobrenome dele.

O silêncio foi crescendo aos poucos entre ambos.

— Vamos lá, Alice, por favor. Pelo menos olhe para mim.

A inércia havia sido edificada naquela paisagem. Em sua mente, seus membros afundavam na areia fria e ela começava a desejar ardentemente — assim como desejava um sorvete ou um drinque — o momento que antecedia o cair da noite e que se seguia ao anoitecer, quando o céu adquiria a cor densa que reside sob as águas do mar. Alice imaginou o pântano perto de sua casa, imaginou como lá — devido ao fuso horário — essa hora já chegara. Perguntou-se se havia nevado, se os cisnes guardavam seus ovos entre os bambus e se algum filhote sobreviveria. Imaginou as estações indo e vindo, como poderia dizer adeus a tudo aquilo — como, antes que Gus retornasse? As imagens passaram em sua mente diversas vezes e, depois, interromperam-se rapidamente, como a ponta de um rolo de filme. Não se ganhava nada sendo capaz de ver tamanho esplendor apenas como uma forma de passado compartilhado. Ela olhou para baixo, para a sua mão, e viu que segurava a carta, aquele papel de correio aéreo com palavras finais tão pateticamente reverenciadas como verdade.

A princípio, ela pensou que estenderia o braço para devolvê-la a ele, mas, ao esticar a mão, percebeu que deixara as folhas voarem. Ele correu atrás delas, no começo, com um péssimo alcance, exatamente como ela o vira inúmeras vezes mergulhar para pegar discos de plástico lançados em sua direção. Ele se lançou para a frente, caindo no chão, exatamente como ela imaginaria, caso tivesse pensado nisso previamente. Mas o vento estava forte e soprava para o leste, e as folhas voavam rumo às ondas. As folhas voavam alto como balões de hélio, e ambos assistiam em silêncio. Andaram na direção das dunas e subiram no monte de areia, parando no ponto mais alto. Observaram a água ser puxada para trás pela maré, e Alice sentiu seu cabelo sendo puxado para trás por sua mãe, que costumava cantar suave e desafinada enquanto desembaraçava o cabelo da filha. As marés demandavam atenção; eram desorientadoras como Charlotte, inacessíveis como August, mas não havia como lutar contra elas, pois elas não lutavam de volta. Seu efeito era constante e maior que a intenção. Sua mãe e August — eles não tinham a intenção de destruí-la aos poucos, atingindo-a da forma tão precisa com que faziam com tanta freqüência. Como as marés, eles não podiam evitar que fosse assim; e ela se oferecera como o lastro que é colocado no fundo das embarcações para lhes dar equilíbrio.

O que impressionava Alice era que um dos motivos pelos quais ela sempre entrava em pânico quando sua mãe — e, depois, Gus — ficava longe era o fato de não fazer a menor idéia de quem a rodeava e, talvez de forma muito estranha, Alice nunca conseguia imaginar nenhum dos dois realmente sozinhos por muito mais tempo do que o necessário para um mero passeio de carro. Ambos eram pessoas que lembravam a Luz da Lua, e não havia uma luz original da Lua; havia apenas o reflexo do Sol. Sua mãe e Gus ganhavam vida por meio de outras pessoas, outros lugares. Eles existiam à medida que eram vistos.

— Vou ficar aqui — disse ele finalmente. — No México.

— Ah? — Alice decepcionou-se. — Com ela?

— Ela precisa de ajuda.

— Certo. — E ela não conseguiu deixar de rir. Ouviu sua própria risada, que lhe soou mais velha do que ela jamais imaginou vir a ser.

— Quem iria ajudá-la?

— Não faça isso — disse ela.

— Não? — Gus devolveu. — Diga-me, quem é que vai ajudar aquela *criança*?

A voz dele tremeu, e ela pôs a mão na barba malfeita, no cabelo tão grosso e macio dele, quando finalmente compreendeu. Ele estava fazendo uma escolha. Ele a olhou por menos de um segundo, como se estivesse com medo, como se seu último desejo fosse o que acabara de propor, e, por um instante, a raiva dela se dissolveu. Ela queria dizer a ele que estava tudo bem, que não importava o que ele fizesse, ela sempre contaria com ele, sempre cuidaria dele; queria abraçá-lo até que as costelas de ambos se quebrassem. Mas tudo lhe dizia para que não o fizesse. Tudo lhe dizia que ela não podia.

E Alice descobriu que estava se preparando para uma multidão, emprestando-se um rosto cheio de coragem à medida que ia se afastando. Ele a chamou, e os ombros dela se levantaram enquanto tentava não correr. Seu nome soou constrangedor, irrelevante, e, enquanto August gritava, ela levantou a mão, acenando para trás com o mais casual e inexpressivo dos gestos de despedida. Mas, independentemente do que ela fizesse, independentemente de como se portasse, ainda não estava olhando adiante. Não conseguia ver além do que ele via, além da própria maneira como se voltara e dera aquele ridículo aceno, experimentando o mundo através dos olhos dele.

20

Na manhã seguinte ao dia em que Alice deixara Gus, as ondas atingiram mais de quatro metros de altura. Elas quebravam na Praia do Fogo, fazendo tudo tremer e destruindo algumas das casas construídas nas dunas. A janela aberta acima da cama de Stephen teria se estilhaçado sobre ele e Alice, caso já não estivessem acordados desde as quatro da manhã, sendo cada um deles, por razões bem distintas, bastante rápidos em reconhecer o perigo.

Eles correram para dentro para fechar as janelas com tábuas de madeira. A noite fora tempestuosa, com um céu encoberto da cor da ameixa seca, e ela, ao observar Stephen desaparecer, dando a volta naquela velha construção que ele gostava de chamar de lar, passou a respirar com certa dificuldade. A areia voava, rodeando seus tornozelos em uma bruma espinhosa, e ela tentou encontrar no céu qualquer vestígio de Lua. As palmeiras chicoteavam no alto, embora não tão violentamente que a impedissem de ver toda a elegância delas. O mar estava ensurdecedor, mas ela ignorava o que se passava a seu redor, concentrada que estava em manter a janela fechada. Não se surpreenderia se estivesse correndo perigo iminente, mas também não havia nenhum outro lugar onde desejasse estar. A sensação não era completamente diferente da que sentira precisamente doze horas antes, quando abrira a porta no fim da tarde e vira Stephen cochilando. Ele estava debaixo do mosquiteiro, dormindo de lado, e ela simplesmente foi entrando.

Agora, no meio da noite, ele estava fora do alcance de seus olhos, sendo que Alice não conseguia mesmo ver quase nada. Ela não tinha muito conhecimento sobre vendavais — aliás, sobre nenhum tipo de tempestade que acometia essa costa —, nem sobre do que deveria ou não sentir medo. Stephen havia lhe entregado uma lanterna antes de correr para fora e ela agora se lembrava de acendê-la, mas o feixe de luz amarela não iluminava nada mais que a areia a rodar.

Ela podia sentir profundamente a ausência de Stephen, que era tudo, menos espectral. Ele era completamente palpável, uma massa volumosa, e, sem ele a seu lado, começava a se instalar — além de um vento cada vez mais rascante — um inesperado e francamente decepcionante vazio. E veio, então, a vaga sensação de pavor que não tinha significado senão o fato de que ela tinha algo a perder. Alice considerou ir embora naquele exato momento, para escapar de um estrago tão inevitável.

Mas a mão dele já estava em suas costas.

— Você está bem? — Ele tossiu e a conduziu até a porta.

— Parece até chuva — disse ela.

— Uma coisa de cada vez. — Ele sorriu, sacudindo a areia do cabelo. — Vamos — disse ele —, vamos entrar.

Deixaram as luzes apagadas, já que a eletricidade estava quase acabando. Ele encheu dois grandes copos de água, convidando-a a beber enquanto engolia um copo atrás do outro. Ela sentou-se à mesa da cozinha, os pés cheios de areia apoiados nas coxas dele.

Alice não saíra do criadouro de tartarugas desde que os ventos haviam começado e, agora, ela finalmente emergia para buscar alimentos para aquela noite. É a primeira tarde tranqüila, e ela havia pedalado até a cidade na bicicleta que pegou de Karen Magrela em troca da maior parte de suas roupas e da pulseira de prata em espiral. Alice quer cozinhar. Naquela noite, Alice quer cozinhar para Stephen, já que ela partirá no dia seguinte. Vai voltar para casa. Com a cesta da bicicleta cheia de provisões, ela está na parte mais baixa de uma estrada íngreme de terra e, quando olha para cima em direção às montanhas, depara-se com uma vista que, certamente, foi criada pela claridade excessiva ou, no mínimo, pelo sono profundo que sentia, uma deliciosa deficiência que já durava três dias.

Mas, quando os olhos de Alice se ajustam ao ângulo e ao Sol, ela percebe que sua visão está perfeita. Seu irmão está em uma motocicleta. Ele está ligando o motor e tem um menino de menos de cinco anos sentado à sua frente, um menino de pele acastanhada e um brilhante cabelo preto; um menino tão pequeno que, quando se reclina, sua cabeça mal alcança o peito de Gus. Alice quase dá um grito para detê-lo, para evitar que Gus coloque aquela criança em perigo, quando percebe que a moto está desligada e que, sem uma chave na ignição, é apenas um brinquedo, um brinquedo grande, vigoroso, metálico, com que os dois podem brincar. Gus rodeia a criança, debruçando-se e falando ao seu ouvido, apontando para os botões de apertar e os comutadores de alternar. Ele está rindo com aquela criança que tanto vibra; ele até coloca seu queixo barbudo sobre a pequena cabeça do menino. Parece relaxado e livre, e Alice se dá conta de que não via esse August há muito tempo e que *esta* era a versão de seu irmão que ela sempre e exclusivamente escolhia ver. Ter ido atrás dessa versão significou ter negligenciado a si mesma, mas também significou ter negligenciado quem ele era todo esse tempo — quem seu irmão era no processo de se tornar alguém que ela não conhecia tão bem quanto imaginava, alguém que baseava suas decisões em cartas e histórias, em uma desorientada responsabilidade.

Mas é bom saber que, afinal, esse August ainda existe. É bom saber que ele está no mundo, mesmo que ela não possa fazer parte dele.

Ela não havia sido tão cuidadosa, pensou, lembrando-se de como Gus procurara em vão por uma exata descrição de sua irmã. Mas, enquanto exagerava com Gus — aumentando suas qualidades sem nem perceber na maior parte do tempo —, era comedida consigo mesma, reduzindo seus detalhes, diminuindo quem ela era. Havia cometido o erro de agir com a noção de que, depois da morte de Charlotte, ela não suportaria, de maneira alguma, perdê-lo. Mas não há como controlar uma perda assim tão profunda; ela diz a si mesma que agora sabe disso. Sabe que não pode prendê-lo, independentemente de ela ficar ou partir.

Alice sabe que, no momento em que chamar por ele, ele já estará diferente, já estará mudado. Quando ela chamar o nome dele, quando explicar que tudo o que deseja é despedir-se decentemente, esse mesmo Gus — o que guia a criança pela mão no espelho retrovisor, o que está apontando, rindo — já terá partido. Acontecerá imediatamente, e Alice tem certeza de que a criança começará a chorar, a gritar; terá sido ela a sentir a mudança talvez de maneira mais acentuada.

Ela pedala em direção à praia o mais rápido e que consegue. Fixados em âmbar — em um lugar onde será sempre ao entardecer —, estão seu irmão, August, e um menino. Eles estão no deserto; estão em uma motocicleta. Com o Sol batendo em seus rostos e o vento em suas costas, estão indo a lugar nenhum.

Parte Três

21

Por dentro, 2001

O porteiro postado do lado de fora do prédio de apartamentos em Upper East Side lavava preguiçosamente a calçada com uma mangueira enquanto suava dentro de seu terno tão pesado. Ao passar por ele, Alice lhe lançou o que imaginou ter sido um olhar solidário e informou o número do apartamento que ela rabiscara na noite anterior em um pedaço de papel. O porteiro entrou com ela e telefonou para cima, discando enquanto perguntava seu nome.

— Alice? — ele repetiu de volta para ela e, em seguida: — Sim, Alice está aqui? — Desligou o telefone e Alice teve a absurda sensação de que sua entrada havia sido rejeitada, depois de ter tomado o trem na Penn Station e caminhado até ali naquele dia estupidamente quente; tanta ansiedade por nada. Justo quando tentava decidir se passaria o dia no certamente gélido Met, se procuraria uma pedicure barata ou se voltaria para casa, o porteiro disse: — Pode subir.

— Ah — disse ela —, ah, obrigada.

— Você está bem?

— Perfeitamente bem — respondeu.

— Hoje está um forno; é melhor tomar cuidado.

— Vou fazer o possível — disse ela, quase tropeçando em um cãozinho de estimação preso a uma coleira cravejada de falsos brilhantes no caminho para o elevador. Quando entrou no prédio, o suor se acumulava na base de seu pescoço e escorria pelo peito, mas o saguão estava repleto de ventiladores que giravam e, ao entrar no elevador, estaria se sentindo até bem fresquinha se não tivesse começado a enjoar e a sentir seu rosto ruborizar sob o efeito de uma onda de calor que vinha de dentro, deflagrada pela natureza desse encontro, sua despropositada circunstância e formalidade.

No curto passeio de elevador, Alice olhou para o teto espelhado, que oferecia nada mais do que parecia ser apropriado — uma versão exagerada dela mesma. Ela deveria estar pensando no que dizer e no que não dizer. Em vez disso, estava ocupada demais adquirindo uma fobia de elevadores e, quando especificamente aquele parou com um alarmante tranco, ela quase abriu à força as duas metades da porta. Alice olhou em ambas as direções dos corredores fluorescentes, como que examinando o azul-pálido das paredes que se misturava às molduras pretas em *art déco*. A porta se abriu antes mesmo que ela batesse.

— Cady — disse Alice sem fôlego. E, sem dizer uma palavra, Cady colocou os braços ao redor dela. O pescoço dela era um rápido refúgio na impessoalidade do apartamento, no arrasador calor da cidade. Não havia nenhum vestigio do esperado sabonete de amora, mas, em vez disso, grama recém-cortada. Alice imaginou um frasco de vidro de loção perfumada próximo à pia de porcelana — um frasco caindo das mãos frescas de Cady, espatifando-se no chão. Cady segurou-a a uma certa distância por um ou dois segundos. Ela era, Alice havia esquecido, muito mais forte do que parecia.

Quando se largaram, sentiram vergonha uma da outra; elas eram as suas circunstâncias.

— Que apartamento chique esse de sua empresa — disse Alice, olhando ao redor do apartamento duplex, todo em tons de cinza. O ar-condicionado fazia um ruído muito suave. — Eles devem adorar você no trabalho. Você deve estar indo muito bem.

— Ainda melhor — disse ela. — Estou indo ainda melhor. — A voz dela revelava um pouco de raiva e muito orgulho, e Alice imaginou que havia sido pura ambição o que a ajudou a passar por aqueles últimos meses. Cady estava em Nova York a trabalho.

— Que bom — disse Alice —, isso é muito bom. Você está ótima, bonita — disse Alice, e isso era verdade e mentira ao mesmo tempo. Embora o cabelo de Cady estivesse cortado em graciosas camadas e seu rosto estivesse lindo como sempre, Alice nunca a havia visto assim tão magra; supunha que Cady estava mais elegante, mas estava também encovada e seus traços tão equilibrados beiravam a austeridade — como uma mulher que tivesse literalmente acabado de desembarcar do *Mayflower*, exceto pelo fato de que essa imigrante puritana usava uma maquiagem muito bem aplicada e belos sapatos de couro. Ela não sabia se Cady usava meias-calças na Califórnia, mas Alice podia imaginá-la vestindo-as — uma perna depois da outra —, tentando manter-se equilibrada. Mas o que ela parecia mesmo, concluiu Alice, era mais velha. Haviam se passado apenas sete meses.

— Você também — disse ela. — Você está... trabalhando?

Alice assentiu.

— Na livraria — basicamente meu bom e velho emprego de verão, o que, eu suponho, deveria ser constrangedor, mas, sinceramente, eu gosto dele de verdade. Agora, estou gerenciando o negócio; você nem iria reconhecer. Lancei até um ciclo de leituras.

— Que fantástico — exclamou Cady, com uma pena mal disfarçada.

— Não é definitivo; mas eu decidi arrumar a casa antes de vendê-la — disse ela, no que esperava ter sido um tom prático.

— Pensei que você já tivesse saído da casa há muito tempo. Tinha certeza de que era isso que você queria.

— Bem — disse Alice, sentindo uma sede repentina. — Assim posso conseguir... Pensei que teria mais dinheiro assim, se fizesse a maior parte do trabalho sozinha. Certo?

— É muito trabalho.

— É, é mesmo. Então, é por isso que ainda estou morando lá — disse ela, começando a tossir um pouco. — Estou morando em casa de novo. Você poderia me dar um pouco de água, por favor?

— Ah — disse Cady, as bochechas afundando-se e formando uma sombra. — Desculpe. — Ela foi até a cozinha, e Alice a observou encher um copo de água, sentindo um surpreendente aconchego na familiaridade com que a via movendo-se por uma cozinha. Alice lembrou que escondia sua admiração, quando Cady abria e fechava os armários à procura de ingredientes — vinho Madeira, alcaparras, molho de menta — que Alice nem sabia haver em sua despensa e, muitas vezes, nem mesmo que eles existiam. Quando, certo dia,

Alice finalmente lhe perguntou quem lhe ensinara a cozinhar, Cady admitiu que havia crescido idolatrando os empregados de sua tia e que, até pouco tempo, ela tinha um leve sotaque irlandês e assistia nas manhãs de domingo a nada menos que missas católicas, o que, obviamente, deixava sua tia irremediavelmente horrorizada.

Enquanto bebia o copo cheio de água, Alice sentia de leve, na mão, persistentes pequenos estilhaços (casualidades de um peitoril de janela que arrancara recentemente), conforme a força com que segurava o copo gelado. Caminhou até a janela que dava para a Terceira Avenida, onde uma mulher que empurrava um carrinho de bebê parou para conversar com alguém conhecido. Um guarda-sol amarelo protegia a criança do Sol, da fumaça e de atenções indesejadas. Alice não conseguia parar de pensar em como Erika provavelmente estaria enorme e como, certamente, gritaria com as dores do parto muito em breve.

— Olhe — disse ela a Cady —, olhe para aquele guarda-sol.

E apontou para fora, em direção à mãe e à criança.

— Vamos almoçar — disse Cady num impulso. — Vamos almoçar de verdade, como duas madames. Posso colocar como despesa da empresa.

— Se você acha que não há problema — disse Alice, e foi colocar o copo na pia.

— Pode deixar — disse Cady, num tom quase de crítica. — Deixe aí. Vamos embora daqui.

Elas comeram em um daqueles restaurantes que Charlotte descreveria, com desdém, como Falso Francês — rótulo reservado a qualquer estabelecimento que servisse *steak frites* e onde não fosse permitido fumar. Mas o lugar caiu como uma luva para Alice, pois não havia fumaça, era bem escuro, tinha ar-condicionado, e ela poderia pedir uma taça de vinho. O pensamento de Cady deve ter viajado pelas mesmas idéias, já que, mesmo antes de terem visto o cardápio, ela pediu ao garçom uma garrafa de Sancerre. Havia rótulos de vinho laminados pregados como papel de parede e um casal extremamente idoso eram os únicos clientes além delas; eles comeram sobremesa e tomaram café em um silêncio levemente acompanhado de um chiado. Alice podia imaginar o *chef* e seus cozinheiros suando na cozinha, perguntando-se quem, em sã consciência, iria querer comer em um dia de calor sufocante como aquele.

— Acho que estou com calor demais para comer — disse Cady. Mas, ao chegarem os cardápios, ela pareceu ter esquecido seu desconforto e, quando Alice pediu uma salada, ela insistiu que isso não era suficiente. Acabaram pedindo uma salada de beterraba e queijo de cabra, uma salada de endívia com Roquefort, mexilhões, batatas fritas, patê de pato e duas sopas frias.

— É comida demais — disse Alice.

— Ah, por favor! — retrucou Cady, com um sorriso cortante, um sorriso frágil como vidro. *Ajude-me*, era o que ela realmente dizia. *Fale alto, fale sem parar. Finja que eu e você realmente já almoçamos sozinhas antes.*

— Você tem razão; não é hora de ficar me contendo — disse Alice, sem saber exatamente o que quisera dizer com isso.

Cady descreveu um projeto que estava desenvolvendo para um vão livre em Oakland, falou sobre a cera derramada que dava o efeito visual de água, sobre a funcionalidade do metal em contraste com a madeira. Para Alice, ela poderia até estar falando em grego, pois, embora reconhecesse a maioria das palavras e pudesse captar em linhas gerais o que Cady queria dizer a partir de sua expressão facial, seu entendimento chegava basicamente até aí.

— Você achou que me veria novamente? — perguntou Cady, finalmente, depois de uma longa e prosaica recapitulação das demandas de seu atual cliente.

— Se eu achei? Não sei. Quero dizer, como é que eu poderia saber?

— Você poderia ter me ligado.

Alice assentiu.

— Mas não ligou.

— Não — disse Alice —, eu tentei. Mas seu nome não estava na lista.

— E você não poderia ter perguntado para o seu irmão?

Alice enfiou o garfo na carne suculenta de um mexilhão e arrancou-a de sua concha.

— Nós não conversamos.

— Você quer dizer que tiveram aquela conversa, aquela conversa sobre a qual você me falou, e você foi embora, e pronto?

— Bem, espero que não *seja* bem assim. Espero que ele venha me visitar qualquer hora.

— Sim, bem, eu tenho de encontrá-lo — Cady afirmou bruscamente. — Tenho de ir atrás da assinatura dele. — Ela tocou rapidamente o guardanapo nos lábios, como se estivesse envergonhada. — Não consigo acreditar que ele tenha ficado lá com ela.

— Eu consigo — disse Alice.

Alice imaginou o que Cady diria do fato de que, nos últimos cinco meses (depois de descobrir o sobrenome dele: McAlistair), ela havia passado quase todos os fins de semana com Stephen — conhecendo os amigos dele, a equipe dele, o cachorro dele — no norte do Estado de Nova York, e ela não o havia deixado ir uma única vez visitá-la. Imaginou o que Cady diria se Alice lhe contasse que, cada vez que encontrava Stephen, sua última perguntava era sempre: *Quando é que eu vou conhecer o lugar onde você mora?* Ela havia dado inúmeras desculpas explicando por que era melhor que ela fosse até ele. Eles começaram a discutir. *Eu estou interessado mesmo*, ele gritara, *é em tomar a sua casa. Você está certa* — ele riu, uma risada verdadeiramente corrosiva — *droga, você descobriu quem eu realmente sou.*

Alice disse:

— Sei que Gus ainda ama você e...

— Não faça isso — disse Cady, tomando um gole de vinho, cheia de determinação —, pode parar. Não quero falar sobre ele. Está bem?

— Está bem — disse Alice —, eu não sabia.

— Eu não posso — disse ela com firmeza.

— Tudo bem — disse Alice —, está tudo bem.

— Estou saindo com uma pessoa — disse Cady, animando-se. Era impossível dizer se ela estava mentindo, e Alice desejou — para sua própria surpresa — que estivesse. Era difícil acreditar que ela tivesse real e definitivamente encerrado sua história com Gus. — E posso querer me casar com ele um dia. Ou, se não for ele a pessoa certa, gostaria de ter o direito de me casar com alguém, o que não posso fazer, obviamente, enquanto for oficialmente esposa de August. Quero dizer, é ótimo encontrar você e tudo, mas estou tentando cuidar de algumas questões práticas que estão me amarrando. É tão ridículo que a gente tenha se *casado.* Como é que você não riu na nossa cara quando lhe contamos?

— Bem — disse Alice —, se você forçar um pouco mais a sua memória, vai lembrar que eu ri.

— A sensação de estar com ele era o que mais se aproximava do meu desejo de viver em uma anarquia — disse ela com uma risada triste. — Sempre que ele me magoava de alguma maneira, era, segundo ele, fora de um contexto. Ele ficava furioso quando eu mencionava como as pessoas — normais — se comportavam ou quando eu ousava analisar nosso relacionamento. Ele mal me deixava chamar o que tínhamos juntos de relacionamento. Não posso imaginar o que tomou conta dele para que, de repente, quisesse passar a fazer parte do padrão de comprometimento do resto do mundo. E não posso acreditar que eu tenha ido junto com ele. Estar com ele — disse ela, a voz quase num sussurro — era *puro sentimento o tempo todo*. Não sei como consegui terminar a faculdade, sem falar no colégio, sendo que eu quase nunca dormia. Eu estava sempre esperando, imaginando onde ele estava ou... Pelo amor de Deus, deveria ser proibido sentir-se tão bem assim quando se está no ensino médio. É torturante.

Alice olhou para ela e viu que, sem sombra de dúvida, Cady acreditava firmemente no que dizia; ela não estava sendo dramática.

— Achei que você não quisesse falar sobre ele.

— E não quero — disse ela.

— Você ficava sempre tão confiante quando ele desaparecia. Sempre me dizia que eu deveria ser mais compreensiva.

— Bem, obviamente, eu não sabia de que outra maneira poderia me fazer acreditar se não fosse pregando isso a você.

Elas comeram e mantiveram-se em silêncio; havia quatro homens de terno sentados e o casal de idosos, que tentava se levantar. O homem pegou a mulher pelo braço no que parecia uma arraigada tentativa cavalheiresca, mas a força de sua mão dava a impressão de estar empurrando-a para baixo. Ao ver Cady comendo em porções pequenas, ansiosas, começou a se sentir encorajada pela consciência de que Cady de fato precisara dela.

— Então, como ele é? — perguntou Alice. — O homem com quem você tem se encontrado?

— Eu sinto muito, Alice — disse Cady num repentino transbordamento, traindo o que ela agora sabia. — Deve ter sido horrível para você, descobrir daquele jeito, por meio de uma carta.

— Tudo agora parece tão óbvio, não é?

— Você não pode deixar que isso mude sua maneira de enxergar tudo; tudo, não.

— Estou tentando fazer com que algo faça sentido depois disso tudo.

Até mesmo nesse exato momento, Alice não conseguia deixar de pensar como, na casa, o Sol estaria batendo no chão recém-terminado da cozinha, destacando a madeira cor-de-mel. Ela havia encontrado as tábuas com a ajuda de um antigo construtor de barcos que ela conhecia da livraria e ficou realmente... suntuoso — uma palavra que ela, com certeza, jamais pensara usar para se referir a pisos de madeira de pinho. Imaginou como as velhas peças fixas em latão e as cornijas eram agora os únicos ornamentos da casa e como cada *coisinha* estava guardada em sua própria caixa sob a escada. Ela registrou a mobília em sua mente: a mesa e as cadeiras da sala de jantar, o único sofá da sala de estar, a pesada mesa e a poltrona estofada dos anos 30 do escritório de seu pai. No andar de cima, havia camas e luminárias — nenhuma cortina, nenhuma foto, não por enquanto.

Eleanor: *Você está morando aqui desse jeito? É meio... você sabe... vazio*, disse ela antes de rir, ainda que um pouco preocupada.

Alice não mencionara como, às vezes, podia jurar ouvir o quase imperceptível barulho do movimento do robe de sua mãe, de uma maçã vermelha e gelada sendo cortada. Mas ela também sabia que não *precisava* mencionar como, quando o Sol estava baixo e a Lua, alta, o céu era de um elegante azul-escuro — um azul livre de tudo, inclusive da herança, que abarcava a terra e a água, aproximando-as.

Vazio, era tudo o que Alice dissera. *Exatamente.*

Alice agora olhava para Cady, que passava a colher pelo *vichyssoise* com a rígida concentração de uma criança que mal aprendera a andar.

— Você sabe — perguntou Alice —, sabe o que quero dizer quando falo em garantir que alguma coisa seja sua? Talvez seja isso o que ele esteja fazendo — só que... bem, ele está fazendo isso com outro passado.

— O passado de uma estranha — disse Cady. — Uma estranha que ele decidiu chamar de irmã, se é que é disso que ele realmente a chama.

— Cady — disse Alice, mas perdeu as forças. A essa altura, aquela Cady firme, vazia, aquela mulher de negócios... já se perdera havia muito tempo. Gus sempre alertara Alice para não tocar no assunto dos pais de Cady, presumindo que isso iria apenas magoá-la, reforçando a ausência deles, e que falar das fraquezas deles ou até mesmo dos méritos só lhe causaria mais dor. Mas Alice jamais esqueceria os poucos detalhes que, por algum motivo qualquer, haviam surgido: certa vez, o pai de Cady conseguira apoiar-se apenas nas mãos por alguns minutos e ele detestava tanto ketchup que se recusava a tê-lo em casa. A mãe de Cady era miúda e comum, com orelhas, mãos e pés absolutamente perfeitos. Nunca ocorrera a Gus ou a Alice que perguntar talvez tivesse feito com que Cady pudesse se lembrar mais facilmente e que a maioria das pessoas tinha a necessidade de lembrar, nem que fosse apenas para entender aonde elas imaginavam ir e como reconhecer esse lugar uma vez que ali tivessem chegado.

Alice não perguntara, nem mesmo uma única vez, em todos esses anos.

— Qual... — Alice começou. — Cady, qual era o nome dos seus pais?

Até as quatro horas, o restaurante havia recebido mais um punhado de pessoas, mas estava agora completamente vazio, exceto por Alice e Cady, que mal conseguia manter-se coerente após ter tomado a maior parte da segunda garrafa de vinho e que havia insistido em pedir sorvete de framboesa, agora quase todo derretido na funda tigela branca. Depois de o *chef* ter vindo até a mesa delas e se apresentado, e depois de ter lhes enviado duas taças de Poire Williams, Cady tirou da bolsa a carteira e esfregou os olhos com os nós dos dedos — borrando o delineador cinza —, antes de procurar seu cartão de crédito.

— Uma vez ele me disse que nunca conseguiria se apaixonar por ninguém enquanto soubesse que eu estava por perto. Como se eu fosse algo inconveniente ou... uma maldição.

— Entendo — disse Alice e, tendo parado de esperar que algo mudasse a partir de simples conversas com seu irmão, depois de ter parado de acreditar que seria por meio de August que um pouquinho de sua mãe emergiria, ela passou realmente a ver a situação de outro modo: como, enquanto dirigia, Stephen inevitavelmente esticava o braço na frente dela quando freava de repente; como ele, quando ria, quase sempre chorava involuntariamente; e como as lágrimas aprofundavam o constante azul-acinzentado de seus olhos.

Desde que deixara August, passou a aceitar a raiva — convidando essa raiva para um café ou para horas diante de uma estúpida televisão, para noites inteiras tomando vinho ou para banhos longos e relaxantes, até que acabassem por se separar. Notara, enquanto dirigia para encontrar-se com Stephen nas tardes de sexta-feira, que havia começado a se sentir cada vez mais leve — havia quase que se libertado não somente da voz de sua mãe, mas também da expectativa crônica que herdara de Charlotte.

Na manhã do último domingo, acordara na cama de Stephen e observara a respiração longa e fácil dele sob os despropositados lençóis floridos. Sentira-se como se protegesse Stephen, seus enganos e seus receios. Ele era um homem cheio de imperfeições, ela compreendia isso, mas, por algum motivo, parecia revirá-la por dentro, como uma criança que fica com a cabeça rodando depois de girar compulsivamente ou plantar bananeira, satisfazendo uma irreprimível ânsia de mudança de ares. Ele não mudaria a vida dela. Isso, ela de alguma forma sabia. Mas o que ela havia começado a levar em consideração, o que Alice havia começado a se permitir, era que ela poderia simplesmente mudar a dele.

— É *ele* a maldição, August — disse Cady, com os olhos borrados entrando em foco.

As duas mulheres andaram pela Terceira Avenida de braços dados, um gesto que oscilava entre a afeição e a tentativa de manter Cady de pé. — Estou vendo — era o que Cady ficava dizendo enquanto Alice apontava para carros e pessoas que passavam apressadas, em calçadas de vidro quebrado e brilhante.

No pequeno percurso de carro entre a estação e sua casa, Alice lutou para não se perder no céu do anoitecer, que se apresentava extraordinariamente pálido. Sua exaustão era compensada pela tranqüilidade que vinha do simples ato de dirigir, o cheiro da maresia se misturando ao das flores que brotavam. Ela amava aquele lugar e deixou-se pensar nele, permitiu-se admitir silenciosamente que o único motivo pelo qual havia vendido seu apartamento, o único motivo pelo qual ainda morava em uma casa tão grande — a casa onde seus pais morreram, a casa que lhes fora praticamente *dada* por um homem cujo sobrenome era Flowers... que estava longe de ser prática —, o único motivo pelo qual ela morava ali era porque assim desejava. Ela morava ali porque — pelo menos por um tempo — podia. O que não queria dizer exatamente que ela estava desfrutando a casa, já que, na melhor das avaliações, era desorientador acordar ali completamente sozinha.

Um dia — nem hoje, nem amanhã, nem mesmo na semana seguinte —, Alice caminhará até o local da antiga casa da piscina e — sem saber que fora ali para fazer isso, sem ter levado luvas, sacos ou tesouras de poda —, em vez de ficar remexendo, sem ar, as infinitas ervas daninhas, ela agarraria uma delas e a puxaria. Um dia, o céu estará amarelado com a névoa, a manhã não estará fria nem quente, e Alice sentirá, com suas próprias e pálidas mãos, a surpreendente força das raízes — a firmeza e a resistência da terra quando confrontada com uma mudança súbita. Mesmo que seus dedos fiquem com urticária e em carne viva por terem cavado a terra, ela quase não sentirá nada porque, nesse dia em especial, em algum momento no futuro, a determinação irá se sobrepor ao mal-estar; por um rápido instante, destruirá a nostalgia. E, quando as ervas formarem uma grande pilha e o Sol queimar lá no alto, Alice finalmente arrancará do chão o pedaço remanescente de madeira queimada. No solo onde permanecera por tantos anos, minhocas e lesmas se contorcerão, e ela sentirá um inesperado desejo de esmagar todas elas, até a última. Mas, com a madeira na mão, Alice será atraída para o cais destruído e, ali, irá atirá-la o mais longe que puder na maré que estará baixando. Quando voltar para casa, a madeira ainda estará flutuando, demorando-se no raso, sem interesse algum em dois cisnes que passam, tão frios e imperiosos.

Os detalhes não serão esses — não exatamente esses —, mas os dias, eles estão se aproximando; estão batendo nas grades de suas celas; Alice pode sentir como estão agitados e impacientes, quase prontos a explodir.

Agora, tarde da noite, enquanto Alice olhava lá fora para aquela suave enseada do Atlântico, eram ainda os cães ferozes e lixo a queimar o que parecia rodeá-la e ela, estranhamente, não queria que nada disso se aquietasse — nem os persistentes latidos, nem a nuvem de poeira, nem mesmo os desagradáveis e malcheirosos restos de fumaça; ela queria mantê-los todos. Era junho novamente — que nunca havia sido sua época preferida do ano, repleta que era de partidas e chegadas —, mas era também quinta-feira e ela tinha uma mala a arrumar; iria para a casa de Stephen no dia seguinte.

Quando fez a curva e olhou para a enseada à sua esquerda, ela pensou: *Gus vai aparecer qualquer dia.*

Stephen lhe dissera isso; Eleanor a prevenira; mas somente após aquele longo almoço com Cady é que Alice passou não apenas a acreditar neles, mas também a se permitir ver o que eles viam. Ela podia ver como se sonhasse, embora estivesse completamente acordada e em alta velocidade. Podia ver August entrando na casa. Ele simplesmente entrará — no meio de uma festa, talvez — na casa para a qual não desejava jamais retornar, uma casa que ele sabia que ela teria vendido há muito tempo, caso ele tivesse se dado ao trabalho de lhe telefonar, caso ele tivesse algum dia se dado ao trabalho de o que quer que fosse. Ela podia vê-lo claramente usando seu bronzeado como uma marca, vestindo um blusão ligeiramente surrado, no mês de — digamos — março, sem se lembrar exatamente de como fazia frio na costa leste. Ela podia imaginá-lo com a barba feita, o cabelo cortado rente, trazendo para dentro um ar revigorante, e podia imaginar como ele, de alguma maneira, pareceria menor, como seus olhos passariam da desconhecida mobília para as novas cores das paredes, os novos quadros, as novas pessoas.

Entre, é o que dirá Alice, é o que ela sempre lhe dirá. Ela terá de apresentá-lo, pois ele não conhecerá ninguém. E, conforme seus convidados fossem partindo ao longo da noite, eles cochichariam a respeito dele — talvez um ou dois novos amigos em voz baixa: *Eu nem sabia que ela tinha um irmão....*

Mas, por dentro, Gus gostará da nova lareira de pedra e se sentará ao lado do fogo, encolhendo-se ligeiramente cada vez que o fogo estourar e lançar faíscas. Ele comerá uma refeição preparada por sua irmã e não deixará nem uma migalha. Terá sobrado comida suficiente da festa. É como se — ele não conseguirá deixar de pensar, *seu idiota convencido* —, é como se ela tivesse esperado por ele todo o tempo, aqueles anos todos, como se Alice soubesse desde o início que ele voltaria para casa.

Outros títulos publicados pela BestSeller:

Mayada, filha do Iraque
Jean P. Sasson

Mãe de dois filhos, jornalista e dona do próprio negócio — uma das mais bem equipadas gráficas de sua cidade. Mayada seria o retrato da mulher bem-sucedida não fosse a cultura em que vivia: o Iraque de Saddam Hussein, onde sua condição atraiu o olhar opressor da ditadura política e religiosa. Presa pela polícia secreta de Saddam sob falsas acusações e sem direito de defesa, Mayada sobreviveu à rotina de abusos psicológicos, às sessões de tortura impostas aos presos e ao exílio dos filhos. Sua resposta à opressão do sistema está no depoimento publicado em *Mayada* após a queda do ditador, que envolve e comove por sua franqueza e intensidade.

Princesa
As filhas da princesa
Princesa Sultana
Jean P. Sasson

Trilogia inspirada na história real de Sultana, princesa árabe descendente da Casa de Al Saud, donos de impressionante riqueza e poder. De temperamento indomável, Sultana é personagem de uma saga que traz à tona o valor da mulher em um mundo de homens. Avessa à cruel realidade de muitas mulheres em seu país, Sultana reage assumindo um compromisso pela dignidade feminina no mundo árabe — papel que ela segue desempenhando corajosamente. Três histórias de esperança e luta, vividas em um mundo pouco familiar à sociedade ocidental moderna.

Um amor verdadeiro
Luanne Rice

Rumer Larkin é uma mulher feliz, cercada de pessoas queridas, um namorado e um pai amorosos. Sua vida, porém, toma um novo rumo no reencontro com uma antiga paixão — Zeb, que vinte anos antes deixara Rumer para casar-se com sua irmã. Agora ele busca o passado para reaver seu grande amor. Um enredo de surpresas e reviravoltas, que envolve o leitor numa montanha-russa de segredos, mentiras e intensa paixão.

Ao sabor da maré

Lili Wright

Lili Wright tem trinta e poucos anos e está — mais uma vez — dividida entre dois homens. Só lhe ocorre uma saída: fugir de ambos, iniciando uma viagem sem rumo pelos Estados Unidos. É uma viagem solitária — ou quase, porque com ela segue Brando, um cão labrador. Uma narrativa autobiográfica marcada pelo humor e pela autoironia, que combina fato e memória, aventura e reflexão.

Anita Garibaldi

Adilcio Cadorin

Corajosa, independente, libertária, Anita Garibaldi foi protagonista dos momentos mais importantes da história brasileira. Participou da Guerra dos Farrapos, da proclamação da República Juliana, da luta pela república uruguaia e pela unificação da Itália. É essa figura peculiar que Adilcio Cadorin resgata em seu livro. Ao acompanhar as idéias, lutas, prisões e fugas de Anita, ele mostra a dimensão da vida de uma heroína de carne e osso movida pela paixão.

Aprendendo a viver só

Judith Ryan Hendricks

Casada com um executivo em ascensão, Justine desfrutava uma vida sofisticada em Beverly Hills. Quando o marido, inesperadamente, pede a separação, ela é obrigada a encarar o vazio de sua existência. É então que tem início a vida real. Justine retoma o controle sobre suas escolhas, resgata sua habilidade para a cozinha — que coloca em prática em uma pequena padaria artesanal — e, entre mágoa e esperança, medo e coragem, torna-se adulta e capaz de tomar conta de si mesma.

Este livro foi composto na tipologia Agaramond, em corpo 11.5/15,
impresso em papel off-white 80g/m², no Sistema Cameron
da Divisão Gráfica da Distribuidora Record.